主　　　办 \ 江汉大学新诗研究所
主　　　编 \ 李强
执行主编 \ 柳宗宣

新诗学 壹

山西出版传媒集团
北岳文艺出版社
BEIYUE LITERATURE & ART PUBLISHING HOUSE

图书在版编目（CIP）数据

新诗学.壹/李强，柳宗宣主编.—太原：北岳文艺出版社，2017.6
ISBN 978-7-5378-5266-1

Ⅰ.①新… Ⅱ.①李… ②柳… Ⅲ.①诗集－中国－当代
②诗歌评论－中国－当代－文集 Ⅳ.① I227 ② I207.22-53

中国版本图书馆 CIP 数据核字（2017）第 138929 号

书　　名：新诗学（壹）
主　　编：李　强
执行主编：柳宗宣
责任编辑：郭　松
装帧设计：高海军
封面人像：张曙光
内文书法：雪　松

————————

出版发行：山西出版传媒集团·北岳文艺出版社
地　　址：山西省太原市并州南路 57 号
邮　　编：030012
电　　话：0351-5628696（发行部）
　　　　　0351-5628688（总编室）
　　　　　0351-5628692（综合项目部）
传　　真：0351-5628680
网　　址：http://www.bywy.com
E－mail：bywycbs @ 163.com
经 销 商：新华书店
印刷装订：山西人民印刷有限责任公司

————————

开　　本：720 mm×1030 mm　　1/16
字　　数：430 千字
印　　张：24.25
版　　次：2017 年 6 月第 1 版
印　　次：2017 年 6 月山西第 1 次印刷
书　　号：ISBN 978-7-5378-5266-1
定　　价：60.00 元

新诗学

主　　办：江汉大学新诗研究所

主　　编：李　强

执行主编：柳宗宣

编　　委：（以姓氏笔画为序）

　　　　　邓正兵　刘洁岷　庄桂成　吴　艳

　　　　　何冬梅　柳宗宣　肖　敏　彭松乔

编　　务：莲　子　胡超群　曾芳芳

目录 Contents

新诗

诗学

张曙光诗辑
（1983—2014）

张曙光译诗选

〔巴〕达维什（6首）
〔美〕弗罗斯特（2首）
〔美〕罗伯特·洛厄尔（3首）
〔捷克〕塞弗尔特（2首）
〔美〕史蒂文斯（4首）

雷武铃的诗（21首）

学园：六人诗

刘阶耳：一次意外（11首）
王东东：鸠摩罗什（8首）
程一身：论灵魂的虚构性（5首）
易彬：黑夜里的蜘蛛（组诗）
起伦：睡意袭来前（7首）
于艾君：反抗风景（20首）

亦来作品：敞开的难度（10首）

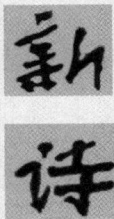

新诗

张
曙
光
诗
辑

（1983—2014）

致——

我们的爱情如一只柑橘。
在古老的冬天
鲜亮而充满芬芳。
屋子里有雪的气息，
旧衣柜的气息和死亡的气息。
然而我却想到了春天，
当一只柑橘
在洁白的桌布上。

1983

人类的工作

整整一个上午劈着木柴。
贮存过冬的蔬菜。
封闭好门窗，
不让一丝风雪进来。
窗前的树脱尽的美丽的叶子
我不知道它是否会因此悲哀。
土拨鼠的工作人类都得去做
还要学会长时间的等待。

1984

1965 年

那一年冬天，刚刚下过第一场雪
也是我记忆中的第一场雪
傍晚来得很早。在去电影院的路上
天已经完全黑了
我们绕过一个个雪堆，看着
行人朦胧的影子闪过——
黑暗使我们觉得好玩
那时还没有高压汞灯
装扮成淡蓝色的花朵，或是
一轮微红色的月亮
我们的肺里吸满茉莉花的香气
一种比茉莉花更为冷冽的香气
（没有人知道那是死亡的气息）
那一年电影院里上演着《人民战争胜利万岁》
在里面我们认识了仇恨和火
我们爱看《小兵张嘎》和《平原游击队》
我们用木制的大刀和手枪
演习着杀人的游戏
那一年，我十岁，弟弟五岁，妹妹三岁
我们的冰爬犁沿着陡坡危险地滑着
滑着。突然，我们的童年一下子终止
当时，望着外面的雪，我想
林子里的动物一定在温暖的洞里冬眠
好度过一个漫长而寒冷的冬季
我是否真的这样想
现在已经无法记起

1984

没有差别

早晨
推开我的窗子
远山送来
黯淡的白色

在我的信中，我不知道
该告诉你那是些什么——
一丛丛盛开的素馨
抑或峰顶寒冷的积雪

而无论是些什么
在一个观察者的眼中
无非是些
黯暗的白色

1985

在旅途中，雪是唯一的景色

我不知道
该对你说些什么
当面对车窗外面
无限延展的白色
（夏日这里开满了野百合）
——三百公里的崎岖和雪
人生不过是

一场虚幻的景色
虚空，寒冷，死亡
当汽车从雪的荒漠中驶过
我想到的只是这些

1986

雪

第一次看到雪我感到惊奇，感到
一个完整的冬天哽在喉咙里
我想咳嗽，并想尽快地
从那里逃离。
我并没有想到很多，没有联想起
事物，声音，和一些意义。
一张张陌生的面孔，在空气中浮动
然后在纷飞的雪花中消逝
那时我没有读过《大屠杀》和乔伊斯的《死者》
我不知道死亡和雪
有着共同的寓意。
那一年我三岁。母亲抱着我，院子里有一棵树
后来我们不住在那里——
母亲在 1982 年死去。

1986

雨

下雨的夜晚
如同一场冗长的谈话
我们能做些什么
书在架子上
而袋鼠在澳洲
回忆和等待永远在虚构着故事
路走到尽头就是天边
星星是永久的沉默
即使在雨天也从不大声抗议
如果你忘记了雨伞或雨衣
你将会被淋湿
打喷嚏或者发烧感冒
天晴了太阳会照旧升起
生活就是不断地循环转动的木马
但不要忘记这是下雨的夜晚
雨水用灰白的手指
叩击着电话亭和风景
窗玻璃像眼镜片一样闪闪发亮
如果你感到厌倦你就去非洲
祈求降雨或者变成狮子
或者去找伊文思
他对下雨很有兴趣
在地球的另一个角落马尔克斯
写着《伊莎贝尔在马孔多观雨的独白》
他是一位作家
那是一部书的名字

1987

照相簿

母亲的微笑使天空变得晴朗。
她白色的衣裙
盛开在一片收获的玉米地里
使 1959 年的某个夏日成为永恒。
我怯生生地站在那里，拿着一架玩具飞机
那种双翼的，二次大战前使用的那种
一身海军制服，像一名刚入伍的新兵
却不知道某些地方正沐浴着战争和死亡。
另一幅照片。我扎起
一根小辫，像一个女孩。
那是妈妈干的
时间与妈妈的那幅大致相同。
还有一张骑在三轮车上吃着橘子
以后好长时间我邻家的孩子
啃着糠麸窝头，坚硬得像黑色的石头。
弟弟在照片中的一张炕桌上
吃着饭，在这之前他一直傻笑着
追着爸爸的相机
后面的墙壁上有剥落的痕迹有一处我一直在想
是一只老虎而看上去的确很像。
1962 或 1963 年。那一年春天
我第一次拿着两毛钱去商店买了一包糖
并用蜡笔在墙上涂抹着太阳和警察。
接着画面上出现了妹妹
戴一顶可爱的绒帽
马戏团小丑常戴的那种
愣愣的表情
仿佛不知道发生了什么事情。

在一张全家照上，拍下了
爸爸，妈妈，弟弟，妹妹，和我
上面印着：1965 年 8 月，哈尔滨
爸爸试图微笑，但他一边的嘴角刚刚翘起
便凝固在画面上
无法把它修整得更好。
这也是全家最后一次合影，以后好些年
全家人没有照相也没有微笑直到
我和大学同学一起拍下照片
然后是同妻子的结婚纪念照
我们不得体地微笑着
带着幸福的惶惑。
1982 年。这一年母亲离开了人世
而影集中增加了女儿的照片
有一张姥姥抱着她就像
当初抱着我但那时没有留下照片
但姥姥保存着舅舅和我的一张
舅舅看上去年轻漂亮那时他刚刚结婚但此刻
他躺在医院里痛苦不堪他患了重病。
照相簿里更多是女儿的照片
活泼地笑着，跳舞，吹生日蜡烛，穿着我的大皮鞋
像踩在两只船里。这一切突然变成彩色仿佛
在一部影片中从黯淡的回忆
返回到现实。

1987

回 家

返回澄明之境
　　　——海德格尔

那个夏日，我沿着晒得松软的
柏油路，步行回家
二十里路。小六面井
几十户人家的小屯。

太阳热辣辣地晒着
路边的深沟里，长满
齐膝高的青草，夹杂着白色和黄色的
野花，蝈蝈们大声叫

一路上我捉了好多。以后回家
我骑自行车，有时坐马车
瘦马慢腾腾地走，赶车的拼命挥着鞭子
迎面一个扛行李的走来：

"这么打，还过不过？"
"不打它不扛行李，"老板回敬他
我们笑了起来，他叫
王小虎，把老婆打回娘家。

在假期一次和屯里的孩子们
到邻村去看电影，回来在田野中
有几头牛，我想骑上去
我记得骑牛要骑屁股

但牛向前走动，我重重跌在
地上，眼睛里放光，一霎间
我注意到，傍晚带着庄稼芬芳的空气
和星光，是那么美

1987

纪念我的舅舅

1937—1988

在这个雪天
我无法写出悲悼的诗句
当坐在返回哈市的公共汽车上
一路上穿过寒冷和距离
望着窗外一闪而过的积雪
我并没有意识到正在永远离开你
不，是你在永远离开我们——
车上拥挤，有人咳嗽着
老式马达像浊重的呼吸
你脸色蜡黄，如同后来盖着的寿布
在极度痛苦中度过生命最后的日子
50 岁。当我细细回味着你的一生
记起了一段早已遗忘的往事
有一次我们去看电影
突然断电，你说，"真扫兴
留下一个空白的结局"
但这一次没有人向你退票，以后的情节
也无法预知

1988

冬日纪事

一整个冬天
我在读一本书。
我读一本书
或一部手稿。
我哼着一首五十年代流行的歌曲。
我走向一所房子。
栅栏和雪。
脚印在雪地上
一行肮脏的铅字。
我数着丰田小汽车
和一双双耐克鞋。
我渴望听到鲍勃·迪伦或甲壳虫乐队的音乐。
我看见窗外的树枝因积雪而折断。
我在房子里阅读着火。
我不给别人写信
也没有人写信给我。
我不再做梦
我看着一部旧影片
黑眼睛的印第安姑娘
微笑里进现出春天。
我同电视里的人物交谈，
我握着女演员冰冷的手。
我最终学会了缄默。
我知道在冬天里无话可说。

1988

尤利西斯

这是个譬喻问题。当一只破旧的木船
拼贴起风景和全部意义，椋鸟大批大批地
从寒冷的桅杆上空掠过，浪涛的声音
像抽水马桶哗哗地响着，使一整个上午

萎缩成一张白纸。有时，它像一个词
从遥远的海岸线显现，并逐渐接近我们
使黄昏的面影模糊而陌生
你无法揣度它们，有时它们被时间榨干

或融入整部历史。而我们的全部问题在于
我们能否重新翻回那一页
或从一片枯萎的玫瑰花瓣，重新
聚拢香气，追回美好的时日

我想象着老年的荷马，或詹姆士·乔伊斯
在词语的岛屿和激流间穿行寻找着巨人的城堡
是否听到塞壬的歌声？午夜我们走过
黑暗而肮脏的街道，从树叶和软体动物的

空隙，一支流行歌曲，燃亮
我们黯淡的生活，像生日蛋糕的蜡烛
我们的恐惧来自我们自己，最终我们将从情人回到妻子
冰冷而贞洁，那带有道德气味的历史

1990

我们所说和所做的

天在下雪，远处的灯光投向我们
使我们的影子拉长，稀薄，像岁月和历史
在梦中我们自由地穿行
但现在所有的门关闭。啊，有谁能够

看见淡蓝色的雪，当他的脸
隐匿在窗帘后面？
而楼梯仍然黑暗，旋转
将我们载向一个不可知的高度

或者那就是虚无。没有人知道我们
当灯光暂时熄灭，我们听到雪
在六月的天空发出搅拌机的声音
一只熊从街道深处走出

羞涩得像一位新娘，这是
上帝赐予我们的礼物
那么，你是否拒绝这场雪，是否提议
采用另外一种方式？或者干脆回到

我们诞生的房屋，或走进那面生锈的镜子
它静静坐在那里，像一架捕蝇器，捕捉着
光线和意象。在上个月，最后的
一位邻居也已离去

1990

香根草

有时，你的优美像刀锋
划过我的皮肤。当四月的香根草
以一种崭新的姿势摇曳
来吧，让我们穿过天空和果树
在明亮而平缓的气流中滑翔
好多年……滑翔是空气中的
自由运动，或是对运动的否定
但我们无法返回自身
喘息而闪烁，像一条鱼。而我们只是些植物
在历史的间歇中生长，并被欲望所引导
没有滑翔，滑翔是我们全部愉快的思想
它最终将返回我们，像一只手戴上命运的手套
那么来吧，穿过篱笆和起重机的阴影
穿过纠结的蓝色线条，上升
并吐出红色的果实

                                        1990

边缘的人

这想法令人尴尬，或者相反
只是让你感到——譬如不安，或一些莫名其妙的感觉
你无法用语言捕捉。三十年来
我一直在做这件事，但总是徒劳
我无法把它做得更好，仿佛又一次
堕入命运阴险的圈套，似乎它的目的

只是为了好玩，或使你尴尬。还能做些什么

当世界像一辆疯狂的小汽车

载着我们在高速公路上急驶？你是否看清

路旁的风景和禁止停车或转弯的标志？

或许，你可以选择另外一种生活

它冰冷而礼貌，像一个继母，或陈设在新式客厅

古老而优雅的瓷器，譬如，

重新回到当初的起点

让夜晚的街道和广场再次积满去年的雪

或打开洗碗器，使水流和月光

细细滤过思想逻辑的每一个缝隙

周而复始的游戏……在里面，每一个词

最终滑向一个无法确知的意义

在你头脑的词语手册中，现在是否能够找到

诸如崇高深刻的词语？唱诗班的歌声沉寂。而小汽车的

松软坐垫和靠背，空调，流行歌曲

以及流线型的闪亮的外壳，还有——速度

构成二十世纪的教堂，时髦而精美

"虽然我们不曾拥有，却是它虔诚的信徒"

但天知道它将载我们冲向哪里

而四月确实在诱惑着我们，以纯洁的牧羊女的形象

它不在未来，只是残存于我们破碎的记忆

如果你还有。哦，那些令人怀念的甜蜜的日子

那些篱笆，田野，小河边女人洗衣服的说笑声

月光下的谷类作物，燕子的呢喃，泥土和野草的芳香

你是否使用科隆香水？女人们

浏览着新潮的时装杂志

孩子们翻阅童话，想象着金发公主和毒龙的样子

或独眼怪。他们童年的幸福将会标价出售

如果你高兴，你可以在

博物馆或迪士尼乐园寻找到它们

也许，我们的全部问题是技术问题
从一个已知滑向另一个已知，或复制出
全部的形象，生动，逼真，像一个个孪生兄弟
或镜子中的你。他们从虚无中走出
舞台上的光束追踪着他们，他们的身躯
发出淡淡的光辉，像一些透明的影子
无论如何，他们不会同我们握手，也不会
说出告别的话语，因为我们正处于危险的边缘——
　　　白天和夜晚的边缘，清醒和睡眠的边缘
　　　　理智和疯狂的边缘，或是词语和思想的边缘
哦，也在悬崖和大海的边缘。在轮下
世界急遽地掠过，像一只大鸟
"它缤纷的羽毛留给我美好的记忆"
在悬崖下面，海呼啸着向我们扑来

1992

岁月的遗照

我一次又一次看见你们，我青年时代的朋友
仍然活泼，乐观，开着近乎粗俗的玩笑
似乎岁月的魔法并没有施在你们的身上
或者从什么地方你们寻觅到不老的药方
而身后的那片树林，天空，也仍然保持着原来的
形状，没有一点儿改变，仿佛勇敢地抵御着时间
和时间带来的一切。哦，年轻的骑士们，我们
曾有过辉煌的时代，饮酒，追逐女人，或彻夜不眠
讨论一首诗或一篇小说。我们扮演过哈姆雷特
现在幻想着穿过荒原，寻找早已失落的圣杯

在校园黄昏的花坛前，追觅着艾略特寂寞的身影
那时我并不喜爱叶芝，也不了解洛厄尔或阿什贝利
当然也不认识你，只是每天在通向教室或食堂的小路上
看见你匆匆而过，神色庄重或忧郁
我曾为一个虚幻的影像发狂，欢呼着
春天，却被掬入更深的雪谷，直到心灵变得疲惫
那些老松鼠们有的死去，或牙齿脱落
只是偶尔发出气愤的尖叫，以证明它们的存在
我们已与父亲和解，或成了父亲，
或坠入生活更深的陷阱。而那一切真的存在
我们向往着的永远逝去的美好时光？或者
它们不过是一场幻梦，或我们在痛苦中进行的构想？
也许，我们只是些时间的见证，像这些旧照片
发黄，变脆，却包容着一些事件，人们
一度称之为历史，然而并不真实

1993

隐　喻

1

不会有出人意表的形象，或许
这是宿命。一座建在水上的木房子
抵御着白昼和光线，在另一些日子里
它将在天空中放大，像一只苹果，在城市里扩展
阴郁而沉重，介入我们的生活
你可以摆脱它，如果你愿意
但你无法摆脱它的阴影
它会带给你一个令人惊愕的花期

2

现在突然爆满了整个城市，像贼鸥
或血液中的疾病，使春天看上去
变得可疑。无从诠释，诠释只是
用一些词，代替另一些
但我们并不知道
在说些什么，或做些什么
就像镜子里的蜀葵和大丽花，无意
装饰着风景，却被风景所装饰

3

但此刻手中的钥匙生锈了
花园的门无法打开，我们只能等在外面
猜谜，或在一只鞋子里
重复我们的故事。当黄昏降临
在强烈的光束下，一辆小汽车缓缓升起
我们时代的精神偶像。而天空和风景
被浓缩成一张明信片
在圣诞节前夕会寄赠给你

1994

四月的一场雪

雪覆盖着整个原野。
四月的一场反叛
揭穿春天虚伪的骗局。
一整个下午，我想着
这场雪，你的身影
和那些黑色的鸦，还有
另外一些事情——
或者说一些无足轻重的
话，譬如火，或是寒冷
或雪是迷人的，等等。
但也许迷人的不是雪
也不是思想，而仅仅是
词语，确切说是词语的
排列。就是这样
也许总会是这样。
但最终会有一些事情发生
正如刚刚一列火车
从隧道中呼啸驶过。
现在原野一片空白了
而在一张稿纸上
你找到了需要的一切。

1994

电影院

那座电影院，砖和混凝土的
庞然大物，一再进入我的梦里
也许为了投下永久的阴影，或
祈求和暗示着什么？偏僻县城的
文化中心，给干涩的日子注入
一点点彩色的梦想，但大都在记忆中
消退了颜色。"我在一个县城出生
在另一个县城中度过了童年，"在想象的
自传中我这样写。迈过春天的
泥泞和水洼（刚刚解冻，上面映出了
天空），我走在破旧的街上，看到它
正傲然注视着我。而现在我一次又一次
来到它面前，看见电影预报
在大城市中早已演过的，票价似乎
仍很便宜。我只是在外边
站站，冷漠地看着它衰老的面孔
一次好像在买票，但那部片子并不吸引我
更多是从它的后门进去，里面在开会
或放着枯燥的纪录片，我悄悄
踏着破损的楼梯上楼，楼上是
放映间和办公室，但没有人
就像影片中一个人闯入闹鬼的阁楼
却并不感到恐怖。我常和家人
去那里，好多年前，比如说
弟弟，有时是一个人。它真的对我重要吗？
也许。或者像有人在火车上
看到一处风景，或一张脸，漫不经心地
但在某一个早晨却会突然忆起

（这是在谈一部影片吗，或
真的是我的某种经历？）
而它们更远了，或者消逝，不论
曾经对你意味着什么。就像这座
电影院，我以为它会永久地
站在那里，而它已被拆除，几年前

1995

对一位女作家的访问

准备着咖啡，问我"要不要加奶"
"随便。"还有几块方糖，像骰子
只是上面没有点数。然后我们坐下
沉默了一会儿，选择着合适的话题
"在我小的时候，没有书读，读的
只是些语文课本"。我也是，但情况要好些
那时我读到巴尔扎克，霍桑的《红字》
和屠格涅夫的《初恋》。"直到我考入师专
我被屠格涅夫的美吸引"。她披肩的长发
声音略有些沙哑，"他笔下的自然景色
甚至比自然景色本身还要美。当然，后来
我不再喜欢他"。我思索着，从什么时候
我摆脱了屠格涅夫，也许我从没有
真正喜欢过他。问起了卡夫卡，不喜欢
我刚好相反。对普鲁斯特的看法
却有些接近。可敬的法国女作家们，她们的贵族气
她们的优雅与语言，她们敏锐的感觉
如同镶花的黑色的晚礼服（当然最好是袒胸）

使我们的语气充满羡慕。"上午，刚刚有个
讨厌的记者，问我为什么独身，'你是否
想做单身贵族？'我回答，'在中国
你没有可能使用贵族这个词'。"
我表示同意。但突然意识到，我们
处于两个敌对的营垒：男人和女人
几万年，甚至更为久远。不过，现在是和平时期
或是在谈判桌上，签订着一份友好或互不侵犯条约
但谁能察觉背后的阴谋？两位将军（或副官）
用文明的方式彬彬有礼地较量。也许明天他们会
同归于尽，或一个做了另外一个的俘虏
天下着雨，淋湿着窗外的树木和屋顶
"爱你的敌人，"基督说。但愿我能够做到
我想吸烟，但得到了客气的否决。只好
欣赏墙上的画，小幅的，色彩斑驳的自然
正在缩小或消失。想到了原罪，我们
或我们的祖先，当初正置身于类似的风景中

1995

无 题

打开一本书我看见雪
我看见死亡和遗忘
打开一本书我
看见死者们围着一个图腾跳舞
打开一本书我看见
一堆堆肮的铅字
日子像一辆救护车

驶过树木齐整的街道
（也许驶入意识的黑暗中心）
它发出尖利的叫声
但并不向我们证明什么

1996

自 白

面对人类的暴行和时间的废墟
我选择了沉默
不再发出的抗议
这是否意味着我在观众的座席中
寻找到自己的位置
或成为同谋，当放弃了
哪怕是微不足道的抗争权利？
原谅我吧，选择了生，而不是去死
只是为了成为证人，或记录下这页
后人难以置信的历史
然而这只是事情的一个方面
就像奥斯维辛的参观者
在焚尸炉和成吨的尸骨面前
震惊，悚颤，甚至停止了呼吸

1996

诗 歌

是否有一天，这天空，街道，以及两旁
夜色中闪亮的槭树和白杨，这些旧建筑
（厄运的幸存者，仍然留存着不复存在的
时代的完美或并不完美的风尚）将离开我
或我离开这一切。而在另一些凝视的眼睛里
它是否仍然美丽？仿佛时间纠正了
所有的错误，此刻我们谈论着的
古老的技艺（抚慰着我们疲惫的心灵）
是否会受到嘲讽，像那所传说中闹鬼的房子
只是引起少许的好奇，或一些惶恐？

1997

献 辞

这些诗献给你们，历代的大师
先行和后来者，我看见你们挑剔的
目光在诗行中爬动，像苍蝇……
是否它会吸吮到鲜美的果实
或只是一堆粪便？部分庄重
更多是戏谑。现在春天像一本书
打开，心裸露在寒冷湿润的风中
渴望着歌唱（或哭泣）。在另一些
日子，我们看到一些不同的景色——
我试图唱出辉煌的音调，但我的
嗓音变哑，无法达到那些

更高的区域——也许适合谈论
更为切实的话题——这些诗献给你们
古老的航海者，商人，士兵和屠夫
学者和官吏，变得世故的修女
以及陷入困境的老人。来自巴什拉的
历险者不会相信所见到的一切
沉思的花园枯萎，自然缩小成一幅画
悬挂在存在简陋的墙壁。当午夜的
月亮滑过城市的上空，它梦游者的脸
默默地注视着空无一人的街道
但它只是沿着自身的轨道运行
环绕着我们……这些诗献给你们
死去或正在死去的人，飘浮在
虚无中，带着你和我们固有的
罪愆。可笑材料制成的可笑的事物
穿着肥大衣服的小丑，世俗的浪荡子
真诚的骗子和赌徒，归根结底
我们只是上帝的一个玩笑，而最终
嘲弄着上帝。对于屠杀和死亡
诗歌已经无能为力，原谅我吧，它们
只是发出叹息，或微不足道的抗议

1997

雪中即景

1

雪落在佩雷德尔基诺或更远的地方，
寒冷摇撼着木屋后面的冷杉林。
透过蒙着水汽的窗玻璃
他的目光变得严峻。
尤里死去了，在时代的旧电车旁
他的心因为爱和苦难而破碎。
无可挽回。暴力是对人类最恶毒的诅咒
而在荣誉和祖国间，他最终选择了后者。

2

另一个人在巴利的古堡中凝望
在纷乱的雪中逐次展开的原野。
曾经为一个女人和更为虚幻的影像发狂
但此刻似乎归于平静。"如果智慧在
世界上确实存在，那将毫无疑问地
存在于孤独的头脑。"想到了死去的朋友，
往壁炉中加几块泥炭，看着火光
欢快地跳动，他的思想变得生动而澄澈。

3

习惯于在冬日的黄昏降临前完成
手边的工作，然后喝一杯酒
使心绪安闲而恬静。歌颂着春天
绿色的火焰，却跌入一个深深的冰川。

雪装饰着校园，麻雀们在空地上啄食，
暴君的塑像在渐渐臃肿。找到了
最后的归宿（还不算太坏），把生命和才华
融入大师们不朽的诗行。

4

而那个令全世界感到目眩的天才
——有着狄更斯笔下人物的名字——
从挽起衣袖的双手间，飘逸出
飞舞的雪片，使这个小小的舞台
重现童年新泽西的冬天。
挣脱于现实和苦难，梦想
带我们飞升，像鸽子，扇动着白色的
翅膀，从遍布死亡足迹的雪地上掠过

1997

加油站

现在我们必须要去那里。
在上百公里的奔波后，
——事实上，这不过是个缺乏含义的隐喻，
因为我们只是坐在松软的座椅上，
看着外面闪过的白色护栏
和令人生厌的风景——
油压表的指针滑向了左边，
而头上的太阳却滑向右边，
我们挺直了僵硬的脖子和背，

担心着发动机会随时停下来。
但适时地，它出现在道路的右侧，
红色尖顶的小房子，像教堂
等待祈祷者的到来。
透过车窗，我们看到计量器，严禁烟火的标语牌，
和拿着油枪的满身油腻的加油工，
不情愿地，他把喷嘴插进了油箱，
不时侧头看上一眼计量器，
嘴里似乎在嘟哝着什么，
仿佛在抱怨着天气，或者
只是哼着一支不成曲调的歌子。
不远的高速路上，一辆辆汽车冲过
像一张张发出的扑克牌——
它们不需要加油，或是在上一个
加油站中加过了油——
它们要去省城，或是更远，
要是这样，它们就要在夜间赶路，
或在中途找到一家汽车旅馆歇息。
我并不关心这些，对于我
他们只是偶然经过或相遇的物体，
而我只是一个旁观者，正如
在路上，看到有转弯或惊叹号的标志，
或一辆抛了锚的旧卡车；对于他们
我也是一样。院子里有着枯黄的干草
在夏天，里面会有蝈蝈在叫，还会有
一丛丛波斯菊开放（我想）。但此刻
它们就只是些枯黄的干草。初冬发白的
太阳变得更淡了，在灰蒙蒙的
天空中。"行啦。"他收起油枪，懒洋洋地
回到了屋子里，朋友踩着离合器，
挂挡，车身抖动了一下，又一下，

然后平稳地喘息着，像一头发情的公牛，
打舵，驶上了公路，继续着我们的行程。

1998

帕斯捷尔纳克

即使在冬天最寒冷的日子，帕斯捷尔纳克
每天仍会沿着雪中曲折不平的小路散步
去作家俱乐部。"他戴一顶俄国羊羔皮帽
想不到他竟这样英俊"。奥尔加．卡莱尔
一位来访者，俄裔美国人，这样回忆。事实上
他将近七十岁了。谈到《日瓦戈医生》，他说
他很清楚人们对这本书的喜爱，当然是指西方人
"我非常兴奋，也为之骄傲"。哦，可怜的鲍利斯
在国家和荣誉之间，你选择了前者，但在
国家和真理之间，做出了怎样的选择？是的，我们
都有苦衷。而曼杰斯塔姆，却在劳改营中永远沉默
在晚年，住在莫斯科郊外佩雷德尔基诺的
别墅里，烤火，写作，接待来访者，看着雪
在窗外飘落：证实沉重地活着，强过悲惨地死去

1998

我该说些什么呢？

我该说些什么呢？面对这无情的世界，
和雪一样的冷漠。小丑们戴着假面
显得兴高采烈。"生活就是快乐，"他们这样说。
而在我看来不是。我实在没有办法快乐。
森林在消失，河流变得干涸。
岁月带来的不是智慧，而是更多的惶惑。
雪总是在下。像冬日午后的闲谈。
但面对真实我无话可说。

2001

婚姻场景

这只是数字问题，而不是
数学的。当黄昏时分一场雨
照亮了窗外肮脏的树木
隔壁传来低哑的歌声

像盖在身体上的旧毛毯
事实上，已经到了下雪的季节
但金盏花似乎依然鲜艳
虽然看上去有一些斑点
月亮依然会适时地升起
但林荫道上漫步的人明显
减少了。树木像一个个古代的暗影
映出明亮的水洼，天空破旧得

无法修补。但雨仍在下吗？
不，它早就停了。也许
根本就没有下雨，那是昨天的事了
一天也只是一天，它在记忆

或想象的银行中从不增值
但最终会被印成报纸，供你
在餐桌或公园的长椅上阅读
你渴望着花边新闻，却从来

不曾想到为它提供某种
新鲜养料。在上个月
鱼缸里的那条热带鱼死了
但这显然与季节无关

也不会使生存的景色变得
黯淡。你注视着瓷器上的
细纹，你不再做梦，或它
已褪掉了颜色，就像

蛇蜕掉它的皮，或树木
脱掉了叶子。它们被制成
T恤，穿在下一代的身上
宽松，肥大——这只是一个比喻

但它不会带给我们任何启示
没有预言，日子不过是
一种单调可靠的重复，或许
想到这些你会感到安慰

2002

嵇 康

给桑克

我给他泡了杯热茶，然后坐在沙发上
开始我们的闲谈。当话题被扯到
一首关于嵇康的诗时，我注意到窗外
浓重的夜色。感到好奇，我不知道
他会如何处理这个题材。坦率地说，
这并不是一个有趣的话题（当然
也并不新鲜）：我们崇尚的清谈
正好在嵇康那里结束。我宁愿
聊聊陶渊明，因为谈论中国古人
成了中国诗人的一种最新时尚。
而且，我对嵇康所知不多，只是
知道他曾对着日影弹琴，那首
失传了的广陵散。但这里没有
竹林，也不会有多余的土地
让我们插上篱笆。菊花只是
栽在盆里，在花市上出售，售价大约
十元人民币。《十年》（写于1999）
记录下我十年间的生活和写作。
但希尼确实把他的写作比喻成
掘地和打铁。好久没有下雪了，正如
我好久没有写作。事实上，
我们只是借闲聊来打发时间：
在晚上十点有一个聚会，我们
将会去酒吧，和外地来的朋友们
见面，喝酒，当然是礼节性的。

2003

伦纳德·科恩

我喜欢你沙哑的嗓音
和你的《蓝雨衣》，还有
那张最新的专辑。它像
古旧家具上的一道光线
使我看清了岁月在上面
留下的痕迹。感伤，但
并不忧伤。哦，一个男人
我把你推荐给朋友，希望
他们也能喜欢，这并不很难
难的甚至不是发出你
美妙的歌声，真正的困难
也许在于，在这个变得
越来越冷的世界上，如何
保持我们心灵的体温

2003

致奥哈拉

奥哈拉，我该写写你了
奥哈拉，你为什么站在那里
一动也不动？是在等待什么吗？
一个人？一个灵感？一首诗？
一辆海滨出租车，带着
来自天堂的信息？
或是在看海？可夜晚很暗

什么也看不见。只有涛声
倒还不错。可它在哪儿
都能听到。海风温柔吗？
你的心是否平静，或是
充满着期待？期待什么？
而期待又是什么？它是一种
存在，还是一种心理状态？
海涛有节奏地响着，我曾说过
像抽水马桶的声音，听起来
的确有点像不过更庄严
也更雄伟些，而这终究是
经验问题。经验重要吗？
也许。也许并不重要
关键在于如何看待和解释
但你为什么不说话？
你是在沉思一个真理吗？
还是在想一件微不足道的小事？
它重要吗？像那束淡蓝色的花
采自八月，带着
难以形容的美丽——
难以形容，我是说语言的
无能为力（但这又是一个成语）
它的触须，甚至无法触及
事物的外壳，一双我们穿旧了的
而又不得不穿的破袜子
你冷吗？也许并不很冷
这毕竟是八月，"毕竟"和"是"
是否如维特根斯坦所说
作为一个图像，或只是表示一种
逻辑关系？像牙箍
维持着一种固有的秩序——

但你为什么不说话——
也许你选择了沉默
或一辆出租车撞倒了你
它为什么会在这里？它从
哪里来？来自地狱吗？
你相信地狱吗？或者
你只相信上帝？对了
你是个世俗的超现实主义者
来自纽约，用一支旧式钢笔
在拍纸簿上记下头脑中
偶然迸发的句子
或和艺术家们交谈着
在满是烟雾的工作室
但我讨厌那类诗人（或批评家）
拿着一把生锈的尺子，
测量着别人的诗句——
在诗人和诗人之间，已经
不复存在深深的敬意
还能说些什么，除了
祝你晚安，祝你好运
或一路平安，当一瞬间你被
一辆汽车撞倒，或祝你
能够永远地站立在那里

这个夏天

六月，风从花丛和绿荫深处吹来，
我浅黄色的亚麻布外衣在猎猎飘动着。
天空灰白，像花园中雨水冲刷过的石阶
空气中有雨和死亡的气息。

2006

归　来

当我从死亡的区域返回
发现熟悉的一切都已改变——
那些集市、街道和房子——
我昔日的情人们变老
鸥鸟们死去，在海滩上翻飞的
只是它们的后代。
而我是一个陌生人，来自
远方的流浪汉，没有人认得我
只有那条狗，在阳光中打盹
它的生命即将终止——
哦怎样才能抑止我们
对这个世界狂暴的激情？
在公元前八世纪荷马
记录下我的事迹，一半真实
另一半是虚构。后世的学者们
称颂他开创出回归的主题
事实上，我从来不曾回归

也无法抵达我的终点，只是
在永恒的追寻中漂泊，但一无所获

2007

在蒙马特公墓：2002

也许我该说点什么，对于死亡
和那些死者。但我最终选择了沉默
他们已经听到了太多的议论
现在该是清静一下的时候了。
在我看来，只有死亡才是平等的，不平等的
只是坟墓和葬仪的方式——
而对于死去的人，这些并没有什么不同．
他们安静地躺着，面对着同一片虚无的风景
而我们则屏住呼吸，在这些墓碑间穿行，
看着他们长长的一生，被浓缩成几行铭文
或没有铭文。然后回到各自的房子
（一所更大的坟墓），透过窗帘，望着外面
空寂的街道，想象着他们曾经和我们一样
长久地注视着从窗玻璃上滑落的雨点
削一只苹果，听一首伤感的曲子，伤感或快乐
然后微笑，或泪流满面地望着大海
就像维吉尔的诗中写到的那样。

2007

夜晚读卡瓦菲斯

夜晚沉寂。外面在下雨
在吃晚饭的时候
雨就下了起来，这是
入春后的第一场雨
我打开床头的那盏灯，拿起一本书
读着。卡瓦菲斯诗集
在橘黄色的封皮下方，有一排
整齐的齿痕，团团的杰作
它总是对我的阅读好奇
也许是想亲自品尝一下
诗集的滋味。是否尝到了
橄榄枝和月桂树的味道？
现在它长眠在楼下的花园里
那里在下雨，也许早就停了
一道窗帘隔开我和世界——
但寒冷仍会渗进我的灵魂
我在橘黄色的灯光下读着
那本橘黄色的书，心情就像
雨中的花园，变得湿漉漉的

2008

盛夏读陶渊明

道丧向千载

盛夏草木长

——陶渊明

外面传来割草机的声音，我知道
这是那位头发花白的工人
在为小区的树篱和草坪修剪头发
更远处，成串汽车隆隆驶过。风
大敞开的窗子吹进来
很凉爽。天空中有淡淡的云
但现在消散了。我在读书
听着 Keren Ann 的乡村民谣
三天来没有一个电话。当我
向外望去，暗红色的屋顶
在树影中闪亮。你的声音
穿越了一千年传来，还会更久
我知道，再过一千年，仍会有夏天
但是否还会有树木和草地？歌声停歇
仍然是割草机的声音

2008.7.9

其二

南风驱赶来雨云　停立着
像一群巨大的鲸鱼　我们和草木一样
盼望着一场雨　但始终没有下
它们移动　改变方向和形状

却不曾化为液态的雨　一个星期了
树木静止成绿色的雕塑　草坪发黄　只有
空调机的水滴落在行人的头上
太阳在城市上空剧烈燃烧
实施它的暴政　榨干大地每一滴水分
人们开车去了乡下的别墅
或到了景区　我脱掉身上的衣裳
躲在屋子里　我的房间农舍般简陋
但足够遮蔽风雨和抵挡烈日
有时看看窗子上的云朵
不是为了怀古　只是关心
那场期待中的不可预期的雨

2008.7.10

其三

他熟练地修剪着树篱和草地
把它们塑造得浑圆或方整。
我不知道陶渊明是否会赞同这样做。
他也许会让它们自由地生长
哪怕门前的小径变得荒芜。
他也干其他的杂活，我是说那位园工
譬如，为花木浇水，清理着
地面的垃圾。他的手指灵巧
但却粗糙，上面长满了老茧
当干完一天的活，他回到家里
会和妻儿一起吃饭，聊上几句天
然后一觉睡到天亮。但此刻
他正全神贯注地工作，直到暮色降临。
他远去的背影是那么亲切。

2008.7.10

其四

一只鸟在窗外叫个不停，发出刺耳的
嘎嘎声，我以为是电锯发出的噪音
在切割或打磨什么。在我的阳台对面
是一座废弃的厂房，不时有人在干点私活
可妻子说是这是鸟叫后来
我也认为是鸟叫，心里却仍然在
怀疑因为我确实没听过这样难听的鸟叫
但它在叫些什么，从早到晚？是在求偶
还是在诉说失群的苦涩？这个蹩脚的歌手
不入流的诗人，执拗表达着内心的情感
就像我。我清楚歌唱的最高境界
尽管我的嗓音低哑，羽毛也不美丽
但就算不是这样，我也不会唱得悦耳
因为生命中有太多的苦难和困厄
我才不在乎别人会去说些什么

2008.7.13

其五

雨一直在下，从昨天傍晚
落到了今天中午的睫毛上。
我的心情也被淋湿。想象着
一双灌满泥浆的靴子
在沼地中执着地跋涉，却不知道
将走到哪里，或走得多远。
或许这是我的脚，但道路却不是我的选择。
我们无法确知命运，但它确实

追逐着我们并干预我们的人生。
我是逃亡者。在梦中曾经不止一次
醒在小旅馆里，有着狭小的房间和木头楼梯——
街道陌生，两旁矢车菊寂寞地开。
我会平静地扮演游戏中的角色
任一切自然地发生或消失，直到
游戏的终结。现在我放下手中的书
眺望窗外的天空，暑气消散了
风中带有些许凉意，秋天在不远处的
枝叶间栖息，隐现，似有若无。

2008.7.29

张曙光与孙文波（左）萧开愚（中）在一起

和僵尸作战

这些天来，我在和僵尸作战。
他们成群地闯进我的花园，吃掉
我辛勤种下的农作物。他们甚至留下便笺
礼貌地说要来参加我的派对，"要用
你的脑子拌冰淇淋吃"。这并不好玩
我必须阻止他们进入我的房子
保卫我的生命和我的果实。
我用身边的东西做武器：玉米，卷心菜，
豌豆，倭瓜，蘑菇，还有辣椒。僵尸们讨厌
大蒜的气味，金盏花可以赚钱，还要种上向日葵，
制造足够的阳光，以便让植物生长。
他们源源不断，我是说僵尸，僵硬而缓慢，
在大白天，或趁着夜色和浓雾——
我不知道这些害虫从哪里来，真让人厌倦。
他们也和人类一样，形形色色，与时俱进：
戴着帽子、铁桶，拿着梯子，撑着
长长的竹竿，或是跳着迈克尔·杰克逊的太空步。
伴舞僵尸，像猫王。蹦极僵尸，会从空中
突然落下，然后又腾地飞了上去。有的
骑着跳跳，有的开着雪橇车和投石车。
有的在池塘驾着海豚，有的穿潜水服
也有橄榄球选手，高大而健壮。自然少不了
知识分子，秃顶，阴暗，拿着一张报纸，边走
边在思考。当手中的报纸被打掉
他会像是突然想起什么，匆匆地
赶路。当然，最对付的是巨人伽刚特尔
和僵王博士乔治·埃德加。女儿给每个僵尸起了名字：
戴帽子的叫帽哥，戴铁桶的叫桶哥

拿梯子的叫梯哥，学迈克尔的叫迈哥
骑跳跳的叫蹦哥，以此类推，听上去很好。
说到底，他们和我们没有什么不同，区别在于
我们热爱生活，而他们破坏。
这不只是个游戏，是的，这是人生
你必须有足够的爱心、责任和勇气。
如果你能战胜他们，他们就足够可爱，
成为我们的猎物，或发泄的对象。
他们带给你多大的恐怖，就会同样
带给你多大的愉悦和满足——
现在新的一波攻击已被击退，我直起身来
在习习的微风中，花园的植物茂盛
哦，生活是多么美好。然而我必须保持
足够的警醒，准备迎接新的攻击。

2010

维多利亚公园

房间只是临时的栖身之所。
或飞行途中的一棵树。你厌倦了
记录白天的风景。在夜晚
道路只是被在瞬间照亮。
当车灯的光束探询地转向
树丛深处，只是更多的黑暗。

砌石的小路转向网球场、长椅
和有着睡莲的池塘。月亮仍是夜的致命伤口
但对于我们，它早已不再浪漫
或成为爱的借口。路灯更为柔顺

但理所当然成为一种消费。
消费是我们每天的必需品。

没有更高的预期，一切只是出自偶然。
你的名字显然已不属于这个时代。
沉闷而保守，但恰好构成了
对这个世界的嘲讽，或同样
被这个世界嘲讽。相同的命名是
那个港湾，但海仍然是海

拥挤着游艇，看上去像一个坟场。
海风强劲地吹，仍然带有
鱼腥和殖民地的气味。我只是过客
匆匆地来去，只是在它的长椅上
小憩。毕竟它的存在，不能带给我
一个舒适的梦，哦，是的，梦。

对于很多人，未来只是一个词。
城市被海水簇拥，撼动。
它将持续繁荣，继续扮演着
自己的角色。伊丽莎或赫本，曾经纯朴的
卖花女，直到认同了自身的美
十分钟年华老去，或许这是

另一部电影的名字。十分钟，或十年。
如今她已沦落，更像让·日奈笔下的
克莱尔，却仍然忠实于自己的幻象。
它的空间过于逼仄了，容不得一个转身。
但我仍然喜爱她，尽管老迈，沧桑
衣襟上染满风尘，却仍不恣意。

2010

有关陶渊明

我们真的羡慕陶渊明吗？我们究竟会
羡慕他些什么？人们总是向往那些
无法实现的事情。但事实上，有时它们
很容易做到，只要你真的想做，或真的去做
但问题是，我们究竟会羡慕他些什么？
一个酒鬼，一个近似的乞丐，一个不识时务
辞掉官职回到老家种地的人。这事情并不难
远远超过办一张去美国的签证，美国
或是他妈的老欧洲——但除了他却很少有人
这样做过，一千多年一直是这样，我是说
真正地回到老家种地。因此也许我们
还要给他加上一个傻瓜的名号——
他会天真到种秫去酿酒，而不是直接
从经销商那里去获取。他锄地，在傍晚
扛着锄头回家，露水打湿了他的裤脚
那滋味并不好受。我曾经短期干过一些农活
耕地，锄草，收割麦子，我在里面找不到
任何诗意（只是充满了倦意）。所幸的是还有
月亮陪着他回家，像一只狗。但那不是李白的月亮
也不是苏东坡和姜夔的月亮。他只是不经意地看到——
鸟儿们归巢，虫子们在草丛鸣叫，求偶。那月亮
占据了天空，有时比人脸还要大。

2010. 8. 2

月亮的葬礼

我们有足够的理由为此悔恨。
但我们并不。我们只是会偶尔
发出几声抱怨。事实上
你无法在风景和季节间做出选择。
庭院中的丁香谢了。屋子里的光线
突然暗了下来。也许是在下雨。
对面的楼房，看上去像低垂的云，或一艘巨大的飞碟。
当然也许是我们戴着墨镜。我们的目光掠过
湿淋淋的树，它们同样保持着静默的姿态
似乎在参加一个重要的葬礼。
我们总是为突然出现的变化吃惊，或欣喜。
现在谋杀者回到了家中，拿起一份当天的报纸
读着，陷入了沉思。老朋友的名字出现在上面
他为世界的堕落而伤感。
很多事物消逝了。狼人，吸血鬼，空气中的精灵，
那个世界曾经危险，但美好。
我们只是从传说和老照片中看到这一切。
他们崇拜月亮。而我们杀死了它。
我们杀死了它。一次又一次。也杀死了我们生命的一部分。
它不再发光。它被埋在冰冷的地下
天上的那个只是它的替代品。
我们的生活充满着谎言和背叛。
我们的厨房里堆满廉价的婴儿食品
纸箱，和空酒瓶。明星的海报在墙上
发出腻人的笑。是的，我们同样杀死自己。杀死了
生命的一部分。当走在午夜空荡荡的街上
我感到我们只是些幽灵，短暂地
从另一个世界中返回。

当抬起头看到外面在下雪

当抬起头看到外面在下雪
他略略感到些许的惊奇。
他一直专注着手中的工作
读书，或写一首诗，把陌生的感觉
转换成他所熟悉的文字——
在他做着这些事情的时候
他没有留意时间的流逝
和由此而来世界的变化。
现在一切都似乎全然不同了
屋子里变得清冷
外面的光线也开始喑哑而沉重
他不知道这是因为在下雪
还是因为一天的行将结束。

2011.12.23

主人对我们做了些什么

在一个梦里，我变成了水手。
我们和风浪搏斗，像神明一样崇拜着我们的主人。
他许诺带我们进入一个美好的世界。
但在树木葱茏的艾尤岛，美丽的喀耳刻
用她的魔法把我们变成了猪
他也投身在女巫的怀抱，放弃了我们
他们手挽着手，在花园的小径散步
在草地上做爱。而有时看着我们：

"这就是我对你们说起的美好世界。
的确，生活真的是十分美好。"
随即他的目光变得黯淡，举起手中的杯子：
"当然，它也会变得有点残酷。"
然后撒给我们一把发霉的橡籽。

2012.9.12

卡桑德拉

她见证过两次历史的改变。
一次是一座伟大城市的陷落
另一次一位伟大的君主被杀。
这些完全可以避免，只要人们
听信她的话。但一切早已被命运注定
我是说特洛伊和阿加门农的覆亡
以及她的话永远不为别人相信——
她注定只是一个见证人，和挽歌的作者
而无法阻止历史滚动的巨石。

2012.9.24

马航 MH17

我想不起那一时刻我在做些什么。
当然我不必提供不在场的证明，证实着
自己的清白，就像俄罗斯，乌克兰，和反对派武装

在山毛榉林中玩着的捉迷藏游戏。我想我只是在散步
或逛着超市，或是匆匆穿过肮脏而冗长的街道
赴一个不必要的约会，或是在家里听苏菲·珊曼妮的歌
或是在看一部蹩脚的电视剧，在里面英雄们
在奋力拯救着这个行将崩塌的星球——
然后，这一切发生。我同样无法想象
那些人在那一刻在做些什么——他们无疑
是在机舱里——喝着饮料，小声地聊天，或是
想着心事——妻子或情人——或是写下旅途见闻
好寄给爸爸妈妈，或爷爷奶奶。他们渴望走下飞机
去拥抱陌生的城市和明天。他们中的一些人确实
拥有拯救世界的能力，但这能力却并不足以
拯救他们自己。然后，这一切发生。他们的
旅程终止。他们的生命终止。他们的梦想终止
他们的欢乐和悲伤终止。不是伴随几声叹息
而是一声巨响。这一切发生，偶然或并不偶然
总是会有人死去，或沦为权力的牺牲品，而另一些人
活着，走在乡间和城市清冷或热闹的街头，
匆忙或悠闲，沉思或看着商场的橱窗，或大屏幕上
滚动的广告，清白或不那么清白，就像我和你。

2014.7.21 — 22

台风袭来时

开车沿浑南大道驶向万达广场。
六十公里车速，七个信号灯。
天气很好。云充盈地悬在空中，静止／移动。
气温 29℃，风速三到四级。音乐调频台

放着朴树的新歌，平凡之路，和许嵩的
山水之间，听上去不算很坏。可我还是喜欢
Not Going Anywhere, Keren Ann 的那首。
正午的光线中树影变淡，做着反向匀速运动
从挡风玻璃上端向后滑过。一切看上去有些伤感。
上个星期戈蒂默死去，更早些是马尔克斯，
但花坛中的石竹和鸢尾花开得仍然耀眼。
生活中总是会有太多的忧伤和无奈，
而人又是多么奇怪的存在，像古老的瓷器
美丽而脆弱，轻轻一碰就会成为碎片。
又一场台风登陆，电视中的新闻画面
眩目，惊险，但我们漠然，仿佛在观赏
一部好莱坞大片。这个世界人们彼此隔绝，
似乎全不相关，如同驶向不同方向的汽车，
但实际情况可能并不如此。那么告诉我，
Ann，除了这些，我们还能做些什么？
汗水从我脸上流下，双手紧握着方向盘，
我的手机铃声在不停地响着。

2014.7.23 — 24

这个夏天发生了什么

加西亚·马尔克斯死了。他写过《百年孤独》，
和一些别的什么书。
但他粉丝的数量远远不如比昂丝。
天气预报有雨，但终于没有下。
雨移民去了南方，把干旱留给这座城市。
几个航班接连出事。俄罗斯更加独立。
小路旁的铃兰枯干变黄。遛狗的男人没有出现

他的那只蓝色的雪纳瑞被剪光了毛。
当更多的证据指向俄罗斯支持的分离分子，
我们称之为"民间武装"，暧昧地把他们装扮成中性。
但李宇春看上去仍旧像是男生。
叶子在树枝上刷啦啦响，等待着一场雨。石板路爬满蚂蚁。
它们应该趁着好天气筑窝，储存过冬的食物。
政治经济学主导着政治。市场繁荣
只是你搞不清哪些是转基因食品。
照旧做着电影院的梦，每个都不一样，
比看电影更让我过瘾。很久没去电影院了。
我们的想象力被想象耗尽。台风威马逊，
台风麦德姆，谁给它们取了这么动听的名字？
就如同把独裁者称为救星。
小可很乖。在上幼儿园体检抽血时
一点也没哭，旁边的小男孩一直闹个不停。
世界杯只是激起一点点波澜，现在
一切仍然是老样子。我读陶渊明，和《现代性的终结》。
有太多的事情要做，但总是没有事情可做。
月亮怀了孕，她的肚子一天天变圆。
毫无疑问这不是我干的。
菊花就要开了。这个词被卡扎菲的屁眼弄脏。
它不再属于陶渊明，成了死去暴君的专利。
园中的花朵们守护着篱笆。白色，粉色和红色
发出不同频率的尖叫。这里安静得像墓地。
淡淡的雾一样的光线中散布着幽灵。他们在追怀
旧日的好时光。不远处挖掘机在轰响，
提醒着我们这个世界仍然在运转。
它不会停下或放慢脚步。
这个夏天，有很多事情发生，但最终
似乎什么也没有发生。

2014.7.29

在兴城看海

开将近五个小时的高速，就是为了
来到这里，坐在沙滩上，看人，看海
看波涛向海岸涌来，看云在天空中变淡，
消散，像所有来到这里的人们一样？
海看上去并不很蓝，而是一种银灰色
在蓝天下发亮，也似乎并不辽阔，也许
我们的目光看得不够远，或是在不远处
海与天空相交。海岬的一角，是楼房
和红色的灯塔。一艘白色的轮船（至少
看上去是白色的）在行驶，缓缓隐入
海平面中。沙滩发烫，到处是烟头、瓶盖
和破碎的贝壳。人们在巨大的遮阳伞下
或搭起的帐篷中，吹着海风，这是在摹仿
富人的生活，但"这不是有钱人享用的海滩"。
他们在海南，北戴河，有着专用浴场
和更高档的服务。然而，"海还是蓝的，
但是另一种不同的蓝"。可儿回答我。我惊讶于
她能说出这样的话来。她快三岁了，正在
专心地用沙子盖着房屋。我用塑料桶
从海边提水，把沙子浇湿。我挽起的裤脚
被潮水打湿。我见过更蓝的海，浪涛
也更加汹涌，在花莲。但那里没有沙滩
只是浑圆的鹅卵石，和巨大的防波堤
但近看仍然不是蓝色。天色暗了下来，海水
更加明亮了。海面涌起、落下，再一次
涌起、落下，不断重复着。沙滩上的房子
将被冲毁，提醒着我们一切抗争都将是徒劳。
然而，明天仍然会有人在这里用沙子

搭着小房，我们，或其他人。海潮仍会
涌上沙滩，抹平这一切。会有人离去
也仍会有人来这里，自己，或带着家人
坐在沙滩上，看人，看海，看波涛向着海岸
涌来，冲毁着沙屋，看云在天空中变淡，
消散，一次又一次，像所有来这里的人们一样。

2014. 7. 11

罗宾斯之死

威廉姆斯·罗宾斯死了，死于自杀。
这消息让我吃惊，但并不悲伤。
我经历过太多死亡，部分死于上帝的安排，
少数出自自己的意愿，如罗宾斯这样。

那天电视里出现了超级月亮。
看上去很大，很亮，似乎是一个征兆。
后来是他的死讯传来，毫不壮烈，甚至近乎无聊。
我不知道二者间有什么关联。

然而当这些出现在电视中，无疑
加重了某种虚幻感。就像是在看
一部老电影，比如《勇敢者的游戏》
或是那部更加有名的《死亡诗社》。

对于我，他不过是诸多明星中的一个。
甚至不是让我喜欢的一个。我早忘记了
一些人的名字。很久没有下雨。我患了感冒

一直在不停地打着喷嚏。

但这次他赢得了更多的目光。这或许是
谢幕的最好方式。他与死亡合谋，换得了自由。
此刻我看到他正穿过城市、牧场和河流，
在虚空中飞行，一条皮带仍然套在颈子上。

2014.8.13

张曙光在书房

在旅途中，雪是唯一的景色

我不知道
该对你说些什么
当面对车窗外面
无限延展的白色
（夏日里这里开满野百合）
——三百公里的崎岖和雪

人生不过是
一场虚幻的景色
虚空、寒冷，死亡
当汽车从雪的荒漠中驶过
我想到的只是这些

15 × 20 = 300

manuscript paper

张曙光手稿

张曙光译诗选

〔巴〕**达维什**（6首）

咖啡馆，你和一份报纸

咖啡馆，你和一份报纸，坐着。
不，你不是独自一人。你的杯子半空，
阳光注入在另一半……
透过窗子，你看到匆忙的行人，
但你没被看到。（那是隐形的
特性之一：你在看却不被看到。）
你是多么自由，被遗忘在咖啡馆里！
没有人瞅见小提琴怎样打动你。
没有人盯着你的在场或缺席，
或注视你的困扰，假如你看到
一个女孩并在她的面前心碎。
你是多么自由，在这些人中间
专注于你的事情，没有人看你或摸透你！
做你自己想做的一切。
脱掉你的衬衫或你的鞋子。
假如你愿意，你会被忘掉并自由想象。
这里没有紧迫的工作，为了你的名声和脸面。
你就是你——没有朋友，没有敌人，在这里研究你的传记。
宽恕那个把你留在咖啡馆里的人
因为你没有留意她的新发型，
和在她鬓边飞舞的蝴蝶。
宽恕那个想在某一天
谋杀你的人，因为没有动机，
或是因为你在那天没有死
你撞上了一颗星并用它的墨水

写下了那些早期的诗歌。
咖啡馆，你和一份报纸，坐在
那个角落，被遗忘。没有人侵扰
你内心平静的领地，也没有人想要谋杀你。
你被遗忘多好，
在你的想象中多么自由！

描述一树杏花

描述一树杏花，没有花的百科全书
来帮助我，没有字典。
词语带我进入修辞的陷阱
后者会伤害感觉，赞美它们造成的伤口。
像一个男人讲述一个女人自己的感情。
那树杏花怎能照彻我自己的语言，
当我只是一个回声时？
它半透明，像清澈的笑声，在害羞露水外的
树枝上萌生……
轻得像一个白色动听的短语……
淡得像我们从手指间偷看的闪念
当我们徒然写下时……
密集得像不按字母排列的诗的一行。
描述一树杏花，我需要访问无意识，
它会引导我到挂在树上的挚爱的名字。
它的名字是什么？
这个在虚无诗学中的事物的名字是什么？
我必须摆脱重力和词语，
为了感受它们的轻盈，当它们变成
低语的幽灵，我创造它们如同它们创造我，

一树半透明的白。
那些词语既非祖国也非流放，
而是在对一树杏花的描写中的
洁白的激情。
既非雪也非棉花。
有人惊异着它如何超越事物和名字。
假如一位作家能成功地实现
在作品中描写一树杏花，雾会从山上
升起，人们，所有人，会说：
　　就是它。
　　这些是我们民族颂歌的词语。

我坐在家中

我坐在家中，不悲伤，不快乐，
没有自己，没有别的什么人。

摊开报纸。
瓶中的玫瑰不曾让我想起
是谁为我采下它们。
今天是一个假日，根据记忆，
一个假日，根据所有事情……
　　　今天是星期天。

这一天我们清理着厨房和卧室。
一切东西就位。我们平静地
听新闻。没有战争在进行。

快乐的皇帝和他的狗一块玩着，

在象牙般的双乳间喝着香槟，
在泡沫中游泳。

唯一的皇帝睡着午觉，
像我，也像你。他不关心复活——
他握它在右手中，它是真理和永恒。

淡，轻量，我的咖啡沸了。
豆蔻弥散在空气和身体中。

仿佛我一个人。我是他
或我是其他人。他看见了我并且安心
关于我的日子和离开。

星期天
在律法中是第一天，但
时间改变了风习，因为战争之王
在星期天休息。

我坐在屋子里，不快乐，不悲伤，模棱两可。
我不在意是否我要意识到
我不是真正的我……或别的什么人！

我爱秋天和意义的阴影

我爱秋天和意义的阴影。
在秋天被明亮的阴暗所愉悦，
透明的手帕，像刚刚诞生的
诗，闪耀在夜色或黑暗中。

它爬行着，找不到任何事物的名称。

羞怯的雨，只是淋湿远处的事物，
愉悦着我。
（在这样的秋天，婚礼的队伍
和葬礼相交：生存
用死者庆祝，而死者
用生存来庆祝。）

我愉悦地看到一个君主弯下腰，
从一条湖里的鱼那里重新获得王冠上的珍珠。

在秋天我愉悦地看到常见的色彩，
没有君主拥有卑微树叶中卑微的黄金
那些树同样在爱的渴望中。

我愉悦于军队间的停战，
等待两位诗人间的论争，
他们爱这秋天的季节，但在
隐喻的用法上不一致。

在秋天我愉悦于在视觉
与表达之间的同谋。

关于春天

关于春天，不论喝醉的诗人写下什么，当
他们成功地捕捉住飞逝的时间，用词语的
钩子……他们都很清醒，一切正常。

一些寒冷在石榴树的炭中
减轻隐喻中火的刺痛。（如果我比你
离我更近，我就会吻我自己。）

一些色彩在杏花中
保护着天空，从异教徒
最后的辩论中。（不论我们多么不同，我们
都意识到幸福是可能的，就像是一场地震。）

一些改变在使我们血液沸腾的
放荡婚宴上的那些植物中。
（种子不懂得死亡，
不论我们离开有多远。）

永恒不会使人害羞
当她同意把身体交给这里的
所有人……在这个飞逝的春天。

我曾经喜爱冬天

在过去，我倾向于荣耀的冬天，
我倾听着我的身体。
雨，雨，像一个爱的字母，从轻率的
天空放纵地倾泻。
冬天。一声喊叫。一个回声
渴望着女人的拥抱。
远处，一匹马带哈汽的呼吸
携带着云……白色，白色。
我曾经喜爱冬天，愉快地走向

被雨水打湿的空地上我约会的地方。
我的爱总是弄干我的短发，用
小麦和栗子色的长发。
她不满足于歌唱，
我和冬天爱你，
　　　　和我们在一起吧！
她会在两只热情的小瞪羚上
温暖我的心，
我曾经喜爱冬天，
我会倾听它，
一滴接一滴。
雨，雨像一只送给爱人的苹果，
倾洒着我的身体！
冬天不是指向生命尽头的
悲伤。它是开始。它是希望。
那么我该做些什么，当生命像头发一样脱落？
这个冬天我要做些什么？

神曲 炼狱篇

〔意〕但丁 著　黄国彬 译

（张曙光译本）

〔美〕**弗罗斯特**（2首）

请 进

当我来到那片林子的边缘，
鸫鸟的乐音——听！
现在如果外面是黄昏，
里面就是一片黑暗。

这林子对于一只鸟实在过于黑暗
靠灵巧的翅膀
在这个夜晚改善它的栖息地，
不守它仍然能够歌唱。

太阳最后的一缕光线
已经在西方消失熄灭
但仍然为了一首歌
而残留在鸫鸟的胸中。

远在一道道黑暗中
鸫鸟的乐音继续着——
几乎像一句请进的呼唤
进入黑暗并哀恸。

但不，我出来是看星星：
我是不会进来。
我是说没有受到邀请，
即使受到邀请也不。

既不远也不深

人们沿着这沙滩
全都转身看着一个方向。
他们的背转向陆地。
他们整天看着大海。

一艘船体会渐渐升起
在它驶过的时候；
湿润的地面就像玻璃
映出一只站立的海鸥。

陆地会有更多的变化；
但不论真理在哪里——
海水向岸边涌现，
而人们在看着大海。

他们没法看得更远，
他们没法看得更深。
但什么时候有过障碍
对于他们不停地眺望？

〔美〕**罗伯特·洛厄尔** (2首)

T·S·艾略特

夹在两道车的溪流中，在纪念堂
和哈佛战死者的阴影里……他说：
"你不讨厌和你的亲戚比较？
我讨厌。我刚刚发现我的两位亲戚曾被坡评议。
他和他们擦着地板。我很高兴。"
然后迈着空防队员的步子穿过院子。
谈到庞德，"没有必要说他只是
自命是埃兹拉…他好些了。今年，
他不再想去重建耶路撒冷的神殿。
是呀，他好些了。'你说话。'他说，当他谈了两个小时，
那时我简直没话可说了。"
啊，汤姆，一个缪斯，一段音乐，有着这种运气——
迷失在雄辩家们的暗夜里，
来自永恒浮渣中的幽默和荣耀！

埃兹拉·庞德

平躺在精神病犯人牢房的
一张帆布躺椅上……一个没系鞋带的男人抓起
你桌上"社会信托"的传单，你说着，
"这儿有一套黑色套装和一个黑色公文包；在包里，
一件讨厌的东西，'负鼠'的《向弥尔顿致敬》。"
然后跳开；拉佩罗，和逝去的十年，

接着是三年后，艾略特死了，你说着，
"谁留下来理解我的笑话？
我艺术上的老兄弟……再说，他是个叫得响的诗人。"
你给我看你长斑的、弯曲的手，说，"蠕虫。
当我在罗马无线电中说着关于犹太人的
废话，奥尔迦知道这是大粪，可仍然爱我。"
我说，"还有谁在炼狱中？"
你说，"开始是我膨胀的头，结束是我膨胀的脚。"

Czeslaw zmilosc

切·米沃什诗选

张曙光　译

（张曙光译本）

SOWER

〔捷克〕**塞弗尔特**（2首）

树冠中的鸟声

只有一扇总是开着的小铁门
阻止进入那快乐花园
和在菩提老树大路尽头的
白色的凉亭。
我曾常去那里听着
诗人马查久已沉寂的脚步
在潮湿的石板路上
在头上和四周
喜悦的恋歌声中。

我知道，鸟儿弄脏了很多东西，
甚至勿忘我花纯洁的眼睛，
它们有的还会藏在蜂箱附近
去杀害蜜蜂，
熟练地除掉它们的刺。
但这是它们的王国。

而三月的第一只乌鸫
在我们的窗台上高唱着，
就像乡村铁路站台上
那只信号钟发出的声音，
随着已经驶向下一个车站的春天。
在这座快乐花园之上是泽宾山。
在它的峰顶
罗盘的指针转动

并颤抖着，就像我的心
当在凉廊的台阶上我看见
你的双腿。

夜莺的歌

我是声音的捕手和录音带的
收集者。
我听着猎人们发出的号角
在每一个短波波段。
让我向你展示我的收藏。

夜莺的歌。它广为人知，
但这只夜莺
是聂鲁达听过的那些中的一个
当布拉格年轻的美人都把头转向他时。
被加在这录音上是一个绽开的蓓蕾
放大了的声音
当玫瑰的花瓣开始舒展。

这里还有几盘阴郁的录音：
一个人死亡时的喉音。
这录音完全可信。
灵车的吱嘎声和马蹄
在铺路石上发出的节奏。
然后是在约瑟夫·霍拉葬礼上
民族剧院奏出的庄重的号角声。
所有这些我靠交换得到。
但那盘磁带

"在我母亲棺材上冰冷的大地"
是我自己录的。

接下来是谢瓦利埃和米斯丹格苔，
迷人的约瑟芬·贝克
带着一串鸵鸟的羽毛。
在更年轻些人中优雅的格雷科和马蒂厄
带着他们的新唱片。

最后你将听到热情的低语
两个不知名字的恋人的。
是的，那些话很难听清，
你只能听到叹息。
然后突然的沉默
被另一个终止——
那瞬间
疲惫的嘴唇粘住
疲惫的嘴唇。

这是一个宁静的瞬间，
不是一个吻。
是的，你也许是对的：
性爱之后的寂静
就像是死亡。

〔美〕**史蒂文斯**（4首）

一位高声调的基督老女人

诗歌是最高的虚构，夫人。
用道德法则建造它的中殿
又由中殿筑起闹鬼的天堂。这样，
良心就变成了棕榈树，
如同腹胀的七弦琴渴望着圣歌。
我们原则上同意。那很清楚。但
用相反的法则建造一道柱廊，
又由这柱廊设计出行星之外的
假面舞会。这样，我们的淫欲，
不曾被墓志铭净化，最终得到满足，
同样变成了棕榈树，
扭曲着像萨克斯风。棕榈对棕榈，
夫人，我们在我们开始的地方。因此，
在这行星的场景中，准许
你不满的苦行者，吃得饱饱的，
游行时拍打他们迟钝的肚子，
得意于这种极度的新奇，
这种丁零叮咚和咚咚声，
可能，仅仅是可能，夫人，他们从自身
抽打出这星球上快活的喧嚣。
这会让寡妇退缩。可虚构的事物
竟会眨眼，在寡妇退缩时眨得更凶。

读　者

整个晚上我坐着在读一本书，
仿佛坐在一本书页阴暗的
书中在读。

这是秋天，流星遮掩着
蜷伏在月光中的
枯萎的形状。

我没有点灯在读，
一个声音喃喃说，"所有事物
回复到寒冷，

甚至麝香味的圆叶葡萄，
甜瓜，没有叶子花园的
朱红色的梨子。"

阴暗的书页没有文字
除了燃烧着的群星的痕迹
在有霜的天空中。

我们气候的诗

1

清澈的水在明亮的碗里，
粉红和白色的康乃馨。光
在房间里更像下雪的天气，
映射着雪。一场新落的雪
在冬天的尽头，当午后重返。
粉红和白色的康乃馨——一种
更为强烈的渴望。日子自身
被简化：一只白色的碗，
冰冷，一件冰冷的瓷器，浅而圆，
除了康乃馨没有别的。

2

即使说这完美的简化
使人摆脱了所有的痛苦，遮蔽了
邪恶混杂着的生气勃勃的我
使它在白色的世界变得清新，
一个边缘明亮的，清澈的水的世界，
但人想要的更多，人需求的更多，
超出了白色的世界和雪的气息。

3

仍会保留着永不休止的心，
因而人想要逃脱，回到
长久以来被许诺的一切。

不完美是我们的天堂。
记住，在这种痛苦中，喜悦，
自从不完美在我们中如此盛行，
依赖于瑕疵的词语和固执的声音。

玻璃水杯

这杯子会在高温中融化，
这水会在寒冷中结冰，
表明这物体只是一种形态，
许多形态中的一种，在两个极点间。同样
在形而上学中，也有那些极点。

这里的中心立着玻璃杯。光
是下来饮水的狮子。那么
在那种状态中，玻璃杯是池塘。
他的眼睛的红润，他的脚爪红润
当光落下打湿他泡沫的下颚

水中缠绕的野草左右摆动。
那么在另一种状态中——折射，
形而上学，诗的可塑部分
在心智中撞碎——可是，欢乐的胖子，忧虑着
立在中心的东西，而不是杯子，

而在我们生命的中心，这时代，这一天，
是一种形态，这个在政客中间玩牌的
春天。在一个土著人的村庄，

人仍然得发现。在狗和粪便中，
人会继续抗争他的观念。

卡雷尔·希耐克·马哈（1810—1836）浪漫主义时期捷克卓越的诗人。诗歌《五月》
是他最有名的作品。

莫里斯·谢瓦利埃（1888—1972），法国著名演员。

米斯丹格苔（1875—1956）法国著名歌舞剧演员。

约瑟芬·贝克（1906—1975）在美国出生的法国歌手。

朱丽叶—格雷科 (1927—) 法国歌手和演员。

雷耶—马蒂厄 Mireille Mathieu（1946— ）法国歌手。

（张曙光所译《神曲》最早版本）

雷武铃的诗（21首）

雷武铃近影

雷武铃，当代诗人，翻译家，毕业于北京大学。
曾译有谢默斯·希尼诗集《区线与环线》，现为河北大学教授。

低 语

有时候你是空气，有时候
是石头，在我心里。
有时候你是闪耀在初夏树叶上的阳光
摇晃我。

有时候你是成天昏沉的神思里
突然的唤醒，
是一股春天清新的风沁入身体
甜蜜的知觉和欲望绽放。

有时候你是一种边际，一种深渊
让我突破，沉陷。
有时候你是意识的缆锚，担保，
每天醒来时，让我搜索、然后抱住。

有时候你是奔驰的列车窗外
华北平原连绵的冬天。
纠结、裹挟着寒冷的雾气，又挺立着
落叶的树，在阳光照彻的坦荡土地。

有时候你是隐痛，是远离
是含在嘴里，却不能说出的名字。
有时候你是失去的家乡，永恒的参照点
测量我日益孤独的进程。

有时候你是热水淋浴而下时
突然的凝滞，是身体一直的震颤和欢愉
在原地伫立。

有时候你是火车经过窗外时大声地示爱。

有时候你是热闹的节日里私下的寂静
是伫望，出神，牵挂。
有时候你是大街上的堵车，窗口前的
排队，街树、行人、喧嚣尘埃之上的注目。

有时候你是错失，痛悔，
是校园树林里增多的月光让我抬头时
惊觉秋叶已稀疏。
有时候你是夜里突然醒来的恍惚，顿悟。

有时候你是一个墙体单薄的简陋房间里
纵情的欣喜，自发的歌声。
是沉湎寂静的圆满中，谛听世界
传来的声音；它们标出岁月静好的广阔度。

有时候你是时间结束后的惊讶，不理解。
有时候你是不忍睡去的深夜，
是欢会的高潮，是一朵轻盈、饱满的白云
不愿停下、不能停下、永远飘飞的渴望。

2011.6.10

街边花园

它的新那么露骨：一行行种下不久的草
还掩盖不住黄褐色新土。
树小得没树荫，紫藤才爬到两尺高。

空空的长藤架，只有它柱子下的狭小阴凉
供我们坐下。五月的上午如此明丽
近处的草木、远处的楼顶、天空下流动的空气
都闪耀着清新、翠绿的光。
一棵年轻的泡桐，头顶苗壮肥大的阔叶
在草地尽头，把影子映在粉白的墙上。
风吹影动，白墙上摇曳的影舞迷住了我。
它就在眼前，这么鲜明、确切，但又闪烁着，那么神秘
好像世界之中还有一世界，让我捕捉不住。
我和你说了这些吗？说眼前时光，说你
离我如此近如此清晰，你热烈的气息却仿佛散发自梦中。
粉墙上波浪线的灰墙头，向北伸到了铁路桥。
闪亮的铁轨在更远处消逝，
那里，一栋住宅楼的阳台，像众多的眼睛俯瞰着我们。
哦，火车真的来了，车头撞开阳光，轰响着
车窗从波浪形的墙头滑过，消逝。
一条淡云散漫在顶空，两朵睡莲状的云
在西边高空长时间保持着固定的距离。
它们的存在打破了天穹单纯的湛蓝。
即使背对，我也能清晰感觉身后僻静的大街
高大槐树新绿的荫凉，以及不时经过的
行人，自行车，和偶尔的汽车。
感觉槐树之上楼群之上放射明亮和热力的太阳。
即使多年过后，我也能清晰看见
那个五月的上午，满地阳光、无人的街边花园。
它崭新、触目的凌乱让我痛感没人爱它
——当时我正领会是深刻的爱改变世界的面貌。
它不被注意地生活在一角，舒展的视野
静而美；闪耀的空气波动着一天里早晨的新鲜
和一年中盛大的夏日将临的热力。
自远处来的火车轰响，经过我们，又去往远处。

饱满之爱使我们的感知完全醒来
如表盘上的秒针，清晰地领会到每一刻。
啊，芬芳的时间，广阔世界深处的我们！
现在，透过那么多伤痛、误解和隔绝，我清晰看见
沐浴在青春年代的我们；
年轻的身体被激情充溢，饱满如气球
欲挣脱痛苦的绳系，飞上甜蜜、自由的高空。

2009.1.28

白　鹭

——给叶鹏

开阔的海湾。远处的海面向更远处伸延时
似乎也在向上、向天空抬升。
湾口之外，无边的海水白亮、闪烁
似乎有更多的阳光在那里洒入大海。

开阔的海湾。水天晕眩的辽阔淹没我们。
远处的它们竟是如此的小！
在退潮后褐色的涂滩，在沙黄色的浅水中，
极尽目力去辨认，哦，那么多的白鹭！

踩着细腻沙纹的海底，随浅浅的海水一直向前
我们就到了白鹭边。他们在水中，或沙丘
抬头凝望远处，或低头盯着水面。
长腿迈着悠然的大步，或突然奔跑。

翅膀耀眼地伸开，拍击，它们离地起飞了！

长腿向后紧绷，和伸直的头颈连成一条直线
雪白的翅羽近在空中，谜一样的美律动着。
太优雅了！宽翅舒展、悬停、飘落的一瞬。

我们期待，它又一次的起飞。
从海面飞起、又落回海面，那空中优美的羽迹
每次都让我们惊叹。深蓝的大海
白色浪花在远处闪耀，起伏的浪声柔和、广阔。

少年最深的记忆里，黄昏山影加重时
我看见它们雪白的大翅舒缓，无声地
飞过六月的稻田，落下时压得树枝摇晃。
古诗中，它们直飞而上的队列已成美的幻想。

现在，它们就在眼前；美丽、自由、超然于
沉重的引力。托举它们翅膀的宽广气流
也环绕着笨拙、思虑重重的我们。
告诉我们，美确实存在，如烦恼一样是现实。

现在，就在我们眼前，那成群的大片白鹭
聚在湿漉漉的沙滩。我们悄悄接近
那吸引我们的神秘激动。
就要到达时，那成群的、雪白的奇异之美起飞了！

空气击出猛烈的漩涡。它们落在一片水中的沙丘。
那神秘的兴奋再一次吸引我们追随。
大海反射的阳光使蓝天的白云如梦。
这一次，雪白之羽联翩横空，飞落到海岸的树丛。

海天之际那条微茫的界线一直保持在那里。
现在，它就在眼前，又如此神秘。

我想极尽目力抓住它，不让它模糊。
我想集中注意力看清楚，这大地，这海水的变化。

它们从我脚下开始，在我的目光中
一直向前，伸延。变化就在我的目光中发生了：
大地步入了天空，有限扩展到无限。
哦，神秘的美，我理解不了。哦，它只是存在。

2009.6.23

旅 途

1. 过杭州

哦，太迟了！
这临江仙的手奏出的
前世邀约。
这如花的歌声里凋零的
流年啊。

我还是抵达了
这肌肤满含的湖水扬起的
盈盈笑意。
慕恋啊
且用生生世世的尺子来丈量！

2009.7.10 保定   7.13 北京

2. 在昆明

内心的笑把嘴角，眉眼都带飞了
细巧的锁骨引入神秘之美。
这惊见的欢喜
它忘了这是旅程的中途，
它认出了自己的家。

困于病累，我未到滇池。
那高原之水的倾注与拥抱，明亮的光影
那福缘在眼前晃漾。
啊，如此之近！一想就觉
此生空落，一想又是甜意透心。

2009.7.24　富民　7.28 大理

3. 忆广州

苦涩生涯的一滴蜜。
乌云般的千万人影中隐含着的一个人
太珍贵！
我熟悉这颗心火热的程度
它来自深山，野百合的家乡。

第一次剥开荔枝的红壳，雪白的果肉
它的甜把我引入生命之爱。
啊，我钟情如此境地，
在夏天让台风和暴雨冲洗
在冬天开着春天的花。

2009.8.2 香格里拉　8.3 虎跳峡　8.4 丽江

4. 去西江

擎天的两山紧抱着一溪石头和流水
绕转，绕转，绕入更深处。
我奔驰的身体里住着一个专注的你
说着，看着，指着苗家木楼，
这深藏的心微弱而坚忍。

我痛觉消逝：一种生活方式凝聚的美，
伴随成长的事物，情感及我们。
烈日下，光屁股孩子在溪水中嬉闹
一个机灵漂亮的女孩笑叫着跑过。
哦，你的美永在！由无瑕的少年相传！

　　　　　2009.7.26 昆明　7.30 丽江　8.24 郴州

5. 在丽江

曲折的小巷，心灵的迷宫。
彩色花斑石随流水在幽深的木楼间铺伸。
我拿着地图辨认方向和巷名。
店铺的红门都一样，行人神色轻缓。
我寻找，叩问你心的所在。

哦，古城都换了新人，时间接纳了新迷踪。
溪水边的酒吧街表演新热闹。
啊，我渴慕、我寻求的记忆中的生命共享者啊
这时间的迷宫里我找不到你！
此时你不在此地，丽江不再是丽江！

　　　　　　2009.8.11 楚江　8.28 保定

平安夜

从大街，我转进侧街；再穿行小巷，到你家楼下；
又出去空阔的大街上张望。——我骑车来回地跑。
最冷的时节，夜里气温陡降。冰冷的寒气中
我贴身的衣服汗湿了。我脱下帽子
鬓发间的湿汗冻成了冰。

我苦想，此时你会在这座城市寒夜的哪条空街上
跑来跑去，正如我找你一样在急切地找我？
真是太急切了，我们才在相会的途中错失。
我毫无办法，只好守在你家和大街之间，
一会跑到更前面探望，一会怀疑错过了你已回家。

无人少车的大街，寂静高楼黑暗的巨影突入夜空。
路灯疏离，在高处照出袅袅翻腾的寒气。
落光叶子的树枝在两边排列向前
在远处汇拢，闭合。那儿的夜空低下而街面抬升。
视觉尽头的第三道红绿灯忽闪着，低近街面。

远处路口一出现动静，我都想着是你。
那汽车灯光或自行车暗影，越来越近了，但仍然
不是你，不是我呼吸和心跳牵系的世上唯一的你。
我看着这平安夜，有点惊异：一如常夜
它冰冷、荒寂、是一团巨大、无边的飘浮的幽暗。

我明白了：是信仰，传奇，无数爱的倾注
让它在天寒地冻的黑夜闪耀出温暖、神奇的亮光。
哦，动人之光！我如此渴望与你共享
珍贵的时刻，无法忍受你不在身边它白白流逝！

现在你会在哪？我心里全是担心你的胡思乱想。

我忍不住又跑起来。侧街街口的灯煞白
两边关闭的店铺的屋檐下潜伏着黑森森的死寂。
小巷路灯光障眼，深长的暗影等在前面。
只有我车轮的摩擦和颠动的声响，我快速的
身影，我散发热气的呼吸，我内视觉看见的你。

大街远处的暗影一步一步，终于托出明亮的你！
你笑着，你的车坏了，脸上还留着泪痕。
我骑车带你，无人的大街，时间寂静恍如梦境。
教堂门前只剩下一块深黑的寂静。我们
又去天主堂。哦，院子里人已不多，灯火通明。

教堂内温暖明亮。顺着高窗向上，柔和的弧线
在高空汇聚。无数的光在穹顶之下的空气
彼此拥抱渗透，绽放更明亮、喜悦的光辉。
低头跪坐的人真低呀，祭坛转圈的白法衣好远。
风琴声，唱诗声和你融为一体，我突然睡着了。

如今人人都有手机，年轻人再不会如我们那般
错失，那样盲目地互找。我们也不会了。
如今，你在数千里外，如一颗行星运行在自己
生活的轨道，在我深夜回忆的望远镜前飞过。
噢，命运之道错失的伤痛，谁能测度？

今夜，平安夜真平安啊，黑暗和平的堆积在外
天气预报说大风降温，我早早地睡下。
半夜突然醒来，在暖气充足的黑暗房间
如一道耀眼的亮光，我猛然意识：人的一生
不是一个稍长的平安夜？一样珍贵，每一时刻？

我明白：那个平安夜一直没结束，我们的互找
也没结束。有另一种城市和街道
在隐秘心灵的天空，人的一生如一夜短暂珍贵
我心底的呼喊，一直在那找寻着
你心底在那的呼喊。哦，这渴望永生的找寻啊。

2009.12.31　23 时 58 分

夏 夜

——给巨文

一

月亮一直没有升过那些高大的槐树茂密的枝冠
没有升到躺在北坡的我们
仰望的顶空。
它走的不是天穹最高的圆弧，
我一直没等到它的光垂直落进我的眼睛。
它始终偏南，隔着槐树浓密的叶丛，悄悄地，
升到半空就转而西下。
夜半起身时，我们费了好一阵劲，才在西南角的树丛后面，
在接近杂乱楼房的低空，
找到它。

二

草一直在我们身下出汗。
这是被烈日暴晒了一天的大地渗出的汗水。
隔着防潮垫，大地的汗水和我们的汗水混成一体。

湿热的空气也一直在出汗。

汗水，内热过高的抒发，如艺术般神奇。

皮肤在汗水中闪着暗光，等待凉风。——哦，它来了！

"哈哈，这风可值两百块钱！"

"你说得太低了，起码五百！"

溽暑之夜，我们笑谈，享受着

一阵又一阵的凉风；如大富翁数他大堆的钱。

三

这暑期花园在夜色里漂浮，

丛生、蔓生、簇生着，起伏、柔软、静悄悄的暗影。

映着夜空微光，槐树大团的暗影凌空在高处。

紫藤架下的暗影浓黑似铁。

团簇的竹影弯垂，月季的丛影突然从脚边惊跳而出。

一切都在安睡，静默。

密集的树叶，这花园的神经末梢，纹丝不动。

只有闷热。只有细弱的蛩声，悠长无尽。

只有蚊子兴高采烈，追逐你，从草坡

到树下的长凳。只有睡意蒙眬的你不时哇哇乱叫。

四

超脱在沉睡的花园之上，幽深的高空

繁星闪烁。它们不受大地的苦热，

在泛着清凉流水的浩瀚之中，热烈地交谈，彻夜不休。

透过城市上空那层光雾，我们辨认

星空璀璨的图形。大熊座的斗柄

朝南，小熊座的斗柄指向北极星。

最美丽的天蝎座那颗流火之星闪着夏天的红光。

隔银河相望的织女星和牛郎星下沉了，

后半夜的天空升上了仙后座
壮丽的 W 和飞马座醒目的四边形。

五

我们流连这月色、星光、夜的空远与寂静，
直到睡意深浓而不舍。我们爱这优容的光景。
因为只在夜里，世界才从喧嚣、酷热的昏迷中醒来，
焕发清凉的生气，才像人活的世界。
受苦的草木才能休养生息，——
竹叶披垂，紫叶李卷曲，核桃树的叶子散发淡淡的苦味。
我们才摆脱尘嚣紧迫的追逐，没负担地安享眼前的时光与自
由。
站起来，就会看到这花园像孤岛，
城市的灯光和喧响在不远处海浪般环绕、拍击着它。
这夜晚的美多么脆弱与珍贵，且让我们再多享片刻。

六

现在，太阳正离开双子座，飞入巨蟹座。
夏季的酷热又一次降临。在我头顶浩渺的夜空
那些发亮的天体又回到了原位，
但去年身边的友人已在别处。人被命运难测地抛掷
无法沿星光周行的轨道，重现原地。
去年，我们一起怀念更早毕业离开的朋友们的欢笑
现在我一个人，从黑暗的宇宙拿来自助的长视距
鸟瞰一生。我们脚下的大地并非静止，
而是一颗行星绕太阳日夜飞行。我们生命的爱与望
是一团被黑暗包裹的光，在浩瀚的边际，极速向前。

2011. 6. 18

论痛苦

为什么会有你，痛苦，长在我身上？
车窗外，薄薄的白雪覆盖田垄，
稀疏的、残留的黄色秸秆垂着头
和树枝毛刺一样密集的树林一起
还有低平房顶覆雪的村庄
连绵地闪过，无尽的相似又变换。
雾气笼罩的平原唤醒了你，
我心中的痛苦，你是那么的美！
就因为你的美？——我总是
磁针一样指向你？有时候好像忘了，
如凝视久了视力模糊，视像丧失
但一眨眼，又看见。我的痛苦，
你在我心中也是这样，有时候缓解了
轻松了，因注意力涣散，
但一会想起，又是剧烈的疼痛。
你让我脱离所有的人，远离世界的声音，
在这奔驰的列车上，在自己的心里
安静地、无人知晓地燃烧。
有时候，我会觉得，这忍受太久的沉默
它自己会轻轻地叫喊出来。
但是不！它羞于说出，它指向的你太远，
也太美！每一次，我都坐着这列车
奔向你。我喜欢这静止中的奔驰
和奔驰中的静止，我感觉像坐在一束光的
内部的黑暗中，穿越大江南北
穿过时间的沧海桑田。现在，
在这因其辽阔、无言而安抚人的平原上
这列车载着我，无止境地驰向你。
为什么你，这么痛苦的美，长在我身上？

2013. 12. 31

献 诗

你挺立着，在我的意愿和世上某处。
既无法趋近，也不能驱除。
在肯定和否定之间的混沌里
你啊，是苦恼与闪烁的亲爱。

鞭策我醒来。空气向后流动。
大地上的一切：山脉、房屋、湖水与耕地
向后流动。在此处向别处的转换中
你啊，是动荡与纯净的飞行。

置我于安然。白昼的喧响沉落了，
夜晚升起星光和万籁。挺立在浩瀚时光
合唱中的你啊，在内心和外界的绝对之上
你是引领物质飞升的光芒。

2006.5.22

平原印象

傍晚时抽水机的响声更响了。
远远近近散点在麦地中的人影开始变虚。
骑自行车的人露出半个身子
仿佛滑行在麦穗青黄色的海面上。

霞光在云朵间变幻。

一只布谷鸟边飞边叫，往来于麦地
与村里的树梢。麦地上空弧形的宁静
突出它的身影和叫声，动人心魄。

如此干旱，竟有灰白色潮气从草、麦叶间蒸腾。
（车过邢台，铁路两边差最后一场雨的收成
焦枯得只能点燃一场大火。老乡说：
地下水位逐年下退，机井已深达九十米）

一道血红激荡着灰蓝色天空。熄灭了。
一列火车亮着小小的车窗分开东边正弥合的天际
隆隆声传来。许多次我坐在上面
看平原闪过。第一次，我坐在平原上看它消失。

我心乱如麻。为看见而不能深入
为土地，历史、平原生活所化出的女人形象
似乎通过她才能抵达看不见的意义。
夜色抚平了一切。星星踊跃。村庄亮起了灯。

那震动我的第一印象我一直未说出：
中午，久旱的天空闪着湿润纯净的蓝光
白云低低坐在绿色村庄上
麦地茂盛的青黄色填满剩余空间。

——这太幼稚、浅陋、平淡、俗套。
十年过去了，现在，我终于能够肯定
我看见的事实，美和真坚实的存在
在记忆中日益开阔，高耸在一切俗议之上

冬天的树

一

从温暖，明亮，深邃的书中出来
正是最迷乱的时刻：公共汽车轰鸣
车灯，路灯，橱窗灯交织的浮光与暗影里
漂浮着表情模糊，行色慌忙的人。
那么多，那么乱，又那么不真实的虚影。
我们抬头，看见前面
两道壁立的黑色悬崖之间
幽蓝的天空低处一道暗红色晚霞。
黑色树枝映满天空，那么清晰，一动不动
超然于混乱和寒冷之上。

二

我们说起冬天的树。
那么安静即使大风呼啸也只是轻轻晃动的树。
它们的美难以言传：大块密闭的色团
落成天幕上镂空的线条画，——它活生生的
能透出呼吸。车过公园，能看见绵延的树丛
和后面的天空。——它们阴晴天的表情不同：
树干焦黑，爪状的枝梢蜷缩高空的，是槐树。
树皮灰白，粗枝和银杏树一样高举的是白杨。
而榆树和柳树的枝条众多，轻柔地向下垂顾。
而核桃树枝粗短如手指，整个冬天都在沉睡。

三

我们相信有这样一个地方：
那里山峦绵延，从来无人到达
几百万上千万亩的树林在中午的太阳下
落光了叶子。那些安静的山谷
和山坡上，我们走动
枯枝落叶就响起干燥的声响，腾起灰尘。
我们停下，纯净无边的阳光
就从头顶灌注，消融我们的眼睛。
我们做好了准备。但终于没有去成。
而雪肯定下到了那里，——那些雪中的树。

2003.10

白云（一）

从北边的地平线，到四十五度角的高空
白云横布整个天宇。雪啊、羊毛一样的轻白
潮水一样的卷边，被偏西南的太阳照亮。
我们骑车向着它，感觉它正涌向头顶的湛蓝。

廓清的视野里，最远处的村庄，房顶和树丛
低近了地面。麦苗单薄的鲜绿，掩不住
条条垄沟梳齿状的趋向。初春扬尘的风
猛烈吹动白云下，清新阳光滋润的华北平原。

我们被白云浮载，以白云互赠。先是沿水沟

浇灌麦地的汪汪水流，然后被村子内部
明亮的寂静惊动。篱笆上麻雀和它们的影子
安然起落。最后，我们走上高高的河堤。

杨树鹅黄的嫩叶抖颤，堤边榆树才发芽。
几乎认不出来了，逆风而飞的麻雀，那么小
翅膀扑腾着阻在空中，细碎的鸣声飘忽。
恰如电影中那样，一个孩子沿长堤晃悠走来。

河底的流水细薄，不远，就消失在河滩干草
枯黄色的反光中。一座铁路桥跨过那里。
几个孩子在桥后边冲上冲下，被桥挡住
又出现在河滩。桥头，两个农民垂下脚坐着。

真羡慕他们，坐在那，好像就为隔着自家的
那片麦地，看阳光照亮村边自家的瓦墙。
看铁路穿过明净的午后，看辽阔家园的白云
使果园和标识道路的白杨，都低伏下来。

草芽从黑色的烧痕透出绿意。在路基下
我们找到了背风处。真美啊，让一切停下吧！
空中纯净的蓝色和白色光芒，随风涌动
我们因所见而目盲，知道光在看不见地飞逝。

一长列火车窗边的人被斜阳染红，匀速闪过。
白云没有涌至顶空，而是飘散成一朵朵
金色云团。五彩云丝的纤维横越过长空。
我们被天和地半球形的时光拥抱着，在旋转。

2004. 10

白云（二）

耀眼的湛蓝色光芒在河谷上空流溢。

一朵唯一的白云，色泽纯净、曲线柔和，悬浮在

北边合围的岭头后面、那座横亘半空的青色大山之前。

它在空中近乎不动。它的大片投影

像黑色丝绸，抖颤着从明亮的山体斜掠而下。

有一阵，消逝不见了。然后，出现在前面的岭头

从那里飘下，顺着河谷的东侧向南滑行。

现在，它高出了青色山体的背景，它的雪白

被天空的湛蓝映射，亮得几乎透明。

少年的我被惊喜充盈，它真的如我所愿向我飘来。

我惊异远处过来的云影那超然的神秘：

它不择道路，不避高低，被非凡的力量推动

无视稻田、山坡、河岸、田埂的差别，径自向前。

巨轮般压倒一切又轻盈如蝴蝶，梦一样

染暗白亮的阳光像风吹皱粼粼波面。

它向我飞近，速度越来越快

凉意夹着大片草叶细密的唏嗦声

风一样，从离我最近的河面、稻田，过去了。

它的背影，飘上南边起伏的、白光覆照的山头。

在更南边白炽的空中，那形状已变的云，停留了一阵，

也消散了。天空只剩下唯一的湛蓝。

河谷张开着，容接垂直降落的阳光。

河边稻田璀璨的青黄，山腰油茶树坚硬油亮的深绿，

山顶松树闪耀的银光，渐次由低到高；点缀在

山间的红壤耕地、红薯叶玉米叶摇动的绿色

由近及远，绵延向远处柔和的草山。

这些不规则的坡面、色块、光斑，从不同的高低和远近

把它们变幻的反光折射向河谷，汇成浮动的斑斓。

我坐在西边山沿松树的习习荫凉下，能看到
炽烈光芒中整条河水的流向。
从北边合围的山底出来，两道平行的绿色河岸
在稻田间直行。不见河水，一道木桥横跨其上。
第二个转弯处，一堆白雪在那里闪耀，——
是河水从堰坝落下。寂静的空气震颤
落水的轰鸣声飘忽而悠远，分辨不出来处。
另一处河湾，河水在鹅卵石浅滩上流溅波光。
对面山脚北去的石板路上，打伞的行人就要折向木桥了
山坳上，庄稼中露出的半个戴草帽的身影，始终未动。
风吹草木，光的波浪起伏，从山坡、稻田一排排传来。
热烈的空气、蝉声，大黑蚂蚁爬上我脸。
噢，两朵新的白云，扁平如梭，一前一后，连绵着
从北边高山的后面睡梦般飘出。
一朵向东，沉入山后。一朵飘到了河谷上空。
那雪白的云朵悠然如万古，浮游于碧蓝光芒的无限。

2005.5.7

白云（三）

漫天的白云翻卷，像大海一样
洁白的波涛密布整个高原上空。
那催动一切变化的风仍在催动，
笼盖四野的壮丽穹庐裂开了
蓝天绽放，大块的云团疾驰。

奔驰的货车厢里我们目不暇接，喘不过气来。
刚刚还是满天乌云，雨点和风的拍打下

我们的身心旗帜般抖动。
现在，明亮的草原又突然暗下
好一阵，云影的边缘才快速揭开微红的阳光。

青海湖！向远处直至微茫
青色的波浪变幻：阳光下波光粼粼
云影下阴沉昏暗。金字塔状的金色沙山
在湖水的远处，迎着我们慢慢转身。
这是七月，金黄的油菜花开向无人的地平线。

高原透明的空气！极远处的低山
让人错觉不远。不稳定的白云消散了。
蓝得发黑的天空低近头顶。
强烈的紫外线倾注。风中刺目的反光。
汽车离开鲜绿色草原，仿佛奔向黑蓝色天空。

卖完牦牛毛的藏族牧民依次下车，到家了。
黑红脸的女人抱吻脸颊。牧羊犬警惕
铁丝围住的丰美草场。远处，
视野里唯一的小小毡房飘出炊烟。——噢！
他们每天就看着这望不尽的辽远天地，生活。

在布哈河边的水声中，我触着这草原的泥土和草。
纯净空气养育的青翠之物，日常生活中，
我的目光要攀升三千多米，才能望到你在的高度。
现在，白云凝固在天边，像一道山脉
西沉的太阳正给它染出金色亮边。

一大片喇嘛庙，画在南边斜竖的山腰。
洗完衣服的喇嘛身影，在上坡的路上小而清晰。
太阳久久不落，地平线上平射的光

一直褪成脆薄的液态酱色，随风翻涌。
天突然就黑了，繁星鼎沸清冽的夜空。

第二天坐在鸟岛。静立湖面的鸟随波起伏。
茫茫湖面和深蓝色天空的空无间
大片的白云凝聚。我为何在此？这原初之美
我未感到神的触及。唯有白云，清楚又亲近
仿佛向它走去，就能融入那洁白明亮之光。

2005.11.30

香山寺

几缕云丝淡淡的横在高空。
它们散漫的纤维在缓慢、而可觉察地汇聚。
哦，一条轻白的缎带形成了！
两边明亮的山坡，肩膀一样拱围着香山寺。
斑斓树色顺坡落下，仿佛阳光也这样
落满山谷里这片遗址、它四层
落差很大的平整的空地基。
我坐在三截石阶最高处的乾隆经屏的台座上。
向上的人从最远最低的树丛出现
他们穿过平整的空地，消逝。
然后，他们的头，肩，身躯，依次升出。
在更高更近一层的空地，他们的面目更清楚了。
他们消逝、出现，重复着，直到我眼前。
向下的人相反，他们背影的消逝从脚开始
头顶最后沉没。再一次出现
已是更远更模糊。直到隐入最远最低处的树丛。

轻风不时凭空而来
侧柏细细而含分量的枝叶在空气中悠晃。
当空照临的阳光，顺着头发进入我眼睛。
淡蓝天空下，空气里波动着蜜色的光。
而地上的阳光异常清澈：
大理石台阶，沙土地面，远处的山门
水洗一般纤毫毕现。甚至树荫也是明亮的。
一只小小的白蝴蝶绕过枫树，飞入阳光下的草丛
它的轻盈如同幻觉。
鸟声幽碎，单一的蝉鸣拉长到了恍惚。
明亮的寂静，我无法离去，一再出神。
什么时候我见过此景？这热烈阳光下恒常的清幽？
在眼前可数的树叶到远处融为一片的树色之间
这透明的空气连通我少年时的哪个夏天？哪座山？
这含甜意的时间是在此等我？
我意识到这黄金般的时间，它要消逝。
而此刻它似乎长在，我一生似乎一直在此
既不曾从哪来，也无须到哪去。

2005.10.15

楚 江

太阳微红、偏西，还很晒，但已经能承受。
茂密的植被从河谷沿山坡高升至峰顶
把明亮的天空染绿，把白云映得更纯真。
现在，它选址最佳的老石拱桥上
我凌空于两岸高崖趋拢的峡口。
岁月渍黑的本地产青石被青萋藤爬满

落差十几米的水流在岩石上冲激出雪白的哗哗声。
再没别的声音了。它荡漾着整个谷地，整个
坡岸山脚村子随地势一层层叠高的青瓦屋顶
整个地质年代的山洪溪水冲刷出的不规则地貌——
它们的起伏跌宕和转弯抹角尚未找到摹状词。
明净空气透析出水声内部的安静。
青草划分金黄色稻田，那些俯身或走动的人影
无声。他们打稻机的声响来自我记忆。
本是他们一员，低头散布这阳光流溢的田亩间
现在，我是外来人，旁观者，抬头，环顾
替他们注意寂静是这里的全部，包括他们。
——我全忘了或毫无印象，绿色怀抱里
最紧张热烈的双抢竟是如此安静。
河两岸把每个细部都清晰展现，把记忆捧到眼前
把省略的补上，虚的变实，缩小的放大，遥远的拉近
转弯处准时转弯，狭窄湍急后，宽阔平坦准确地重现。
河滩上鸭子，河岸上南瓜叶和那些雄性花瓣还是一样！
公路桥往下，看不见了，更前面的大河弯
水流变缓变深。从午睡的教室里逃出，我们，小学生
从岸边的悬崖往河水里跳。一次潜水我撞破了头顶。
但是路改变得多厉害呀！完全湮灭了
那条光洁的石板路！最模糊的记忆里我见过
倾颓凉亭的石柱，翻倒的两人合抱的石茶桶，古树
平整的青石板两边静寂的伙铺。再不见了！母亲故事里
穿长衫拿雨伞口音奇异的远路人的身影。爷爷和挑盐，贩布
卖牛，送公粮的挑脚伙伴的路。父亲和他同学在暮色中急行的路。
一天傍晚在图书馆我竟看见了它：一九三四年十一月
在从江西去广西的长征红军脚下，它从东南山坳下来
在村边稻田中微微扭动，顺着河谷向西北迤逦而去。
再不见了！一代接一代的美学！风习！传奇！
看——劈山而来的公路，一辆客车出现。灰尘和嗡嗡声

贴着山脚呈巨大的弧形绕过稻田，在西北长坡的转折后消逝。
它的消逝处，一辆卡车出现在两辆摩托车后面。
正是它，带回我来，五天后又要把我带走。
现在，太阳接近了西边铁青色的岩石峰顶。
那山腰的枞树长一茬砍一茬，下面山冲隐含的水库
我在那里游泳，摸螺蛳。啊，正是这种傍晚
同学们结队转过医院背后，绿草覆盖的水库坝就出现在眼前！
山影越来越暗，天空越来越远，而我们在水里毫无觉察
……多少年过去了？……
哦，让我清点一下这些山峰吧
它们从小促使我抬高目光，造成我仰望天空的习惯。
多少次在最高的狮子岭，在狮子头顶风化的岩层上
我和碎石缝中的簇簇茅草一起，被风吹动？
冬天中午夏天傍晚我喜欢坐在那里。莽莽群山
在扩展的天空下像青色巨浪，越涌越高，直到最高的所在。
高空的风像百万旗帜在我耳边翻滚。
缩小的山边的村子，道路，河流，像地图一样展露全貌。
村子里的鸡鸣狗叫和人声清晰异常。
我记得夕阳落下的绯红色烟尘的远处，指甲大的白色反光
那是水库。我记得月圆之夜，在半山腰
月光水一样含着重量从我身边落下山谷。
在北京，一次梦中我实现了埋藏心底的愿望：
我是一个看林人，在山脊上走，看两边森林的远景
半夜，从山顶圆形的玻璃守望亭里醒来
发现自己躺在群星之间。

远 山

——给塘友

凉爽的风吹动我们和水面。急速细密的波纹
使亭子好像船一样飘行。
我们仿佛不是在钓鱼，而是被摆放在一重画境里：
微微爬升的红壤土丘，草丛，毛竹
油茶树枝叶蔓延到分际线，前景直接跳到了远景
——三道绵延横卧的远山。
第一道山能看清楚青色的山体。它的山腰鼓胀
再上升而收缩。它的颜色让我们觉得可以到达。
第二道山是条黛色波浪线，遥远距离里的空气
给它蒙上了一层雾一样不定的灰白。
第三道山令人惊异：它的右边，宛如锯齿
并列两座高峰。它的左边，山势不断升高
几乎到了难以置信的高度。而它的身形
比接近地面的天空更淡，更缥缈，近乎虚影。
它们上面的云，色彩鲜明，轮廓清晰。
不是我在北方所见的扁平飘浮的云朵，
而是直立高耸的整体云块，如岩石山峰。
云的顶端一直伸延到离我们很近的天空。
这些远山激动着我，但我没告诉你。
我独自体察，一次次咽下这电击似的感应
不让心底泪水般的叹息流露出来。啊，我说不出来！
我并不完全明白的我生活的全部，它与此的亲密关联！
我也没告诉你，我看见一个人在半空中看我
她的头像占满那朵硕大的白云，那么清晰，近切
我看见她眼睛和嘴唇的动。一如两年前
我们驱车在山上不停地转弯，我总是看见她的面容
浮现在山谷对面横断天空、直落而下的绿色山坡上。

——这生活的惊异啊，经历时才会知道，
才知道梦想怎样紧随我们。
我们谈起疾病。那种深奥的突然和脆弱。它的阴影下
一个孩子的一生。那些正常日子透出的迷人亮光。
我们谈起玄密的命运和遭际。那些细若微尘的事件。
那些纠结的可能性。现实之谜。
我们谈起穷困。少年自信的梦。如今我们对事实谦虚：
它作为某种骄傲的禀赋，是生活的当然。
啊，人生之路似乎在上升，在不断增加难度
把我们带到新的险境。但我们并不绝望。
另有一种力量在恒稳地推动，潜在的必然性携带我们。
我们知道了众人皆知的经验：成熟，经历
时间令我们平静。
远山一直保持在那里，和我们遥遥相对
它轮廓线上微白的光亮，那长久相望的安静喜悦。
我想着它在各种天气里的形态：下雨的间隙，
草木清新的气息弥散，饱含水汽的白雾静绕在山腰
它的山脚洁净亲切，山峰隐藏在黑色雨云的变幻中。
或秋天不缨垢氛的透明空气里，它在蓝天下毕现。
我喜欢它的悠远，目光信任地
顺着土地伸延，然后，它在远处升起来
如友谊，如远离的生活，不觉孤寂也无压迫。
我感到周围空间里空气的流动，草木缤纷的反光
我身所在的，这色彩丰富，生机勃勃的辽阔的宁静。
它们是真实，宏大的。对短暂，激荡而易于疲惫的生命
它们恒久，平静，始终如一的饱满精神，是长存的抚慰。
人生之苦无法根除，岁月教会了我无视它们
并尽力感受世间的美。
这夏天难得的凉爽一日，太阳一直没露面
光线的变化仍让我们觉察它已偏西。现在，云散开了
灰黑混同灰白，急速变动。西方天际渗出了酡红。

时间到了，我们平静地起身。
你的孩子刚做完心脏手术，必须赶回去给他换药。

2004.8

山　沟

它诱惑着你步步深入。
新的转折打开前面的视野时
把后面的经历掩上。
每次的满足都激发出更多的愿望。
但它并没有欺骗你。一次
向下穿过一道夹缝，一座娘娘庙
露出半个身子。红绿白都齐备的泥塑
表现时代精神已臻粗劣。
另一次，在山顶缓坡的草丛中
一只灰褐色雉鸡从两三步远处突然飞出
惊愕之间，又一只向相反方向飞去
甚至没叫一声，只是翅膀扑腾着草和空气。
同行的本地人说："都是母的。"

一年生草本高不过盈尺
丛生，或连成小片，
稀疏地点缀在裸露的沙土和光溜溜的
沉积岩之间。枣树带着耐旱的刺
占据最有利的地势，沿沟而上。
但它的颜色很难定义。
近乎灰黄，青白，枯黑的色块
和它们之间微妙的过渡色、混合色

交织着，且不停地变化：上午
白花花的日光从东南山撒下，下午
逆光的黑影镶着红色光晕。

它的重重皱褶你无法一一展开了
细看。那么多的幽微被隐含，
互相隔绝。它不断分裂出新的沟豁
像回忆中的一次次选择
每一条都通向不可预知的方向和可能
意味着完全不同的一生
难以追究；又像一个人为了掩饰，
但说话和行事中流露出的痕迹
暴露出更深的虚假，让人不再在乎悲哀的真相。

六十年代的战略眼光看中了它
三千工人在此生产冲锋枪子弹。
如今，它成了一所学校，一个气功培训基地
一个养猪场，一个养牛场，一个养兔场。
它们延绵五六里，转弯七八道。
尚未占用完的楼房取走门窗后被弃置一边
令城里的无房户们唏嘘不已。
而工人们转到一座城市的郊区生产一批家具后
如今在街上蹬三轮，卖菜，修自行车。

2009 年 5 月 13 日上午，平安

阳光照亮着楼下的紫叶李，广玉兰，悬铃木，
小叶黄杨丛和草地里的绿草。
一切都在闪耀：水泥路面，路边停泊的
红色、灰色的小车。
一切都浸染在鲜亮的阳光中：
上午十点小区宁静的空气，小楼
紫色的墙体，白色的窗，淡蓝色房顶之上
湛蓝天空里轻薄的波纹状白云。
我在六楼的窗口长时间站着，
我如此强烈地意识到：我不在汶川地震的废墟中
不在日本人地狱般的战俘营里。
但冰冷的恐怖渗透我全身：
我看过地震周年专题后，刚读完
《巴丹死亡行军亲历记》。
我不在自然野蛮的暴虐中，也不在人类兽性的残忍里。
我强烈地意识到：稳固如实体
这上午的宁静与平安包裹着我，属于我。
明亮的五月，树木欣荣，闪耀着
春天的嫩绿向夏天的深暗过渡的鲜亮色彩。
我看着空间的广延，光在空气中的传递
在树木，地面，楼体，天空的渗透。
我看着眼前的平安，这偶然，这珍贵。

2009.5.13

仿古夜歌

从我身上腾起，夜夜光一样
向你飞去的，是什么呢？
我的至爱之美，在尘世之海退潮的深夜
把群星间的你和我紧系一起的，是什么呢？

不！我不相信灵魂。
否则，你怎会感觉不到
环绕在你每夜的睡眠之上
我灵魂泉水一样的歌唱和舞蹈？

我是尘土。没有神能帮我
解脱出时空中肉体的囚禁。
生命短暂，我的至美之爱
因此我爱你如此灼热，把黑夜照亮？

伤离别

一方面，它快啊！
从那些未展开的计划之上掠过时
比光更快，短于倏忽。
巨大的呼啸把空气震为岩石。

一方面，它慢。
慢镜头里的肥皂泡一样。
每一瞬间里七彩的反光，持续着。
张大呼喊的嘴定住更大的静音。

一方面，它不快，也不慢。
像磨难之旅代步的马
一步步都迈在崎岖的因缘里
环环相扣。

事实上，它经历每一天的磨损。
诉苦的人说："在单位旁边的大树下
我们照相。我每天经过
总不能每次停下，傻瓜一样悲伤吧。"

沉默的人悄悄信了拜物教。
行李标签，杯子，拖鞋，音乐会门票
被死死攥住。又怕那沉睡的神圣
排山倒海地醒来。

有时候，会有大雪
漫天飘洒。像天空都成了碎片
像悲伤，纷扬、空阔。
而经常的，静夜里
会有温柔的钟声在体内敲响。

也有奇迹。一次在高高的桥上
看河水顺着林带，从远处弯曲流来。
你看见两个灵魂比翼而飞
诺斯替宇宙在最高处绽放的灿烂之光
鼓舞它们痛苦的影子。

蝴 蝶

这只正在我头脑里扑闪翅膀
上下翻飞的蝴蝶
此刻，身在世界何处？
有一滴水在，就有一个容器承接它。
这么明确的事，我却无从知道。

它曾化身雪白的鸽子
吸引了另一些人的一生，
在教堂穹顶盘旋，像时钟指针
夜半钟声响起，羽毛的影子就落下
关于它存在的六十四条证明。

现在，它定居我的体内
比影子更轻，比珍宝更隐秘。
以我的忧伤和甜蜜为食
却从不被我的手捉住。
我想那些幸运的空气，在室内
在路边，看见它的本体在这个世界
坐卧，走动，和人说话。
时间流逝，她是否意识到生命在流逝？

没有出口的对它的呼唤
在呼唤内部回荡，化作另一只蝴蝶
在五月的春风里追逐着它。
江南秀美的低地
金黄的油菜花浮至胸前
七年前我见过两只这样的蝴蝶。

时间持续，这首诗必须结束。
这只蝴蝶的翻飞无法结束，
它不需要睡眠。
它将在这首诗之外，在意识之外，
继续扑闪着翅膀，
没有人能一直注视着它
直到它的身影再一次让人无法逃避。

（雷武铃译本）

学园：六人诗

一次意外（十一首）

刘阶耳，1964 年生，山西临猗人，1986 年毕业于南开大学汉语言文学专业，山西师范大学文学院副教授、中国现当代文学硕士点负责人。

小 品

穷就穷到连破烂都推
不出。就改行。"坐看
云起时"。与治乱兴衰
吻合。背处分，检讨
若面向当天的新闻

2016. 2. 1

物 流

富则刮脂，不作剥削阶级
对三足鸟没意见，还与之相亲
类乎陌生的问候，抽个人所得税
哪个年月劳您老人家哭哭啼啼
扒着塑料的玩具，却像个王子

并声明您有您的懒惰
总相着大海及森林
还品着"大叶茶"
照顾高血压

2016. 2. 1

赞 美

人民的美学
可沟通的记忆
赞美，如果接近了它，
就像摩挲一部词典
无论是初版还是修订版
装帧未必讲究、精致
书页可能翻卷，书脊
或许松动，无论胶封的
线装的；词，各个朴茂
若游云若炊烟，咬定的
位置，无论依据部首、笔画
还是随声母逶迤，不事声张
赞美难道不正是这样？笼罩
它的是一种仪式，一种章程
像亡灵有其诞辰或殡天的忌日
像"国之大事，在祀与戎"
饱满地储备，汁液几乎滴出
已然会亲切地指示，叽叽喳喳
在本义和引申义间无穷动
像灯笼高高地照着
像春联憋不住的红
像实名登记，二维码扫一扫
就会明确喜庆的成因、去处

2016.2.7—8

流水席

就此别过。一嘴脂油抹去。一口酒
未动。开车的怕交警。蹭车的没酒量
"份子"自然会交割。越交情越盯防

青春就此别过。迟暮的牵挂时蔬
中老年的流水席，营养过剩，张皇
对不住。红白喜事，一堆锦绣

该嘈杂，该吉祥，
承情仿佛婉约的
来头，莫拘束

对得住豪放
拍拍打打且噤口
下一次再会？到场

2016.4.18

例 外

好像偷闲干了一票，叼空做了一次好人、好事
为载入记忆；未上报。未组织学习，亲友团懈怠
E时代的"凌烟阁""录鬼簿"：个个判官似的。才艺

像体检带来的信心、信誉
有机质耗尽可观测可廓大

诽谤之于建议。破财免灾
生即死。留白

供填选。子项目困扰。打点的颜色和声音均非刻意
卓异可能猥琐。上岸要保证绝大多数。吃喝拉撒睡
刨除。无论归队、提交申请，还是押定金咿咿呀呀

仿佛开瓶器把发动机型号支开
仿佛导航、落水、上岸、顾不上狼狈

2016.5.15

且说一次麦子

仿佛江南，气候的，地理的；梅子时雨落个不止
但清爽，于举子考场发挥有利。哎！颗粒归仓
农夫的愿景，使那烈日炎炎加剧的沉甸：不仅仅灌浆，坚实
在成熟中爆裂，然后偃伏，骄傲于历冬、经春而来那一路的
（不，一世的）撒泼。像举子，像高考在即，鸣笛、夜间作业
是不被允许的。都会小心地勤励，似叨扰反转的文化，寻访
最大的公约数：无论小丑还是圣母
僵尸的乐观目击
活物的颓唐索赔

2016.6.3

公务卡卡在了柜员机

资本闹腾，福利按兵不动
节前顾不上节后，天气
还平静。对开的车次添了两趟
无论上行、下行：把启示拟好
像招安似的，"一切归农会"
章程若公示无所为而无不所为
被拿下预留的副科位置

公务卡卡在了柜员机
摄像头探出，作案动机不明

2016.9.9

一次意外

彻头彻尾的问候
譬如一次意外，一次
深明大义的举证，一群
自在地为冬季飙歌的
泳者。

爱好肥鹅的
常常临池悬肘
苹果园放养鸭子
网上祭奠，当年
多么浩荡。好心情

匹似挖掘机、洛阳铲
现场被保护，加了穹顶

开始喝糊糊，开始
吐纳、调息、办班、讲座
在祖先荣誉受辱之处
当文化将考古的成效
验明

2015.3.15

失明者

一次次激情推演
狮子、骆驼及婴儿
割让马铃薯

同高射炮积怨的积雨云层
同比增长的税率

一次次失足，被棒喝

目的锁定，紧急刹车
敏感的矿藏
胁迫农作物
发难

自媒体娇娆，盘点
慈母的叮咛
游子

不是宅男就是剩女

染色体触电
驱逐舰退役
黄金的赌具
脑残的故乡

未经证实
未必惊骇

2014.12.31

澄 明

摄取的亲切；加速的交割
窝里斗的老祖宗穿帮极可爱
一场声乐排练。给力的莫非
海报。叨念海拔的、拆封的

一副好牌、一段口碑、一座高台
搅局者无畏，好身段；当宵夜
阑珊，冰啤部署下火辣
欢快和严肃就在那一刹那

拙于释怀
怡情，骄矜
芥子之侧
初心的班列

2016.8.13

秋 虫

光天化日下穷开心
亮屏。关机

是烈士就犹有所思
是黑出租就习惯于无所畏
你，包括你游弋的流水席
（标题党般臭美）
潦潦草草，蹲守
"不求闻达于诸侯"

2016.8.30

鸠摩罗什（八首）

燕行录

经过白色的海浪，接近昏暗大陆
或从盛京，突然勒住马来到北京
人们异样的目光，注视着我们
仿佛我们是鬼魂在大白天出没

更有小孩子围绕着我们飞奔
撞到大人身上。摸摸我们的衣襟
想要一探虚实，内里可只是木偶？
但我们有血有肉，还有羞耻。

笑嘻嘻的小孩子，止不住的好奇心
应该获得原谅，虽然我们并非野人。
但大人们的讪笑几乎引起了我的愤怒
中国人的笑容，总是让我们困惑不清。

直到一位好心的男人，指引我们
去街市另一头看一场戏，仿佛
看到了镜中的自己咿咿呀呀，我们是
优伶，也是幽灵，大地上跳跃的火焰。

在宫廷里看戏，更让接下来
朝觐天子的日子变得不是滋味
仿佛那演员半真半假地献上寿桃
更有穿我们衣服的猴子飞来飞去。

只有与一位清秀秀才的手谈让我安心
他想与我换衣服穿，于是在纸上
写下足以让他掉脑袋的字句，为什么

啊，为什么我们还穿着古代的王阳明的衣冠？

2015.12

朝鲜使者衣冠乃"古中华礼服"，有"先朝之遗风"，清人不识者乃以为当时之戏服也。

拟鲁迅诗意

年轻时我读但丁，目光总落在炼狱
灵魂在石头下受苦，却并不气馁
因而吸引住我，宛如机械的魔力
一种回力，并让我再次凝视魔鬼。

而我本以为已走远，疲乏的缘故
我在这地方停住，没有能够走到天国
我常常疑惑，在哪一个地方安置他们？
我的爱人和仇人，毕竟我分别为他们而活。

可我也并未返回，再次踏进地狱
那里的灵魂多半并不可憎，而是可敬；
可在我之后，读者的目光总是停留在地狱
这是多么可怜，尤其在出版了我的全集之后。哦，但丁！

我的贝雅特丽齐，使我流亡到上海的租界。
而在北京的狭长胡同里，依然留着一个牺牲。
"土壤派"陀思妥耶夫斯基，钟情于大地的养分
扯什么穷人有资格上天堂，因为"忍耐顺从"……

但我却不得不同意他，而忘记了我的阿 Q
尤其，如果为了祥林嫂的话。不用说
中庸的国民性更适合炼狱；我熟悉的李伯元也不是
维吉尔。而我们早就忘记了，从地狱中可以带回什么。

2016. 2

此诗主要依据鲁迅的《陀思妥夫斯基的事》。

普希金

俄罗斯，欧洲的法庭和衙门
将我驱赶，挨近亚洲的屋檐。
但世上可有如此傲慢的母亲？
我已甘愿戴上亚洲的锁链。

我抵抗着诱惑：总有一位女子
耐心地爱着你，等着你被流放。
好做十二月党人温暖的妻子，
追随他深入西伯利亚的荒凉。

俄罗斯，欧洲的堡垒和屏障
幅员辽阔，吞没了蒙古人的侵略
才没有引发另一场十字军东征
在战争的间歇留下草籽和血脉

改变着地理和民族的容貌。
但俄罗斯，也就从来不属于亚洲；
虽然教会让你和欧洲分道扬镳，
耶稣基督的文明毕竟因而得救。

鞑靼人也没有敢越过我们的西部边境
将我们抛到他们背后，抛给欧洲。
但我们也没能参与它的任何伟大事件，
只能闻闻西班牙烟草，观望希腊凤凰。

不同于鞑靼人，蒙古人挤在
那一角地图，他们到哪儿去了？
是否停在了中国，在那里
在亚洲的尽头无望地眺望着大海？

2016.4.28

此诗主要依据普希金《致阿达耶夫》："毫无疑问，教派的分裂把我们同欧洲其余部分分开了，我们没有参加震动欧洲的任何伟大事件，但是我们有着自己的特殊使命。恰恰是俄国，恰恰是它的广阔国土吞没了蒙古人的侵略。鞑靼人没有敢于越过我国西部边界、把我们抛到他们的背后。他们回到他们的荒漠地方去了，而耶稣基督的文明得救了。""欧洲的法庭和衙门""西班牙烟草""希腊凤凰"均为普希金语，分别指俄国、西班牙革命（1820 年）、希腊反对土耳其的起义（1821 年）。

阮 籍

终于，我感到使尽了平生的力气
摔下山坡，仰面躺倒
而它竟然还趴在我的身上
毛茸茸的，像极了一个噩耗

但却是现实，比噩梦还要可怕
后背一阵疼痛，仿佛大地开裂
露出镇纸的大理石
我的颈椎也成了抵触的墓碑

它是否来报仇的猕猴
记恨着我恶毒的词语①
此时一只鸠也鸣了两下
我照样无法理解为播种②

它降临我的头顶，仅仅
因为我违背了孔子的教诲？
一个预兆，我竟不知
该报以白眼，还是青眼？

当我的眼珠骨碌着老庄③
一旦定睛，鬼魂也会害怕
仿佛隐藏着一个刀斧手
我小心翼翼地出现在铜镜中

反面的人，反面的事物
鱼虫一样爱慕我的呼吸
当我的预言成为了现实

　　　　毛茸茸的，像极了一个启示

　　　　但我实在难以理解它
　　　　甚至并不认识它，犹如一个生物
　　　　面对另一个生物，天地间的惶惑
　　　　天地只是颠倒，可毕竟还有天地

　　　　它该是混沌、穷奇，还是梼杌、饕餮？
　　　　——看守着四方。我本该陶醉于中央
　　　　但每天早上，却由于愤怒而起床
　　　　又由于平息就寝，总不想真见到麒麟

　　　　我分不清它是龙，还是龙的后代？
　　　　一个过时的妖怪，还是一个未来的异形？
　　　　和它瞪视，就如寻访宇宙大爆炸的奇点
　　　　但拒绝它的拥抱，也没有让野猪追上我

　　　　这让我稍微心安，虽已十分窘迫
　　　　被它的双臂捆缚着，就如
　　　　两只交媾的苍蝇在天空飞行
　　　　撞到松油，嗡嗡的声音突然中断

　　　　克制着技艺，不发出呻吟
　　　　何况我曾向孙登学习过啸④
　　　　一旦撮起嘴唇，就足以令
　　　　满山野兽由于快乐而奔跑

　　　　攥住我的手臂，却没有口吐圣旨
　　　　它是蛮横的将军，还是怯弱的美人？
　　　　我宁愿无知酣眠，在美目睇视下
　　　　也不愿醒来答应女儿的婚事⑤

或为那一节委屈的历史打腹稿⑥
我遗失了我的剑，这并非自愿
与其说我的剑术已经生疏，不如说
我的剑渴念着我的手，那纹理的抚摸

我驾车飞驰，并非为了穷途之哭
而是在寻找新的可以登天的建木⑦
从天而降的生物将我扑倒在地
作为对我的报复，对世人的警告

也许我会失望于它不过是一只猿
就如我和人类。哪怕它的皮肤
有着二十世纪的颜色，中国的颜色
它的眼睛也不过是两个茫然的血洞

我似也不应该指责那片土地的贫乏⑧
也许正因为我的刻薄，它
才进入我的梦境，又像清冷的蝉蜕
消失；只留下我，忠诚于一个虚无……⑨

——————————————

① 阮籍：《猕猴赋》。

② 阮籍：《鸠赋》。

③ 阮籍：《达庄论》《通老论》。

④《晋书·阮籍传》："籍尝于苏门山遇孙登，与商略终古及栖神导气之术，登皆不应，籍因长啸而退。至半岭，闻有声若鸾凤之音，响乎岩谷，乃登之啸也。

⑤《晋书·阮籍传》："文帝初欲为武帝求婚于籍，籍醉六十日，不得言而止。"

⑥《晋书·阮籍传》："会帝让九锡，公卿将劝进，使籍为其辞。籍沉醉忘作，临诣府，使取之，见籍方眠。使者以告，籍便书案，使写之，无所改窜。辞甚清壮，为时所重。"

⑦《淮南子·形训》："建木在都广，众帝所自上下。日中无景，呼而无响，盖天地之中也。"

⑧ 阮籍：《东平赋》《亢父赋》

⑨ 本诗灵感得自阮籍《搏赤猿帖》："仆不想歙尔梦搏赤猿，其力甚於貔虎。良久反覆。余乃观天，背地，瞎穹，亦当不爽。但仆之不达，安得不忧？吉乎？执我。凶乎？详告。三月，阮籍白縣君。"

卢卡奇①

从托马斯·曼的角度看，我是一个魔鬼，
但不是时髦的魔鬼，而是穿着思想的工装。
当置身筵席，托马斯·曼不会想到邀请
在大厅就餐的我，仿佛我们之间隔着一本小说。

托马斯·曼从我身上制造了一个魔鬼，
让我淹没在众多魔鬼之中。我只不过是一个
不大不小的魔鬼，甚至，一个魔鬼的复制品，
流亡在斯大林手指下的岁月，幸运而又矛盾。

这世界的魔鬼如此之多，上帝不够用了。
托马斯·曼想要和我打赌，就让塞塔姆布里尼
对空开了一枪，我只好朝自己的脑袋开了一枪。
但我也大方地将手枪放在桌上，赢得了无政府主义的心灵。
我的一段理论——中国人永远无法跟上，他们推崇
白色的鬼——将审问我的秘密警察送进了精神病院。
别玩政治了，请看我的美学，一门魔鬼的学问，
正如你们看到的那样，作为魔鬼，我没有自传。

2015. 12. 26

———————

① 格奥尔格·卢卡奇是托马斯·曼《魔山》中的人物纳夫塔的原型。

鸠摩罗什

渴求我果汁一样的虚无的智慧，
一个国王，曾发动一场战争，
将我从被灭掉的国家用车拉回来。
听我高谈阔论，他自觉获得了胜利。

然后决心向我展示他的财富，
时时带上我，巡游广阔的国土。
我只需要付出我的赞美。在我身上
有一股力量就像滚动的车轮吸引住他。

年轻时，我幻想过这个：但
当他真的将他的一半国土——"以
物质对待精神的方式"——送给我，

我仍然能够感到惊讶，仿佛我
背上了沉重的负担，恐怕引火烧身
我接受的不过是一个虚无的王国。

2008.11.1

仓央嘉措

分别来自于那一天，那一天
又让分别的一切在路边重逢
他先是显现为死，骗过世界
接着又遗下语言的蝉蜕重生

他也成了总是逃遁的精义
他的人生就像菩提树的果子
熟透后，从经书潇洒脱落
只在需要他的人面前现身

从此他可以自由显现为世界
也可以让世界显现为自己
忍受着长生不老，哪怕只为了
去显现，或者亲见世界的显现

在印度他看到一座移动的雪山
就近看却是大象，不断吃着
各方的古莎草，在它转圈时
他将它身上的秘密仔细打量

西藏在象头，中国在象尾
那一刻他生起无上厌离心。
熏香时，他将男根缩至腹中，
以免遭到无知少女们的嘲笑

他始终以焦急的心情去显现，
痴迷于救苦救难，就像背着地狱
但他来了，成了你的儿子，让友人
能够对你说，他的到来，是为了让你断情。

焦尾琴

我听到她焦急的声音，在风中
在火中飘扬，呼喊我的名字
让我站立在那一秒，在那一秒
奔跑，拉起她的手在那一秒

她身上的火连着我的素衣
在我的身上蔓延，被我制止
那一秒她的焦急进入我的肺
我呼出的焦急又将她安慰

当我的焦急进入了她的焦急
我们的焦急就变成了欢愉
我听到一种叹息，一种旋律
在我们的陌生溶解时升起

她的身子再一次投入火海
带着我们都熟悉的未来的曲子
我看着她逐渐消灭，沉寂下去
在我的怀抱中留下焦尾琴

我害怕她醒来再一次向天上飞
无人能够阻挡她灵魂的疯狂
尾巴烧焦的凤凰在火中舞蹈，唳——
叫，如果我没有听到那一秒

历史的桐木烧焦做成了音乐
焦尾琴，再一次让凤凰栖止
如果我没有停下在那一秒
看到妙处，风中飘扬的声色

2016，12

论灵魂的虚构性（五首）

程一身，河南人。著有诗集《北大十四行》，专著《朱光潜诗歌美学引论》《朱光潜评传》《为新诗赋形》；编著《外国精美诗歌读本》，译著《白鹭》《乔治·西尔泰斯诗选》。《北大十四行》获北京大学第一届"我们"文学奖。现任教于湖南某高校。

我来到北京

我来到北京汇入陌生的人流
身边走着刚下飞机和高铁的人
已经变成市民的人和农民工
只携带着金钱和欲望的男人女人
心怀梦想的人遍体鳞伤的人
无论活着还是死去都被忽略的人
厌倦尘世又不肯自杀的人
现在活着下一秒就会死掉的人
我来到人间看到这么多陌生的同类

论灵魂的虚构性

——未名湖畔仿佩索阿

我怀疑她剧烈颤动的肉体里是否装着灵魂
我怀疑我肉体剧烈颤动时是否拥有灵魂
我怀疑人肉体剧烈颤动时是否拥有灵魂
灵魂不过是人的自我虚构
人只有心，接纳并排出血液
人的心并非灵魂，就像眼睛耳朵
只是肉体的一部分
眼有眼光，耳有听力，心并无灵魂
她肉体剧烈颤动时怀下的胎儿也不会有灵魂

在二七广场

几乎无人替二七塔感到孤独
几乎无人替那个在步行街爬行的壮汉感到难过，
他的右裤腿下半截是扁的，直伸的右手推着一个空空的红色洗脸盆，
我也径直走过，没有朝里面投一毛钱的钞票
两个推销的小伙子站在商店前的方塑料凳上喊哑了嗓子
坐在广场长椅上的人都在摆弄手机，似乎他们所爱的人都在远方
或许真是这样，至少此刻我爱的人不在身边
"像我这样为爱痴狂""我的心太乱"，无人理会的歌声相互干扰
或许真是这样，每个人的痛苦都不能治愈他人的悲伤

用空气制造

我感到天桥台阶上的积雨
正渗进我脚趾，灯火在前方
剧烈燃烧，一辆辆飞车

火球般滚过中关村大街
此刻，月亮躲在一缕云后面
我想用空气制造一个女人

她未必美丽但不被道德束缚
她会跟我说话，和我同步
而不是从我身边匆匆走过

不惑之年的自画像

落日不盲目
沿既定轨道下沉

晚风把我吹成一片叶
无枝可依，大地

收留我，供我漂泊
不寄希望于任何人

广场上空的燕子

落日失血，城楼发黑
众多燕子在天安门广场上空
高高飞翔，如亡灵归来
一个个污点飞进仰望者的眼睛

黑夜里的蜘蛛（组诗）

易彬，湖南长沙人，文学博士，大学教师，文献搜集者，社会观察者，体育爱好者，居长沙。曾与友人合编诗刊《二里半》。诗歌见于《诗歌月刊》《诗选刊》《星河》等处。有《穆旦评传》等著述多种。

邮局即景

这张二〇〇五年的汇款单
还能不能取钱呀
还是娘老子过世的时候
一位亲戚汇过来的
忙完丧事就忘了
就忘了，一直放在那里

作废了不能取了是吧
那就算了吧
我今天收拾东西看到它
走了好远的路来到这里
我也老了，再坐会
再坐会，我也走不动了

公共汽车

公共汽车不急不慢地开着
他也不着急，反正还赶得上火车
如果知道它将晚点四十分钟
他或许会在那个车站下车去
在路边蹲一蹲，和他们聊一聊
聊什么呢？在清晨的空气里
他们沿街而坐，三五成群
像昨天夜里清洗过的新鲜菜蔬
锯子、灰桶、砌刀、尺子
还有些他叫不出名字的东西

在他们脚下，比他们更加沉默
对了，有两个正举着报纸
仿佛局面正要改变

只有一个人坐得远远的
怎么像个陌生人呢？他想
他真想下去跟那个人聊聊啊
那个人和他一样年轻
或许还略小一点呢
那个人低着头，像是在回想
往事——一想到往事
他就觉得脸上突然有了凉意
几滴雨从敞开的车窗飘了进来
像一个猝不及防的袭击
一瞬之间，汽车已经远远地开过
雨越来越大，他急急地关上窗子
佯装什么也没有看见

同学录

用不着列举什么，你知道
你不会知道一个孩子那时的模样
一个人，永远都有着无数张脸孔
连自己也分辨不清
别奇怪，你们也是一样
你们的留言本上
那个孩子写了些什么
祝愿，玩笑，还是别的
你们的——那个蓝色小本子

是否还在抽屉底层
散发着暗淡的霉气
即便是像这样的午后
是否会令你想起它们
或者，在很多年之后
再想起这个午后，父亲
和母亲的一个初中同学来过
几十年没有见过面
她跛着腿，胖着身子
说话还是那么开朗
仿佛时光不曾流过

通往丛林的路

算上这条河流
通往丛林的路有九条
每一条都标记着一种欢喜

路的尽头通往中央车站
国会大厦，皇家美术馆
和一些说不上名字的地方

路的尽头，此刻有鸽群
肥鸭，麋鹿，在河中，在岸边
在高楼的阴影里嬉戏

路的尽头，也会有
戴着墨镜的赶路者
与戴着耳环的少女擦身而过

自 然

那得于自然之力的
终将在自然里生息

船搁浅多时，圆木桌椅
已被蘑菇家族据为私产

鸽子在眺望，松鼠想跃起
狐狸像智者一样端坐

风一样地，跑来几个少年
熟练地玩着树桩的游戏

刚从树屋钻出的孩子，又开始
幻想树杈和云端的感觉

他是这场考试的监考人员

他是这场考试的监考人员。阳光
像细菌一样地侵蚀着窗外
几间三角形状的平房，从三楼
望下去，屋脊像是微微驼了一样
墙上，几块砖头消逝了，留下一些
半空的洞，像答案未曾揭晓的谜面
一块深蓝色的破布挂在枝头

它就是谜底？"快点。"一个二十
出头的小伙子出来了，接着是一个
中年男子。几个大旅行袋长在背上
在铁门外的阴影里，他们低低地交谈着
什么。嘘！有人开始交头接耳了
"大家注意，不要随便成全别人！"
他沿着课桌来回走了两圈。又有人

出来了。一个红衣服的小女孩
两个小辫子一蹦一蹦的，接着
一个中年妇女。"走吧。"
门敞开着，阳光已经照到墙上
红色圆圈里的"斥"，"才"还是一个
阴影。他又扫视了一下教室，没有人
说话，也没有小动作。"走吧。"

中年妇女在"才"下蹲了下来
她系了系鞋带，又抬头看了看墙壁
有人开始交卷了，他又扫视了一下
教室，"大家不要急着交卷，时间
还很充裕。""才"的边缘已经有了
阳光，又有人交卷了。枝头的蓝色
迎风摆了摆，门"哐"的一声关上了

越来越多的路面被碾坏

越来越多的路面被重新
碾坏，有时候，只轻轻一脚
一大块水泥团就会掉落

如身负巨伤的兵士
突然发出沉闷的求救声

远处，两台推土机摆出
休眠的姿势，脚下大片
安静的土地，昨天是一堆
杂乱的砖石和残败的混凝土
一个月前，是若干漆迹斑落的
小屋，很多人，揣着钱包
走进去，然后，微笑着出来
然后，消失在各式各样的
空气中，留下无数声音和影子
等待着时间的推土机重新搅醒

远处，一个小男孩骑着绿色
自行车，飞快地驶过
像一个勇敢而骄傲的小王子

远处，古老的液化气灶具的
清洗工作已经结束，它
有如宝剑般明亮。老太太甩了甩
黑色的刷子，露出满意的笑容
老头拎着小盆，矗立在原地
好半天，像一位技巧纯熟的匠人
欣赏着自己又一桩新作，几滴水
正顺着盆沿往下跌落，转眼之间
就和更多的水一样，渗进
前方裂开的土地，留下一簇簇
黑色的污垢，见证着历史

远处，越来越多的路面被碾坏

有时候，只需要一个想象，水泥团
和时间的残迹就会纷纷掉落

三只麻雀，站在路边

三只麻雀，站在路边
等着你走近
等着你的影子覆盖它们
等着你的手臂挥一挥
等着你的想象世界里出现
一张网，或者一片空白
然后，轻快地飞走
留下一片叽叽喳喳

黑夜里的蜘蛛

你躺在床上
你感觉身体在发痒
你看见了一只蜘蛛
你看见了墙

你看见了墙
像一个巨大的影子
你看见了蜘蛛
那是影子中最黑的一点
你马上就感觉到身体里有了蜘蛛
你挥舞双手，却只有听任

它慢悠悠地爬行

一个夜晚过去了
你始终也没有抓到它

他有点沮丧

一片树叶从三楼的高度
往下跌落，密密匝匝的
枝条没能阻挡住它
蒿草没能阻挡住它
众多行人的影子
也没能阻挡住它
他突然有点沮丧

他的眼睛像麻雀一样
飞过一道暧昧的弧线
他记不清在这个季节里
这样一场大风是不是
一个意外？

远处，殡仪馆的鞭炮声
像年久失修的闹钟
没规律地不时响起

"又死了一个。"一阵急促
而迫近的鞭炮声响过之后
他知道，一个死者正在
赶往殡仪馆的途中

几十分钟之后，他将在热闹中
登场，以完成最后一次演出

他有点沮丧，树叶纷纷跌落
没有什么能够阻挡

从门的一端到另一端

它受伤了，它不再是
一只纯粹的蚂蚁
它一直都在跌跌撞撞地爬行
从门的一端到另一端
耗费了它三分钟的时间
它没有拣拾任何食物，五厘米
高的门槛，它一共爬了三次

第一次，刚刚开始就掉了下去
第二次，四厘米高的一块
突出的水泥团阻碍了它
它平躺了几秒钟，另一只
正好经过的蚂蚁碰了碰它
一阵风吹起的时候
它终于爬了上来

上面，有更多的蚂蚁
有一个蚁穴，在十厘米之远的
门基里。它继续着爬行
没有谁围上来
没有谁停下来

它爬了进去，再也没有出来

它将死于那个命运的洞穴？
一生的浮游只不过为了
不至于死于荒野？
或者，它将康复
但再也无法辨认？

碎　花

一个平常的春日午后
四周晦暗，风就是光
片刻前，从阳台走进房间

春天的阳台适合偷窥
我注视着几棵树的头顶
叶片鲜绿，碎花开放
生长，不是秘密

那成为秘密的
是眼前最清晰的东西
一只苍蝇停落在桌上
然后，朝着我飞来

我的手臂半路杀出
然后，我感到她的影子
咬住了我
像碎花的开放

这一次，卡夫卡惨了

水残留在地上，纸箱残留在水里
多么像是一对默契的伙伴
共同嘲笑着夜里的疏忽

窗户大开，雨已消散
八九点钟的太阳正变得明亮
纸箱上面的家伙居然无恙
下面是厚厚的卡夫卡
这位亲爱的兄弟惨了
他不得不屈服于水，他的一生
经历了无穷的恐惧压抑悲观
那些生命的奇迹
没能抵挡住水这个陌生的对手
纪德巴赫金别尔嘉耶夫
这群伟大的人也在无意之中
遭受着渺小的袭击

只一个夜晚，一个简陋的
新居，就留下了它的纪念

两只壁虎

天花板上有一团黑色，起初
让人以为那不过是一团沉渍
谁家天花板上没有黑色的东西呢
很快，撑衣杆打破了这种错觉

它把衣服稳稳地挂到铁丝上
也让那团黑色动了一下
另一团我原先没有发现的黑色
在天花板的另一头
也动了一下，是两只壁虎
像一对侦探发现目标后互相点一点头

撑衣杆再次举起的时候
它们不再动作，这是友好还是冷漠
直到衣服全部晾完我也没有想明白
以后每一个夜晚，晾衣服，
或者，并没有衣服可晾的时候
我都会看到它们
阳台上黑黑的，我还是看到了它们

空气里有股甜酒的香味

空气里有股醇酽的甜酒香味
我四下看看，到处都是窗口
有的亮了灯，有的一片黑暗

我所行走的是一条宽宽的路
没有路灯，没有人引领我
也没有人尾随而来。时间

是七点，我要去的是一家小饭店
那里总不会很热闹，平常，没有
奇迹，老板娘总是对着我笑

她总是对着每个人笑

睡意袭来前（七首）

起伦，湖南祁东人。1985年毕业于湖南师大数学系，现为解放军某部大校。著有诗集《沿途的风景》和《新世纪发音练习》两部。现供职于长沙国防科技大学。

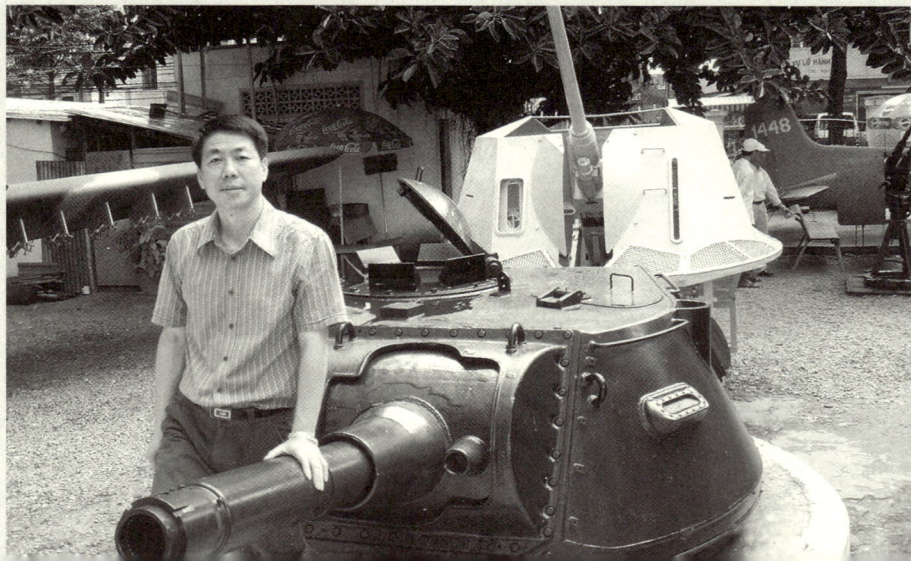

临窗视听

纵有百般念头，也不敢有这样的打算
学杜丘融入蓝天，学我认识的某某
把失眠当作一段高音，推向极致
让生命在某个黎明熔断，如保险丝
如中国股市某个突发奇想的机制。现在
我站在宁乡华锋华天十一楼某个房间
临街窗户前，我从后面紧紧抱住自己
我只允许站在一个持重中年男子的
雷池边界之内，以免触响不小心的闷雷
成为故事颠倒过来的主人公，在一定范围
引起舆论喧哗哗（怎么也比不过"罗尔事件"）
而诗人的我，还是尝试摆脱自己
朝前迈出半只脚，以体会
恐惧与诱惑相伴共生的快感
甚至叶芝诗所表述的肉体堕落灵魂上升
这些也就想想而已。不过，新经验是
当我稳稳站在离窗玻璃半米的地方
居高临下，俯瞰十字路口四个方向
突然像一个跳出尘世之外的上帝
冷眼旁观，产生一种眩晕的快感
所有车辆和行人，此刻在我脚下
那些车我可能认识，而没有一个人
是我熟悉。能够肯定的是他们中
有官员，有大款，有土豪金，更多的
芸芸众生，都只有蚂蚁那多大，那么忙
这一刻，我忘了我其实就是他们中一员
是路人甲或路人乙，最多是
坐在一辆灰不拉叽车里奔忙的某某

即使给我机会，上升到十一层那么高
还是不敢与窗户靠近，不敢与意外沾边
我最终认识到自己其实多么怯懦
一直对生命、尘世，对雨后的清新早晨
甚至对雾霾，都始终保持无限敬意
现在，我开始自我批评——这些年
我总是被要求这么做——
为刚才产生的某些古怪念头感到羞耻
最终，我合上窗帘，退到房间中央
因为不但心跳，连眼皮也开始跳得厉害
我需要——加以平息

今天是雨水节

午后才知，雨水节
周末，难得不被要求去加班
午饭后小睡起床，家人各自忙自己的都不在家
打开手机，屏幕提示这个节日
屏保的图像是青海的蓝天白云和阳光
还有看不见的，多么清新的空气！
想想昨晚加夜班
晚饭后想在坪地走几步路，可雾霾
诱发我严重的咳嗽，同事说 PM2.5 到 300 了
如果老天下一场痛痛快快的雨就好了。我想
百无聊赖中，打开电脑
找一部前些日较为火爆的影片
一开场，镜头里便是倾盆大雨
连女主人公的话语，连绵得也像不断线的雨水
让我羡慕，差点忘了这是个悲剧故事

当我偶尔从剧情抽身，看看玻璃窗外的天空
除了灰蒙蒙一片，再无别的意思
不由得又想起身边一个鬼精的朋友说的事
一个女友，最近又嚷着要给她写情诗
想让他白纸黑字承认，心甘情愿做俘虏
他的回答倒也巧妙：去年一个冬天
该下的雪都没有下。老天都在欺骗人类
我能给你什么样的保证？
是啊，灰蒙蒙的天，太像一个巨大的谎言
我也是个诗人，最近诗思枯竭
想着雨水节都不再下雨
我写不出诗来，又算得了什么

话 题

"奢侈"这个词在我脑海出现那一刻
不是因为蓝得万里无云的天空，也不是
暖阳下辽阔的下午的大地。一群白鸽
盘旋在我们眺望之高远。阳光下闪耀的
翅膀，多像一把银币
我知道，没有谁有这样的手笔
除了风之手。而风，此刻潜伏在
话题之中，那么安静
我们，错开喝茶打牌人的怡然自得
在河堤坐着。河水平静流着
我惊讶于自己，如此这般情境下
少有的寡言，近乎缄默
以往，我会自得于滔滔的叙说
比如河水遮掩下的滚滚红尘

时光、爱恨情仇以及来世今生……
你的话语也不多。我们一会儿看天
一会儿看流水，在高远与现实之间
审视各自辛劳的半生
唉，两个清贫之人！最大的安慰
是看流水，看默默流去的
一个时辰又一个时辰

过　桥

幽光，是沥青路面反射的路灯
车窗外的雨
跳着弗拉门戈，以抵御早春的寒冷
像穷困潦倒的莫扎特夫妇用这种方式过冬
错过了隧道的开放时间
从河西到河东，过桥是必经的路径
背负厚重黑天
同时压住记忆的流水
前后同样有行驶的车辆。我们只是
其中之一，不能换道，快慢也不由人
突然你说，怎么不说话了
一惊，才知道沉默半座桥了
多像倏忽而过的，默默无闻的半生
寡淡无趣的半生！心里在想
沉默比喋喋不休更适合这样的深夜
也许能看见灵魂的影子
嘴上却作了回应：
"有时，爱比恨，更能伤害彼此……"
这是多年前写下的一个句子

口吻颇像一个混迹于情场多年的老手
而直到过完整座桥
我再没找到更为恰当的比喻

睡意袭来前

——给唐剑波

睡意袭来前
趁着醉意码出的分行文字
不是诗。诗，如老家后山长出的冬笋
只长在冬季。需细心而富有经验的
发现端倪，继而果决地向地里挖掘
甚至不是大而无当满山都发的
春笋。虽属文字同根，实则是两种事物
而你的问候与赞美
比去年一个冬季都没落下的雪还珍贵
而雨水节过了好几天才姗姗来迟的
这一场雨，给我的懒惰找到了借口
真的，兄弟，这些不是诗
不是你喻之的好雪与好雨，是潦草的情绪
被风之手扬起，乱飞如絮
而我内心渴望的是，长风浩荡
把天上的雾霾和地上的垃圾
统统刮走

我是不是老了

北方友人，在指责这一场雪
背叛冬天，做了春天的情人
我只听着，并没反对
我自己倒是理解了南方这迟来的雨
整整错过雨水节三天
才像痛定思痛后酣畅的泪水
好些天了，倦于阅读，也没写诗
说不清什么原因
每晚都喝上一大碗家酿米酒
然后，带着醉意，交替着反复听
范宗沛大提琴演奏，和《当你老了》的歌
让况味弥漫越来越苍老的原野
让各种莫名其妙的情绪
自由且野蛮地疯长。好了，在今天
北国有一场雪，南方有一场雨
这上苍恩赐，多像是意外的温柔
还奢求什么呢？
对了，另有个朋友发来链接
雪野里有一列火车，破雪前行
像一场爱情的长驱直入。其壮美之态
叹为观止。我既倾慕
却又无端担忧这列车的颠覆或脱轨

写一首听雪的诗

"银蚕蠕桑的声音……
加厚了坟山的寂静。让地下的父母
拥有一个更加温暖宁馨的梦。"
这是二十几年前，我对故乡一场雪的描述
后来，年复一年暖冬，一场又一场雪的
缺席，让我养成夏虫的思维方式
也习惯了把他乡当故乡
昨夜，有诗客骚柔得在文字里下了一场雪
让我没来由想起流浪经年的兄弟
或另一个自己。扪心自问
该不该为一场不可预期的相见
准备好仪式。譬如提前返回故乡
打扫干净庭院，在大门外挂上一盏马灯
在老屋里燃旺一炉炭火
烹一壶好茶，然后一起听雪……
听到风叩打玻璃窗，我一下弹起来
开窗，看见夜幕下细碎一地的失望
再关好窗户，好不容易让自己平静下来
又听到有人在风中哭泣
哭自己越来越模糊不清的身世

反抗风景（二十首）

于艾君，1971 年出生于辽宁省塔岭镇。2004 年毕业于鲁迅美术学院油画系。在视觉艺术工作同时写诗不辍，个人诗集《哑铃》即出。现任教于鲁迅美术学院。

我不觉得

我不觉得
活着有特别的意义
当然，它也没什么不好
我试图用写诗
测量存在的长度和深密度
但往往句子写下后
焦虑和怀疑就重又来袭
有时会在兴奋之余
满足地睡去
醒来，推窗
哦
穆旦说
你看这满园的欲望
多么美丽

2014.7

就要起飞

就要起飞。云泥就要变身为脱水的绒絮
借力于这停机坪，这草地，一个时刻
我越飞越高，也可能越变越轻
以至于阵风就会把我吹回来。而
北方以北，趁我不在，盗梦者
一边吃力翻阅铅重的书页
一边念嚅哲学咒语，促使景移物换

翻到封底时天已漆黑，他将书合拢，摸索着
披上风衣，我听到他遁身之前轻唤我的名字

2014.9

天 色

天色阴郁
像政府转向暗处的另半张脸
雨下得期期艾艾
——还有什么不能说，还有
什么不可以痛痛快快的？！
吐不出来的酒鬼又扶墙来到了巷子
地面上有水渍，低处的油污
在泥沼上闪着彩虹般的光
一个时代呀，一个时代怎么还不过去
昨晚的梦推开头颅，自顾自，演回唐朝

2014.8

起来吧

滚滚、滚滚的，玉米粥热气
吹拂，远胜于一百个暗夜声息撩拨
远远、远远的，地平线上素馅包子山
突现于明净桌面，剖开，吞咽
一种传送带启动四月，季节来临

有时也出人意料。另有木桨缓慢搅动
缓之又缓，伴随森林深处微颤的喉音
起来吧远方幸福的人，清晨之计
一并为你调配并裸呈的是
盘中散发二元论香味的蛋白与橙黄

2014.4

对一只甲虫的观察

在泥土路与沥青路交接处
我看到一只甲虫
指甲盖大小，匍匐着
与我对峙，闪着黑紫色的
寒光。它那么小
却那么凛然，好似精密坦克
它哪来的那么多阴暗呢？
我蹲下来
用树枝拨弄这小小的怨结
它忽然汽车人一般
伸出翅膀，飞走了。

2014.9.21

月亮之歌

我不曾见过比今晚更圆的
月亮，因为它包含了
所有过去的月亮，何况
这蒙尘的玉盘刚被夜空洗净

我不曾见过比今晚的更圆
当花猫的硬尾
扫拂四十岁的月亮
有一个纱样灵魂，孵自宫娥广袖
穿过醉时花荫，正朝我们头顶
纱样地，纱样地飘降

2014.9

我怀揣你的影子

我怀揣你的影子经过暮晚大田
我被分割在四十年前和四十年后
我折返迷途，装作找寻
某个莫须有之物的蛛丝马迹
我悄悄将你沥于稻浪之上
明年帘卷西风时，我再来看你
你如此浩瀚，那包围着我的金黄的花香

2014.9

很多很多事物……

很多很多事物，在夜晚
偷偷交换彼此的性别，声音
它们皱眉或窃笑，在幕布后表演
伦理剧，甚至离开原地彼此进入
少数无家的啼哭，得以寻见并住进裂缝的谷壳
其中有一个船舱为你升起
现在是清晨，光线让一切被照临的
现回原形，它们嗫语，立正
也有不少石头，迟钝、顽固
像我的某时某刻
喂，还不快快醒来，趁着露水恩典

2014. 9

叫

蛐蛐在工作室的某处叫
叫我，不，这应是里尔克的描述
这节奏均匀的振翅
像暗处积尘的霓虹
我听得见它们却寻迹不着
好吧，如果一定要叫
我希望这是最后一只，最后一次
秋天就要到了，剩下的声音
请由我来完成

2014. 8

嗯，还没有……

浅玫瑰色的，串织的，一树树槐花
突现在层叠的叶子中间
红绿相映，分外惹眼
仿佛发辫，仿佛那些花
是借来的灵物
乍现之后就魂归帝所

事实上，靠近地面的部分
有的已经凋谢
褪色的碎片散落一地
好像有人刚刚在这里哭过
葬泪之后，丝绢锦帕
怕早已被风卷至树梢
或云河，或者
被啼痕降解为几寸湿泥

还没有见到白色槐花
它们应该开在别处

2014. 5

相　似

在地铁里，在街上
在花花绿绿的杂志中
我经常会看到一个人

长得像另外一个
一个手势
不由自主地
模仿另外一个
一种控诉
投向一片已匿迹了无数类似控诉的海
这，凭什么？这相似的笑声
相似的鸡皮疙瘩
这逗引我坠入的神秘和恐惧
哦，一丛篝火取代一个夜晚
一团星光涌动整个寒空
永不熄灭
永无休止
我静思求解
我遁身于遥远的镜像
我与我
也仅仅是相似

2014.5

蓝

如果天再蓝一点儿，我愿意跳下去
但无论蓝与不蓝，都不及你眼睛的颜色

死亡金属也不会吸纳一个
身上没有光的人

我自己的不足以，我只有

挖切一块天蓝
与你对饮，就像从生命中切除一个下午

登临前重整山河，船舷边扬撒碎花
南中国海的激浪派啊，买履的郑人独孤求剑

天使劲蓝，至少可以再蓝一点
为接近金属，意志的形式可以再硬再锐一点
如此我就缄口，就什么都不用怕了

2015.1，写于鼓浪屿

这很好

早起，窗外没有霾，这很好
烧水，煮饭，粥里照得见去年，这很好
打开手机，家具推销员又发来问询短信，这
也很好啊
亲爱的，待风绕地球一圈（可能吧）后
再回到这里时
我们还可能会置身其中，想到这我感觉很好
自行车锁锈蚀，钥匙也没用了，丢掉
这很好，如果你不相信这些而是在小说里扑腾
这也很好，合上书，推门出去
满目超现实电影般的画面一帧帧播放
世界从来没有也不会停电，这很好。

2015.12

垃圾诗

仿佛蚂蚁军团登上千年榕树并展开天文学研究
我钟情于垃圾的奥义，比如说它的体积
是指它被丢弃至垃圾桶时的体积吗？
或是抵达焚烧炉或填埋场时的？
还是指在转运站，孔武的钢铁臂铲振振挥动
曾是我们的骨肉的垃圾
被压缩进装填机后那更紧密的一团？
或者指年复一年，被压在其他新垃圾下
占据空间更趋缩小的？同样，阅读的体积
是指书籍堆叠的体积？还是它们经由翻阅，
抵达头脑时的体积？还是我们在与
那些由阅读所指引的行动进行交流或陪练，
在对它们的理解、对积习的依赖或纠缠中
继而进行自我辩护或彼此搅拌时的经验们的体积？
抑或是年复一年，绿萝已善舞，书墙已倾圮
被衍生的知识重负摧毁脑芯片时
灰飞烟灭的体积？
请原谅，我很难回答这些问题。

2016.3

玫瑰，玫瑰

我想着那些曾照彻我的，灯形玫瑰
珍贵的弥留，而在这之前它们定会显露

或伪装种种痛苦，
我想那些倒扎在毁誉参半之裂隙两壁
的玫瑰和它们的刺，
我想那些触即生电的恨海漩涡，那么多赫兹
火焰缓慢冷却，
没错我想着卡在喉咙里
无法唱与的、扎于命脉来不及规划的，
书写在头脑中却被恐惧扼住的
——玫瑰
——它们具有特定尺寸的气息
我想那些身陷迷魔中的宫殿，它们花招迭出
想着那些无用的、焦渴的纳粹
徒劳锻炼嘴巴的形式，它们嗯它们
自顾自盛开一面热图，一个屋子，一座花园
却没有将忍辱负重创造为沉默、祈祷或铭文
它们，最冷炙的火焰
在焦点之中，拯救
却自毙

只缘额外的心血酿就
哎，想想这些真是惊恐
事物也会欺骗它们自身

2016. 10

最好的图钉

简直无法忘怀，那枚生锈图钉从地图上掉落时
底层那张褪色的旧照

好像一个埋伏，为被揭开的瞬间等候已久
简直无法忘怀呀，火光吞噬谣言树的情景
一寸一寸的世界，无论铁打还是纸糊的
似乎都只为化作灰烬前让我看得清楚
也许它这样做是希望能重新被制造一次
重新被玩弄一次，至少，锈蚀之前
能被另一只温润的手重新按在木板墙上
标志一个名称，一个个未及的行程和地点
涂画这造型持久的秘密
现在这张褪色的旧照对应着火光
它响亮而又微弱，只有这声音
可以提示归来，尽管依然徒劳无功
被释放的世界，一寸一寸的
无论铁打的还是纸糊的
似乎都曾包庇了我那难以启齿的自我的深渊
哦，我反对死，反对玩笑，同时赞颂这样一枚图钉
这微小的暴力——不要过于明亮，不要停止推进
　　——否则将永无安宁
它就落在这样一个虚假的平面，尽管不值得为之激动
它让我不得不接受"一个稀有的纪念品"
好吧，图钉计划一天天蔓延，关于计划的经验
已经足够，我获准以潜意识身份进入卑鄙的区域
了却我的心思吧，八只脚怪物爬满星空
收了我牢狱般的，偶然被赋形的物体吧
我等你，神力空降
楼梯平台上满是别人吃剩的果核，每一个都是精灵遗骸

2016.8.14

内外关系

接着是一阵停顿。
你知道，每当注视一个物件时就会这样。
仿佛一帧陌生时间制式突然插入，并带来别样恐惧
我害怕我的思虑再被神祇的宫殿抛弃
蓝油漆覆盖着底层黄，已显得有点力不从心
像化妆术拙劣的某个村妇，
簇新挂历，还有香港制造的把手，共同装备着这扇铁门，
"出了什么事？"镜框受到了节日感染
也可能是惊吓
置身于催眠术，灯罩内侧河流湍急，善于教唆的党报中
油墨未干的合照，我以为我听错了
——并没有其他声音，更没有人
走过来与我坐在一起
门把手是古代某个铁匠遗憾的附体，装腔作势
有几分尴尬。它动了动，我以为我看错了
并没有其他的移动。焦虑迷住灯影
我站在其中。
接着又是一阵停顿。

2017.1.27

桃树之诗

桃树三两，或有幸成排，雨飞，顶伞的人
湿肩，却并不落魂，他们识时务地绕步水洼

踏地斜行，仿佛模拟或排演某种人生
无从揣测他们的面容，如川逝，如呓声消顿

市井间，桃红互映，春泥入蹊，嗯，如果这林子
再大点，风再轻微，如果季候法令允许试错

如同历史给不才的我辈多留点喘息和闲憩
我们之中，也会出现几个李白、王维或弗鲁斯特

2015. 4

反抗风景

不，听我说，当我写下"反抗风暴"，不是对反抗的比喻
是指一群人（或人模样的），走近风眼就不约而同地停下了

这传说中凌厉之地，未命名，有砾石铺置如概念的钻戒
掀动，微小的迟疑……水泥浇铸的人偶等待破口大骂

风暴未至而残阳坠顶，许多方形装置忙于运转、咆哮
它们摩擦时掉下的咸涩的粉末，覆盖机组，也围蚀着静默的

人群，它们聚拢一起，默然挨鞭，空中甩过来的鞭子，直至
被抽打成糨糊！风暴来临！水泥人偶掌心的红潮缓缓退去

2015. 12. 21

致父亲

"亚马逊男没型，桑巴舞女有样"，若再翻上几页
你就会看到我的不堪的日记，上面写满劣迹斑斑

父亲，你说那都是些只有烧坏了脑子的人才说的话
我知道你指那些诗，可无论冬夏，它们，是我的稻草

父亲，其实我是你记事本中的涂鸦，未完成的部分
真的我发誓下辈子绝不做艺术家，如果没有使命

我也不要再来人间，但倘有机会我希望做一回你的父亲
改造你也给你慈爱，让你活得像一个白白净净的婴孩

亦来作品：敞开的难度

亦来在巴黎塞纳河畔

亦来，诗人，文学博士。1976 年出生于湖北枝江，现
供职于华中师范大学。2000 年至今在文学期刊发表诗作及
译作百余首，有诗歌译介到美国及荷兰。

为老校长而作

你是我母亲的老师，是我的校长。
你花了二十年的时间老得面目全非，
老成了另外一个人，一个
镜子与水不敢相认的人。
二十年前，你是右派，却用左手写字，
你带着学生背语录，跳忠字舞，
在他们的欢乐里，你笑得战战兢兢，
慌张地躲避着，他们斗志昂扬的青春期。
二十年后，你执拗地
把一所学校变成了炼狱，让人猜想
你把对历史的愤怒
发泄在不相干的人身上：
你把翻墙出去逛街的男生
拎上讲台，把早恋的女孩子
关进四楼的黑房间。这种严厉也针对
那些刚刚分配来的青年老师们：
如果谁打扮得有些时髦，
就打发到远离县城的乡镇学校去。
你经常背着手在校园里散步，
像消音器，把安静如雪球一样滚起来。
我依然记得某个炎热的下午，
你在空旷的体操房里给我们讲
刚刚发生的苏联解体和东欧剧变，
你说得声色俱厉，仿佛下面坐着许多
危险分子。我一边呼吸着隔壁化肥厂的氨气，
一边冷汗涔涔，皮肤散发出酸味，
好像真的变了质一样。
我的毕业看起来就像是逃亡，

到了省城，却发现自己如此安分。
不久，你也来了，在不远的医院
使劲擦着肺部的阴影。
我和同学去看你。你头发掉光了，
我不敢认你，你却笑着叫出我的名字，
让我感动得差点坦白对过去毫不怀念。
你居然和我们谈起以前从来不谈的
话题：比如诗歌，比如音乐。
你说你喜欢肖邦，我便答应
下次带去一盘磁带。但肖邦终究没有
弹奏起来。你是被运回炼狱的，响起来了
另外的音乐，有着枯树的哀伤。
当春天来了的时候，这所过去的炼狱
不再压抑。它慢慢变成了一座乐园，
漂亮、气派、温情脉脉，
在弥漫开的蔗糖味里渐显平庸。

和三叔喝酒

> 少壮几时奈老何，向来哀乐何其多。
> ——杜甫《渼陂行》

酒过三巡，三叔突然笑着说：
"想不到啊，我怎么这么快就老了呢？"
对一个大半年没有沾酒的人，
此刻已入微醺之际，可暂且将它
听为一句酒话——事实上也没有他说的
那么严重，最多只是老之将至：
他五十有八，离退休尚欠两个春秋。
三叔接着又说："其实我并不服老。"

他说每天依然打篮球，和年轻人对抗
丝毫不处下风。说到此处
他的眼睛一下子放出光来，像
蒙尘的灯泡，在电流的慰藉里发现
心还可以热起来。我的思绪
立刻回到二十多年前，在文化宫灯光球场，
他带领着几个钟表匠，今天应付
几个菜农，明天又挑战一群凶猛的屠宰工。
比赛结束后，他还要加练定点罚球，
职业的要求，使追求精确成为一种怪癖。
是的，他对时间有着特殊的敏感——
他甚至能从植物的生长、河水的流动
以及沉思的静默中听出滴滴答答。
许多次我闯进他的工作间，
好奇地扒住装满钟表零件的橱柜，看他
拨弄那些金黄的或银白的
齿轮和发条。我以为时间就是
从那里生产出来的，而他
自然会让我的童年运行得有条不紊。
而我现在和他喝酒时已近中年，父亲
摘下表（我去年在德国给他买的），
让内行的三叔鉴别。他望着这只
没有秒针、没有刻度的手表，
神情仿似看到了一个怪物。
三叔摇摇头说："我好久都不戴表了。"
可在我的记忆里，他的腕上
从来没有缺过这个，有时甚至
左右腕各两只，这在当时可是风光无限。
他那时还有和表一样多的朋友，
常聚在一起喝酒、打球，后来就是
通宵达旦的牌局——他错误地以为

金钱会和他手里的时间一样是输得起的。
这让我的婶娘大为光火，她本来
脾气就不大好，如此更是暴跳如雷。
她带着女儿，我的堂妹，闹到祖母那里，
让一辈子软弱的老人老泪纵横，
只好偷偷省下一些家用贴补小儿。
婶娘甚至闹到了三叔的单位，
我曾几次见到他们在院子里吵架，闹离婚，
围观着一大群唯恐漏过细节的婆姨。
可如今他们仍然生活在一起，据说
三叔失业后，他们反而相互妥协，
婚姻的天气是：阴晴不定，间或零星小雨。
我和三叔喝酒时，婶娘在座，
不停劝他少喝，这让三叔又有些不耐烦。
婶娘离场后，三叔赌气说：
"我退休后就搬回来，一个人住。"
几年前他离开县城，到了猇亭
那个当年刘皇叔一败涂地的伤心处，
在妻舅任职的单位看守院门，
为微薄的薪水起早贪黑，
以日出和日落粗略地计算着时间流逝。
他一定是厌倦了寄人篱下，
所以希望自由，突然使他忘掉年龄。
我们劝他珍惜老来之伴，也为
早该谈婚论嫁的堂妹着想，
同时要注意身体——到了这个阶段，
谁也不敢保证它无病无痛。
三叔于是讲起了去年的眼疾：
医生开出几百元的药单，而他却坚持
用几角钱的药膏治好了它。
他说到这里，语气里充满了骄傲，

仿佛时间，从来没有亏待过老朋友。
三叔仰起脖子又喝下一口酒，
悠悠言道："我是不怕老的。"
说着说着就把自己交给了睡眠，
这模糊的、消极的时间。

理想书

军人，英雄；政治家，国家元首；
歌唱家，让人民欢呼；
运动员，让祖国流泪；
到国外去，或者从国内到外星球去……
童年呵，一想起你，我问心有愧。
俱往矣。而如今
做一个被逐出了理想国的人多么好
一个颓废而无望的人

无根之物

我们漂在水面上，
水收成一滴，悬在宇宙的两轴间。
我们游荡在空气里，
空气穿梭于千万个肺，换出我们的胞衣。

我们繁衍子孙而认识父母，感吾所由。
我们乱读历史而心生幻念，叹吾所终。
我们丈量疆域，方知自由的地形。

我们作践肉身，才生灵魂的疼痛。

我们同意长叶开花，甚至在雨中撑开树冠。
而脚，决不变成钉子，为探寻那无影无踪的影踪。

己丑年的失败足球队

老实讲，这是支受人欢迎的球队，
但没有一个拥趸。它当然也没有
自己的主场，却有更广阔的天地
各式各样的邀请赛里，它是常客
作为理想的陪衬，它不断地失利
让另一支球队为城市的节日揭幕。

它有一个忧郁的门将，在后防线，
四个轻佻的胖子占据着绝对主力
三个中场视力不佳，传球也粗心
说到三个前锋，观众更喜欢合称
他们是三脚猫。至于球队的教练
在场下他是一个酒鬼，一个姘夫。

但他们的比赛却出奇得多如牛毛，
没有时间训练，整日在颠簸之中
从失败走向失败。太漫长的旅行
让人疲于奔命，竞技却相对轻松
无非是交白卷，像疲沓的公务员
有心计的保姆和满不在乎的学生。

为了对得起薪俸，他们偶尔制造，

一点波澜，让比赛看来有戏剧性
如在禁区内生拉硬拽，被判极刑
或者对裁判不恭，请他品尝口水
要么直接申请红牌到场外去休息
至少明天的报纸不会说比赛乏味。

没有泪水，但绝不能说他们坚强，
往日的羞耻心也早已清出了行囊
没有希冀，没有爱情，这种状态
和耗尽了青春的中年男人差不多
之所以能面对后果，靠的是理智
它区分人与兽，也使人困守囹圄。

至今这支苦难球队仍在招兵买马，
要求新入者忍辱负重，尤要具有
失败精神，考察对象是既往生活
它吸收了一名作家、一位轻生者
还有无数默默无闻而又无奈的人
如此般，挫败感成了时代传染病。

初到罗马

机场外，大理石的凉，一下子钻进了骨头。
这真是好兆：台伯河清凉，斗兽场也荒凉。
但市区遥远，月亮蜡黄，夜后来很深。
睡眠不断贬值。身下的床乃是中世纪的刑具。

海边所幸

所幸夜雨歇于清晨，大海浮出如此亲切。
所幸天空明、银滩媚，小椰林哪理会秋深。
所幸清风不鸣，飞鸟不拂，你不寻它便不现。

所幸城市一退十里，潮水空拍羞怯。
所幸赌场隔海相望，想冒险却不能历险。
所幸夜里的劳动者休息，满街都是洁净的人。

所幸四顾通透，唯脚下阴影像兽皮。
所幸一事无成，两手空空，三十不立。
所幸爱我的人弃我而去，她们因此幸福。
所幸倾慕的人无缘结识，愿他永持真理。

西尔维亚·普拉斯

每天凌晨写下一首诗，从瘦脊上
剔下一块带骨的肉；每天用仇恨的罂果
喂食黎明的白喙，而爱的微焰
已难以温热几个孩子的早餐。
破晓后的伦敦，是洒满消毒水的医院。
她放出蜜蜂，采来满屋子的毒气，
厨房变成蜂箱，芳心荼蘼，
蜂后从一地花粉中扫出停尸房。
她早年的旧稿，因为经年的封存
而阴气森森：废墟、墓地、惊悚的月亮，

厄勒克特拉诅咒双亲的游魂。
她成了弗洛伊德的病人和波伏娃的注脚，
谁又在意她曾用精致的刺绣
向心中的故园致敬，然后才转身离去？

你不想要的生活

你不想要的生活
是整天琢磨何为生活，如何生活
是满腹的牢骚涌到喉头打转
既然生下来，好歹活下去
是活生生的肉体献给活生生的残忍
是活生生的语言听命活生生的律则

你不想要的生活
是匀速的沙漏
安慰沙粒的急切：
最好有一颗平常心
重力即堕落
穿孔而过，就遇到了魔鬼

你不想要的生活
是钟面上的十二只眼瞅着你轻声读秒
喟叹过去的一秒
嘟哝现在的一秒
嘀咕将来的一秒
一秒又一秒，谢地再谢天

你不想要的生活
是把偶然性锁在必然性的脚镣上
是让波西米亚终结于布尔乔亚
是水和进水泥
是用镜子做成密封箱子
是一副沙嗓子被挑进了合唱队的和声区

你不想要的生活
是一觉醒来还在纸上
糖纸、信纸、稿纸、包装纸，
纸呀纸，糊一个纸人
在纸床上叠放纸
在纸空气里把纸吸进纸

你最不想要的生活
是疲惫的纸手在纸上劳作
是禁闭的纸心与另一张纸恋爱
是趴成纸板射精，蜷作纸团衰老
是在纸上排演一幕幕悲剧
泪水像纸屑积满胸腔

承认吧，你不想要的生活
就是曾经想要的生活
在百般抵赖中终于如愿以偿

敞开的难度

有些话可以在深夜说不能在清晨说
有些话可以之前说今后说不能现在说

有些话可以在海底说不能在山顶说
有些话可以在别处说在他乡说不能在这里说

有些话可以奔跑时说不能停下来说
有些话可以晒网说不能打鱼说

有些话可以睡着了说不能醒过来说
有些话可以搁下筷子说不能端起碗就说

有些话可以低头说不能抬头说
有些话可以对大众说不能对小众说

有些话可以说给陌生人但不能说给亲友
有些话可以告诉敌人但不能端给知己

有些话可以在花前说但不能在月下说
有些话可以在床头说但不能在床尾说

有些话可以说得没心没肺但不能披肝沥胆
有些话可以说得死皮赖脸但不能挤眉弄眼

有些话十拿九准多推敲三心二意
有些话东扯西拉细思量南辕北辙

有些话本来应该吐出来可就是心里有道坎
有些话明明能够咽下去可就是喉头有根刺

有些话说着说着就不像话了
有些话说着说着就话里有话了

有些话分成两半说却不能拆成四瓣说
有些话合在一块说却不能一股脑全说

有些话交给手机更便捷偏偏委与键盘
有些话报纸绝对青睐非要塞给日记

有些话最好智齿说门牙偏要说
有些话等着灵魂说身体却抢着说

有些话生下来就会说后来忘得干净
有些话希望带进坟墓咽气时又透了点风

有些话代替别人说自谦一己之言
有些话转给别人说装作与己无关

有些话滴水不漏地上湿了一大片
有些话言之凿凿空气里满是狐疑的榫眼

有些话嚼着蜜桃说不如咽着黄连说
有些话蘸点盐说不如抿口醋说

有些话酸牙齿还得咬着牙齿说
有些话费口舌只好绕着舌头说

有些话正说反说反正难辨真伪
有些话近说远说远近一片雾霾

有些话左说右说不可居中说
有些话好说歹说切莫不知好歹说

有些话与其板着脸说不如涎着脸说
有些话与其堆着笑说不如噙着泪说

有些话不吐不快还是一句句吞到肚子里
有些话欲言又止终于一字字蹦出来

有些话说给你徒增烦恼不说又烦恼顿生
有些话你听到了兴许高兴没听见确实万幸

（亦来在旅行途中）

诗学

张曙光近影

研 究

读张曙光的诗

程光炜

一

　　七八年来，我与张曙光见过两次面，通过若干次电话。在电话中，我听出了他的寂寞。这种寂寞不是由生活、名誉和交往等因素引起的，而是一种出自本能的寂寞。他写诗很少，到目前只出过一本诗集《小丑的花格外衣》；也很少对诗坛发言，即使偶尔有，也是"应邀"而为的。然而，他的谦逊使他的诗显得更为内在，他对自己内心世界持续不断地注意，使其作品具有了钻石般的品质，因为它们是经得起打磨和认真推敲的。

　　张曙光是首先有较高的诗歌修养，然后才写诗的。在 20 世纪 80 年代，他起初感兴趣的是翻译外国现代诗，并在一次类似文学翻译大奖赛的活动中，"发现"了肖开愚。他的气质和文化修养，注定和 20 世纪 80 年代纵横捭阖的先锋姿态不相融合，也很难加入其创作的潮流。这决定了创作历史虽长的张曙光，成了当代诗坛那种少见的"迟到者"。20 世纪 90 年代初，他的一批诗作开始在《现代汉诗》《九十年代》和《阵地》等民间诗刊陆续露面。这些诗作用意深沉，辞锋内含，它们表面上叙述的是过去时代的场景，有点类似眼下那些"老照片"，然而它们指称的却是早已在人们记忆中模糊和淡忘的超世纪的荒谬，和作者淡淡的悲哀。《1965 年》和《1966 年初在电影院》述及"文革"开始，童年突然中断，一代人记忆的真倒与倾斜："但我还记得那部片子：《鄂尔多斯风暴》/ 述说着血腥，暴力和革命的意义 /1966 年，那一年的末尾 / 我们一下子进入同样的历史"；《岁月的遗照》把回忆的镜头拉回到大学时代，由于多年后生活对人的修改和增删，'记忆'尽管温暖但失去了真实感，于是叙述变成了一"一场幻梦"；更令人惊讶的是，《我们所说和所做的》变成了"虚构"，生命被置于某种"匿名"的状态；因此，在张曙光看来，现代社会的人陷入的是与尤利西斯同样的命运境遇，人们在一夜之间成为自己的"边缘人"（《尤利西斯》《边缘的人》）。李欧梵对 20 世纪 90 年代出现的"老照片热"曾有过非常精彩的评论，他说："老照片在这个时候出现，具有非常独特的意义。或许每个人都会说，它们是与回忆和历史有关的，而这就牵涉到我们目前对回忆和历史作何解释。最简单的说法就是这么多年以来，历史都是国家民族的历史，即所谓'大叙事'；而当'大叙事'走到尽头时，就要用老照片来代表个人回忆，或某一个集体、家庭的回忆，这种方法来对抗国家、民族的大叙事。另一方面，每个人的叙事事实上又是不太准确的，有时看到一张照片，也许已经不记得是在何时何地与何人拍摄的，此时就会产生一种幻想，假想当年的情形，于是这种回忆也就打了折扣。同时，在官方的大叙事中，有些照片中的人物是或隐或现的，有时出现，有时又被抹掉。历史与回忆有许多相通之处，想记时就记得，想忘却时就忘却。不只是一种呈现，也是一种再塑造，是一种创造性的行为。"①由此可知，"1966年""1982年"等时代性的"记号"在诗人作品中的出现，绝不是偶然的，它们不仅凸现了张曙光对于诗坛的独特意义，而且也象征着20世纪90年代诗歌的整体转变。值得注意的是，这一转变在张曙光的创作中不是通常那种"爆发性的""反叛性的"的表现形态，而是植根他对历史的观察和个人经验上的。所以，他虽然处于先锋诗的阵营当中，却少有"集体写作"的痕迹；他对同样题材的处理，在深度、厚度上也远远超出了其他人。这在一定程度决定了他诗歌的质素，有一种更为沉潜、扎实和自觉的品质，一种比较持久的与读者精神交流的效果，和一般人难以觉察的魅力。

二

张曙光是那种倾向于"内心发掘"的诗人。在与先锋诗坛发生联系之前，他一直沉埋在哈尔滨灰色的冬天、风雪和长期沉静的阅读当中，并在那里构筑了属于他个人的自足的世界。不是孤独的处境决定了他心灵的方向，而是因为他首先具有了这样的认识。"我深信一首诗往往是回忆的结果，即使它描写的是眼前的情境。"②这使他更愿意把自己当作观察的对象，通过探究自己的历史来探究"大历史"的奥秘。同时把大历史展现在"冬日""傍晚""风雪""疾病""异地"这样的意象、情绪和背景之中，借对事物极其精细的、长时间的观察，从历史的隧道进入自己曾经封闭的精神世界。读他的诗，你会感到诗人凝神已久，通过那些平淡如常的诗句，你深深接触到的是心灵世界的震撼："人生不过是／一场虚幻的景色／虚空，寒冷，死亡／当汽车从雪的荒漠上驶过／我能想到的只是这些"（《在旅途中，雪是唯一的景色》）；"早晨带给我们／不仅仅是一份早餐，报纸，和公共汽车／早晨带给我们／一片空白……／我们的生活是一场失败"（《日子》）；他在写给朋友的诗中坦然承认，"我也写雪，雪或死亡，那都是一片虚幻的白色"（《致开愚》）；

即使在告诫女儿的诗篇中也像陷入了"自言自语"：

我在医院的病理室看见用福尔马林浸泡着的

人体的各个器官，鲜红而布满丝络

人死了，亲人们像海狸一样

悲伤，并痛苦地哭泣——

多少年来我一直在想，他们其实是在哭着自己

死亡环绕着每一个人如同空气

如同瓶子里的福尔马林溶液

　　一般人的内心世界就像是一个忘却在原野上的废墟，是一个废弃的工厂，它们是一旦得到关于"未来"的承诺，就会完全关闭了的。像福柯，张曙光试图用诗歌的铁铲挖开那冰层下的"记忆"，在历史的废墟上进行知识谱系的考古；又像里尔克一样，他着迷于"自白式"的写作方式。显然，在这一巨大的无休止的工作面前，他是那种典型的现代意义上的"尤利西斯"。或者说这是一项刚开始就被取消了"前提"和"可能性"的绝望的事业。在这个意义上，"风雪""冬日""疾病"和"傍晚"等诗歌意象与其是哈尔滨特有的景色，莫如说就是张曙光精神世界中的景色。死亡和虚幻与其是构筑诗歌文本所需要的成分和词语，还不如说它们一次又一次地指向了诗人的内心。在《里尔克〔给一个青年诗人的十封信〕译序》中，冯至这样写道：

　　他（指里尔克）告诉我们，人到世上来，是艰难而孤单。一个个的人在世上好似花园里的那些并排着的树，枝枝叶叶也许有些呼应吧，但是它们的根，它们盘结在地下，摄取营养的根，却各不相干，又沉静又孤单。人每每为了无谓的喧哗忘却生命的根蒂，不能在寂寞中，在对于草木鸟兽（它们和我们一样都是生物）的观察中体验一些生的意义，只在人生的表面上永久往下滑过去。这样，自然无所谓艰难，也无所谓孤单，只有隐瞒与欺骗。欺骗与隐瞒的工具，里尔克告诉我们说，是社会的习俗。人在遇见了艰难，遇见了恐怖，遇见了严重的事物而无法应付时，便会躲在习俗的下边去求它的庇护。它成了人们的避难所，却不是安身立命的地方。谁若是要真实地生活，就必须脱离开现成的习俗，自己独立成为一个生存者，担当生活上种种的问题。和我们的始祖担当过的一样，不能容有一些儿代替。

　　在《冬日纪事》里，诗人曾经有过如下的诗句："我看着一部旧影片 / 黑眼睛的印第安姑娘 / 微笑里迸现出春天。/ 我同电视里的人物交谈，/ 我握着女演员冰冷的手。/ 我最终学会了缄默。/ 我知道在冬天里无话可说。"为不使自己在"人生的表面上永久往下滑下去"，张曙光以"缄默"来反抗欺骗与隐瞒的社会习俗。

同时他也走向了词语的反面，以"颓废"象征韧性的坚持，用"疾病"代替振作，借"风雪"来暗示春天。诗人当然知道，走向内心即走向了矛盾，封闭自己等于是要更真实地向人敞开，一切都体现了两难，写作就在犹豫不决之间。

三

叙事是张曙光诗歌写作的另一特征。应该说，他是这方面的先行者之一。有人评价说："张曙光的叙事技艺并不复杂，但其魅力在于他不断用明喻和连接词'或'延宕对存在意义的答复，并用疑问词将之尖锐地颠覆，主题执着，意象朴素、清新、寒冽，如同一幅幅木刻版画。"③也有人认为，"与继他之后对叙事技艺感兴趣的诗人相比，他的诗作中更为触目的是一种只有 20 世纪 50 年代出生的人才会深深经验到的个人存在的沉痛感、荒谬感和摧毁感"。④张曙光在谈到叙事对当前诗歌创作的意义时说："有意识地把叙事性纳入到汉语诗歌写作中，称得上是 20 世纪 90 年代诗歌的一个重要标志。如果它不是代表诗歌的进一步成熟，至少也意味着对于成熟的进一步努力。叙事手法在诗歌中的运用，可以在更大程度上削弱里面的抒情因素，在更大限度上包容经验。"他还特别提聘任以事有利于"对日常性因素的强化"，是一种"平静客观的态度"，它不仅没有损害抒情诗的特性，"反而拓宽了抒情的空间。"⑤张曙光的诗，大多取自一些并不离奇的生活片断：读书、旅行、看电影、交友、回忆。自我想象等。他的视域并不宏大，很少做玄学、抽象的思考，但他的主题稳定、集中，擅长在经验的层面上分析和研究人的生存的秘密。叙事帮助了诗人在这个工作面上持续不断的作业，使他有效地控制着自己的语感；他不像开愚利用机智来显示叙事的技巧，更无意像有的诗人那样拘泥于个别字词的推敲，反而损害了诗意的贯通和完整。他的技术淳朴，手法有力、稳定，叙述节制、老到而精湛。在某种程度上，"叙事"成为张曙光介入生活和诗歌的一个特殊的"平台"。在这个平台上，他通过电影放映中一次"偶然"的停电，窥见了历史的剧烈变动和转向（《1966 年初在电影院里》）；在"堆满了书"的书房里，描述了充满矛盾的"两个知识分子"和人格的分裂（《西游记》）；在《楼梯：盘旋而下或盘旋而上》中，作者的叙述像一把犀利的手术刀，解剖了人在天堂和地狱之间的精神困惑。像医生对待病人一样，夹在字词（诊断书）中间的是他的客观、距离和出奇的冷静态度。

现在雪落在公共汽车的站牌上

我仍在等待——我的影子

是否会与往昔的一切重叠，那

永远失去或正在失去的一切？

或透过时间的迷宫

彩色的窗子（略有些褪色）

能够窥视到往昔的一切？

我为什么这样想，也许我只是应该

踩踩我的脚，它的上面溅满了雪

我真的迷失了吗，在一场雪里？

　　从这个角度看，自我分析是张曙光叙事手段中的一个最醒目的特点。他作品中有两个自我，一个是叙述者，另一个是作者。"叙述者"佯装不知地加入到"作者"的精神生活中，表面上它失去了评价的权利，而实际上通过这预设的"客观距离"，读者反而程度更深地参与了作者的生活。张曙光在叙事中越是低调、克制，越是让人感到诗的文本的沉重，他精神的悲痛不属于无奈。进一步说，叙事在这里已不是单纯的技术手段，而呈现出一种通过严酷的自我分析而揭示普遍的人性的困顿，并进而推导出个人在"岁月""历史"等时间概念中最终诉宿命和结局。值得提到的是，张曙光作品中的自我分析不是凭借尖锐的姿态而展开的，或者说它不是一种写作的时尚。也就是说，它凭借的是作者对自己的深刻认识，精神生活的自觉，是一种对一个相对成熟的诗人来说艺术表现上的"适度感"。其次，叙事在张曙光创作中呈现的不是技艺的复杂，而是经验层面上的复杂，是把握人生处境上的"深度感"和"丰富感"。这是因为，"平静客观的态度，和它本身具有的更大的包容性，可以将人们带入到一个延伸着的情境中去"。⑥他通常采用的是一个较小的叙事角度，和缓慢、节制的叙述速度，就像在放映着一个几十年前的老影片，不是单靠频繁跳动和摇晃镜头来吸引观众，而是在迟缓推出的一个或几个持续性的画面中与他们的心灵交谈。这画面不仅是渐次推出的，而且是不易觉察地向纵深推进着的。我想再次谈到堪称是杰作的《给女儿》这首诗。它的叙事节奏是用几个画面来维持的。前三行是第一个画面，"我"告诉女儿两人之间的血缘关系："我创造你如同上帝创造人类。/我给了你生命，同时带给你/死亡的恐惧。""生命"和"死亡"在这里形成方向相反的张力，它丰富的暗示来自作者矛盾的叙述；第4—13行是第二个画面，讲的是"我"小时候听父亲和客人谈论藏农奴"被活活剥皮"的恐怖故事，尽管那是一个遥远的、另外一种死亡的方式，但他的反应是："感到黑暗像细沙一样/渗入了我的心里。"在叙事环节上，似乎与第一个画面无关，实际却是"恐惧"

的延伸——对女儿命运的悲悯;第15—24行是第三个画面,描写的是我对死的想象。在他眼前,出现了"一片绿色的草地",更远些,是一座废弃的木场上上"开始腐烂"的巨大圆木。紧接着,是医院病理室用福尔马林浸泡着的"人体的各个器官"——再接着是读"中世纪的历史"和《安妮.弗兰克日记》——这些生与死交错在一起的画面,是在延续关于死的叙述,但显然进一步扩展了作者对死的认识和经验:人将必死;第四个画面从25—32行,讲述的是"母亲之死";从第33行到结束是第五个画面,在叙事关系上照应开头,但在诗意的发展上又是死亡知识的深化:关于死的偶然性的讨论,和对死的"等待"。最后,镜头又摇回到现实情景当中:"现在我坐在窗子前面/凝望着被雪围困着的黑色树干/它们很老了,我祈愿它们/在春天的街道上再一次展现绿色的生机/我坐在阴影里/看着你在阳光中嬉戏"。生的复杂,死的简单,"女儿"的天真烂漫,记忆的深不可测,叙事在这些"场景"面前变得毫无意义,因为,它在死面前是无法被当作一种技术手段来看待的。

四

在我看来,张曙光最好的作品,也许是一些技术特征和含量并不突出的诗篇。或者如果纯粹从技艺上要求,它们在叙事或其他手段上并不是尽善尽美的。

我这样说,不是要降低诗歌技艺在创作中的比重,而是不赞成把它放在绝对优先的位置。因为一首诗的完成,首先是诗人自我的完成,其实才是技术的完成,或者是它们之间的一次巧妙的"相遇"。对张曙光这种风格上比较平实淳朴的诗人来说,对时事的洞察与把握,对生命的理解和复杂性的处理,并不主要取决于语言表现的能力,更多是来自思考问题的深度。一般而言,各个诗人在诗歌观和艺术表现上是存在差异的,所以诗歌批评没有绝对和唯一的标准,比如,我们不能拿欧阳江河来要求王家新,也不能拿王家新来要求西川,或者要求其他的诗人。因此,不能用某种通行的审美趣味来批评张曙光的创作。

在诗人已经问世的作品中,《1965年》《1966年初在电影院里》《悼念:1982年7月24日》《在旅途中,雪是惟一的景色》《致开愚》《雪》《给女儿》《西游记》《冬日纪事》《得自雪中的一个思想》《序曲》《疾病》《尤利西斯》《夏天》《楼梯:盘旋而下或盘旋而上》《边缘的人》《岁月的遗照》等反映了他对现代诗歌的独特追求。在这些作品中,有对童年刻骨铭心的记忆,也有通过对家庭生活的视角,来探寻人性的困惑和难以克服的矛盾;有与友人心灵的交流,精神世界的对话，更有对生存、死亡和爱与恨等问题的思索。对事物进行玄学和抽象的思考，并不能反映张曙光创作的优势，相反，他对日常题材的提炼和追问倒显示了迥异于人的特殊禀赋。他笔下频繁出现童年、母爱、友谊和示儿等主题，雪、冬天、书房、旅途、树下等构成了他作品的主要意象。这些主题和意象唤起了人们对生活本身亲切的想象，同时提示了他们对生活荒谬性、阴暗面的警惕。所以，在他的诗中引人注目的，是"第一人称"的使用，是作者的"在场"。在作者的叙述里，读者目睹了历史的突变、亲人的死亡、生活的琐碎和春天的临近，看到了冬雪的飘落、楼梯的神秘、生存的荒诞，感受到在无形力量压抑下的生命的毫无意义的挣扎。从叙事学的角度讲，作者与叙述者的距离越大，关系越微妙，越能取得最佳的文本效果。"一个人对一件事感受得越少，他就越可能按它真正的样子去表现它。"[7]如前所述，在对题材的处理上，张曙光确实力求做到了叙述的克制和表达的简省。他使用的不是知全能的视角，而更愿意站在一个旁观者的立场上观察和思考问题，或是以隐蔽的反讽来客观地呈现他要否、批判的那些方面。尽管他做到了滴水不漏，天衣无缝，仍然不能改变人们对他有限介入的态度已经形成的深刻印象。换言之，由于张曙光在创作中，倾向于对生活"按它真正的样子去再现它"，所以他故意的"缺席"，反而进一步凸现和强化了他的"在场"。这一切者是因为他对问题比一般人要思考得深入，挖掘得充分，表达得深邃而带来的。

确实，我们不能把张曙光看成是引导创作潮流的诗人。对更年轻的写作者来说，他的叙述方式很难模仿，他的经验是无法替代的，而他对生活的"态度"则更不容易变成诗歌界一种普遍性的知识。这不是说张曙光已经到了一种不可企及的高度，而是说，他的确非常的独特。

2000.6.13

（程光炜，著名诗学专家，中国人民大学文学院博士生导师）

---

①李欧梵：《当代中国文化的现代性和后现代性》，《文学评论》1999 年第 5 期。

②张曙光：《肖开愚诗选·序》中国改革出版社，1997 年。

③冷霜硕士论文《90 年代诗人的批评研究》（未刊）。

④见拙作《不知所终的旅行》，《岁月的遗照·导言》社会科学文献出版社，1998 年。

⑤⑥《写作意识与方法——张曙光、孙文波、西渡对话》，《语言：形式的命名》第 362 页，人民文学出版社，1999 年。

⑦福楼拜语，引自 W.C. 布斯《小说修辞学》第 75 页，北京大学出版社，1987 年。

（20世纪90年代中国新诗重要的选本，程光炜主编）

我喜欢张曙光的诗

桑 克

　　我喜欢张曙光的诗，它现在特别适合午夜的我。

　　这时的我是脆弱的，也是敏感的，灵魂出窍，或者大神附体。或者仅仅是一个人需要这样的安慰。

　　我们共同的一个朋友失踪了，22日午夜，我为得到这个消息而沉痛。我忍不住转告他，想让他为我承担一点。他的话，让我欣慰。

　　我读他的诗，就像浏览一个人的心灵史。我的感情波动，仿佛我自己也活在他的诗里。这时候我暂时忘记了逻辑，忘记了学术训练。眼前只有一个和我对话的灵魂。瘦，头发稀少，眼镜后面是罕见的温暖。我是多么幸运，在一个沙漠里，碰到了另外一股清泉。也许是唯一的一股。我的眼界太小，看不到更远的地方。我知道这是上帝对我的惩罚，它发明了地平线，就是为不让人妄自尊大。我明白了，我是有福的。在一个灵魂沉寂的时代，碰到了另外一个灵魂。

　　张曙光的诗里有很多灵魂，很多死去的灵魂。和活人相比，我更愿意和这些死人在一起，像死于车祸的奥哈拉。曙光和他说话，更多的是提问。曙光是一个充满疑问的人，而我即使有，也是佯装斩钉截铁。颓废得坚定。他的问充满了感情，而不是像某些自诩为理性者的冷血。那些冷血让我替他们惭愧。当我看到这样的句子，我的心在痛，在流血。"在诗人和诗人之间，已经／不复存在深深的敬意"（张曙光《致奥哈拉》）何况冰冷的尘世？何况那些已经彻底物化的人？曙光的心是多么痛，然而他又是多么的克制，甚至包括他的愤怒。这样压抑的痛苦才是令人尊敬的痛苦。

　　如果大师这个词没有污染，我愿意这么称呼这个饱含同情心的诗歌书写者。一个人没有同情心能做艺术家吗？从我的专业训练看，能。但我看不起这样的人，打心眼里蔑视这样的人。在这样的时代，在这样一个时代，张曙光的诗成了同情心的代名词，这是他的悲哀，也是我的悲哀。他像帕斯捷尔纳克那样选择"沉重地活着"，而非曼杰施塔姆"悲惨地死去"。这是可以选择的吗？这是他的求生本能吗？不，不，这不能选择，而是命运如此；不，不，这不是求生本能，而是他热爱生命。不管冬天多么寒冷，不管我们心灵的壁炉里多么缺少柴火，我们也要爱这个卑微的生命。热爱，小心地活着，小心而有尊严地活着。

　　他提到了那个我曾朝夕相处的死者拉金。我们的追求和拉金是不同的。我们为生存，为一点点有限的文明而斗争着，而拉金已经到了对文明批判的台阶，这是两个层次的问题。看清楚这个问题的人固然是清澈的人，但也是一个沉重的人。一个人看到了天堂而上不去，这就是痛苦。上不上天堂，不是你有没有翅膀的问题，而是天堂是否降临。当我明白了拉金的轻松，拉金的平和，我明白了，我，我们，还有曙光，我们都只能在自己的生活里。它能被改变，但不是现在，或者说它只是悄悄地改变，而不是巨变，或者它即将改变，然而这一刻，它原地未动，或者向后走。仿佛那种锻炼身体的方法，越往后走越健康。那么什么是健康呢？奴隶主和奴隶从来就不使用同样的标准。

　　张曙光在他的生活中，在望奎和兰西的电影院里，他重现了干涩的生活，而我们给了它太多的没有的光彩。现在或许是更好的。而过去，我自己不过是《艾琳娜》中的艾琳娜，固执、勇敢，固守着幻想的世界。我以为曙光真的是看到历史了，仅仅通过个人生活的一个小小的场景。而《纪念我的外祖母》就是一个货真价实的历史记忆，而不是文件汇编，不是那些缺乏材料的结论。我读法国历史学家的书，这一点让我同样心痛不已。或许今后，我的孩子们，如果我有孩子的话，他们要学习历史，我就只能给他们读诗人的诗，像陈寅恪那样以诗证史。而《十年》是曙光的生活史，也是他的心灵史。我非常荣幸和骄傲地说，我读过完整的全诗。不知道别人怎么想，我想，这十年也是代表了我的十年的。我的痛苦，我的悲伤，我的那点小小的快乐，我的郁闷，我的那点灵光一现的童贞，都在这里了。然而很多人却看不到，这不是他们的不幸，也不是他们的缺少际遇，而是他们缺少主动的追求，主动的精神，哪怕是一点点皮毛的附庸。然而我绝望。这绝望由来已久。但我不甘心。我希望最终的获救。

　　雪在下着。雨在下着。这不是迦太基的雨，这是哈尔滨的雪。我们一起沐浴着。在它的眼皮子底下生活，直到死亡，或许直到死亡。曙光的诗里有死亡，而我害怕地屏弃了。其实没有死亡，哪有什么生活？不知死，焉知生？曙光陪但丁下过地狱，炼狱，最后到达过天堂。淡淡的生活，享受着生活，最后合唱的曲子是不可知。这是真实的，我歌唱这种真实。曙光通过卡桑德拉之口，已经多次做出了预言，然而"旋转木马的阴影静卧在／花丛中，像一个古老的预言"（张曙光《卡桑德拉》）我的手提电脑仿佛为了证实这一点，上周五，被名为特洛伊木马的病毒击中。我也算半个骨灰级网虫为什么会忽略这一点？因为病毒是藏在朋友发来的英文文件之下。我对朋友是信任的。但换种角度问题并不是出在这里，是我的电脑杀毒系统先出了问题。所有问题始终出在自己这里。但预言中的问题呢？是出在特洛伊人身上？还是出在阿伽门农的私心？特洛伊被攻陷之后，一切似乎结束了，而屠杀刚刚开始……攻陷并不是悲剧，屠杀才是。曙光诗里的预言，只是一个小小的警告。"面对真实我无话可说"（张曙光《我该说些什么呢？》）那么我也无话可说。

　　我们好像没有出路了。但是出路是有的。那就是"美术馆"。《小樽美术馆》："在异国的语言中，最终将会被 / 使灵魂震颤的另一种语言俘获"；《在美术馆》："不，这里不是圣殿，这里只是 / 一个中转站，一扇扇为你打开的门 / 会把你引向另外的空间。……"那么没事的时候，我们，我，就到这个中转站看看吧。曙光的诗也就是这样的中转站。这种出路是为幸福的人准备的。而今夜，我就是这样幸福的人。我知道，这种幸福也是一个开始。我知道，一切不过是作为幸福信徒的必要代价。

2004.7.4.—7.6.

汉园新诗批评文丛

洪子诚 主编

堂·吉诃德的幽灵

张曙光 著

（张曙光诗学随笔集）

关于诗的断想（外六则）

张曙光

关于诗

1. 每一个诗人都有自己关于诗的定义。
2. 不同诗的定义决定了诗的风格和流派。
3. 流派产生于其成员诗歌主张的交叉点上。
4. 诗是语言。诗是诗人同世界的对话。
5. 不是诗人在说话，而是诗在说话。正如棋在走棋手，而非棋手走棋。
6. 一首诗的创作是同语言的一种搏斗，并且降服它的过程。
7. 诗的创作有时是这样：一个词或句子，像雪团一样，滚来滚去不断扩大，变成了雪球。
8. 诗是全人类的声音，诗人是人类杰出的代表。
9. 上帝在给人类光时，诗便产生了。
10. 诗与虚假与矫饰无缘。
11. 诗无所不在，但它只栖息在向世界敞开的心灵。
12. 诗人是时代的宠儿。失宠的诗人或先于时代，或落后于时代。
13. 诗人有层次之分。
14. 层次取决于心灵敞开的程度。
15. 小诗人的心只能容纳自己充其量是世界的一个角落。而大诗人忘记了自身存在，自己就是一个世界。
16. 诗便使丑的东西获得了美质。
17. 诗在说话时，正好面对死亡的脸。
18. 诗的两极：原始生命的冲动和现代人的处境。
19. 只有熟悉事物，才能表现它；只有对熟悉的事物感到陌生，才能更好地表现它。
20. 事物的意义应该从相反的两个方面去获取。

21. 知道并不意味着体验，后者才是产生艺术的基础。

22. 深度既非思想的深度，变非感情的深度。

23. 深度即感知的深度。

24. 一首诗的优劣应放在诗歌的整个系统去判定。

25. 诗不规避任何事物。

26. 诗有两扇门，一扇通向神秘或无意识，一扇通向理性。

27. 大师的技巧在于使人忘记技巧。

28. 至味无味。在一个粗俗的人那里，最好的汤等于白开水。

29. 最好的形式是没有形式；最好的技巧是没有技巧。

30. 美是一个形容词。

31. 当你放弃对诗意的寻求时，诗意便存在了。

32. 诗与音乐的共同之处在于对内在节奏的追追一种来自生命深处的内在节奏。

33. 诗的目的在于它的自身。

1987 年

诗的断想

一首诗是什么？了解诗的外在形式的人往往通过字词的排列方式便可以判断出这是一首诗或别的什么。当诗不是分行而是按照散文的格式出现时，判定这是否是一首诗就需要对诗的本质有一种更明确更深切地把握了。当然这仍然无助于说明诗是什么，只能判定这是不是一首诗。

对于一个不识字的人来说，一首诗只是一堆看上去分辨不清的文字，而对于压根不知道文字为何物的人来说，这也只是白纸上的黑色斑点。对于一只蚂蚁来说，这又是什么？它会有白和黑，以及纸和油墨的概念吗？

当我们想告诉一个从来没有见过苹果的人什么是苹果，最直接的方式是拿起一个苹果给他看：喏，这就是苹果。如果想要他更深入地了解苹果，那么最好让他吃上一口，甜甜的，酸酸的，多汁而可口，但他能够知道苹果的成分及作用吗？

假如对方既不知道什么是苹果，也不了解我们使用的语言，当我们拿起一只苹果给他看时，他会怎么想呢？茫然而露出困惑的微笑？

一首诗写好了，如果没有人去读，那么它也只是一些文字的堆砌。只有当它一字字或一行行进入读者的大脑时，它的意义和内在结构便开始显现，并唤起他的经验和美感，这时一首诗才算真正完成。但假如读的人只是识字却从来不知道诗为何物，他会做出怎样的反应？也许在他看来，这什么也没有说，或只是一堆美丽而无意义的废话。但他会产生有关"美丽"的想法吗？如果他认定这"无意义的废话"是"美丽"的，那么是否说明他已经读懂了这首诗，只是他自己意识不到而已。

一首诗的核心或本质又是什么？是否是称为"诗意"的东西？如果一首诗被认定为没有诗意，那么无异于是对这首诗宣判了死刑。"这不是一首诗"。但这在语言上又会产生出矛盾，想想看，当我们拿起一只苹果告诉别人说，"这不是一只苹果"，情况又是怎样？特殊的例子是我们拿起一只苹果的模型，或指着画布上的苹果这样对别人说。但这已经超越了一般意义上交流的范畴。正如马格利亚在画布上惟妙惟肖地画出一只烟斗，然后在下面又加上一行文字：这不是烟斗。

如果我们不是把这看作是一种艺术上的表现，而只是一种日常性的交流的话，我们或许会认为他的精神出了毛病。

或许，艺术的表现正好在于打破或超越日常的规范？

为大众写作。这在某种程度上讲只是一个虚幻的口号。首先大众本身就是一个虚幻的概念。大众在词意上意味着即使不是所有人也是无限地接近绝大多数人。那么大众究竟是多少人呢？这就产生了统计学上的困难。而构成大众的又会是些什么人？隔壁阿二，阿Q，王胡，小D，秀才，秀才娘子，赵四老爷，还有吴妈和士兵，也许还要包括被和尚摸过脸蛋的小尼姑和摸过小尼姑脸蛋的和尚。里面大约也少不了骗子了、小偷和强奸犯。我们又如何能够让我们的写作接近所有这些人呢？即使他们对诗歌有需求的话，或他们在时代精神的感召下，义无反顾地产生出对诗的需求，那么他们心目中最好的诗又会是什么样子了？阿Q喜欢的一定"手持钢鞭将你打"，或"酒后错斩了郑贤弟"之类，秀才喜欢的是"关关雎鸠"，他不会喜欢新诗，哪怕是胡适《尝试集》中明白如话的新诗。对其中的绝大多数人来说，让他们在巴赫的音乐会和小沈阳的专场中做出选择，他们选择什么是不言自明的。

问题是，我们怎样或用什么方法来使我们的艺术接近所有这些人，或者说接近所谓的大众呢？空间毕竟太小，时间飞逝，我们还来不及看清所有面孔时生命便已枯萎。

诗人在写作时总会设想某个较为具体或不那么具体的倾诉对象，清晰或模糊，熟悉或陌生，这就如同堂吉诃德在骑着瘦马行侠仗义前把邻村的丑姑娘幻想成高贵的公主（当然也美丽），使她成为自己建功立业的动力和爱慕的对象。或许大众只是这样一个符号，被幻化成为具体对象的一个种群。但仍然是虚幻。

天才最初的意义是被神明附体或得到神助。在史诗的开篇，诗人总是向主管艺术的缪斯姐姐或更高一级的阿波罗大叔祈求灵感。灵感像一阵微风，它吹来时诗人们便可以不费吹灰之力地写出辉煌的诗句，事后连他们自己也会感到惊讶。作为诗人，他们存在的全部意义就是成为神与人沟通的中介或灵感的通道。那些本不属于他们的诗句源源不断地通过他们手中的笔流泻出来，像自来水一样。他们无疑会因此获得巨大的名声，但他们还会体验到创造的快感，那种孩子们在沙滩上面筑塔或木匠在屋檐上雕刻出美丽花纹的快感？他们的快感只是作为读者的快感，是读到一首别人写的好诗的快感，如同我们用笔抄录下但丁等人的诗句。但这种阅读上的快感能抵得上创作的快感吗？也许他们能够得到的唯一补偿是他们可以在那些本不属于他们创作的（神明的）诗句上厚颜无耻地署上自己的名字，而作为抄录者的我们却不能。

当然，我们也可以把天才的快感理解为等待情人的快感。他或她能否来？什么时候来？他或她长得什么样子？开着什么牌子的车或穿着什么牌子的衣服？诸如此类。情人可以暂时同我们交融，却仍然是他者。在这一点上，和天才在灵感状态下写作是一样的。

在一首诗中，一切皆可发生，或一切都已发生过了，但在现实中一切却还没有发生。不，在现实中诗也正在发生，或已发生过了。

如果我们的星球不幸毁灭了，也许对于整个宇宙并没有丝毫的影响，正如它的诞生对于宇宙没有影响一样。而另一颗星球的诞生和毁灭同样对我们的星球没有丝毫影响，除非它失去了控制，向地球飞来。

一首诗的出现或没有出现对于现实来说是否也是这样？或许相反？

被称为怀疑主义的人并不是真正意义上的怀疑主义，因为他坚持怀疑。恰恰相反，从不怀疑的人也许是真正的怀疑主义。他们必须抓住一些东西，以免自己坠入思想黑暗的深渊。

语言种种

1. 写过人类和火星人战争小说的威尔斯对历史也有兴趣。在一本《文明的溪流》书中，他谈到了犹太人：

犹太人之所以在世界上占有重要地位，其重要原因是他们创造了一种文化，包括世界历史和纪年学、各种法律、智慧之书、颂歌、诗、小说等文学著作以及政治文章，这些就是希伯来圣书，也就是基督徒们的《旧约全书》。

他说犹太国家的繁荣有限，时间也很短。但不仅在耶路撒冷，凡是腓尼基人曾经到过的西班牙、西亚、非洲等地，都有团结的犹太人：

犹太人的凝聚力全在于阅读和相信《圣经》。耶路撒冷不过是名义上的中心，而犹太人心中真正的中心是这部重要的书。这在世界历史上实在是一件新鲜的事。犹太人是一种崭新的民族，没有皇帝、没有庙宇，使犹太人团结的神秘要素不是别的，仅仅是文字的能力而已。

庙宇可以倒塌废圮，但语言却可以代代相传。庙宇的空间有限，而语言却可以超越时空，传播得更远。而《新约》中说，"太初有道，道与神同在"，这道不是别的，在英文中就是 word，即语言。

2. 巴别塔的传说。当人类要造一座通天塔，上帝便加以阻挠。他让不同人使用不同的语言，使人们最终无法沟通。

这传说有多重的寓意，包括人类要努力超越自身，超越自身的限制，或人类表现出的贪婪和狂妄，但最重要的一点仍在于语言。其实这传说中的上帝未免多虑，因为在人类出现时，就注定了通天塔不可能完成。想想看，即使人类当时使用一种共同的语言，或者说有翻译这一行当的出现，但他们之间的不同认识、趣味，尤其是不同的种族和利益，所造成的隔膜将会远比使用不同语言要大。人们漠视真理，对先知视而不见，甚至把他们当作异教徒烧死，完全不是出自语言外部的原因，而在于语言的内部。

混乱存在于语言的内部，或在使用同一种语言的不同的人那里。

3. 人们彬彬有礼地交谈，听着对方讲话，或是激烈地争论，但在这些时候，我们真的能够听懂对方的讲话吗？我们真的理解了对方表达的意思，以及意思后面内在的意图和深层的动机吗？人类真的能够彻底沟通吗？

也许真正的理解是不存在的，存在的只是宽容，或者说，只是做出宽容的姿态。

4. 语言有时是一种符咒——这在神秘主义教义中并不陌生——，它可以招来并不存在的事物。威尔斯的一出火星人入侵的广播剧给当时的英国造成了全面的恐慌，人们真的以为火星人来到了地球。外星人没有来，但语言至少唤来了对火星人的恐惧。这种恐惧是真实的，和真的火星人入侵别无二致。

5. 我们太喜欢引用名人们的话了。一句话往往有一个特定的指向或所指，有具体或相对具体的语境，如果把它放在不同的语境，或因引用而加重它的分量，就与原来的意思大相径庭了，甚至可能是一种歪曲。

6. 经验可以借用，即把此经验用于彼，小经验用于大，但不能虚构。情感可以夸大，但同样不能虚构。"白发三千丈"是夸张，但不能说是虚构，因为这里传达出的是情感而不是在描述事实。

7. 自以为是。语言的陷阱。"是"与"不是"是相对应的，但"自以为"的强调，意谓为"仅仅自己以为"，暗含着他人的拒不认同。我们自以为是好人，好诗人，或自以为把握了真理，但其实都不是。

自我怀疑是必要的。当我们自以为不是，可能其中会包含着"是"。

8. 自欺往往与自知相联系，而绝非自我蒙昧。

自欺的人非常清楚自己的痛处在哪里，而要有意无意地加以掩盖。

9. 蒲柏说，猫有九命的观点至少让猫这个种族中十只有九只丧命。

一个现代的例子是，在新编的《新概念》英语的课文中，就提到了拿猫从各个不同楼层往下扔以检验猫的生命力的实验。

10．诺曼·梅诺在写给肯帕的信中说：只是顺便评论一下《赫索格》。当我说贝娄没有思想，我的意思并不是说在《赫索格》里没有可供思考的思想，而是说这些思想并不是贝娄自己思考出来的思想，而只是从阅读中撷取而来的而已。他非常聪明，知识渊博，温文尔雅。他读了一百万本书，并记住了它们，但他不是一位有原创思想的思想。

或许是独具只眼，或许是文人相轻。贝娄只是作家，没人拿他当成思想家看待。而原创的思想又是多么的困难。甚至我们无法要求真正的思想家们提供更多的原创思想。无论如何，中国没有一个贝娄这样的作家，当然也没有能以如此口气说话的诺曼·梅诺。

这是双重的悲哀。

11．俄罗斯作家说过，"对人的过高评价对人类乃至地球上的生命都是危险的"。

不知道这一思想是否是他的原创，但确实是一条已经或正在不断被证实着的真理。

不妨对比哈姆雷特王子那段对人类赞同的台词："人是多么了不起的一件作品！理性是多么高贵！力量是多么无穷！仪表和举止是多么端整，多么出色！论行动，多么像天使！论了解，多么像天神！宇宙之华！万物之灵！"再想想发生不久的两次世界大战以及对环境的破坏和对动物的残杀，我们更加清楚了人类自身存在的问题。

当理性使人变得膨胀的同时，理性还是理性吗？德国人据称是世界上最理性的人，但想想纳粹时期德国人的表现吧。

12．类因语言而生，亦因语言而死。人类用语言交往，人类因语言隔膜。同样，出于语言上的考虑，并不存在人类的整体，而只存在人类中的个体。

上帝送他一座图书馆

张曙光 著

哈尔滨出版社

诗的标准及其他

关于诗的标准，一些年前我曾写过一篇小文，抄录如下：

> 有没有一个诗歌标准？这个问题就像要你回答有没有真理一样。那么有没有真理呢？如果说没有，这个回答算不算是真理呢？同样，如果真的没有，我们又将依据什么来判断是非呢？当然世界上没有绝对的事物，真理也是相对的，需要某些条件，甚至会因时而异，那么诗歌的标准或者也是如此？同样，如果诗歌没有标准，那么我们又该怎样规范我们的写作呢？谈论和评价诗歌又有什么意义呢？我们又该如何就诗歌问题进行交流？更让人受不了的是，每个人都可以自命为大师，而大师也会被视为庸才。薛蟠公子可以义正词严地要求把他的"一个蚊子哼哼哼"编入年度最佳诗选，我们也大可扬眉吐气地依据自己的标准把荷马维吉尔踩在脚下。在很大程度上，诗坛乱象正是由此而生。诗歌如同其他事物一样，有着自己特定的本质，不同时代的诗人对诗歌本质的认识在不断深化和拓展，诗歌标准正是建立在这些认识上面。和诗歌标准不同，写作规则却是可以打破的。在我看来，好的诗人总是会打破旧的规则从而建立起新的规则，但当他这样做时，势必要依据诗歌的某种标准，不然他写出的就不是诗而是其他东西，随之而来的是标准的重心也发生一定的偏移。这样也就能够解释了为什么古代和国外的一些好诗我们仍然会认为是好诗，也能解释古代和国外的一些好诗在我们看来不那么好而一些不那么好的诗在我们看来却很好。在这些的背后，正是诗歌标准及由此形成的审美趣味的这只无形的手在发挥着作用。

里面的说法我至今仍然坚持，当然这只是一个基本的认知，具体的情况说起来要更复杂些。比如，诗的标准在某种程度上会因人而异，或往大里说，会因流派而异，或是因时代而异。华兹华斯为诗做出这样的定义："诗是强烈感情的自然流露。"而到了里尔克那里，却成了诗是经验。正是对诗的认识发生了偏移，因而诗的标准或多或少会发生变化，前者更加偏重情感因素，后者更加注重经验。但我想即使这样，在对好诗的判定上仍然会有很多共同点，比如对待一些经典的诗歌作品。我想我们谈论的标准，正好就是从这些不同人、不同流派和不同时代标准中提取的共同点。

因此，诗的标准就是判定诗的好坏的尺度，也是我们用来写出好诗的依据。诗如罗兰巴特所说，是用来交流的。如果只是写给自己看，那么情况要简单得多，可以按自己的喜好（其实也是一种标准）随心所欲地写来。但既然要拿给别人看，那么就要考虑一种共通性，承认诗歌和语言一样，是一个差异系统。系统是共性，差异则是个性化。诗有共同的尺度，不然就难以评判，也要在某种程度上溢出标准，这是创新，创新即为标准提供了新的内容。当然我反对把标准看成固定的一成不变的，正如我反对完全否定标准的存在一样。其实无论坚持一种固有的标准还是坚持标准随诗歌的发展而变，前提是存在着大致相同的标准。如果没有大致相同或相近的标准，一切有关诗的对话便不成立，包括批评和评选，因离开了标准结果只能是自说自话。在今天，越来越多的人都意识到传统对于写作的重要性。传统之所以重要，正是由于它建立起一种传承，这传承在很大程度上正是标准和方向的延续。而我们的创新正是要坚持其中的精要而抛弃陈腐或不适用的部分。一方面我们的写作要依照某些传统，坚持一种正确的行之有效的方式，另一方面我们要尽可能地包容，吸纳进更多的有益的部分。诗歌的发展在一定意义上也正是对原有标准的拓宽和延深。

其实无论是否承认诗歌具有标准并不重要，重要的是每个人的心目都有自己的好诗，而这些好诗也多多少少具有某种或某些依据，这就足够了。我心目中的好诗首先是真实的。诗与虚假无缘。如果说真实在认识上很难达到，那么至少也应该是真诚的。其实一首诗也应该是这个时代的，它是建立在对这个时代的认识上，同样也应该建立在这个时代的认识的基础上，代表着这个时代认识的高度和深度。另外，一首好诗应该具有一定的格调，它可以是严肃的，也可以是调侃的，戏谑的，但不应是低级趣味的。同样，一首好诗不应该是因循的，而应该是独特的。也就是说，一首好诗应该有某种创新。

寻找汉语诗歌的独立品质

把新诗的精神和建设放在它的源头来考察，可以使我们更加清楚地看到新诗的发展脉络。还有一个更大的背景应该提到：一百年前的 1913 年，被认为是欧美现代主义运动的开端。在一本《1913：现代主义的摇篮》的书中，作者让－米歇尔·拉巴泰向我们描述了当年的场景，他说，"每当一个旧的规则被打破时，新的道德价值观和审美价值观便随之兴起。这种创新常常是作品表现出来的一种模糊不清的求新欲。"很难说新诗的诞生是受到了这场现代主义运动的影响，但在后来的发展过程中这种影响确实显露出来，并且在不断加大。

因此新诗的成长，有着来自自身新文化运动和西方现代主义运动两个方面的推力。同样可以从中看到两条较为清晰的轨迹，一条是外部的，即逐步建立起了一个较为完整的新的诗歌形式，另一条是内在的，就是现代性的实现。

关于现代性，学者们有过诸多的解释。文学的现代性，简单说，无非是要站在时代精神和审美的制高点来观照当下的生活，并用相应的方法来加以表现。现代性不仅体现在艺术的形式和手法上，同样渗透在词语体现出的意味中。在我看来，现代性除了使文学更加切合这个时代，也是为了达到文学最原初的目的，就是要最大限度地表现真实。真实无论是否被作家们在写作中所强调，但确实构成了他们作品的共同点，甚至可以说是他们写作的终极目标。当然巴尔扎克有巴尔扎克的真实，卡夫卡有卡夫卡的真实，普鲁斯特有普鲁斯特的真实。他们的侧重点有所不同，但都有一个共同点，就是在作品中努力体现所处时代的风貌和本质，以及人类的生存境遇。新诗从诞生之日起，就一直在求新求变，处在对传统的反叛和不断地自我否定中，恰好是为了适应这种真实，实现了从传统向现代的过渡。

因此，谈到新诗的精神和建设，似乎应该围绕着现代性而展开。新诗的精神内涵在我看来，应该是自由、开放、反叛和人性的。对现代性的强调使诗歌与时代的联系更加紧密了，也使我们具有了一种世界的眼光，在一定程度上与国外的诗歌处在相同的起跑线上。这样说多少显得有些乐观，新诗还有很多问题，也有更多的事情需要去做。在形成了一个基本格局之后，重要的是要进一步实现汉语诗歌的独立品质。很长一段时间内，新诗的形式和手法主要是从外国诗歌那里学来的，也包括诗学理论和观念。这是求同，是要融入世界文学潮流并掌握共同的游戏规则，但作为个体存在所必不可少的独立品质却没有完全建立起来，甚至没有得到应有的重视。中国古典诗歌倒是有自己的独立品质，但不适于表达现代经验，变成了僵死去的东西，因此被抛弃。当然新诗由于其中固有的本土经验和文化而多少具有了自己的一些差异性，但还远远不够，还需要有美学上的建树。因此，新诗走到今天，建设的难度比以往任何时候都要更大。

汉语诗歌的独立品质，应该就是在写作中体现出的独特精神气质和艺术个性。这对于一个写作者来说非常重要，对于一种语言的写作来说这也同样重要。有人说艺术个性是自然形成的，当然是对的，但清醒的、有意识的艺术追求也同样重要。当务之急，是要建立起一个较为完整的现代诗学体系，一种既有现代意识又有自己独特文化气质的诗学体系。就写作的个体而言，当然是越独特越好，千人一面总是令人厌倦。每个诗人都应该充分表现出自己的个性，否则就失去了存在的价值。建立诗学体系，并不意味着要取消诗人的独特性，而恰好是建立在这些独特性之上，也将使独特性变得更加突出。现代社会使人丧失个性，无论是全球化的影响还是其他，对抗全球性弊端的最好方式就是寻求和保持差异性。在今天，仅仅凭着感觉写作是远远不够的，诗人们在个性的形成和诗艺的探索上应该更具自觉性，同时要有理论上的支持和跟进，明确自己的写作观念，深入理解写作与时代的关系，审美与真实的关系，个体写作与整体写作的关系，以及主流文化与多元文化的关系。我想今天的思考应该回到原点，就像现象学所提出的那样，把既有的成见搁置起来，对一些与写作相关的问题重新做一下梳理。首要的一点是要深入理解我们这个时代，处理好写作与时代的关系。不仅要清楚这个时代的本质，存在的问题，它的真实的幻象及带给我们的焦虑与影响（这将是写作的原始材料），也要了解它的思想文化和审美风气，在这个大的语境下深化对诗的认识。在这个媒体时代，诗歌有自身的约定性，我们可以从不同时代不同文化的诗中找到某些共同点，但在不同的时代诗确实会发生变化或偏移，或者说，针对不同问题和审美风气诗歌会做出不同的反应。比如华兹华斯说诗是情感，里尔克则说诗是经验。两人都没有错，诗还是诗，但却分别代表了不同的诗学观。这不同是时代造成的，也是形成不同流派的基础。正如巴雷特所说，"任何一个信徒，不管他多么虔诚，即使他具有堪与但丁媲美的才华，今天也写不出一部《神曲》来。幻象与象征对我们不再具有它们对这位中世纪诗人所有的那种直接而有力的现实性了"。一首好诗是创造力加上对诗的深入理解而产生的。创造力要建立在对诗的深入理解上才有效。不幸的是年轻时有创造力却缺少对诗的理解，到了能够理解时创造力又开始减弱。因此一个有效的诗歌观很重要，它有助于我们更好地发挥创造力。但我们应该建立起一种怎样的诗歌观，既符合这个时代的审美，又适应我们文化自身的特质？这不仅是批评者也应该写作者首要思考的问题。

诗与时代的关系很容易被片面或机械地理解。我们一方面要认识到诗歌是时代的产物，另一方面也要清楚并不是所有诗歌都必须介入现实。诗歌既有介入的一面，也有超越的一面。缺少了后面的特质，诗歌就不完整。正如马尔库塞所说，"艺术的政治潜能在艺术本身之中，在作为艺术的美学形式之中。"甚至"仅存在于它的美学方面。"李白和杜甫同样伟大，少了他们中的一个，唐诗就不再是我们心目中的唐诗。当然还有一个更好的例子，那就是陶渊明。

其次是写作与传统的关系。现在有些人经常提到原创性，如果就某种写作倾向来说并无不可，但严格意义上的原创性是否存在就有些可疑了。脱离传统或共同语境创造出诗歌的例子即使有，有多大意义也很难说。说现代诗是在两大传统的影响下写作，也显得多少有些笼统。两个传统是客观的存在，但在不同时期的影响或强或弱，或隐或显，不能等同起来。相比之下，传统诗歌在很长时间内对新诗的影响应该是处于弱势或隐性。直到近些年来，一些诗人开始回过头来重新审视中国古典诗歌，并试着从里面发掘出写作的元素。如果说最初对古典诗采用极端手段是为了保证新诗的方向即现代性的实现不受干扰，那么今天把目光转向传统诗歌说明新诗已变得成熟而自信，有能力从异质或相反的东西中吸取有益的成分而不必担心受到消极的影响——尽管后者仍然存在。新诗应该有更开阔的视野和胸怀，这样才有助于形成自身的独特性。尤其是这种独立品质的形成并不完全是外在的，更多依赖于内在的精神和气质，而中国古典诗在这方面恰恰可以提供参照。

有一个现象值得注意，人们喜爱的更多是在写作中融汇两种文化中的诗人，如米沃什、布罗茨基、沃尔克科、扎加耶夫斯基、阿多尼斯和达维什等。喜爱他们的原因可以找出很多，但最突出的是他们的作品中对人类生存境遇的关注和焦虑表现得更当强烈，也包括他们诗歌技艺中本国传统与域外手法的交融。融汇不同传统并不是优秀诗人的先决条件，却无疑是一条值得重视的成功之路。但无论学习和借鉴国外诗歌还是中国古典诗，都应该是内在的和深入的，取其精义，而不应该停留在浅层次的照搬和模仿中。尤其是对中国古典诗歌，更需要用现代性来观照，找出另适合于今天的元素。借鉴中国古典诗看似简单，其实并不容易，无论是陶渊明、杜甫还是其他诗人，和新诗都处于不同的历史环境和语言方式中，很难直接拿来。处理不好，就会或变得半文不白，或由于文化上的亲和力而迷失在陈旧的意识和趣味中。食古不化和食洋不化同样有问题，或更糟。钱钟书曾讽刺某位宋代诗人用陶渊明的眼光观看自然而没有了自我，王国维在评纳兰容若时也曾说，以自然之眼观物，以自然之舌言情，此初入中原未染汉人风气也，说的问题约略接近。中国古典诗歌发展到后来，因袭太多，意识和语言都变得陈腐，即使不遭遇新文化运动也是要陷入困境的。胡适对旧体诗的批评虽然过激，但不无道理。这些应该引起我们的警惕。如果说今天的中国诗人用国外同代诗人的眼光看待世界固然有问题，但用古人的眼光和思想来观照则更糟。继承和借鉴与复古如果混为一谈，效果就会适得其反。

因此，这里提到的所谓精义，不是简单照搬，不是皮相的摹仿，而是从艺术和审美上把握其精神实质。我们了解一种写作风格和流派，不仅要知道它的思想观念，以及它是如何产生、如何发展的，也要放在社会历史文化的大背景下加以考察，这样也许可以更加清楚它的独特性，看出哪些适合我们哪些还适合我们，可以避免盲目照搬。我想这点无论对国外诗歌还是中国古典诗歌都适用，否则我们的诗歌就会真的变成了一场摹仿秀——西方的或古典的。西方诗歌在与时代和现实的关系上，在形式和手法的不断创新和实验上仍然值得学习。而中国古典诗中有很多的杰作，在理论和方法上也相当丰富，如讲求格调，注重意蕴，简洁含蓄，意在言外，这些可能正是需要我们继承的而又正好被我们所忽略。就我个人来说，我更喜欢《古诗十九首》中的直接质朴和体现出的风骨和生命意识，以及陶渊明诗中的豁达和蕴藉。《诗经》的清新活泼也是我所欣赏的。关键是这些属于风格和内在气质的东西如何纳入我们的诗中？尤其是古典诗歌中的"意"及有别于西方诗歌的表意方式也是近期我所关注的。

再就是对语言问题的重新认识。我们对诗的语言的理解多少有些狭窄，一谈到语言，无非就是文言还是白话、书面语还是口语。但诗的语言所包含的内容应该更为宽泛，句法、音韵、语感、修辞及与表现力相关的技巧都在其中。在这些方面我们有过一些探索却没有很好的总结，严苛地讲，在这些方面的探索也仍然不够。现代汉语用于诗歌只有不到百年的历史，显然还不够成熟。就说句式，现代汉语多的句式过于简单，固然容易做到简洁，但要表达更严密幽曲的意思就力不从心了。恰当的句式可以使语义变得更加突出，也有助于风格的鲜明。弥尔顿的一首十四行诗全诗下来只是一个完整句子，给人一种浑然一体的感觉。金斯伯格在人们眼中是一个不太注重诗歌技巧的诗人，他的《嚎叫》的第一部分上百行在中译中被译成了一连串的排比句，而原诗只是一个大的定语从句，二者的区别在于一个是一堆散乱的菜叶，一个是叶子紧紧抱在一起的白菜。这些在汉语里面就很难做到。我读到一篇文章，谈及国外诗歌，说汉语诗中最强烈的作品也很难与外国的比肩。这当然是由民族性格和气质造成的，但我想也应该与语言不无关系。了解国外的文化，不是要寻找到本国也有的或不如自己之处来增加自信心或满足虚荣心，而是要学到不同的东西来丰富自己。常有人批评现在的句子欧化，反驳者成功地指出他们批评欧化的语言同样欧化。这里并不存在知识版权问题，关键要看是否有助于汉语表现力的增强。还有音韵、语感，以及最新的流行语和网络语言，这些都应成为当代诗歌的资源然而却缺少深入的研究。诗人依赖语言，也对语言负有责任，除了净化语言，也要丰富语言。海德格尔说过，日常语言是死了的诗的语言，这是因为日常语言把其中包含的涵义损耗到了最低值。在诗人那里，一切语言资源都可以用在诗里，并使之在其中发挥作用。诗人能够最大限度地丰富语义，把日常语言变成诗的语言。诗歌创造性使用语言。正如艾略特所说，诗歌的每次变革，都是日常语言的回归。当代诗在语言方式上的一个明显的变化是，我们从歌唱转为了说话，从夸饰的描写转为了日常细节的叙说。或者说，诗歌从摹拟音乐转为摹拟日常说话，这种转变的深层动机是什么，值得思考。语言的变化直接影响到创作，另外的问题是——至少对于我来说——是使用一种自然明晰的语言，还是使模糊、繁衍的以及持续和自我重构的语言更为适合今天的写作？

创新也仍然值得关注，它的对立项是守旧或因袭。目前的诗坛显得有些沉寂，不是写诗的人太少，而是真正锐意求新、大胆探索的作品并不多见。先锋在今天只是一个标签，可以随意贴在任何一个诗人身上，哪怕他的写作既无反叛性也无实验性。这种局面与一百年前生气勃勃的新文化运动不能相比，与当时西方轰轰烈烈的现代主义运动更是无法相比。无论我们怎样评价先锋派和学院派，但中国并没有真正意义的先锋派和学院派。激进的文学态度和对形式技巧的均衡控制在今天显得稀缺。缺少创新注定会缺少活力，无论社会还是艺术。今天仍然需要大胆的实验，但要思考什么是新，怎样的创新是必要的，又该怎样去创？路有很多条，关键要看你想去哪里，没有相应的方向创新就会变得盲目。还有另一些非常重要的写作元素应该进入我们的视野，如格调，境界和风格等。

上面是对新诗的一些思考，涉及一些常识性的问题。在中国，很多问题的讨论都绕不开常识打转转，或纠结在一般常识上，比如你一谈到诗歌的建设，他就说诗是个人的东西。诗歌的个人化当然重要，但这个人化不是封闭产生的，而更自更多的交流和对诗歌发展的整体把握。离开了这一点，个人化就无从说起。这种连基本常识都搞不清楚的状况并不利于诗歌的发展。上面提到了两种传统，还有一点容易被人忽略，那就是除了这两种传统外还有另外一种传统，那就是新诗自身的传统。无论我们怎样这个传统，但都要很好地对它进行思考和总结。我们也同样应该意识到，诗人受惠于诗歌，也同样对诗歌负有责任，除了严肃写作外，也应该经常问问自己为诗歌做了些什么。

闻一多与《唐诗杂论》

关于闻一多

　　五年前我读到闻一多关于《诗经》的文字，感到考据和训诂的功夫很深，也有一些西方的包括弗洛伊德的方法，但过于学术化，显得枯燥，终于没有读进去。二十五年前我下乡时借到一本闻一多的诗集，读下去了，一度喜欢，但很快就失去了兴趣。闻的诗写得直抒胸臆，一如其为人，讲究韵律而缺少韵味。我不知道这是否与他的学者生涯有关。他对诗的贡献简单说有两点，一是在诗中引入了象征，尽管他的象征与西方相比仍然直白。二是他对新诗韵律所进行的尝试（从 1921 年开始）。新诗的韵律问题一直是新诗的软肋。从诞生之日起新诗就是自由体，表面上与西方诗体没有多大区别，其实并不一样。西方诗歌中自由诗只是其中一种，还有其他的诗体，如亚历山大体，双行体，英雄双行体，十四行诗等等，虽然行数上没限制，但在音步、格律和韵脚上仍有明确的规定。新诗刚从旧体诗的格律中摆脱出来，就像去掉锁链的奴隶，自然不愿再回到规矩的樊篱中去，但这一点使得新诗失去了形式上的评判标准，也成为人们攻击新诗的一个口实。新格律体闻一多可以说首次尝试，而他的做法基本上按西诗的格律路数来的。他有过在西方的求学经历，与后来大有名气的雷克斯洛斯是同班同学，在这方面有着得天独厚的优势。当然这前后有些人如林庚等人也试着发明新的格律体诗，但这些人大都是学者，学有余而才不足。而推行一种新体，既需要时代的风气，也要有更有才华的人拿出成功的例证来进行引领。这些在当时都是做不到的。六十年代何其芳、卞之琳又提出新诗的格律体，更是不逢其时，遭到一顿闷棍。九十年代不少诗人想过这个问题，但与时风更是相违，谈谈可以，切实做起来问题很多，而适不适合则又是另外的问题。但无论如何，闻一多对新诗的发展至少应该是有独到的眼光的。同样，不能说他没有艺术气质，但他的艺术气质过于强烈，而相反的学斋生活又使得他的生活变得狭隘，妨碍了他在诗艺上的深入。

　　使我真正对闻一多改变看法的是一本《唐诗杂论》，里面包括若干诗人的评论和两个诗人的年谱系年。我觉得这本书完全可以奠定闻一多大学者的地位。这些文章眼光独到，有高度也有深度，重要的出发点正确，能够站在时代和文学发展的制高点上品评诗人和作品。里面的文章大都写于三十年代末四十年代初，这在中国近代文化史上应该是一个黄金的时代。从清末的西学东渐到五四的民主科学，几十年来可以说进入了一个相对成熟期。在这之前，在学术上更多沿袭传统的方法，之后又受到政治决定论的影响，动不动就是"人民性"，凡是写民间疾苦的就是好诗，既忽略了作品的艺术也同样忽略了思想，很少真正从文学本身来思考问题。

另一个值得肯定的是语言。闻一多的语言准确洗练，严谨而不失优美。他之前的论文的文字多柔弱，缺少力度和严谨性，之后的更多的术语和套话。他的文字写于七十年前，但拿到今天来看仍然毫不过时。可以说，闻氏的这本书代表了当时的治学成就，令人刮目相看。

《类书与诗》

文章原载于《大公报·文艺副刊》第 52 期。我特地指出这一点，是让大家知道当时的报纸的文化气息是多么强烈，刊载的文章的水准有多高。

文章的一开头就说：

> 检讨的范围是唐代开国后约略五十年，从高祖受禅（618）起，到高宗武后交割政权（660）止。靠近那五十年的尾上，上官仪伏诛，算是强制地把"江左余风"收束了，同时新时代的先驱，四杰及杜审言，刚刚走进创作的年华，沈宋与陈子昂也先后诞生了，唐代文学这才扯开六朝的罩纱，露出自家的面目。所以我们要谈的这五十年，说是唐的头，倒不如说是六朝的尾。

我们总是会谈到文学与时代的关系。时代大的变动势必会影响到文学的走向，胡适说过，一个时代有一个时代的文学。这是因为一个时代有一个时代的不同特征，一个时代有一个时代的风习和趣味，这些势必要通过文学来反映出来，也势必会对文学产生影响。唐代是一个了不起的时代，但在最初的五十年来仍然沿袭了六朝的余风，这又说明了什么？

我们知道，朝代不完全等同于时代。唐易隋而立国，但在政治制度和文化上并没有本质上的改变，无非是由李姓的皇帝代替了杨姓的皇帝。尽管当时政治的清平会使生产力得到发展，导致社会财富的积累对文化的发展也会产生好的影响，但在当时这种效果还不明显。

　　同样也有文学自身的原因，闻一多说唐初五十年像六朝，就是和六朝一样对学术的兴趣浓厚。这是一个原因。还有一个就是对史学的偏好，也有闻一多称为"第三性质的东西"，即类书。类书按闻的说法"既不全是文学，也不全是学术，而是介于二者之间的一种东西，或是说兼有二者的混合体。"

　　类书今天的人即使不知道，也了解其方法，就是把知识中相关的东西放在一起，相当于 GOOGLE 或百度上面的检索，但这里不是知识，而是把表达同一件事物的不同解释、词语和章句集中放在一起。闻多一多举了很多例子说明当时类书的盛行。他说：

　　　　一个国家的政府从百忙中抽调出许多第一流人才来编了那许多的"兔园册子"（太宗时，房玄龄，魏徵，岑文本，许敬宗等都参与过这种工作），这用现代人的眼光看来，岂不滑稽？不，这正是唐太宗提倡文学的方法，而他所谓的文学，用这样的方法提倡，也是很对的。沉思翰藻谓之文的主张，由来已久，加之六朝以来有文学嗜好的帝王特别多，文学要求其与帝王们的身份相称，自然觉得沉思翰藻的主义最适合他们的条件了。文学由太宗来提倡，更不能不出于这一途。本来这种专在辞藻的量上逞能的作风，需用学力比需用性灵的机会多，这实在已经是文学的实际化了。南朝的文学既已经在实际化的过程中，隋统一后，又和北方的极端实际的学术正面接触了，于是依照"水流湿，火就燥"的物理的原则，已经实际化了的文学便不能不愈加实际化，以至到了唐初，再经太宗的怂恿，便终于被学术同化了。

　　这其实与六朝的文风是一致的。要想文章华美，就得堆砌辞藻；要堆砌辞藻，也免不了要借助工具书，而类书是最为方便的。也就是说，一个没有学问或读书少的人借助类书完全可以充充门面，但语言的独创性与诗人的真实感受势必要做出牺牲，或者不在考虑之列。"唐初人的诗，离诗的真谛是这样远，所以，我若说唐初是个大规模征集辞藻的时期。我所谓征集辞藻者，实在不但指类书的纂辑，连诗的制造也是应属于那个范围里的。"由此我们就会知道古诗词为什么会深入人心、长盛不衰了。闻一多说："文学被学术同化的结果，可分三方面来说。一方面是章句的研究，可以李善为代表，另一方面是类书的编纂，可以号称博学的《兔园册子》与《北堂书钞》的编者虞世南为代表。第三方面便是文学本身的堆砌性，这方面很难推出一个代表来，因为当时一般文学者的体干似乎是一样高矮，挑不出一个特别魁梧的例子来。没有办法，我们只好举唐太宗。并不是说太宗堆砌的成绩比别人精，或是他堆砌得比别人更甚，不过以一个帝王的地位，他的影响定不是一般人所能比的，而且他也曾经很明白的为这种文体张目过。"

我们都说唐代诗歌是最兴盛的，顶多有初唐盛唐和晚唐之分，却想不到在唐代有这么长的时间处于一个荒芜期。我们也无法想象靡华的六朝文风会延续得这么久远，更不会想到以唐太宗之英明，会对文学做出这么多的蠢事。太宗的文学眼光并不高明，闻一多在文中多有讥讽，如他说，"唐太宗之不如隋炀帝，不仅在没有作过一篇《饮马长城窟行》而已，便拿那'南化'了的隋炀帝，和'南化'了的唐太宗打比，像前者的'暮江平不动，春花满正开；流波将月去，潮水带星来'。甚至'鸟击初移树，鱼寒不隐苔。'又何尝是后者有过的？不但如此，据说炀帝为妒嫉'空梁落燕泥'和'庭草无人随意绿'两句诗，曾经谋害过两条性命。'枫落吴江冷'比起前面那两只名句如何？不知道崔信明之所以能保天年，是因为太宗的度量比炀帝大呢，还是他的眼力比炀帝低。这不是说笑话。假如我们能回答这问题，那么太宗统治下的诗作的品质之高低，便可以判定了。归真地讲，崔信明这人，恐怕太宗根本就不知道，所以他并没有留给我们那样测验他的度量或眼力的机会。但这更足以证明太宗对于好诗的认识力很差。假如他是有眼力的话，恐怕当日撑持诗坛的台面的，是崔信明、王绩，甚至王梵志，而不是虞世南、李百药一流人了。"其中意思很明显，李世民在这方面远不如杨广。对其中的原因闻一多分析得也很透彻：

太宗毕竟是一个重实际的事业中人；诗的真谛，他并没有、恐怕也不能参透。他对于诗的了解，毕竟是个实际的人的了解。他所追求的只是文藻，是浮华，不，是一种文辞上的浮肿，也就是文学的一种皮肤病。这种病症，到了上官仪的"六对"、"八对"，便严重到极点，几乎有危害到诗的生命的可能，于是因察觉了险象而愤激的少年"四杰"，便不得不大声疾呼，抢上来施以针砭了。

通过这篇文章我们可以得到怎样的结论呢？我想我们首先要赞叹闻一多的眼光与手笔。这样深刻的见解竟然通过一篇篇幅不长的文章体现出来，似乎难得。其次我们总是谈到文学与时代的关系，我本人就是这样，但这仍然不能简单化，因为一方面文学受到时代的影响（也或多或少地作用于时代），另一方面它也有着自身的轨迹，有自身的延续和发展，如果看不到后者就未免失之于机械。举两个例子，魏晋玄学所以盛行，正是因为当时政治高压所致。名门望族汇聚江左，文人自然多了起来。文人们不能谈论国事，总得要有事做，而他们的衣食无忧，不用工作，闲来没事，便只好清谈了。再举个例子，我们看十九世纪小说中关于人物和场景的描写，多么繁复，到了二十世纪开始简约，到了现在则更是一带而过。这是因为生活节奏快了，由原来的马车变成了飞机高铁，人们已不再适应那种坐着四轮马车和火轮的节奏了。还有一点就是摄影的发达和电影的兴盛，使得人们眼界大开看到了以往无法看到的东西。几十年前，人们去巴黎回来，可以绘声绘色地谈论巴黎的街道和建筑，现在人们都通过图片和电影看到了，你再谈论是多此一举。这是时代影响的例子。文学自身有它的轨迹，当外部环境发生了变化，它仍会由于自身的惯性向前移动。还有一种原因，天才人物的出现会左右文学的走向。当时美国诗人威廉斯力图建立起本土化风格的诗歌，但由于《荒原》的发表使得他大为沮丧，他说艾略特的天才将使他的努力倒退二十年。事实上，到了二战之后，他的主张才真正得以实现。这里面的情形很复杂，一是当时艾略特和庞德提到的世界文学或大欧洲文学的主张是大势所趋，与当时的思想文化的趋势是一致的。二是他们的个人魅力和天才更加稳固了这种趋向。但威廉斯的本土诗的主张正好合后现代诗人们的胃口，天下大势，分久必合，合久必分，美国诗歌要摆脱欧洲的影响，也必然要采纳威廉斯的主张。

第三点就是权力人物参与到文学里面对文学的发展会产生微妙的影响。好处是他们能跳出文学的范围来提出主张，坏处是如果他们没有足够的眼光和鉴赏能力，就会产生一定的偏差。"楚王爱细腰，宫人多饿死"，如果没有太宗皇帝的支持，类书的事情也许形不成那么大的气候。封建帝王好大喜功，从来不拒规模。想想明代《永乐大典》和清朝《四库全书》的例子便可以知道。

《宫体诗的自赎》

文章仍然写得摇曳多姿。宫体诗也就是艳情诗，人们可以说这是对载道诗的一种反逆，或是一种个性解放。前几年有些诗人还对此津津乐道。我没有对此进行过考察，我只是感觉到这些诗过于轻佻，而缺少真挚的情感，而语言的浮华也是我所不喜欢的。我只是就闻一多的这篇文章来看：

> 严格地讲，宫体诗又当指以梁简文帝为太子时的东宫，及陈后主、隋炀帝、唐太宗等几个宫廷为中心的艳情诗。我们该记得从梁简文帝当太子到唐太宗晏驾中间一段时期，正是谢朓已死、陈子昂未生之间一段时期。这期间没有出过一个第一流的诗人。那是一个以声律的发明与批评的勃兴

为人所推重，但论到诗的本身，则为人所诟病的时期。没有第一流诗人，甚至没有任何诗人，不是一桩罪过。那只是一个消极的缺憾。但这时期却犯了一桩积极的罪。它不是一个空白，而是一个污点，就因为他们制造了些有如下面这样的宫体诗：

长筵广未同，上客娇难逼。还杯了不顾，回身正颜色。

（高爽《咏酌酒人》）

众中俱不笑，座上莫相撩。

（邓鉴《奉和夜听妓声》）

这里所反映的上客们的态度，便代表他们那整个宫廷内外的气氛。
人人眼角里是淫荡：

上客徒留目，不见正横陈。

（鲍泉《敬酬刘长史咏名士悦倾城》）

人人心中怀着鬼胎：

春风别有意，密处也寻香。

（李义府《堂词》）

我喜欢闻一多的挑剔。做人要厚道，但为文也许不该如此。如果文章四平八稳，哪里还有批评在？没有留下好诗不是错，留下坏诗才是错。这样的意思让他一说就显得很漂亮，老吏断狱，一点余地也不留。

闻一多不是道学先生，他认为宫体诗是一种没有止境的堕落。堕落不是因为写到性，而是写性的同时表现出的变态。这个我们不会关心，但我们欣赏这样的观点：

我们真要疑心，那是作诗，还是在一种伪装下的无耻中求满足。在那种情形之下，你怎能希望有好诗！所以常常是那套褪色的陈词滥调，诗的本身并不能比题目给人以更深的印象。实在有时他们真不像是在作诗，而只是制题。这都是惨淡经营的结果。

惨淡经营下的制题和矫饰才是他最终反对的。他喜欢的是什么样的诗？而宫体诗又将如何自赎？他提到了卢照邻的诗：

长安大道连狭斜，青牛白马七香车。玉辇纵横过主第，金鞭络绎向侯家！龙衔宝盖承朝日，凤吐流苏带晚霞。百丈游丝争绕树，一群娇鸟共啼花。……

他说：

这生龙活虎般腾踔的节奏，首先已够教人们如大梦初醒而心花怒放了。然后如云的车骑，载着长安中各色人物 panorama 式的一幕幕出现，通过"五剧三条"的"弱柳青槐"来"共宿娼家桃李蹊"。诚然这不是一场美丽的热闹。但这癫狂中有战栗，堕落中有灵性：

得成比目何辞死，愿作鸳鸯不羡仙。

比起以前那光是病态的无耻：

相看气息望君怜，谁能含羞不肯前！
（简文帝《乌栖曲》）

如今这是什么气魄！对于时人那虚弱的感情，这真有起死回生的力量。最后，节物风光不相待，桑田碧海须臾改。昔时金阶白玉堂，即今唯见青松在！
似有"劝百讽一"之嫌。对了，讽刺，宫体诗中讲讽刺，多么生疏的一个消息！
我们看到他并不反对写艳情即性，而是主张要从生命深处发出，要在"颠狂中有战栗，堕落中有灵性"，而且要讲气魄，有讽刺。重要的是真情实感。
这是对宫体诗的改造。他又谈到了四杰中的骆宾王，是宫体诗中的云冈石窟，是一场剧变。到了刘希夷和张若虚，尤其是《春江花月夜》，可以说是"替宫体诗赎清了百年的罪"，清除了盛唐的道路。标题的救赎就是指《春江花月夜》所产生出的效果。
这篇文章让我感兴趣的不仅在于为初唐诗歌如何脱离六朝文学的影响勾勒出一

个清晰的轮廓，重要的使我们看到了积弊强大的力量和消除它们的途径。积弊的力量在短期内难以克服，政治上是如此，文学上也是如此。要想消除，则要从内部中解决问题。我在想这样一个问题，一个人有多大能力或在多大程度上能够摆脱时代的影响？当人们在影响中，又在多大程度上能够看到这种影响的弊端？从六朝到初唐，诗人不知凡几，但能超越当时风气的几乎没有人，这种情况要一直延续到四杰、张若虚和陈子昂。我们谈论一个人在文学上的贡献，可能要从两点出发，一是作品绝对的文学价值。这是纵的横的全方位的比较，能够站得住脚的全是旷代的大诗人，没有几个，如屈原、陶渊明、李白、杜甫、苏轼等人。再一个就是从文学发展的角度看，就是说一个人在纠正或开创文学风气中所起到的作用，这就是所谓的创新。创新不是为了创新而创新，而是为了矫正和开创风气，也是为了表达新的感受和经验。比方说前面提到的卢照邻，他的诗在唐诗中已经不上数了，但他在当时矫正了时弊，人们仍然要感谢他的贡献。再如陈子昂，我们都知道他的那首诗：

> 前不见古人，后不见来者，
> 念天地之悠悠，独怆然而涕下。

这首诗真正具有一种宇宙的寥廓感，苍茫中带有悲凉。这种悲凉不再是个人的得失，而是在时间流逝中个人的渺小和无能为力。但这样的好诗文学史上也是比比皆是，但我们把它放在初唐格调低靡的宫体诗中，优劣就判然自明。一个人在风气中，难免不受到沾染，能看到其中的弊端已属难得，更不要说打破这种风气，开一代新风。这就要有一种超绝的眼光，更要明确创新的方向。很多人沉迷于当时的风习，但即使风气内写出好诗，但这种好诗的长处是风习的长处，短处也是风气的短处，是被风气带着走。另一些人看到了风习的弊端却无力自拔，或迷失在茫茫的旷野中。只有少数人能够走出来，走得多远要看运气。但这无疑具有开创之功。而且开创一种风气要靠很多人不懈的努力和追求。这里面有成功也有失败，有不幸也有幸运，但这些人无疑是可敬的，比起那些因循守旧、故步自封的人不知要好上多少。

《贾岛》

贾岛是一位风格化的诗人，过去常用"郊寒岛瘦"来形容。郊是指孟郊，他生于 751 年，死于 814 年。而贾岛生于 779 年，死于 843 年。贾岛比孟郊晚生了二十八年，中间差了好几代人，但由于他们在风格上都比较极端化，又都以苦吟见长，因此放在了一些。"郊寒岛瘦"是苏东坡的话，大约是带了些贬义，因为苏喜欢陶渊明，他说陶诗质而实绮，癯而实腴，是相反相成的，对一味的寒瘦是不会有太大兴趣的。"瘦"其实在当时并不完全是一个贬义词，杜甫谈论书法，说"书贵瘦硬方通神"，好石头的标准要"透、露、皱"，形容梅花也是寒梅或瘦梅。因此瘦是一种风格化的说法，形容贾岛的孤奇峭拔的诗风。今天已经没有多少人喜欢贾岛，在文学史上地位也不很高，远远无法与李杜、韩柳等人相比。他的诗格局狭小，也过于雕琢，与李太白的"清水出芙蓉"有天壤之别，更无法与杜甫的开阔相比。但在当时，他的地位似乎非同一般。闻一多说"不妨称晚唐五代为贾岛时代"，并引用当时人的笔记，说当时贾岛被一些人当成佛来供奉，把他的诗也与佛经等同。这种做法今天看来有些疯狂可笑，但考虑到当时是以诗取士的情况，也就可以理解了。诗中自有黄金屋并不是随便说说的。但这种远远超出了自身成就的偶像化现象并不多见，据闻一多说这是"中国诗人从未有过的荣誉，连杜甫都不曾那样老实的被偶像化过"，这又说明了什么？原因在于他的诗建立起一种新的格调、风格和趣味，而这种格调、风格和趣味符合时代的风气和人们的审美：

　　他目前那时代——一个走上了末路的，荒凉，寂寞，空虚，一切罩在一层铅灰色调中的时代，在某种意义上与他早年记忆中的情调是调和，甚至一致的。唯其这时代的一般情调，基于他早年的经验，可说是先天的与他不但面熟，而且知心，所以他对于时代，不至如孟郊那样愤恨，或白居易那样悲伤，反之，他却能立于一种超然地位，借此温寻他的记忆，端详它，摩挲它，仿佛一件失而复得的心爱的什物样。早年的经验使他在那荒凉得几乎狞恶的"时代相"前面，不变色，也不伤心，只感到一种亲切，融洽而已。于是他爱静，爱瘦，爱冷，也爱这些情调的象征——鹤，石，冰雪。黄昏与秋是传统诗人的时间与季候，但他爱深夜过于黄昏，爱冬过于秋。他甚至爱贫，病，丑和恐怖。他看不出"鹦鹉惊寒夜唤人"句一定比"山雨滴楼鹋"更足以令人关怀，也不觉得"牛羊识僮仆，既夕应传呼"较之"归吏封宵钥，行蛇入古桐"更为自然。也不能说他爱这些东西。如果是爱，那便太执着而邻于病态了。（由于早年禅院的教育，不执着的道理应该是他早已懂透了的）他只觉得与它们臭味相投罢了。更说不上好奇。他实在因为那些东西太不奇，太平易近人，才觉得它们"可人"，而喜欢常常注视它们。如同一个三棱镜，毫无主见的准备接受并解析日光中各种层次的色调，无奈"世纪末"的云翳总不给他放晴，因此他最热闹的色调也不过"杏园啼百舌，谁醉在花傍！……身事岂能遂？兰花又已开"，和"柳转斜阳过水来"之类。常常是温馨与凄清糅合在一起，"芦苇声兼雨，芰荷香绕灯"，春意留恋在严冬的边缘上，"旧房山雪在，春草岳阳生。"他瞥见的"月影"偏偏不在花上而在"蒲根"，"楼鸟"不在绿杨而在"棕花上"。是点荒凉感，就逃不脱他的注意，哪怕琐屑到"湿苔粘树瘿"。

以上这些趣味，诚然过去的诗人也偶尔触及，却没有如今这样大量地、彻底地被发掘过，花样，层次也没有这样丰富。我们简直无法想象他给予当时人的，是如何深刻的一个刺激。不，不是刺激，是一种酣畅的满足。初唐的华贵，盛唐的壮丽，以及最近十才子的秀媚，都已腻味了，而且容易引起一种幻灭感。他们需要一点清凉，甚至一点酸涩来换换口味。在多年的热情与感伤中，他们的感情也疲乏了。现在他们要休息。他们所熟习的禅宗与老庄思想也这样开导他们。

这段话里提到的"早年记忆"是指贾岛的僧人经历。闻一多说他形貌上虽是个儒生，骨子里恐怕还有个释子在。不要说一度为僧的贾岛，在士大夫中间参禅的也不计其数。仍然是把人物放在一个较大的背景下来加以考察，知人论诗，闻一多从时代特点和早期生活对他施加的影响来理解贾岛形成的独特诗风。他的诗风正好代表的时代的某些特征，或者说是在时代上蔓生出来的，又推到了极端，正好迎合了时人的口味和需求。

但谈论一个人的写作风格，仅仅从时代和个人生活的影响来谈，似乎失之浅泛。晚唐诗人并非贾岛一人，有过为僧经历也非他仅有，但为什么只有他成为贾岛？在时代和个人生活之外，还有哪些决定的因素？或者说，他只有被动地接受，而没有经过主观上的抉择？

现在很难想象贾岛在当时会对时代进行过深入的思考。可能他只是凭着敏感对时代进行感应。那个走上末路的，荒凉、寂寞、空虚，一切罩在铅灰色调中的时代，应该是这个时代的某些侧面，而不会是全部，但对贾岛来说却是如此。也就是说，一个时代有着诸多特征，诸多侧面，但在不同人那里，却会有着不同的感应。每个人都是戴着一副有色眼镜，对外部事物的感应不可能完全做到客观，有夸大，有变形，也会过滤掉一些东西。贾岛内心的情调使得他注定要和时代的这种基调相吻合。带点病态的内心和带点病态的时代彼此交融，因此成就了贾岛。

这里也涉及个人化的问题。我们一直在谈个人化，但个人化是些什么，恐怕很少有人真正去想。个人化多半被说成是生命的一种内在的状态，在写作上则是个人的表现手法之类。个人化的形成与个性气质及审美趣味有一定关联，它需要怎样的条件才能实现？假如一个人，从来没有读过一首诗，他能够写诗吗？他写出的东西又会是个什么样子？我们读诗，读更大范围的作品，又是为了什么？难道不是为了找到一个个人的立脚点或出发点吗？绘画讲从有法到无法，这个无法不能等同于前面的无法，而是达到了相对的自由，也可以理解为建立了个人的法。这个也可以看作是个人化。个人化是在传统中的演进，是和时代的博弈。离开了传统和时代，我们的个人化又该如何定位呢？从这篇文章中也许我们可以看到一些端倪：闻一多说贾岛"爱静，爱瘦，爱冷，也爱这些情调的象征——鹤，石，冰雪。黄昏与秋是传统诗人的时间与季候，但他爱深夜过于黄昏，爱冬过于秋。他甚至爱贫，病，丑和恐怖"，这些是他独特的个人趣味，而这种趣味既有时代的因素，也有个人的生活烙印在其中。但这只是外来的影响，更重要的还是自己在这些的基点上进行抉择。"他却能立于一种超然地位，借此温寻他的记忆，端详它，摩挲它，仿佛一件失而复得的心爱的什物样。早年的经验使他在那荒凉得几乎狞恶的'时代相'前面，不变色，也不伤心，只感着一种亲切，融洽而已"，这些又与他的人生态度有关。但这些都有一个共同的指向，即时代或对时代的感应。也许个人化就是对时代的不同态度和由此形成的独特的审美趣味。时代对每个人都是相同的，但弱水三千，各取一瓢饮，也各有不同的表现。说到底，个人化是针对时代和生活而确立的，就像前面的文章谈到的，你或者矫正时弊，或者沿着新风气继续拓展。说到底，这是个别性和共性间的关联。没有个别性也就不存在共性，没有共性也就不存在个别性。个人化是个别性，而时代性是共同性。时代就像是滑冰场，是依托，而个人化就像是在上面溜冰。你尽可以做出各种动作来，但前提是你要了解冰的习性，要掌握平衡，要适应冰的特点。尽管都是在冰上，但每个人的技术特点和发挥都不相同，但你的技术特点和发挥都是对冰面而言的。所以我们可以从这篇文章感悟到更加深的东西，即个人化是如何形成的，以及它与时代的关联。我们说一个诗人他不可避免地要感应时代，从中受到规约，从中判定方向。反过来，我们也可以说一个优秀的诗人，他并不是简单地顺应时代的风气，而是会对时代风气产生积极的影响。

杜甫的启示

来到杜甫的故乡，一个深切的感受是历史被拉近了，原本只是存在于书本上的一切有了依托感，变得真实起来。这不仅让我们意识到历史就是曾经的现实，也同样意识到历史仍然可以作用于现实，哪怕经历了一千多年的世事沧桑。

杜甫在文学史上是一个显赫的名字——也许一千年后仍会如此，如果那时地球还没有被彻底毁坏——他的一生并不如意：仕途失意，无法实现自己的政治抱负，遭逢战乱，目睹了战争带给民众的创伤，尤其是经历了大唐帝国由盛到衰，几近毁灭的过程，这对一个有着济世抱负的士人来说是近乎致命的打击。但这并不妨碍却反而有助于他成为伟大的诗人。当一个诗人被称为伟大，在他的名声背后总是会映衬出一个时代的动荡与苦难。杜甫的名声在生前就已奠定，不像陶渊明，成就在死后几百年后成就才被人们真正认识到。他一直受到推崇，原因却略有不同。在古代他被称为诗圣，因为他忠君爱国，不仅要致君尧舜上，而且在颠沛流离中也每饭不忘君。五十年代他被誉为人民诗人，因为根据当时的文学理论在他的诗中发现了人民性。继而他又成为受到推崇的现实主义写作方法的典范。在七十年代的一段时间内他被斥为地主阶级的代言人，但这种批判在当时更大批判的背景下很难引起人们的注意。这些都证明了一个事实，即在杜甫的身上体现出一种丰富性和复杂性，可以从不同的方面进行解读。那么，今天我们纪念杜甫，又将发掘出他身上哪些独特而卓越的品质，或者说，他将会给我们今天的写作带来怎样的启示？

在我看来，杜甫带给我们的一个重要启示是他成功地处理了个人与时代、写作与现实的关系。从某种意义上讲，任何写作都是时代的产物，会或多或少折射出那个时代的种种特征，但只有真正的大作家才会主动地、有意识地去关注和审视他的时代，发掘出最为本质的部分。对时代的关注是对时代本质的关注，对时代精神症候的关注，也是对人类生存处境和命运的关注。在大作家的笔下的，更多体现出的往往不是温情，而是悲悯，这将赋予他们的作品更加开阔的视野和深邃的内涵。奥顿说过，卡夫卡与时代的关系最近似但丁、莎士比亚、歌德与他们时代的关系。但丁、莎士比亚、歌德和卡夫卡分别代表了他们的时代，通过他们的作品我们可以更好地了解他们的时代。 杜甫也是这样。他采用了我们称之为现实主义的手法进行创作，尽可能真实地记录下他所经历的一切，展示出当时的社会生活的细节或侧面，并上升到对整个国家或民族苦难的概括。从这个意义上讲，他的诗兼具"史"的特点，被后人称为"诗史"应该是再合适不过的了。但有一点应该明确，不同于通常意义上的史，他的作品尽管对一些重大事件做过描述，甚至弥补了某些史料的缺失，但他笔下的"史"正是当时的现实，刚刚发生的和正在发生的，因而具有一种当下性。而且，在多数情况下"史"也只是作为诗中或隐或现的背景出现，但这无疑使他的诗获得了一种坚实的质地和开阔的空间。同样应该明确的是，他的诗的可贵之处并不完全在于对当时的历史事件做出了艺术上的描摹，更重要的是揭示出一个知识分子在动乱时代的大背景下的心路历程，痛苦，彷徨，失意，反思。从这个意义上讲，仍然没有背离而是强化了言志的传统。

在作品中展现现实生活，杜甫并不是唯一的人，但无疑是做得最好的一个。无论重大的事件，还是个人经历，也包括日常细节，以及自身和他人的喜怒哀乐全都在他的作品中呈现出来。这与他的精湛的技艺密不可分。他"语不惊人死不休"，很注意锤炼自己的诗艺。但与孤寒怪癖的孟郊与贾岛不同，他的视野开阔，意境深邃，语言也淳朴准确，走的是纯正诗歌的路子。有人说他"深情挚语，不假雕琢，若不经意，而自然渊永，其源盖出陶潜也。"（钱基博《中国文学史》）陶渊明代表了中国诗歌的纯正传统，但杜甫终究与陶的自然冲淡不同，最终形成了人们所说的沉郁顿挫的诗风。沉郁顿挫与他诗中所要表现的内容是相得益彰、互为表里的，这是时代使然，也是个人的审美追求使然。一种艺术风格的形成，至少要包含这样几种因素：一是与诗人个人气质和趣味相关，二是与诗人表达的内容一致，三是与时代的审美风气不悖。我们今天看到的杜诗中写到的一些历史事件，而在当时就是时事。这正是诗人所关心的，既是他抒发情感的基础，也与社稷的安危息息相关。他的诗艺与要表达的内容达到了高度的一致。比如，诗中常有议论，也是"史"的需要。他长于七言律诗，或者说七言诗到了他的手中达到了最高峰，正如陶渊明把五言诗推向极致一样。因为七言较之古奥的五言更易表达复杂的内容，也使诗歌进入了近体诗的阶段。诗人的伟大处在于艺术之外，但诗人的贡献首先应该是在诗艺上，或开一代诗风，或是使诗艺达到一个新的高度。离开了审美和诗艺，诗歌便无所依托，又何来诗人的称号？

　　杜甫同样很好地处理了传统与创新的关系。这是一个陈旧的话题，再次提起容易引起人们的反感。但当一个话题被反复提及，多少说明了其重要性，至少说明了这还具有某种现实意义。这些年来总是听到人们提到原创性，似乎原创性是一剂良药，可以解决诗歌存在的问题。这用意当然很好，但总是让人感到有些疑惑。什么是原创？纯粹意义上的原创能否实现，又如何来加以判断？艾略特说过一段话很有道理，他说，"如果我们不抱这种偏见来研究一个诗人，我们将往往可以发现，在他的作品中，不仅其最优秀的部分，而且其最独特的部分，都可能是已故的诗人、他的先辈们所强烈显出其永垂不朽的部分。我指的不是容易受影响的青年期，而是指完全成熟的时期。"原创这一提法的问题在于把写作孤立起来对待，简单地否定和排斥了文学作品之间的关联性，事实上也无法做到。如果对原创的理解稍加宽泛，只要不是剽窃和摹仿即为原创，那么提出这一主张就失去了意义。而理解得过于严苛，把原创看成完全是独一无二、前所未有的，那么是不是真的有这样的存在都是值得考虑的。传统是无法抛开的，无论你喜欢还是讨厌，是继承还是颠覆。一个人的创作不太可能离开传统而存在，也无法脱离他写作的具体的语境，就如同人不太可能像孙悟空那样从石头里蹦出来一样。对待传统最好的办法就是从中吸取对自己有益的部分，然后继续向前开拓。创新就是其例。艺术需要创新，石涛曾说，"笔墨当随时代，犹诗文风气所转。"胡适说得更为直接："一个时代有一个时代的文学。"但什么是新，怎样来创，这是个问题。新与旧有时也并不那么绝对。韩柳所倡导的古文运动就是打着复古旗号的，其实质是反对六朝华而不实的骈文，复古的背后是创新。西方的文艺复兴也是借复兴古代文化以达到人性解放的目的。新和旧是相对的，可以互相转化。创新一方面是就传统而言的，从文学史上看，人们往往用更早的传统来反对当前的传统，以达到创新的目的。创新也同样具有明确的目的性，不光是为了更好地表达，更要在符合时代的风气和审美趣味的前提下把艺术向前推进。

合乎目的，旧也是新，与目的不合，新亦是旧。杜甫承接了诗经以来的中国诗歌传统，读书破万卷，转益多师，也根据自己诗中要表现的内容形成了自己独有的风貌。杜甫和他的同辈诗人在处理传统问题上都很出色，他也许会意识到，今天的现实来自过去，同样会作用于将来。史的意义就在于此，它不仅是过去的延续，也是现实的延续，即思想文化和社会生活的延续。这种延续就是传统，文化需要传统，艺术也需要传统。重要的是不要被传统压倒，而是让传统为今天服务。我们讲杜甫的风格是沉郁顿挫，这是为了使他的诗歌更好地表达他在国破家亡时的内心激愤与痛苦，但这只是他诗歌的一个方面，他的风格也是多样化的，他同样有萧散自然和清新活泼的特点。如他自己所说，读书破万卷，转益多师是吾师，然后将这些转化成为自己写作的养料。

　　文学与现实的关系一直夹缠不清。文学来源于现实生活，一般说来这并不算错，但实际情况并非如此简单。博尔赫斯一生在图书馆度过，普鲁斯特一生绝大部分时间生活在病榻上，而卡夫卡作品中压根就很难找到现实的影子。真正的农民写不出关于农民生活的作品，没落的王孙公子很多，曹雪芹却只有一个。说生活为文学提供素材和养分也许更恰当些。就文学的功用而言，文学反映现实是一种说法，文学介入生活则又是一种说法，后者在萨特的《什么是文学》中表述得很清楚，这种情况也许只能在当时重视文学艺术的法国才能发生。当然也有另一种极端的说法，比如奥顿就曾说过，诗歌不会使任何事情发生。鲁迅也说过类似的意思，他说，文学赶不走孙传芳，革命军的大炮一响，他就跑了。在我看来，夸大和降低文学的社会功用都是片面的。文学确实没有移山倒海、颠倒乾坤的本事，但也未必一无用处。不然，历代的统治者为什么重视文学，用以教化，或大兴文字狱加以打压？单就诗歌而言，我以为诗歌至少有以下的作用：一是揭示存在。诗歌有一种再现的能力，它向我们呈现的哪怕不是生活本身，却会揭示生活的面貌或本质。人们一般看到的只是生活的表象，而诗歌却能展现生活的本质。海德格尔后期看重诗的作用，他认为诗即思。那么，在他的眼里，思又是什么？他认为，真理就在那里，是自明的，却被遮蔽着，只有通过思才能使真理被显现，以达到一种澄明之境。这与佛教思想有某些接近，佛教认为，佛性人人自有，只是被遮蔽了，需要悟才能唤起。诗歌也具有反思能力，它不单单是呈现存在，而且蕴含着对存在的思考。杜甫的诗中描述安史之乱，就其容量来讲，甚至抵不上几篇文章，但他的描写一方面具有广度，涉及战乱的各个方面，另一方面具有深度，写出了个人对这场战乱的认识和思考。好的诗歌总是从现实出发，然后抵达思想。我曾经说过，一首诗并不在于它告诉了人们多少，而在于它能让人们思考多少。现在我仍然相信这一点。一首诗的空间有时并不是它自身展现的空间，而是它能够引发人们思考的空间。所以，与其说诗歌能够作用于现实，不如说它能够作用于人的心灵。诗可以改变我们看待事物的方式，也能改变我们思考问题的方式。诗歌的另一个功能应该是抗拒遗忘。诗歌描写的是发生过的事情，或正在发生的事情，但当这些落在纸上，都已成为过去。诗不仅可以让我们记住过去发生的事情，我们的喜悦和忧伤，进而去思索其中的意义，使我们变得聪明起来，也同样使我们的生命变得完整，因为那些记忆——我们的或他人的——也是我们生命的一部分，哪怕它们只是些碎片。我们的生命就是由记忆构成，一个人失去了记忆，他就会失去自我，同样，一个民族失去了记忆，那么它也同样失去存在的依托。没有过去，也就不会有更有价值的未来。诗歌的第三个功能是超越现实，给人以心灵上的安慰和愉悦。我们过去总是着眼于艺术反映现实，却往往忽略了艺术的这一功能。正如宇文所安所说，"艺术品有自己的边界，它们把它同周围的世界隔开：它可以取代现实世界，但不会同它混为一体。对希腊人来说，《伊利亚特》是完整地、生动地展现在眼前的英雄史迹，如同它所再现的阿喀琉斯的盾牌一样，是一件圆整的工艺品，而且通过再现，取代了一去不复返的英雄时代。正是这种自成一体的状态，这种艺术品内在的生存力，使得它能够脱离历史而自立。"反映现实和超越现实看上去矛盾，但正好构成了一种吊诡。无论是现实型的艺术还是浪漫型的艺术，总是渗透着作者的理想。同样，无论一位艺术家是对这个星球抱有希望还是绝望，也总是基于他的某种理想。正是理想和现实才会构成作品的强烈冲突。杜甫在这方面也为我们范例。他作品中的广度和深度正是源于他崇高的理想。他的理想是济世安民，具有相当的抱负，尽管这根本无法实现，但正因为如此，才使得他把内心的冲突和痛苦寄寓在作品中，也同样使他的作品在反映现实的同时也力图在超越现实。

第二次世界大战结束后，面对死亡和屠杀，阿多诺发出了"经历了奥斯维辛，写诗是野蛮的"论断。我不知道阿多诺是如何理解诗歌的，也不知道他对诗歌的偏见是否来自柏拉图，但这并没有影响诗歌的存在。当然，阿多诺说的是激愤之语也未可知。但当诗歌说事未免失当。诗歌不必对文明的陷落负有责任，但作为诗人，却不该忘记自己为文明应该承受的责任。诗歌天生具有反叛性，它对奥斯维辛以及一切违背人性的体制说不。但在说不的反而即是说是。说到时底，这些并不脱离诗歌的美刺特性，只是有所侧重罢了。阿多诺的诘问也许代表了普通民众对诗歌的看法，但诗人们以自己的写作做出了回答，米沃什是这样做的，保罗·策兰是这样做的。而事实上，杜甫在一千多年前早就这样做了。

哈金，原名金雪飞。1956年生，1985年赴美，现在波士顿大学任教。诗人，小说作家。他的长篇小说《等待》1999年获美国国家图书奖，是第一个获得这个奖项的华人作家。

张曙光书信

致雪飞（1994）

雪飞：

　　信收到了，同意你信中谈到的观点。赫伯特当属玄学派诗人，他的诗我读得不多，但我以为，从古代诗人那里学习某些东西，的确比直接从同代诗人那里借鉴要好。或者说，从次要诗人那里学得的东西，可能会比从大诗人那里多。因为在大诗人那里，很多东西已经发展到了极致，很难再向前推进；而在次要诗人那里则不然，一些东西是刚刚开始，大可以在原有的基础上发展。

　　对英国诗我曾关注过，包括当代英诗。但我以为，英国诗有些像英国人，老派，板滞，不那么讨人喜欢。而且就我来看，当代英诗，智性的成分似过重，不那么注重经验。所以，当代英国诗人中我只喜欢拉金，还有希尼——当然他是爱尔兰人。对美国诗，我并不像你那么反感，你置身其中，了解得远比我更充分，自然也更准确。不过我看重美国诗歌对经验的注重，和不懈求新的努力。新并不是目的，艺术本身也无进步可言，当新在某种程度上讲是十分必要的，因为只有这样，才能容纳新的经验，给艺术自身注入一种活力。阿什贝利在这方面走得很远，他的诗很有魅力，虽然缺乏情感，但颇能使人感到愉悦。他自己说过，他不关心经验，只关心经验的经验，我觉得至少拓宽了诗歌的领域。我骨子里是古典主义者，在性格上是个先锋派，新的东西总是对我有着很强的吸引力。这是一个矛盾，但我希望能在创作中体现出这种矛盾来，也许这样会产生出一种张力。另一方面，我必须了解国外诗歌的发展情况，诗人们在想什么，写什么？这样也许最终与写作无关，但总是可以作为一种参照。关于理性，我并不十分推崇，但理性毕竟可以增强诗的力度，可以使诗坚实、有力，而防止伤感和滥情（在国内，正是前者缺乏而后者泛滥）。我现在不太读诗，而去读一些历史和哲学方面的书。中国人缺少理性的训练，推重直觉，这是我们的长处，反过来说，可能也是我们的短处。中国文论，没有形成系统，更不注重分析，往往是点悟式的，我并不喜欢。我曾经对禅宗下过一番功夫——记得还向你要过铃木大拙的书，我发现一个问题：禅宗对中国文化的影响，与对日本文化的影响不同，与对美国文化的影响更为不同。美国六十年代反主流文化中，禅宗思想起到了很重要的作用。金斯伯格、司奈德，还有垮掉派的其他人，都是禅宗信徒。而在我国，禅宗只是形成了士大夫气极重的文人画，在艺术上可能有一定成就，但在格局与气势上，远远逊于以前的艺术。因此，我总是希望能补上某些课程。在国外与在国内不一样，你对美国诗是跳出来的问题，我是深入进去的问题。你看美国，只要向窗外望就是了，而我们，是要隔着太平洋才能看到。的确，如你所言，中国新诗的传统太弱，这几年来，诗人们又被各种生存境况所困扰，能坚持住就已是可贵，遑论发展？我读过斯蒂芬？欧文谈中国现代诗的文章，在某些方面他无疑是切中时弊，但更多的是令人反感。因为他不发解中国，不了解中国人，尤其是中国诗人在想什么，关注什么。我更不喜欢他那副自以为是的优越感，也许在这些人看来，中国不配产生了不起的艺术。海外学者，尤其是汉学家，大都浅薄，不足以与语。他们摆出一副居高临下的样子，来"帮助"我们这些劣等人。我还是那句话，中国目前的诗歌创作，就整体上讲，已具有相当的水准，比起很多国家的诗歌创作，并不逊色。当然，我们没有出众的大诗人，也缺少理论上的总结和指导。我总是想，一首诗后面应该有两个文本：一个是诗学文本，一个是思想或文化文本。叶芝在这方面做出了努力，他建立起一套自己的神话象征体系。当然作这些工作很难，恐怕我们这代人无法完成，但至少要做出努力。

雪飞：

是呀，我们都老了，应该争取时间做自己喜欢的事。你推掉耶鲁的教职很可惜，但不失为很好的选择。你应该集中精力搞自己的创作。如果能读到你那部写朝鲜战争的书是一件再好不过的事了。

我也想写点小说，也写过几个短篇，但我不善写故事，所以写不长。你对人物的把握有深度，而我只能做到浮泛。但慢慢来吧，还有时间。

黑大现在变化很大，原来我们常去散步的郊外——有着菜地和水渠，再远处是一片林子——现在都化入了黑大，变成了高楼和校舍，校园非常大，但无序，原来里面的树也少多了。现在光文学院教师就有九十多人。除了这些变化，学生和教学质量不但没有多少提高，反而下降了。学生花钱上学的不少。

我有时也在译一点东西。前年一家出版社出了我译的《米沃什诗选》，最近我又在补译一些，对过去译的也要校订一遍。我搞翻译，中文表达上问题不大，但英语时常有些问题。

雪飞：

很多年前，就听你说起奈保尔，这两年陆续读到他的一些作品，包括他的长篇小说的中译本《毕斯沃斯先生的房子》和《抵达之谜》，我尤其喜欢后者，确实很好。有时间我会试着写点长篇的，我们的经历那么丰富，不写小说实在是一种浪费。昨天还和一位朋友谈到你的写作，他说你的英文（指《等待》）实在太简洁传神了。这让我很高兴。

你的写韩战的小说，如果方便，发几章让我先睹为快，如何？

波士顿我去过，有些像欧洲，有贵族气，郊外想来就更安静了。写作之外，要注意休息，写小说也是个体力活。

哈金小说集《等待》

致剑平（2007 年）

剑平：

　　我现在身体和情绪都不是太好。可以说，精神和写作都遇到了点危机。从杭州开会回来，我感到诗坛的风气越来越不好了，诗人们都各得其所，忙着扩大影响，很少有人真正从诗上考虑问题。我想放弃一些东西，疏离诗坛（事实上是更加疏离），真正写出有感觉的东西。我们失去了对生命的感觉，应该找回来，甚至换一种活法。但现在看还有一定的困难。另外，身体也越来越差。

　　停一下看看吧。

　　世界杯也看，但兴趣不如以前。缺少真正喜爱的球星。

曙光

剑平：

　　我觉得你做得还是很好的。可能最终对这个世界没有什么意义，就像失控的列车一样，我们总该在它掉到深渊之前做点事情，尽管结局是早已确定的了。生命的意义也许就在于为求心安吧。我对学生所做的也是这样。

　　现在唯物主义把功利心都渗到了人们的骨髓里面。太实用了，到处都在求名夺利。如果凭着真本事我也服气，无所不用其极，让我很讨厌。

　　最近在写北魏的造像，可能就像你去的苗寨一样，有一种自在天然的美。过于人工化的东西我不喜欢。现在的东西有的过于精致，精致但不高级。

　　贝克特的选集出了，今天去书店买一套。我想你也会喜欢的。

曙光

剑平：

　　好的艺术作品都是靠真挚的情感来打动人的。如果再有深刻的哲思就更好了。但现在的东西似乎都是在炫技。花架子太多。一旦失去质朴，就显得隔了。

博尔赫斯是玄学大师，他居然也谈到好诗要直接。

我每天在家，时间过得太快，几乎什么都没做，一天就过去了。真是可怕。想到了卡夫卡的那则寓言。

这里下雨，气温凉了下来。早晚已有些秋意了。

曙光

剑平：

天真烂漫加上质朴，正是我现在所喜爱的，但很难。我们这代人很难再天真。我们的心灵即使保持纯净，但也是被毁了，百孔千疮。

我常在想，人生到底有什么意义？无非是来到这个世界走上一圈，但一死都归零。看到人们争来争去，我都感到累。

人还是做些自己感兴趣的事情，其他的都无所谓。

曙光

剑平：

《诗经》是最好的。我觉得中国古典诗歌读了《诗经》《古诗十九首》和陶渊明就足够了。后来的只是余绪。人对环境的破坏是毁灭性的，远远超出动物，因此我说中国人还不如动物。我养宠物，深有体会。动物对你好就是好，不好就是不好，不像人这样奸诈。

最近在读些佛经。我对名利看得淡，但始终不能忘情。

这是很无奈的事。

曙光

剑平：

小时候看《大浪淘沙》，也记住了几句话，这几句话对我一生都有影响。里面的一个女学生说的，说她父亲教要做人要正直，要追求真理。

我相信良知，也多少相信报应。中国这个样子，可能正是对中国人的自私和愚昧的一种惩罚。

我们有太多相同处。我骨子里也是很狂傲的，但可能是年纪大了点，和经历也有些关系，所以表面上收敛一些。我从不为难学生，有时还请他们吃饭。所以时间长了，大家也都对我很好。

我们有自己的做人原则，所以不管现在社会怎样，我行我素吧。就像你引的那句东北话，不过地道的说法是，爱咋咋的。

曙光

剑平：

现在学什么条件都好。比如书法，我刚学写字时，到处找字帖。现在什么帖找不到？但条件越好，越是不愿下苦功夫。关键还是在于后者。前者只是使人保证达到一个基本水平。唱戏也如此，现在演员唱得普遍都不错，嗓音条件也都好，但缺少更高层次的东西。格调？境界？说不太清楚。这是一个技术性的世界。所以我反对再提什么技术。技术只在一定限度中有用，到了一定程度后，也许就要拼人格境界和文化了。

剑平：

你谈及的诗坛状况是对的，可能实际情况还要更为混乱。我先说一下我若干年前的主张，我认为应该有学院派，但也应该有生活派或感觉派。这样可以达到一种平衡，对诗歌的发展会有益处。学院派尽管缺少活力，但至少可以提供着技术层面的东西，而生活派则可以为诗坛注入活力。但这两面似乎都不怎么争气。诗歌写作最终变成了一种权力游戏。诗坛多庸人，更多混子，把社会恶习带到了诗坛。我们不一样，我们弹琴就是弹琴，写诗就是写诗，没有太多的杂念在里面。但我们确实也遇到了一些问题，怎么写。

现在有人在搞诗歌运动，这可能会有一定的煽动力，因为很多人都有目前的写作状况感到困惑。但这整个都是笼而统之，缺少对问题的具体分析，又没有一个更明确的目标。我不主张搞什么运动，运动会现山头，出现霸主，却不太可能出现转机。但这确实也使我产生了一点思考，就是我们对自己的写作越来越不满意，在阅读方面也是，无论中外，能像过去让自己震动的诗几乎看不到了。这是为什么？是哪里出了毛病？是时代，还是我们自己？确实我们应该思考一下了。

曙光

剑平：

对诗坛的状况我并不关心，但不断地冒出一些所谓的观点来，形形色色，这些会扰乱人心。诗坛风气的好坏尽管与我们无关，但有时确实会把写作引向歧路，对我们写作的环境也会形成不利的影响。

其实，这些观点一点新意也没有，不过是几十年来的老调重弹而已。

但现在的问题是，诗歌写作从大的方面看，缺少活力，更没有激动人心的作品（姑且这样说吧），这可能是社会原因造成的。诗人过去是先知，可以提供新的认识和感受，但现在信息如此泛滥，人心如此没落，诗人所说的既不新鲜，更很少有人会去关心。现在人们更加关注娱乐，来换取暂时的快感。

诗歌也有自身的问题。诗歌也应该有所变化了，浪漫派写到极致，就出现了象征主义，现代主义，后现代主义，正如赵翼那首诗中所说，李杜文章万口传，至今已觉不新鲜。也许新的变化的出现，会使诗歌重新焕发出一些光彩，也能使我们产生新的激情。

但这种变化应该是从认识和诗歌自身出发，而不是少数人的哗众取宠或博取名声。

关于学院派，我的看法是，学院派可以缺少灵气，但至少要提供规范和技艺，就像学校一样。我们从学校汲取知识，然后用于实践。但眼下似乎是指望不上学院派能做到这些。他们的规范和技艺实在是拿不出手来。

曙光

剑平：

说到艺术，我觉得音乐很特殊，古典的东西我们现在还能听，还能被打动。而诗却在时代特征上更为明显。这几天我找出布莱克的诗来读，他应该是大诗人，却一首也读不下去。

诗要靠情感打动人，这是我所同意的。但情感的方式也很重要。陈旧的感情和抒情方式不用说读者，就连我们自己也不喜欢。新的不一定比旧的好，但喜新厌旧是人的本性。而且，问题往往是不是这么简单，人们喜欢读涉及自己更为关心问题的作品。比如，你看《朗读者》，想到了道义和情感问题，而另一人可能是因为里面的性爱场面，或是年龄的错乱。我们现在的问题是，既不能按陶渊明的方式写，也不能按但丁的方式写，但按自己的以往的方式也会感到是重复。我并不是说一定要有新的方法，但如果新的方法能带来新的感受和情感方式那就很好。好莱坞的片子我不爱看，其实他们在制作上是很讲究的，但却是出于商业目的，成了滥调，所以看上去没有什么新意。而《朗读者》这类题材如果再接着拍，总有一天我们会厌烦的。

有需求才会有刺激，这也是我同意的。也许这正是目前诗的危机的根本所在，也正是让我困惑的。也许诗真的走到了尽头，或艺术走到了尽头。但人类如果没有了艺术，或没有了艺术需求，活着还有意思（不说意义）吗？

道义是现在最缺少的了。情感也同样是重要的。道义和情感的相悖所产生的矛盾永远无法化解。如果出于爱而违反了道义，可能是我们难以接受的，但同样会打动人，因为这同样展示出人性的一面，哪怕是不正确的一面。

在写作上，我是一直是坚持写自己内心的感受的，如你所说，是在老老实实地写，但现在也遇到了困境。我想，反倒是那些写作动机不纯的人更能如鱼得水。

曙光

剑平：

你说的是一种原因，另一种原因是有些作品，其中的内容和手法我们太过熟悉，没有了新鲜感，也就读不下去了。当年读艾略特，感到耳目一新，最近读到他《大教堂谋杀案》的译文，感到太过干涩，没有意味，而过去会认为是现代，是孜孜以求的。

音乐不会这样，大约是因为音乐是纯粹的情感吧。而诗要依附于文字，文字一旦让人感到陈旧，就失去了魅力。

老老实实写是对的，我们一直是这样做的。但老老实实写的东西也可能是陈旧的，重复的和无味的。我讲到变化并不是赶什么时尚，而是觉得应该有些新的发现。

这样也能重新唤起我们对写作的兴趣。

剑平：

像斯特拉文斯基的回归到简单的复调音乐的做法也是经过了深思熟虑和选择，甚至也可以说是一种创新。创新在我看来，只是在当下的创作中注入某种新的元素，尽管可能这种元素以前也有人用过。其实我们各自的想法并不矛盾，我说要对诗进行重新的思考，也许未始不会像斯特拉文斯基那样回归到某一传统中，然后把这一因素发挥到极致。当一种形式和手法不能给你带来愉悦或新的感受，那就要考虑变化一下。这和当下诗坛的那些哗众取宠的人不一样，也和你所说的老老实实写作不相悖。

当然我们的环境更恶劣。你提到贝克特和伯格曼，他们若在中国，大约不会比我们强到那里。这个社会有一个好处，就是造成平等，大家都是在酱缸里讨生活。至于陶渊明，陶渊明在今天能做些什么呢？他肯定是没有地方可去，只能和我们一样混迹于闹市，作品可能被视为一钱不值，也可能被恶意地捧杀。

我写作，只是为了自己，为了自己不沉沦下去。你说的环境，我理解一方面是指社会环境，也应该包括写作环境。举目四顾，市侩太多，包括很多成名诗人。

诗是魔道，也是宿命。我以前对一位年轻的写诗的朋友说，你要是和谁有仇，就劝谁去写诗。过了两年，有一天他笑对我说，你说得真对。当然他说的是诗对人的折磨。但另一方面，很多优秀的人也会毁于诗，确实地说是毁于诗中的名利。

我不喜欢未来主义还有一个原因，就是他们过于乐观，相信技术和技术所带来的一切。

我认为现代文学史上真正能够站得住的怕只有鲁迅。不光写得好，骨头也硬。顾彬推崇沈从文，昨天和一位朋友通话，我说沈从文也差了一截。环境固然恶劣，但像他那样放弃也是没有道理的。如果真的是像智者那样大彻大悟，否定了文化的价值，那也无可厚非。但去搞服装研究，未免可笑。苏联当时很多作家一面受到批判，但私底下仍在写，而且真诚在写。而在中国，也有曹雪芹这样的先例，为什么不自己写，传给后世呢？

曙光

（钱剑平，笔名欧南，诗人，乐评家。现居上海）

（张曙光和友人在台湾诚品书店）

张曙光访谈及其他

关于诗的谈话

问：姜涛　　答：张曙光

一、20 世纪 90 年代以来，通过对"叙事性""及物性"的强调，当代诗人的想象力开始向日常生存场景倾斜。而你的写作似乎一开始就侧重于对个体当下经验的开掘，这种选择在当时是否是出于一种自觉？

说一开始就侧重于对个体经验的开掘似乎并不确切，只是或多或少带有这方面的倾向，然后在这一基础上逐步形成的。我从 70 年代末开始写诗，当时更多受到浪漫派诗风的影响（最早是普希金，然后是雪莱和拜伦），带有唯美色彩，离个人经验较远。20 世纪 80 年代初接触到现代派诗歌和一些并不属于现代派但明显具有现代特点的诗歌，对我产生了至关重要的影响。在以后几年的时间里，我试图写一些比较直白、更加口语化的诗歌，或者说，我在尽量清除浪漫主义诗风对我造成的影响。这些诗作算不上成功，但与当时流行的诗风可以说是不大一样，无疑标志着我的一种转变，直到我写出了《1965 年》。从某些方面来说，这种选择可以说是自觉的，尽管当时并不十分明确。从整体感觉上，我是想要把诗写得具体、硬朗，更具有现代感。而且，我至少清楚地意识到，要开创新的诗风，就要从手法上来一次创新。今天看来，诗歌向"日常生存场景倾斜"在西方诗歌中早就存在，但它进入汉语诗歌，无疑标志着一场重大的变革，它使得汉语诗歌获得了当代性。这一点我认为是十分必要的。但当时我的兴趣并不在于叙事性本身，而是出于反抒情或反浪漫的考虑，力求表现诗的肌理和质感，最大限度地包容日常生活经验。不过我确实想到在一定程度上用陈叙话语来代替抒情，用细节来代替意象。就我的本意，我宁愿用"陈述性"来形容这一特征。记得有一次在雪中和诗人朱永良散步（事实上是参加了一次诗人聚会后步行回家），我提到我将写一首诗，全部采用陈述的语句。

二、就目前而言，你写作中具有包容性的诗意空间是怎样拓展的？具体而言，在诸多场景、片语、回忆之间，有无内在的线索？是语气，抑或是词语的衍生力？

一首诗的产生有时是很奇怪的事情，即使对写作者自身。这也许是构成诗歌魅力的一个方面。经验与感受在这里面当是至关重要的，它们构成了一首诗的动机或是意义。但有时确实由于某种叙述方式或语气使得你把各种材料组织在一起，甚至某个词语也会让你产生诗的冲动。在我的写作中，更多时候是意义（或动机）在起着一种串联作用。在它的衍生和不断深化的过程中，借助联想，把如你所说的场景、片语和回忆组合在一起。而有时某个朦朦胧胧的场景，或某种挥之不去的情绪，也可以造就一首诗。比如，很长时间，在我的头脑里，经常出现我童年时的一个冬日的场景：傍晚时分的县城的沙石路上，没有路灯，只有在积雪的反光中闪过的模模糊糊的人影。直到 1984 年我写出了《1965 年》。在那之前，我一直试图写一首与雪的场景有关的诗，但都不成功。我感到很失望，但就在我准备放弃时，在夜里，我忘记了我是在睡梦中醒来，还是没有入睡，我突然想到了一个句子："那个冬天，刚刚下过第一场雪……"后面的句子就接连而来。说来也怪，完成这首诗后，那种带着雪意的寒冷的场景就在我的感觉中完全消失了。

三、在我有限的阅读中，你的诗作给我强烈的印象是：在散漫的独白和陈述间，诗中出现的所有实体因素都渐渐趋于一种抽象，不知这种"抽象"是否是你诗艺经营的目的？

我的确对抽象的东西有着兴趣。任何艺术，说到底最终是对现实的一种抽象，哪怕它具象得不能再具象。这可能也是艺术的最终目的。抽象是对事物的真正理解的基础上才能实现的。当然，我的兴趣更趋向于在具体和抽象之间，即多少保持对象的一种原生态，在这个基础上根据个人的主观感受进行大胆的夸张和变形，换言之，我喜欢看到具体的事物在艺术家的视境和头脑中如何发生变化。过于具象和过于抽象都使我感到难以接受（当然这不排除我喜欢其中的某些作品）。如果说我诗中的实体因素最终趋于抽象，很难说是自觉还是不自觉，也许我只不过是想在诗中抓住事物的本质。

四、虽然"个人写作"的提法在时下已被广为谈论，但写作背后潜隐的群体性、互文性成分不容否认。你的诗歌写作与当代诗坛的关系如何？换言之，与其他优秀诗人的交往对你的写作产生过什么影响？

　　"个人写作"是个很有意思的词。布罗茨基曾经谈到,诗歌就是在最大限度上保持个性。这里我宁愿谈论更为个人化的问题,而不愿这样笼而统之地做出回答。简单说,我坚信任何写作都带有某种个人化的倾向,但另一方面,我怀疑真正意义上的个人写作是否存在。假如世界上只存在最后一位诗人,我怀疑他能不能坚持写下去。鲁宾逊一个人在荒岛上记日记,只是因为在他的心目中有另一些作者和读者存在。几年前,一位诗人在一篇评论中谈到我,说我是真正意义上的个人写作,我看了后感到吃惊。当然,也许这种提法对诗坛状况带有明显的针对性。我确实或多或少地与诗坛(这如同武侠小说中的江湖一样,既实在又虚妄)保持一定的距离——这一半是由于我的性格使然,一半是我相信艺术家靠作品决定成败的老话——但我与当前诗坛上很多优秀诗人在一定程度上保持联系。我阅读的更多是外国诗歌(确切说是外国诗歌的译文),少量是朋友的诗。坦率地讲,我一方面从朋友们那里接受一些东西,另一方面,我又时刻警惕不要被朋友们的某些主张所左右——并不是这些主张不好,只是可能不适合我——如果说真的有"个人写作"存在,那么,保持你认为好的方法或接受适合你的方法就算得上是个人写作了。当代诗坛是一个开放而非封闭的系统,我的诗歌(无论好坏)自然构成当代诗坛的一部分。如果说我的诗为诗坛提供了一个较为独特的景观我会感到满足。影响是相互的,包括精神上的或是负面的影响。这里我要强调的是,事实上,任何人写作,不可能彻底置身于时代风气和传统之外,也很难说不受到群体内乃至群体外的成员的影响。但对互文性应该有着更为广泛的意义和理解,而不是像在有些人那里成为仿照别人的托词。谈到朋友,我总是心存由衷的感激,或者说是骄傲,我确实有一些相当亲密同时也是相当出色的朋友。他们对我的帮助和影响可以说是多方面的,简单说,如果没有他们的支持和帮助,我今天也许就不会有幸在这里接受访谈,能不能坚持写作都很难说。不妨借用叶芝的一句诗:"说我的光荣就是我有过这样的朋友"。当然这里我要把过去式去掉,因为他们仍然健在并继续在诗坛上发挥作用。

　　五、诗歌写作中的"混杂性"(多质异质成分的碰撞、挤压)与"准确性"(诗行成功地实现诗意构想,一语中的,意义明晰有力)是否会构成一种矛盾?如果不是,二者之间是否有关联?

　　我以为一首好诗应该是二者的结合。有时诗意可能就产生于二者之间的张力。混杂性与准确性并不像表面看上去那样不可融合,当然有时它们可能属于不同层面。

我理解这里的"混杂性"也许正是当代诗歌的重要特征；而"准确性"当是诗意或诗歌功能得以实现的策略或手段。一首诗或其他种类的艺术作品在我看来应该由各种矛盾或异质成分构成，叶芝说过，和别人争论产生雄辩，和自己争论产生诗歌。叶芝自己的一些诗歌就往往是由矛盾的因素构成，有着多重的含意，但同时也没人会怀疑它的准确与明晰有力。纳博科夫作为出色的小说家，也注意到了这一点，他说他在写作中要追求诗的激情和高度的精确。这是很高明的见解。事实上，在我个人的写作中，我力图把古典精神与现代手法融合在一起。也就是说，我理想中的诗歌应该是二者的融合。缺乏混杂性的准确与明晰可能会流于简单化，而缺乏准确与明晰的混杂性则会使诗歌变得不知所云。这样的诗歌至少我是不会去读。在我的具体写作中，我始终在两极间摆动。我既想使诗歌在一定程度上变得含混，在意义的层面上游移不定，即被繁衍、难以捉摸和不断地自我构造的东西所诱惑。另一方面，也对明晰、简洁、有力充满了渴望。我想（当然可能是天真的），如果能够把二者综合在一起，我也许会写出让自己满意的诗来。

　　六、在你的写作经验构成中，有无大量的虚构性经验，诸如：佯装的苦闷、面具化的自我、拟想的戏剧冲突……它们的到场会起到什么作用？

　　也许我的理解有偏差，我主张经验可以转化、挪用，或通过想象来获取，但难以虚构。你可能写杀人犯，可能写妓女，但实际上你并没有杀过人或从事过色情行业，你只是通过想象来获取这方面的感受或经验，或把其他类似或接近的经验挪来用。当然也可以把这些称作"虚构"，但这种虚构也总是通过体验来得到的。在我早期的诗作中这类东西很多，为赋新诗强说愁。自伤自怜的东西也有。但随着年龄的增长，诗中的现实感增强了，但同样面具化的自我和拟想的戏剧冲突也变得突出了。说到佯装的苦闷，我想在我们的时代，苦闷已经够多了，无须再去佯装。自我虽然经过面具化，但经验却是仍旧。即使在一些拟想的戏剧冲突中，情感仍是当下的。

　　七、无论怎样强调写作的文本性、修辞性，诗歌内包的某种隐约的、伤感的价值判断与历史认知尺度是挥之不去的，对此你有何看法？

　　写作总是无法超越现实的，不管你写什么，或在写作时有意或无意地去强调什么。强调文本性、修辞性多半是批评家们的事，只是解析文本的一种需要。当然也可以强调写作的文本性，我想这意味着，在写作过程中，更多的是去考虑作品自身的因素，以回到诗歌本体，即把诗写得像诗，或把小说写得像小说，而不是某种观念的代用品。或者说，作品一经完成，就会成为独立存在的实体，而不是现实的对应物。但事实上，任何一个稍有写作经验的人都会清楚，现实与作品间永远没有明显的界限。写作（哪怕是在最纯粹的写作中——如果有的话）也无法摆脱判断与认知。简单说，当你对题材、意象、词语的大小轻重及色彩等因素进行选取时，必然要有某种判断与尺度（这些有时甚至十分重要）。这些也不可避免地在作品中间隐现。

八、在某种意义，当代诗歌写作经过近二十年的实践已获得了某种传统和可资生发的内在延续性。你认为这种说法有无根据？如果这种说法成立，它至少意味了当代诗歌拥有了合法性的"身份"（而非对西方诗歌的拙劣模仿，也非脱离历史现实，这种"身份"能否给出描述？

一提到合法性身份，不禁使我隐约感到当代诗歌有些像私生子，一方面，人们无法回避它的存在，同时又投以冷眼，力图用身份的合法性来对其进行抹煞和排斥。从新诗诞生之日起，似乎就一直成为人们争论的焦点。但眼下而言，就我所知，除了个别人外，争论的双方还很少有人对当代诗歌的合法身份提出过怀疑，不是不想，而是无法。这说明当代诗歌已具有了一个具有相当规模的传统。即使在个别人那里，怀疑的理由也很不充分（甚至显得幼稚可笑）。比如，有人提出鲁迅为什么不写新诗，或毛泽东不读新诗。毛泽东只写旧诗，但他并不主张提倡旧体诗。说鲁迅不写新诗，本身并不准确，事实上鲁迅写过，不过并不成功。鲁迅写不写新诗无关紧要，正如鲁迅不继续学医，或鲁迅不搞哲学便不能因此而否定医学或哲学一样。我很高兴地看到当年的两个"凡是"竟然扩展到了鲁迅身上。对这些话我们完全可以不予理睬，但这样无知的话竟然发表在一家曾经有过一定影响的刊物上，让人费解。这就使我们看到当代诗歌存在的一些问题。尽管我们最好的诗歌与西方相比（这种比较既无法避免又令人悲哀）可能并不逊色，但诗歌在中国越来越缺少读者，越来越显得势单力孤。当代中国诗歌既没有形成一个完整的诗学理论，也不能像过去那样，影响到一批读者。当读者对诗歌感到无从把握时，诗歌就变得孤芳自赏了。当然这有着很复杂的社会上和文化上的原因，不能单纯地怪罪诗人们。海德格尔说过，运思的人越稀少，诗人就越寂寞。就公开出版的诗歌刊物（也包括一些所谓的纯文学刊物）看，几乎没有一本真正能够达到较高的水准。这既不利于作者的成长也不利于读者的成熟。说到批评，有人用"缺席"来形容，但尽管不失一些高质量的评论，但总体看也是显得声音微弱。无论如何，诗歌只是少数人的事情。就我个人的感觉，90年代与80年代诗歌相比，似乎更加注重诗歌自身，在模仿性加强的同时对形式的开掘也更加深入了。80年代诗歌正向我的一位朋友描绘的那样，是农民起义式的揭竿而起。这既是在形容诗歌群体的数量之多，而作为一个譬喻，也包含了对其无序和随意性的批判。总之，声势大于创作，宣言与作品难于画上等号。好像谁都可以在一夜之间开创出一个诗歌流派。但今天再回头看，有几个真正意义上的流派能够存在？新诗自胡适、郭沫若、徐志摩等人始，在形式和手法上走的是西方诗歌的路子，这在当时和现在都是一种十分必要的策略，尽管他们作品中的当代性还很弱。到了40年代的九叶派诗人那里，中国诗歌基本上与国外当代诗歌接轨，但随之而来的是几十年的停滞。尽管当时也在一定程度上存在诗歌创作，尽管也在民族化的大旗下提倡借鉴国外诗歌的创作手法，但诗歌（或其他艺术种类）早已沦为政治的婢女，她所能够做的只是看着主人的脸色洗衣煮饭而已。后来出现的朦胧诗正是在政治的重压下的一种自然的对抗，尽管它仍沿着原有的轨道向前滑动，但确实多少唤醒了诗歌的自主意识，至少是要求与政治的平等对话。此后的情况一下子变得复杂起来，西方从19世纪的象征派到20世纪三四十年代的现代主义诗歌一拥而入，杂沓纷至。中国诗人在令人惊愕的眼花缭乱之余一下子面对如此众多而面目不同的风格与流派。这种眼界大开的同时也自然带来心灵上的惶惑。多元化的选择使诗人们陷入了尴尬的境地：到底以哪一种流派为立足点或参照系？这情形，与无意间闯入强盗藏宝山洞的阿里巴巴有些相似，他面对炫人眼目的珠宝而不知所措。应该指出，这种多元化与西方截然不同，西方的每一种诗歌流派的产生都有其内在（诗歌自身的）和外在（社会思潮和文化传统的碰撞）原因，都有自身发展的具体过程，换言之，这些是自然生长的，随着时间而演进变化，我们或许可以称之为历时性的发展。而对于中国诗人，这些不必有产生的文化背景和社会土壤，只需拿来为我所用。它们是移植的，你无须体会它的生长过程而可以直接享用果实。带给中国诗人除了可供借鉴的经验和方法外，更带有一种强权政治的色彩。它们像一群不为人知的私生子，在某一个清早突然出现在你的门前，冲着你向微笑。在这种情境下，既然移去了诗歌自身和社会的背景，诗人们的选择更多带有个人色彩（按照自己的趣味、习惯或具有更多的偶然性）：从波德莱尔到艾略特，或更晚些的奥顿，都在这块既古老又年轻的土地上找到了知音（更多的是误读，或一厢情愿）和信徒（只是在一定意义上的）。而诗人们的借鉴，更多是盲目的，或即兴式的，而并非建立在认真系统研究的基础上。同样，中国固有文化和诗歌传统强大的习惯势力，也在一定程度上使吸收和借鉴产生了变形。使我感兴趣的是，中国诗人对于西方诗歌的盲目选择中多少在无序中反映出一定的规律。几乎更多的人钟情于象征派诗歌（如马拉美），也许是因为象征派还没有完全抛弃美、书面语和完美的形式，或其中表现出的某些意境与中国情调有相近的地方。一些迷恋于理念的诗人则对奥顿表现出强烈的兴趣。一个值得注意也是耐人寻味的迹象是，几乎没有或极少有人真正对近年来陆续介绍进来的西方（特别是美国）当代诗歌产生兴趣。原因并不复杂，人们只是接受自己理解或自以为理解的东西。美国当代诗强调口语化，形式较为开放，即兴性强，逆崇高或对神圣感进行调侃，这些显然与美学观或审美观还没有完全进入当代的中国诗人格格不入。依照旧的审美观和审美情趣来审读当代诗，或进行创作，这种选择正是一种必然的结果。到了 20 世纪 90 年代，诗人们变得成熟得多了，他们在一定程度上抛弃了膨胀着的自我带来的影响，更加关注当下的经验，并注重与历史现实的联系。这样模仿也好，借鉴也好，往往是基于更加深刻的动机。20 世纪 90 年代诗歌也许看上去缺少了 20 世纪 80 年代诗歌所具有的锋芒，但同时也表明了 20 世纪 80 年代诗歌侧重于对旧秩序的破坏，而 20 世纪 90 年代诗歌更注重的是在诗艺和诗学上的建设。我这样说并没有贬低 80 年代诗歌的意思，恰恰相反，如果没有 20 世纪 80 年代诗歌的大量探索和实践，很难想象诗歌会发展到今天这种程度。而且天知道，我（也包括我的一些朋友们）究竟算是 20 世纪 80 年代诗人，还是 20 世纪 90 年代诗人？现在有人对"90 年代诗歌"进行讨伐，其激烈程度使我想起了当年一些人对"朦胧诗"的攻击。历史虽然不断重复，而人们总是很健忘。今天除了极少数人外，人们都会承认"朦胧诗"的历史功绩是没有人能够抹煞的。有趣而耐人寻味的是，今天攻击"90 年代诗歌"的人中很多在当年是积极为"朦胧诗"辩护的。说到底，这些人从善意的角度讲是一些新的落伍者，当诗歌的发展超出了他们的视野，他们便感到惶恐失落和难以接受了。说到对西方诗歌的拙劣摹仿，这情况我想总是会有的，但应该是极个别的。至于影响和借鉴，我看从新诗的开始到穆旦，到"朦胧诗"都没有脱离这一点。我不反对写出有本民族特色的作品，但一提到这个词，我们感到有些迷惑：民族的，到底是汉民族，还是其他民族，比如满族、藏族或回族？抑或是集中了它们共同点的中华民族？既然这样，为什么我们的胸襟和视野不能更开阔些，来一个世界性的？说没有民族性便没有世界性，我看也可以倒过来说，没有世界性就没有民族性。世界一体化的倾向是我们无法回避的，这是对人类共同价值的认同。我并不反对对当代诗歌进行批评，这是必要而有益的，但缺少建设性的批评甚至是出于狭隘原因的恶意的攻击我感到不但不能促进艺术的发展，反而会起到相反的作用。

九、几乎每个诗人都会经历一系列的转化，有些转化是普遍的，具有"范式"意味，而有些则是个人的。在你的诗歌生涯中，有无这种潜在的、他人难以察觉的自我嬗变？

前面谈到，我刚刚开始写作时，追求的是形式美或意象美，后面经验性加强了，带有独白性质，诗的内容更多是个人经历。大约是 1987 年，我曾从这类诗中选出几首发在《北京文学》上，题目就叫《个人情感》。后来我更为关注诗中语境的变化，语气也追求谈话的效果，随意性也增强了。前两年我写过一首《谈话》，诗并不成功，但却能说明这一点。这些变化并不是有意为之，或为了变化而变化。一是我这个人总是喜欢新鲜些的东西，再就是每用一种方式写一段时间，我就感到写不下去，就要再寻找一种新的或不那么新的方式。好些年前我对开愚谈起过，我推崇三个人：毕加索、卡夫卡和维特根斯坦。至今我仍对他们保持深深的敬意。毕加索一生充满活力，总是在寻求变化；维特根斯坦前期成功地建立起一种哲学体系，在后期又大胆推翻前期的东西。至于卡夫卡，在临终前否定了自己几乎所有的作品，要朋友把作品烧掉。对于真实和艺术来说，也许个人是微不足道的。变化完全应该服从内心的需要和对艺术的把握。

十、长期生活在北方的大都市中，这种生存场景对你的写作意味着什么？气候、环境，乃至职业等其他因素有否渗入你的诗作之中？

具体说，我生活在哈尔滨。它的价值不光在于它的地理位置，更重要的是它的特定的历史和文化以及在此基础上形成的风貌。当然，这些在很大程度上受到人为的破坏，也许在若干年后会荡然无存。我的童年并不在这里生活，只是到过这里，在黄昏时沉浸在夕照中的圆形楼顶留给我难忘的印象。但在近几十年里，这座城市和其他城市的区别越来越小了。这里的建筑具有（或曾经具有）欧式风格，生活方式也多少受到俄罗斯的影响。哈尔滨的建市历史只有一百年，真正初具规模的时间就更短。我到过南方的一些城市，体会到在那些地方传统文化的压力实在是太大了，恕我直言，甚至可能带有很多陈腐的东西。在那里我会感到无法写作。在哈尔滨就不同了，这座城市年轻，没有传统的积习，汇集或曾经汇集着其他地域的文化，在一定程度上带有国际化色彩，可以更好地去体会和理解当代文化（当然也包含着更好地去体会和理解传统文化），可以随心所欲地去写你想写的东西。清爽和疏朗的气候和城市的喧嚣和混杂的经验，加上融汇着的色彩斑斓文化，对我的诗歌肯定会产生内在的影响。说到这里，我甚至有些怀疑，或许我在虚构着一座并不存在的城市，或许我过分夸大了它某些微不足道的优点而忽略了更致命的缺点。现在这里的人越来越不尊重文化，国际化的色彩也日渐被一种粗鄙的农民习气所替代。至于我的职业，谈不上喜欢，只是作为一种谋生的手段。它在很大程度上占据了我的写作时间，也扰乱写作的心境。但这反过来也许是好事，一旦我在写作，可以使我写真正感兴趣的东西，而少写无聊的东西。

十一、一种具有弹性和伸缩能力的语言节奏有时对诗歌写作是至关重要的，在你的写作中"口语的节奏"为你带来怎样的诗意可能性？

语气和语感对写作来说是很重要的，对一首诗来说就至为重要。把握住了语气和节奏，一首诗就会写得很顺畅，否则就很难写下去。在语气和节奏中，包含着谈话或倾诉的对象（关系或身份）、你的态度（认真或调侃）以及感情色彩，等等，也有助于意义的衍生，细节的运用。有时我在创作一首诗时，主要在寻找这种节奏，一旦找到了，就会写得顺手。从80年代中后期，我主要采用口语，但尽量使用提炼过的口语，或在书面语中给人造成一种类似口语的感觉。使用这种所谓"口语的节奏"我觉得能够在更大程度上容纳当下的经验，抵消诗歌由于高雅给人们带来的疏离感。

十二、你的诗歌需要反复删改吗？在想象力被触发，处于亢奋的时刻，你是否有意识地避免诗行中过多的枝蔓的生长？

一般来说我很少对诗歌进行大幅度的改动，只是就个别词句进行调整。我写作的最好状态是在心境较为平和的情形下进行的，头脑一片空明，句子会像泉水一样自然地涌出。在这种状态下，很少会有前面提到的枝蔓衍生的现象。只是在状态不好时，才会出现过多的枝蔓，因为你已经迷失了方向，不知道向哪个方向发展。这样的诗，无论怎样删改，最终也不会令人满意。

十三、在世俗生活中，你的诗人身份与一个市民身份是分离的还是同一的？如果是分离的，后者对前者有无修正作用？

这要看如何去理解诗人身份。如果诗人身份只是在写作时（而且是诗歌写作）才存在，那么肯定是分离的。如果说诗人更主要的标志在于有一颗诗人的心灵，那么在更多时候应该是同一的。因为即使你在以市民身份出现时，你同时也是在观察和体验（自觉或不自觉的）。说真的，我看不出诗人和市民有多大的区别，至少我不会在意这些。我不排斥世俗生活，也不认为诗人就一定要高人一等。世俗的生活可能或多或少地使我的诗歌变得健康起来。

十四、阅读和写作时间你是怎样分配的？你的阅读是散漫的、即兴的，还是在一段时期内紧紧围绕某一核心？

比起写作，我在阅读上花费的时间在多些。当我要写作时，我会感到烦躁，读不下去。我是一个缺少条理的人，在阅读和写作上并不进行分配，尽管谈到这点使我感到惭愧，但我必须承认，我的阅读多半是出于消遣，少半才是出于求知的需要，因此散漫、即兴的时候居多，常常是抓到什么读什么，读不下去了，再换一本别的什么书。有时几本书同时读。所以当朋友问我最近在读些什么，我几乎答不上来，尽管我一直在"读"着什么。我的阅读最好状态是对某一事物或观点产生兴趣，便找到有关读物来读，有时从一本书引出另一本或另一些书，兴趣和侧重点也随之偏移。

十五、你的写作是持续性地按照一定计划进程还是阶段性的，在写作状态不佳的时候你怎样应付？

阶段性的。写作状态不佳时不写，读书或做一些别的什么事情。当然这样会感到不那么好过。

十六、我阅读过一些你的译作，翻译在你的书写活动中占什么位置？尝试翻译能否帮助一个诗人在面对自己的母语时训练有素？

这个问题很难回答。确实有过属在我名下的国外一些诗歌的译作，如果那算得上是翻译的话。我最初翻译诗歌，是因为当时外国当代诗被译成中文的并不多，译一些自己喜欢的诗人，只是供给自己阅读。为什么这么说？我在读原作时总是要用汉语来对应，道理很简单，一是我外语并不那么好，再就是我是用汉语写作，对应成汉语有助于借鉴和对语言的训练。任何能够用两种以上语言来阅读的人或许会有这样的体会，读原文会有助于理解作品的精髓，而读译文可能吸收得更直接些。我译出来的东西除了自己看，也给了少数几个朋友看，也在朋友的帮助下机缘凑巧地发表了一些。我的翻译很零碎，唯一完整的可能就是里尔克的十四行诗。这完全是出自朋友的鼓励，或确切说是他们逼出来的。当时我只译了很少几首，肖开愚看了，要我多译一些，我又译了一些，开愚把这些诗在《九十年代》上发了出来。后来臧棣应出版社之邀，要编选一本里尔克诗选，他给我写信，要我把"献给奥尔蒲斯十四行"集子里的诗全部译出来。在他的鼓励下，才有了现在这样比较完整的译作。洛厄尔我前些年只译过几首，这两年我才多译了一些，还有叶芝，也译过几首阿什贝利。奥哈拉我译得最少，只有一两首。这些都是我喜欢的诗人。我最喜爱的诗人是但丁。我曾经有过这样的念头，找机会学一学意大利语，把《神曲》译出来。这当然不过是白日梦。几年前我试着从英译本中译出几章，用现代语言，掺杂一些口语，还不自量力地沿用了原来的三联韵。我寄给开愚看，他看了说更像美国诗，我就再没有往下译。这样说来，可以看出，翻译在我的书写活动中占据的位置并不那么重要，只算是阅读上的需要，或者说对阅读的一种补充，顶多算是一种细读。而且，译出的东西我也没有兴趣再去读。

十七、较之当代诗歌展现的无穷活力，诗歌批评显然是迟钝的。很多诗人开始涉足批评，你认为批评与写作的相伴相生为汉语诗歌开辟了怎样的前景？

状况的产生一是批评家们对诗歌的重视不够，另外可能也是缺少必要的修养，在从事批评时，总不免有隔靴搔痒的感觉。而且诗人（我指的是其中少数人）也确实存在问题，过于敏感，甚至有些神经质，缺少大度。一位我认识的很出色的批评家曾对我抱怨，他写过对小说家的批评，反应很正常，但一涉及对诗歌的批评，常会有不愉快的事情发生。诗人涉足批评既是一件好事，也很危险。诗人谈诗，应该是独具慧眼的，但容易受个人趣味左右。在我认识的一些诗人那里，这样的问题得到了避免，如开愚、孙文波、臧棣等人。他们除了写出当代诗歌中最为优秀的部分外，还写出很好的批评文章，实在让我羡慕。但无论如何，批评对他们而言，也仅仅是第二位的事情。比如臧棣，最初在一些人的眼中，他主要被视为批评家，现在人们越来越清楚地看到，他首先是一位优秀的汉语诗人，然后才是批评家。优秀诗人涉足批评肯定会对汉语诗歌产生好的影响。艾略特说过，批评在于帮助理解和纠正趣味。另外的好处是，这样也许会有助于建立一个完整的诗学体系。但批评和创作毕竟是两套不同的语言，对批评的思考无法替代对经验的开掘和对具体事物的感受和认知。同样，我以为写作也是一种批评，尽管是戴着面具的批评。它隐含然而不容置疑地表明一个诗人赞同什么或反对什么，表明他的趣味和眼光，甚至更为深层的东西。当然它的效果和作用不是那么直接，而且在一定程度上也要借助对它自身的批评才能产生。但我自己宁愿通过作品来说话。

十八、很多人站在简单的情感主义（或称蒙昧主义）立场上，指责诗歌中所谓过多的智性因素、知识含量，对此你怎么看？

提问已经很清楚地表明了你的立场。就一般而言，我的看法与你没有什么两样。所谓"简单的情感主义"立场当然不好，也缺少对诗歌发展的了解。如果诗歌是简单的抒情，大约与流行歌没有什么区别。诗歌应该处理当下更为复杂的经验，应该包含着矛盾冲突，其中不可避免地要包含着一些智性因素和知识含量。但从另一方面看，过多的智性因素和知识含量确实会使诗歌不堪重负。问题是，怎样才算是过多或恰到好处很难一概而论，只能就具体作品来分析。庄子说过，麻雀飞起几丈就觉得很高了，可是大鹏一飞就是几万里。每个人每篇作品的各自情况都有不同。我喜欢的是一种平和、宽容的态度，简单地指责和不符实际的批评无助于诗歌的发展。

十九、目前，你的写作中有无困境的存在，具体的压力来自何方？

困境总是不断存在的，至少对我来说是这样。中国诗歌需要整体的成熟，这无疑是对我们每个诗人提出更高的要求。我曾经打了个比方，诗人写作好比是要做一道菜，但问题是一切都要自己去做，而且还要从头开始。他必须去开垦荒地，播种，施肥，等菜长出来，还要洗净、切好，然后才能上灶。一个选择了诗歌事业的人不光要满足写得好，而且要经得住时间的考验，即真正为汉语诗歌提供一些成功的样板。说到压力，总是来自各个方面，对中国诗人来说，生存压力是无法忽视的，它直接磨蚀着一个人的激情和灵感。就我个人看，我希望能在减少生存带给我压力的同时保持一种活力，不断地超越自己。超越自己具有相当大的难度。写作就是面对挑战。任何一个以写作为职业的人都清楚，最大的敌人不是别的什么，最终是他自己。

（姜涛，诗人，现任教于北京大学）

二十世纪美国诗歌

从现代主义到后现代主义

张曙光 著

（张曙光在课堂上使用的自编教材）

黑龙江大学出版社

生活·阅读和写作（2003年）

问：钢　克　　　答：张曙光

　　一、如果一位较你更年轻的写作者试图获取更多一些的写作奥秘，你想对他说些什么？比如说，至少他应有何种素质？

　　如果真的有这样一种奥秘而且幸运地被我发现了，恐怕我会秘不示人，就像武侠小说中的武功秘籍一样。但事实上我至今还没有发现这样的奥秘（这或许是一种幸运）。写作的奥秘在我看来就是没有奥秘。这位假想的年轻人如果正好站在我面前的话，我会劝他要么放弃写作，要么不要试图去寻找捷径，只是多看多写而已。至于写作者要具备的素质，我想首先是对艺术的挚爱，然后是敏锐的感受力和对文字的控制能力。

　　二、写作在你的个人生活中意味着什么？

　　写作构成了我生活的一部分。写作并不是坐在桌子前面摊开一张白纸或打开电脑才在场的。反过来说，生活也同样构成了写作的一部分。
　　写作无疑是一份苦差事。刚开始写作时，你对写出的任何东西都会感到满意，但时间久了，你就会否定它们，或企图超越。写作过程就是不断超越的过程，超越你的写作，甚至生活。有时，当你为一首诗或一个主题一个句子苦恼时，你就会想，如果没有选择写作这个行当，这时你就可以做一些其他你感兴趣的事情。但如果真的不去写作了，你就会感到生命失去了支撑。

　　在写作时，你总是在回避怎样的情形，或者说，什么样的情形（情绪、心境、感觉）是你在写作时不愿触及的？

　　在写作时我并不刻意去回避什么。我并不强制自己去写作。或者反对来说，我更乐于在平静的心绪下写作。情绪过分的激动会使作品变得浮躁。

四、你将自己的写作分成几个阶段？曾是怎样的触动，使你向下一个阶段转换？

这里只能大做一下大致的划分。我最早写诗是在大学期间，那时我只是偷偷写在笔记本上，受到普希金等人的影响，想写得美些，带点忧郁。一直到1980年左右。这可以算是一个阶段。后来接触到一些现代诗，诗中的个人经验增加了，带有叙事的成分，运用口语。这也可以算是一个阶段吧。这个阶段从八四年开始，但准备阶段还要长些。下一个阶段大约是从20世纪90年代初开始的，注重在诗中表达更为复杂的经验，也开始关注语境的转换，诗歌中出现了沉思性的调子。当然，这样划分只是为了叙述方便，其间情况可能更复杂，并不能截然分开。这些变化的出现或来自外部的影响，当然更多的是出于内在表达的需要。一是你的关注点和兴趣点发生了变化，再就是你感到写作出现了重复（而这是最没有意思的事），于是你就要寻找新的途径。

五、有没有固定的命题，诸如死亡、时间、永恒，引导着你的思索和写作？

这里提到的这几个命题正好是我感兴趣的，只不过在不同阶段对其中某个命题有所侧重而已。但这些命题在写作时应该出于对生活的感悟和体验，而不是有意为之。

六、你是否会加入一种流派式写作？譬如像纽约派那种，并联合倡导一种写作方式？

也许会，但至今还没有。流派的作用是裹挟着你向前走，把一些本不属于你的东西强加（或哄骗）给你。这样对一些人——尤其对我这样懒惰的人肯定会有一些好处，尽管最终每个人都要踏上自己的路，如果他足够成熟的话。不过纽约派只是由别人命名的，并不是严格意义上的文学流派，其中每个所谓的成员的风格和内容差异很大。我不大喜欢像诸如超现实主义这样严格的团体，尤其像布列东这样严肃得近乎独裁的人更是受不了。我推崇自由主义。但我也不喜欢没有责任感，完全自由放任的人。也许我会倡导一种写作方式，谁知道？但可以肯定的是，假如真的是这样，我自己大约肯定不会完全遵从我参与倡导的写作方式。

七、你想象中的写作是怎样的，它和你完成的写作间有怎样的差距？

这是个有趣的话题。我想对于这一点你自己肯定也有足够的体会。想象中的写作肯定要比完成的要模糊些，无疑也会更让自己满意。因为这时你的写作处于混沌状态，里面隐含着无数的可能性，等待着你去发现和挖掘。在这种时候，它肯定会更加迷人。作品，也许只有在这个时候，才真正完全属于你自己。一旦完成，它便完整地呈现在你的面前，冰冷而带有敌意，像个私生子。里面当然会有你意想不到的东西，也会有（或许更多些）无法捕捉或没有表达清楚的遗憾。写作的魅力也许就在这里。

八、写作在多大程度上能接近真实的心理状况？

任何严肃的写作都自出真实的心理状况，这一点无论从别人的写作还是我们自己的写作中都得到了证实。但出自是一回事，接近则是另一回事。因为这里面情况比较复杂。有的是由于语言或别的什么障碍而达不到，有的则悉心掩饰自己。作品无非是自己思想感情包括心理状况的象征物而已。只是我们详加分析，任何好的写作都在一定程度上反映出作者的真实心理状况。

九、你曾经强调一种有难度的写作，请具体讲一讲你曾设置过怎样一种难度，并在写作中获得自如的把握？

这个问题本身就带有一定的难度。我强调的难度（我确实强调过）也只是就整体创作而言的。难度的克服在于使写作指向一个更高的层次，即向极限挑战。真正的写作就是在克服难度的过程中得以实现的，比如对诗意的开掘和拓展，形式和语言的运用等等。这里面同时包括认识上的难度和艺术上的难度。在每次具体的写作时考虑的是不同的问题，很具体。对这些问题的解决就是对难度的克服。换言之，被克服或要克服的难度是在深入开掘时自然出现的，是表达时受到的阻碍。你要表达的内容愈深刻，愈丰富，你受到的阻碍即难度就愈大。因此，难度是表现或表达时产生的必然结果，当然也不乏人为设置的。如果笼统说，可以体现为要求一首作品在形式上更完整，或更深刻，更有力度，等等，等等。

十、有没有一种常新的、恒久的经典式的写作，神秘到像对人脑有一个反控的机制？

或许有吧，但我目前还没有发现。

十一、地域和个人气质同你的写作有着怎样的关系？

也许有关系。先谈地域。我没有在南方生活过，在我去南方的几次短期旅行中，我感到在那里我无法写作了，也许南方人到了北方也会有同样的感觉。这或许说明，地域无论是好是坏，已经对我的写作形成了影响。我并不是一开始就生活在哈尔滨的，我最早的写作明显带有乡村而不是城市的色彩。但哈尔滨这座我感情复杂的城市对我的写作有着很大的影响。它四季的鲜明变化，它的容纳了异域特色的风情，它的欧式建筑，在其他地方都是难以找到的。说真的，我一点也不喜欢中国的建筑和园林，换句话说，中国传统文化的外化我都不很喜欢。说这话也许会招来攻击。强调本土性已经成为一种时尚。谈论地域影响而扯到本土问题（又不那么积极）肯定要造成一种悖论。但这是没有办法的事。更主要的是，这座历史很短的城市具有国际化的色彩，包容性很强，没有传统文化的因袭和重压，后者至少对我个人的写作是重要的。简单说，这些特点使我的写作保持了纯正的风格和世界精神。遗憾的是，这些特点随着城市的发展正在日渐消失。

至于个人气质，我比较内向，不喜欢和人打交道，爱怀旧，算得上是多愁善感，话不多，比较简约，这些都会或多或少地体现在我的诗中。当然这些也包含着某些危险因素。

十二、你常常下意识地想看哪些人或哪一类作品？

我喜欢创新的作品。一切带有实验性的但不是玩花样的作品我都想读到。沉思性的，形而上的，新奇的，仿古的，或者极复杂和极简单的。

十三、你是否相信宿命，或感觉有一种注定的、不可逆转的命运驱动自己写作？

也许有吧。我不知道。曾有一位朋友，在决定是否选择写作的道路时颇费了一番踌躇。他总是不停地在追问为什么写作，写作有什么意义等问题。他说只有搞清了这些才能决定是否选择这条路。这当然是一种严肃的态度，不过在我看来就太辛苦了。相比之下我就很幸运。我在选择写作之前从没有考虑过这样的问题。我曾和朱永良谈起这个问题，他也没有在这个问题上纠缠过。我们选择了写作似乎是很自然的事情，就是因为喜欢，所以要写。也许我们在确定这条路时还很年轻，头脑比较单纯，至少没有患得患失或没有想到去患得患失。不假思索不考虑后果去做任何喜欢做的事情是年轻人的特权，也应该为不再年轻的人提供榜样。你喜欢的事情你就要去做。如果过多地纠缠在写作是否有意义，是否会成功，会带来哪些好处哪不利，写作就会变成一件更沉重的事情了。说到意义，从终极角度看，也许一切都没有意义。写作的人肯定不是大彻大悟者，否则就不会去写作了；但也不能是功利主义者，否则也不会写作，因为做其他任何事都比写作成功的保险系数要大些（即使成功了，就像叶芝在一首诗中追问的那样："又会怎样？"）。我们恰恰处在两者之间，所以我们选择了这条路。如果说有宿命的话，那么这是否可以算做宿命？

十四、你的作品中常常出现"雪"这个意象，你想赋予它哪些意味？

死亡和寒冷。更多时候是死亡。因为它在严酷的同时也美丽。它给生活同时带来痛苦和意义。

十五、"解构主义""后现代"这些我们现在早习以为常的术语，就你而言，是否确实有别于以往的写作方式，而不仅仅是一种"写作身份"？

这两者我都有着很浓厚的兴趣。不管别人怎样看待和评价它们，它们确实带给我一些新鲜的感觉，一些新的视境，一些新的技法。它们的多层次、多角度，以及语境上的变幻确实使我着迷。它们无疑能激发起我的兴奋点。我是个很矛盾的人，口味也复杂。一次我对一个搞音乐的人说我迷恋巴赫，然后又提到喜欢马勒。他说巴赫和马勒是完全对立的。但对立的东西为什么不能在一个人那里统一起来或被他所兼容？也许是在附庸风雅，但对一切好的、有意思的东西我确实都不拒弃，不是出于理性，更多是出于感性，或真正的兴趣。

十六、某些情况下，写作已变成了智力和对技术的角逐，你坚持怎样的写作原则？

诗歌写作显然与智力无关，或者说，它所需要的显然是另一种智力，同逻辑分析型的智力不同，更多属于感悟性或直觉性的。当然有了后者，再加上前者的优势会更好些，但情况往往是鱼肉不可兼得。我接触到一些分析力极强的人，或者按你的话讲，智商极高的人，但当他们分析起诗歌作品来，往往不得要领，写作就更不用说了。"诗有别材，非关理也，"显然说的就是这个道理。诗歌的深度一方面是认知深度，另一方面是情感深度。光有后者，还可以是好诗；仅限于前者，就不好说了。哲学家们对事物认知能力都极强，但他们都不是诗人（偶有诗作，也不堪一读）。说到技术，我一向还算重视。用"还算"这个词我想是恰当的，因为在我看来也只能是这样，尽管我被别人善意地认为是技术主义者。我读诗，除了领会诗中的意蕴外（我觉得这很重要），再就是看诗人怎样运用他的技术（技法、技巧）来实现其目的。我注重技术是为了表达的需要，或为了使一首诗更加完美，而不是其他。但在写作时我几乎不考虑技术，我的全部注意力都放在了我要写的对象上面（事实上我写作的速度并不像有的人想象的那么慢，那么精雕细琢，多半是拿过来就写，改动也不很大）。诗歌除情感经验外，需要的是智能。智能和智力并不一致，正如技术同大师也不完全等同。有的诗人，技术极好，但也就是二流诗人；但在大师那里，至少是有的大师那里，你几乎看不到技巧。大象无形，大巧若拙。技术如果不为内容服务，就变成了单纯的表演了。诗歌一旦变成智力和技术上的角逐就没有意思了（在我们这个时代，智力被滥用的例子实在太多，人们往往把智力和智能混为一谈。在我看来，智能有时恰恰是对智力的反拨，而智力的逞智使巧给世界带来过多消积的影响），这样诗歌的自身优势就会消失，变成了竞技项目。诗人只能同自身抗衡或竞赛，也就是说要超越的只是他自身。用诗来"华山论剑"，博取功名利禄，就等于把诗降为了工具。有了这样想法的人，或许会写出不错的诗歌来（竞技往往会产生动力），但不会写出伟大的诗歌，决不会。因为说到底，他的境界不够。

十七、和你的写作密切相关的是哪些情况？你的写作多大程度上得益于阅读？

前者是情感上的因素——我指的是写作。首先你只有被打动，才能产生创作的冲动。当然，这也与平时的思考有关。思考会把你的感觉训练得更加敏锐。当你的头脑捕捉到外部信息时，它总是要对它们进行判断和估量，然后才进行处理。阅读也是一种思考。是一种同别人交流或交谈中的思考。当你读到新奇的东西时，无异在你的大脑中打开了一扇门，带给你全新的感觉。阅读也常常会刺激我的写作。不过我阅读的内容并不仅限于诗或文学。

十八、一首好诗是由哪几个方面决定的？如果现在你要写一首诗，通常会注意到哪些问题？

这个问题要是早几年我还可以回答，现在却感到无从说起。决定好诗的因素实在太多，但一首诗往往有其中一两个因素也就够了。至于我写诗，更多注意的只是感情的真挚，整体的完整性，加强诗中的经验而节制诗中的想象，要有诗意又不要过于放纵。语言要精美，但不要显得过于雕琢，等等，等等。

十九、有人把你称为怀疑论者，你怎样认为？

如果真的有人这样称呼我，我不想表示反对，尽管对这一点我同样会保持怀疑的权利，如果我真的有这种权利的话。的确，在我谈话和写作时，总是大量使用选择性的词如"或"，或（又用了一次）不确定语气，比如"可能"和"也许"。这也许不是一个很好的习惯。但我认为，真实是很难确定的，或很难说有绝对的事物。真实也许存在于微不足道的可能性中。当然这并不意味着不存在真实。这一点很关键。有位诗人通过我的一首写拉金的诗，便在一篇文章中善意而武断地认定我没有信仰，使我感到无法接受。事实上，我很看重信仰，尽管我一向信奉真实的怀疑胜过虚假的信仰这句格言。

二十、你对哪些国外的大师保持着阶段性或持久性的兴趣？

很多。不过还是只谈论诗歌中的大师吧，这样可以减少枝蔓。一个人在不同的阶段，可以喜欢上不同的大师或优秀诗人，但能够使你超越阶段保持持久性的兴趣的人并不很多。就我个人而言，我的阅读范围不算太窄，但一直被我喜爱而且将一直喜爱下去的诗人只是少数几个人。可若是把我在各个阶段曾经喜爱过的诗人加起来，肯定会有一串长长的名单。这倒真的引起我的兴趣来了。在一开始，我刚接触诗歌时，大约十几岁吧，我喜欢普希金，稍晚些是泰戈尔，还有雪莱。戴望舒译的洛尔迦也是我所喜爱的。当然那时受到环境的限制，能接触到的也就是这些。当时所有喜爱文学的人大约都是这样。我喜爱他们的一个共同点是他们语句的华美，以及浓郁的抒情性，确切说是里面的伤感成分。再后来就是现代派诗人，如艾略特、瓦雷里、里尔克、史蒂文斯、弗罗斯特那些人，当时大家都在读，都在说好，我记不得当时自己是否读懂了，或真的感到好。但在这之后我对美国当代诗人产生了很浓的兴趣，如司奈德、勃莱和金斯伯格。当时也是受资料的限制。尤其司奈德和勃莱（或许还要算上詹姆士. 赖特）他们都曾对中国或东方文化有过兴趣，因此受到恩宠被介绍进来。再往后是洛厄尔（但我始终没有喜欢过自白派的另外两位女诗人，尽管她们在中国很热过一段时间）。人们有一种误解，即把我喜爱洛厄尔的时间大大向前提了，这样一来，我的一些被认为具有自白性质的诗就是受到他的影响。我认为受到别的大师的影响算不上一件可耻的事，但事实上，在我写那一类诗的时候，我只是读到了洛厄尔的《献给联邦的死者》和写黄鼠狼的三二首，而且还谈不到喜欢。只是后来读到他的另一些诗时，感到与我的某些想法有些接近，这样才逐步喜欢上他的诗。再后来是纽约派诗人。我对阿什贝利心驰神往。还有希尼，在一接触到他时就喜欢了，那时离他获诺贝尔奖还有相当长的一段时间。米沃什也是我最爱读的诗人，稍晚些有布罗茨基，他们都是由于获奖才被引进的。但我坚持认为布罗茨基是一流诗人而不是大师。他诗中有芜杂的东西，枝蔓较多，有时强度也不够。博尔赫斯一度喜欢过，后来就不那么喜欢了。我觉得他的诗不如他的小说。超越各个阶段的诗人是但丁和叶芝。应该还有维吉尔，但他的诗译过来的太少（除了译成了散文体的《埃涅阿斯》外几乎没有）。对了，我早期喜爱的还有法国的艾吕雅和瑞典的特朗斯特罗默。后者我最早是通过北岛的翻译读到的，喜欢极了，写信让在美国的一位朋友找他的英译本。朋友复印了一本寄了来，我还译过一些。有几首开愚帮着发在《星星》诗刊上面，但不是最好的。奥顿我认为很重要，却不是很喜欢。庞德和艾略特相比，我可能更倾向艾略特。我喜欢语言和诗艺上的炉火纯青，而庞德我认为实验性和花哨的东西太多。这也许是个人趣味问题。但我总是能够读下去并经常读的只是但丁和叶芝。

二十一、南方诗人和北方诗人的写作在你看来，各自的优劣及特殊性在哪里？

诗不分南北，但诗人分南北。地域的特点或多或少对诗人的写作产生一定的影响，比如南方诗人的作品比较浓郁茂密，北方诗人的作品比较简约节制，或南方诗人的作品想象比较瑰丽，北方诗人的想象比较质朴。但差异真的有那么大？我有些怀疑。这里面或许带有偶然因素。即使真的有那么大的差异，也无从判定优劣，因为各种风格和写法肯定都能产生好诗，尽管我个人喜欢人们认为的北方的特点。

二十二、诗的局限性有哪些？

无论我对这个问题回答得是否令你满意，但必须承认，这是我遇到的少数能使我真正产生浓厚兴趣的问题。就我所知，还很少有人去考虑这样的问题。诗的局限性要同其他的艺术种类相比便会清楚地显现出来。比如说，同音乐相比，诗歌表达情感远非那么直接，那么自然地流淌，而是要通过语言的中介，而不是像声音那样直接地进入你的心灵；同绘画相比，它的图像也远非那么鲜明而富于质感；诗不像戏剧那样有着具体的情境，也不像小说那样广阔地展示人类的生活空间和经验。但正是这些局限造成了诗歌的难度，而对这些难度克服的同时实现了它自身的魅力。很多诗人试图通过诗歌去达到其他艺术种类的长处：里尔克的图像诗想达到绘画和雕塑的效果，艾略特的《四个四重奏》力图造成乐章的感觉，《荒原》在戏剧情境上做了有益的尝试。当然，这些不是通过线条、色彩和音符来实现的，而是通过语言，而语言同时包含着上述各项因素所不具备的东西。诗歌也要通过韵律和节奏来表达日常经验，这些都把局限变成了自身的优势。

更为重要的是，具体地讲，诗歌的语言是具体的，与各国和各民民族的语言直接联系在一起，可以分为英语诗歌、法语诗歌和汉语诗歌等等。每一种语言都有自身的长处和局限，并不是像有的人所夸耀的那样，某某语言是世界上最优美的语言。这不是一种科学的态度至少是不合乎实际的。至少汉语——尤其是现代汉语——还不够成熟，但同时存在着更为广阔的空间。因此我们可以说，诗歌的局限性在最大程度上是它使用的那种语言的局限性，它通过对语言自身局限的克服来丰富和发展那一种语言，从而实现它自身的价值和魅力。

二十三、有论者认为，职业式、自觉式的写作是判定一个作者是否成熟的标志，有没有相反的一面？

职业式的写作能够使人保持一种压力，同时使写作具有连续性，有助于诗学目标的实现。这种连续性同时包括时间和问题二者。相反的一面是它往往会限定诗人自由的发挥和发展，在一定程度上与诗人特有的气质不相契合。但没有一个明确的目标也等于缺少压力和动力。因此，我个人持一种折衷态度。

二十四、你在当代外国诗尤其是美国诗上发现了哪些变化？有哪些新的可能性？同当代汉诗包括你的写作相比，共同点及差异性在哪里？

20世纪六七十年代垮掉派和自白派占据主导地位，他们都不同程度地带有反叛性，体现出当时反主流文化的影响。但随着时间的推移，人们更冷静也更理性了。他们采取了一种温和折中的态度，如八九年代中最具影响的纽约派。我并不是说美国诗坛只有这么几家，但它们无疑最具有代表性。由此带来的变化是：诗人更加注重个人的、具体的经验的表达，而不是自我标榜为时代精神的代言人或像金斯伯格自称的是"世界之王"。诗歌的内容更加日常化，也更加琐细了，形式也更加开放（从中可以看到庞德而不是艾略特的影响）。他们的语言更加口语化，同先辈诗人相比，他们不是更多地从大师们的典籍中汲取养分，而是从一些最下层的俚语和其他现代艺术形式及至广告中寻找诗歌的材料。总是来说，诗歌和生活更加贴近，也更加减少了对抗性。但并不是没有，而是更内在化了。相比之下，国内的创作（我指的是整体而言）更加接近美国三四十年代。我是说形式和手法同20世纪三四十年代的美国诗歌有更多的相近之处。

二十五、作为汉语诗人，你认为和欧美诗人共同面对的是怎样的问题，有什么区别？

共同面对的问题应该很多。随着全球一体化的实现，我们面临着环境问题，贫困问题，战争和文明所受到的威胁，也包括东西方文化差异和殖民化问题，等等。但由于各自的文化和立足点的差异，对这些问题的阐释肯定会有差别，但面对的问题却大体是一致的。

二十六、你似乎很少通过文章谈论你和他人的作品，也很少撰写理论文章，为什么？

谈论诗歌是一件十分危险的事情——在某种程度上也无益——这是因为人们习惯了用你的创作同你谈论的观点相互对照，但事实上那只是理想的境地，眼下也许你还无法达到。另一方面，你所谈论的只是你的立场、你的趣味和你的策略，一旦把这些作为诗歌的普遍准则来看待，或用来限制和衡量别人的创作，情况会可想而知。虽然诗歌的确有着普遍的准则，但谁能说他的观点就代表了这些普遍性的准则呢？况且，这些普遍准则的存在不仅是为诗歌建立起标准，更是为了让我们对此进行突破并达到新的更高的境地，也就是说，准则并不是一成不变的，它将随着社会生活的变化和艺术的发展而做出调整。写作有着诸多的可能性，就像生活有着诸多的可能性一样。但适合一个人的只有那么一种，或几种。如果不清楚这一点，一个人的写作就很难有所进展。写作本身就是一种挑战，对别人更主要的是对自我的挑战。

我一向很少就诗歌问题发言。理由很简单，我不会把我个人对诗歌的理解和趣味当作一种普遍的标准。同样，如果说这些有助于别人更好地理解我的创作，似乎也没有必要。因为作品一经写出，便与作者脱离了关系，如何解读完全是读者是事情。即使你强制地告诉别人这首诗应该是这样而不是那样地去理解，别人也完全有理由不去理睬，或把这视作一种诡计和圈套。

二十七、你在写作中力图实现什么？或者说，为什么写诗？你如何看待诗歌不景气的状况？

我写诗，只是为了活着，或者是为了活着寻找到某种理由。就这一点讲，没有比写得真实更为重要的了。我必须通过对真实的写作寻找或确定我对生活的信念。为了达到真实，我力求写得朴素、生动和有力。当然，在很多时候我也受到趣味或其他因素的诱惑，但对这一点我一直深信不疑。我不在乎别人怎样看待我的写作，但我希望每一位写作者珍惜自己和珍惜诗歌。如果想通过诗歌达到某种个人目的，还不如去作别的行当来得更便当些。从 20 世纪 70 年代末 80 年代初，人们就开始不断地指出诗歌危机，但直到今日，诗歌似乎并没有消亡，而且还将一代人一代人地写下去。无论如何，对于诗歌的最大威胁来自诗坛本身而非来自外部。我认为，把江湖习气带入诗坛，对诗人和作品起哄、谩骂或采取一种玩世不恭而不是采取一种认真严肃的态度只会使诗歌进一步陷入困境，这甚至比商品化带来的影响更为恶劣。我姑且称这些人为诗歌流氓。

二十八、从你尤其是晚近的诗作里，句式的作用，它的呈现、展开、变化、转换，得到了特别的强调，是否有非此不可的理由？

我的确而且也认为应该重视句式的作用。说起来复杂，也未免有"殖民化写作"

的嫌疑。汉语固有的句式自有其简约有力的一面，但在表现更为复杂的内容上就显得缺少层层紧扣、连绵不断的气势。掌握外语的人对这一点肯定会有很深切的把握。这仅仅是问题的一个方面，另外我们也看到，五四以来，汉语的句式在发生着变化，接受了某些欧化的特点。这样做的结果不是破坏了汉语固有的特点，相反使得汉语变得更为丰富，更利于表达。诗歌本身就担负净化和发展语言的功用，当然这可能是自觉的，也可能是不自觉的。说到底，诗歌重视句式就是要使意思表达得更为准确精妙。当然，任何说法都自有其偏颇的一面，利用汉语特有的短句，同样也可以写出精妙的诗句来，比如开愚的一些近作。但我更愿在句式上做些尝试，探讨一下诸多的可能性。

二十九、或许写作是个人摆脱虚无的一种方式，可是虚无本身却更强劲地在写作或完成的作品中显灵，譬如我读《失眠》，内心留下了噩梦般的阴影。你在其中赋予可见物以直喻的强度，是不是你总在关注命运中不可抗拒的压迫？

或许是吧。但这种关注可能是处于意识的潜在层面。在写作时，我只是把注意力放在要抒写的事物上，让意识随事物本身流动。

在《小丑的花格外衣》里，你写人穿行于历史、文化、生存铁三角阴影里的命运，尽可能将思索和你在这一向度上的写作推向极致。再读你的近作《十年》，似乎你又找到了一种更为有效的方式，变得更加自如，请说一说这里的变化和二者的各自不同。

《小丑的花格外衣》和《十年》应该是两种不同类型的东西，后者写起来的确显得自如些，但似乎谈不上找到了更有效的方式。前者是戴着面具的表演（这里面可能也包含着一种隐喻的成分），而后者带有总结性，是对十年来生活和写作的回顾和沉思。内容的不同决定了不同手法的采用。

三十、我发现一个有趣的现象，你现在似乎特意经营由一些段落或独立篇章构成的较长篇幅的写作，努力寻求其间的差异，展现不同的面貌，构成张力或对峙、角逐，譬如《十年》，每一段落截取不同的真实瞬间，又如《大师的素描》，写不同人物的不同侧面，相同的是素材类型：事件类或人物类，不同的是处理方式——各不相同——构成各个单元，你预先就为写作设置了种种难度，这样说，是否多少能揭开你写作奥秘的一角？

　　说起来可能要使你失望，也许非但不能揭开写作奥秘，反而会使你感到平淡无奇。但事实如此。我觉得，这两组东西在结构上并没有使我费心去经营，尤其是《大师的素描》，我只是一首首地写下去，当然在写每个人物时都要避免在写法上雷同，但如果真正了解了每个人的写作和经历，我想这并不是什么难事。

　　我并不认为《大师的素描》在结构上有什么独特之处，它也并不是什么了不得的作品，即使在我自己的并不很好的写作中也是这样。过去我一直认为这组诗唯一的可取处就是它的态度。其实这也没什么，无非是把大师当作一个平等的人来对待。我认为这是对大师唯一可取的态度。到了我这个年纪，不会再有年轻人那种反叛的冲动，视大师如狗屎；似乎也不应该对大师奉若神明，顶礼膜拜。谢有顺先生曾正确地指责我"摆出一副与大师忘年交的姿态"，我这才发现自己的错误。遗憾的是，谢先生没有指明应该采取何种态度，更不知谢先生本人采取何种态度，或许是按"民间立场"的理论把西方所谓的大师作为殖民化的资源扫地出门？这样最好。反正我相信作为"批评"家的谢先生无论说什么做什么肯定都是正确的。《十年》在经营上的困难主要在于内容的选取。十年间发生了那么多的事情，不能写成流水账，也不能处理得太过笼统，难度就体现在这里。这组诗至今没有最后完成，原因也在于此。

　　三十一、"怀旧"是你重要的写作向度，业已消逝的国度被点燃，我不知道这使存在变得更有意味还是更为虚无，一座不复存在的电影院，经由你，找到重现的理由，这是不是意识或写作中无法回避的？

　　在生活中我的确喜欢怀旧，但在写作中却很少有意识地去这样做。这是说，我并没有有意识地在怀旧，或是真的在怀旧而自己没有意识到。我看到有的论者把我的诗概括为怀旧，在我看来显然不够准确。单纯的怀旧固然能打动人，但很难使作品变得深刻有力。诗人总是写自己熟悉、感动和有兴趣的事物，有时并不去分析为什么这些事物使你感动或感兴趣，而且，写这些并不是简单地出于某种怀旧情绪，而是试图从虚无中抓到些什么。就说我写的那座童年时电影院，根本不是我有意在寻找这种题材，而是它主动在找上了我。它一而再、再而三地浮现在我的梦里，向我展示着它的在不同季节和年代的形态变化，展示着它的内部和外部。我至今不知道这意味着什么。虚无和存在我看来并没有什么区别。说到重现，我觉得似乎抓到了艺术的本质。尽管人们普遍认为艺术无法再现现实，但通过类似的努力可以重新构筑一种不同于现实的现实。普鲁斯特在《追忆似水年华》中就是这样做的，当然它并不属于怀旧文学一类。

　　三十二、在写作或一部完成的作品中，有没有有过力不从心的经历，有没有发现自己写作上的局限，它们是什么，你是怎样对待或用什么方式加以处理和弥补？

　　力不从心的感觉经常出现。我相信其他写诗的人也会出现这种状况。其中的困惑和沮丧有时不是一般人可以想象的。因为诗歌总是不断向新的高度和难度挑战，总是要试图超越自身而达到一个崭新的境界。同样，这也是诗歌吸引人的所在。这是一种心智上的历险。

　　至于说到写作上的局限，我想实在太多。有的属于局部的，在长时间的写作过程中逐渐被克服掉；有的则是由一个人的气质、修养所决定的，比如我的写作总是接近直陈，在细部上不够精巧，等等，等等。但有时局限可以绕过去，或者直接面对，同时尽可能地发挥你的长处，这样的结果也许会有助于形成你的某种特征。

　　三十三、你有没有厌倦写作的时候，那时你是不是发现了写作无能为力的一面？我相信，来自真正写作者的经验，能使同行或读者更真实地理解"写作"，你怎样认为？

　　"写作无能为力的一面"究竟怎样理解？是说在写作时无法表达出你的思想，或是说写作自身无法改变人类的生存状况，就像奥顿和希尼都曾经说过的那样，诗歌不能阻止奥斯维辛集中营的屠杀，当然还要赶紧加上一句不能阻止七三一部队对中国人的屠杀，否则又会招致坚持民间立场的批评家们的指责（其实这些批评家们当然知道，"奥斯维辛"无非是通用的对人类犯下罪行的一种借代，并不是忽略或轻视被日本人杀害的中国同胞。鲁迅当年就曾感慨说话必须面面俱到，否则就被抓住把柄。看来当年批评家们的子孙如同阿Q的一样，仍在绵绵不绝地繁衍着）。后一种无能为力是诗歌包括所有艺术无力承担的，前一种则是由语言或写作者自身的局限造成的。在写作中，如果仅仅满足于把一首诗写得漂亮，写得使人叫好，这大约不是太难的事情。但对很多写作者来说，他们除了在诗学上的巨大抱负外，还希望通过他们的艺术能为人类做些什么，或改变些什么。马拉美的象征主义具有一定的唯美色彩，但他提出改变语言，被罗兰·巴特提到与马克思改变世界等量齐观的高度来看待。作为诗人，仅仅想着自己和自己的作品境界未免太为狭小，当然我

（张曙光诗集）

并不是说一定要给诗歌加上它无法承受的重负，而是说，诗人应该关心世界上发生的一切，而不仅仅是诗歌，尽管他明明知道，他的作品对这些根本无能为力。理想和现实的冲突在这里尖锐地表现出来，同时也体现出时代的本质特征。

　　三十四、在不同时期的作品里，你大概很在意风格、技术、意识的承继关系，并不做一种完全的了断，而是使各个向度进一步发展、完善，在渐变中寻求不同，但有时你会突然摘下一张面具，譬如令我惊讶的是，一个身披《小丑花格外衣》的人，怎么会做起"优雅"的《散步》？

　　也许你说得对，但过去我并没有真正注意到这样的问题，或确切地说没有透彻地考虑过。我一向以为在我的诗中经常出现一些变化，但似乎这一点被很多人忽略了。可能原因就像你说的那样，最终没有脱离规定的向度吧。我本人趣味广泛，对各种写作流派和风格都不拒斥，思想也经常处于矛盾的状态，这些可能都在我的不同时期的作品中有所体现。比如，我对古典主义写作的谨严和后现代主义写作的语境变化开放都有浓厚的兴趣，我自己的写作也总是在这中间游离、摆动。换句话说，一方面我写作的各种可能总是在吸引着我，另一方面，我总是想把自己写作的路子尽可能拓得宽些。而且，根据不同内容和题材，在写作手法上也要讲些变化。你提到的两首诗就是这样，前者是戴着面具的写作，有一定的戏剧性，后者比较生活化。

　　三十五、你对自己今后的写作有怎样的打算？

　　我想我的写作应该更具有沉思性的调子，更质朴些，使用经过提炼过的口语，在形式和句法上进行一些尝试。同时在玄思的现实感上实现一种平衡。总之，我想使我的作品更耐读些，当然也要更深刻些。当然也许这些想法会发生变化，因为一个人总要在行为过程中不断地进行调节和完善。

记忆与心灵

问：张伟栋　　答：张曙光

一、算起来你写诗快三十年了吧，这是一个很漫长的时间，你是怎样走上写作的道路的？

　　写作对于我应该是一件很自然的事情。并不是说我具有写作天赋（可能恰恰相反），而是出于某种兴趣，或误导。在我很小的时候就想过要当作家。最初爱听故事，我爸爸工作很忙，有时开会到很晚，他回来时我已经一觉醒来了，就非要他讲故事，听着故事才能入睡。那时也就是三四岁吧。我记得他讲过什么动物们在森林开大会之类的故事，现在想起来，大约是瞎编的。家里来了人，我也总是缠着人家讲故事。后来我姥姥说过，我最难哄，我弟弟闹人时，往他手里塞上一个硬币，他就不哭了，而我不行，非得讲故事不可。我小时候身体不好，可能影响到心情吧，总爱闹人。有时我姥姥就吓我：看，外面有个大尾巴。我向窗外看去，一片漆黑，于是就怕了，我现在爱看恐怖作品可能是源于此。我四五岁时，我姥姥一次给我买了两本小人书，一本是写墨西哥小孩子反抗殖民者的事，大约叫《小吉姆》，好像他们往大炮筒里塞了沙子，大炮就哑了，要不就炸了，我感到很新鲜。另一本我更喜欢，就是《大闹天宫》。以后就我迷上了看小人书，后来是小说。这些事情我要一首诗中提到过。这些都对我选择这个倒霉的行当起到了潜移默化的作用吧？我姥姥那时也总是对我说，长大要当作家。

　　后来上学了，我的作文并不怎么好，我迷上了画画。在我上学前，我就拿着蜡笔在墙上乱画，上了学，就在作业本上、课本上到处画上小人。老师忍无可忍，找到家长。家里给我换了全套的新课本和作业本，记得我爸爸还在上面写了两句话：爱护书及文具，认真完成作业。

　　我最初是喜欢小说，后来想写散文，直到最后才想到写诗。写小说要有故事，写散文字数也多。我比较懒，写诗字数少，看上去比较容易，又比较直接，我是说可以直接抒写情感，就这么算是走上了写作道路，如果写作真的算是一种道路的话。

二、确切地说，什么时候开始写作的？

1978 年。如果从我认真写下第一首诗算起的话。

三、上大学那时，你们也有个诗社，你以前提起过，哈金和你们是一起的吗？

确切说是个文学社，叫大路社。我不是第一批成员，是后来发展进去的。我自己没有申请，是由人家做主拉到里面去的。我记不得哈金是不是其中的成员，大约也是和我一样挂个名吧。当时他和我个人关系很好，我们经常在一起聊天，谈谈诗什么的。

四、哈金那时写诗？我个人非常喜欢哈金的短篇，很有力量，那时你们之间相互有影响吗？

他那时只是写诗。我们常在一起聊天，有时散步，偶尔也在小饭店里喝上几杯。

五、你在大学时，正好赶上当代诗写作的第一个高潮，当时对朦胧诗的反应怎么样？

我刚开始写诗时，朦胧诗还没有在我们的视野里出现，尽管他们可能已经在开始创作了。那时读到国内最好的诗恐怕就是艾青的，至少他在当时强过很多诗人。他还到过我就读的那所学校（由于某种原因，我不想提到这所学校的名字）。当然他的到来与校方无关，是应文学社邀请而来的。他搞过一次讲座，但很少谈到诗，只是讲他在北大荒流放时的生活，但大家听得津津有味。我是文学社的一员，因此坐在第一排，拿着从哈金那里借来的像砖头一样大小的录音机录音。艾青讲话声音很小，后面听不清，就递条子请他大声些。坐在他身旁的高瑛就提醒他，他的声音高了起来，但说着说着，声音就又小下去了，高瑛于是再次提醒他。那次还在展览馆搞过一次他的诗歌朗诵会。

那时我订了一些刊物，包括《诗刊》，但从上面是看不到朦胧诗作品的，除了那么一两首。只是后来哈师大一位写诗的朋友不知从哪里搞到了几本《今天》，送了一套给我，这才读到朦胧诗。当然是很震惊的，从中看到了一种新鲜感。

六、20 世纪 80 年代两次最大的诗歌潮流，朦胧诗和第三代，姑且这么说吧，你都没参与，有人说你在此时默默地练习叙事的技艺，比如说你最早发表的诗，80年左右吧，受当时诗歌的影响就很小，这里面有对当时诗风反思在里面吗？

我不知道应该从何种意义上来理解"参与"。其实我一直都不是在诗歌之外，尽管算不上活跃，但也不是有意地把自己"隐蔽"起来。那时文学社办有壁报，把作品用稿纸抄好，贴在上面。我最初的诗就发在那上面。八一年七月在《北方文学》上发了几首诗，当时沙鸥在那里主管诗歌。有位叫林子的诗人去了黑大，看到了我的诗，就推荐给了沙鸥。沙鸥发了后，还配发了个短评。后来还写过一篇评论文章，介绍了我和另外两位诗人。不久我接触到西方的现代派诗歌，对自己那种受到浪漫派影响的写作不很满意，对国内的创作也感到不够劲，开始寻求新的方法。尽管从八一年到八四年一直在写，但很少拿出来。我确实没有参加八六年的诗歌大展，也没有树起大旗号称某某流派，但从另一方面看，我一直在思考，在写作，也间或发表过少量作品，这是否也算是一种参与？我不知道。不过也许更多的是像你提到的那样，在默默地练习技艺（不只是叙事），或是在完成一次转型。

七、你和萧开愚是 20 世纪 80 年代认识的？

和开愚认识大约是在 1984 年，开始是通信，一年或两年后见了面。

八、在这之前你在哈尔滨有一个诗歌的交流圈子吗，20 世纪 80 年代时哈尔滨的诗歌氛围怎么样？

在这之前接触比较多的诗人是孟凡果和文乾义，还有一些搞画的朋友。1986年后和朱永良的接触就多了起来。也许谈不上圈子，但会经常见见面，聊聊天，互相买书——那时还不讲究吃饭。至于说到诗歌氛围，我觉得 20 世纪 80 年代整体的写作氛围（也包括文化的其他方面）远比现在要好得多。

九、你当时和一些画画的人交往很密切，就是后来的"北方艺术群体"的那些人，像王广义等人，你和我说起过，你们当时有一个"读书会"，也有一些写小说的人，现在看来很有意思，当时是怎么回事。

　　北方艺术群体是后来的称谓。1984年前后，文化界开始萌动，外面成立了一些文学沙龙，于是有几个人就提出要搞个类似的东西。有一天，我在单位接到电话，是吕瑛和巴威打来的，说有事要找我。他们几个人骑着自行车来到我的单位，提出要办个沙龙，要我参与。于是我们就在吕瑛家里策划这件事。最初有六七个人，除了上面提到的，还有孟凡果和任戬。苏群当时不在哈尔滨，王广义大约是正式成立时加入的。当时声势很大，参加的人也多，分成了几个组，还搞了个宣言，弄得像个群团，但尾大不掉，不过也确实搞了几次活动。后来大的活动不搞了，其中的一些人却经常聚聚，讨论问题反倒多了起来，其中有你提到的王广义，还有林建群和张仲达等人，这个时候搞画的就多了起来。后来因为什么原因解体了，过了一段时间，我提议继续搞，但人要精，但我很快就退出了，不过和这些人来往还很密切。读书会和这个无关，全是另外一拨人了（那时搞画的都差不多走干净了）。内容也比较单纯，就是定期聚会，结合所读的书聊一些思想和文化问题。

　　十、有人认为新诗将近百年的历史已经构成自己的一个传统，但即使存在这样一个传统，它的能量也是很弱的，给我的感觉，你们这代人写作时更多的是对以往新诗写作的反对，而非继承，20世纪90年代诗歌最重要的写作资源还是西方现代主义诗歌和其背后的哲学思潮，情况是这样的吗？

　　其实反对也是一种继承，或许还是更好的继承。但无论如何，以往的新诗留传统给我们的资源并不很多，但也不是没有，至少方向上还是对的，起码我是这样看的。民间派反对西方资源，他们应该从胡适他们这帮人反起，新诗从一开始就借用了西方资源（这是用他们的话讲）——直到20世纪60年代，才有人提出要搞民歌体，这是针对卞之琳、何其芳他们提出的新格律体的，但根本行不通。20世纪80年代诗歌的主要反对对象是朦胧诗，而不是更加广泛的诗歌传统，总的来说冲动多于冷静。当然各地和各人的情况也不一样，记得有些人还在当时文化热的背景下，在诗里加入周易之类的东西。20世纪90年代的一些人可能是比较侧重于你提到的方面。

　　十一、黄灿然在《在两大传统的阴影下》中提出中国古典诗歌和西方现代诗歌对新诗的哺育。在我看来，20世纪80年代以来的诗人并没将这两大传统"激活"，缺少跳出这两个诗歌系统来审视的能力，因而也没能形成对中国古典诗歌和西方现代诗歌完整而深入的理解。我认为，一个好的诗人光有才气肯定不够，学识，修养，眼力和见识都很重要。请你结合当代诗歌的一些状况，谈一下对诗人这个词的理解。

就个人来讲，我对中国古典诗歌的了解可能远远超过西方现代诗。上中学时，《唐诗三百首》和《千家诗》，也包括李白杜甫的诗集，龙榆生的《唐宋名家词选》和胡云翼的《宋词选》就读得烂熟，里面不少篇章都可以倒背如流。那时也喜欢《庄子》，尽管是一知半解。当然也读普希金和泰戈尔。现在有的大学生恐怕也没有我那时读的书多。所以有人批评我忽视中国的诗歌传统，这是不准确的。他们看不出来我诗歌的内在气质仍然是中国的，甚至很传统。但我确实在强调借鉴西方诗歌传统，这一方面是在补课，补我们多年以来缺失的课。而且在某些时段上我认为借鉴西方现代诗歌比借鉴中国古典诗更为必要，现在我仍然这样认为。道理很简单，它山之石，可以攻玉，中国传统的东西已经很深地印在我们的骨子里，化为我们的精神气质，想去也去不掉。而且我们的那个古典诗歌传统，要进入新诗，就必须进行某种转化。我穿长袍是中国人，穿西装也是中国人，即使我穿着和美国人一样的衣服，走在美国的大街上，也不会有人把我当成美国人。但作为21世纪的人，我们总不能穿着唐宋时候的衣服在大街上招摇过市吧，人家会以为你是从马王堆里钻出来的，哪怕那衣服看上去真的很漂亮。

所以接受传统是必要的，保持相当的警醒不要成为遗老遗少则更为必要（当然也不要成为洋老洋少，但洋老洋少毕竟还是这个时代的人，不会被当作从博物馆里跑出的木乃伊，总归要好些）。也就是像你所说，要跳出来看，要超越的看。对现代人来说，要想写出好的诗歌来，不仅要面对这两大传统，更要把它们熔铸成一个。禅宗讲无人无我，无外无内，为什么我们现在做不到？为什么还要分什么中西汉夷呢？对我来说，只是有好诗坏诗之分（这也是相对的），不存在什么中西古今。

至于你提到诗人这个词，我真的感到很惶惑。诗人简单地说就是热爱诗歌并从事诗歌创作的人。如果赋予它更多的内涵，那就很有些麻烦了。有很长一段时间——记得我在别的地方也说过——我一直怀疑自己是不是诗人，原因就是我给了它更多的内涵。

十二、我看过你一些80年代写的短篇小说，很不错，为什么没选择做一个小说家？

一直在想，但不知道为什么一直没有做成，也许是缺乏写小说的才能吧。在我看来，写小说要会讲故事，细节和描述能力也要好，这些我都不在行。我在 80 年代中期试着写过几篇东西，但都不成功。后来只是偶尔写一写，算是调剂一下胃口。

十三、很多人都在小说和诗歌之间设置了一个等级，认为诗歌要高于小说，主要是从语言的角度说的，诗歌在创造语言，因而更接近存在，海德格尔 30 年代的转向，也就是通过诗歌来直接把握存在，像对荷尔德林诗歌的阐释，你这样看么？

当然是这样。但我们说诗歌高于小说，是从精神和技艺含量来讲的，也是就一般而言，但在做具体评价时就不能这样说了。比方说，我们可以说在文学体裁上诗歌高于小说，但不能说博尔赫斯的诗歌高于他的小说，或贝克特的诗歌高于他的小说。在我看来，他们的小说即使和最优秀的诗歌相比也毫不逊色。

十四、德里达说，诗的本质是心灵与记忆，这两个词都很"人性"，但他的意思绝不是仅限于此，我是说，几乎所有的情感方式都产生于此，或是通过心灵与记忆产生，语言的诞生也与此相关。现在很多人一谈起诗来就强调，诗歌要直面现实，承担社会责任，恰恰忽略了这个最根本的现实，你对此怎么看？

据我所知，事情是这样的，有家期刊要德里达等人为诗歌找出两个关键词，德里达就用了心灵和记忆。我觉得德里达概括得很准确，直陈出诗歌的本质。当然诗歌的内涵很丰富，但要是用两个词来概括，实在找不出比这更恰当的词了。心灵和记忆都是现实的产物，与现实不悖，至于说社会责任，我不知道他们确切指的是哪种。奥顿说过，诗不会使任何事情发生。诗歌不会解决贫困问题，不会缓解社会矛盾，也不会消除环境污染，但诗歌可以净化人的心灵，而且据说同样可以净化和丰富我们的语言，按海德格尔的说法，这可是存在的家园呵。我想这些就够了。如果承担简单的社会责任，那么完全可以通过其他形式。比如为民工写诗（原则上我不反对，但主旨不应仅仅停留在这种社会层面上），只是呼吁人们关注他们，我想是不会有太大效果的，还不如新闻特写来得直接有效。民工自己不懂诗，而官员们根本不读诗（也谈不上懂）。诗永远是少数人的事情，我不反对诗人们承担社会责任，但可以通过更恰当的方式，没有必要把这些硬塞到诗里面。如果硬是要谈诗的社会责任，我想把一首诗写好了，无论写的是什么，它的社会责任就自在其中。

十五、程光炜在《不知所终的旅行》中，曾谈到你受到叶芝，阿什贝利、布罗茨基等人的影响，但就咱们两人这些年私下的交谈来看，但丁和陶渊明似乎是你谈论最多的诗人，谈一下你的师承吧？

光炜提到的这几位诗人我确实都很喜欢，尤其是前面的两位对我的影响可能要更深些。你也许会注意到，我一直在他们两人间游移。但丁和陶渊明是我极为崇敬的两位诗人，更像是终极目标。他们的境界和语言风格让我赞叹不已。

十六、其实在我看来，但丁和陶渊明正好是两种非常极端的美学风格，但丁的时代对世界的理解有一种很强烈的囊括整个世界的宇宙意识，并且要求做出最终极的解释，因此他的写作是一种很体系化的方式，很复杂也很繁复，而陶渊明恰恰相反，是一种化繁为简的方式，简单地说，但丁是"以象取意"，而陶渊明是"得意忘言"，能具体说一下这两种方式对你写作的影响吗？

这是他们的不同，也可以看作东西方美学上的差异。但丁和陶渊明虽然有着不同的文化和宗教背景，但他们在最核心的地方却非常一致，概括起来说就是崇尚真实。在这方面他们做得比其他任何诗人都突出。他们同样都不回避所处的时代和自我意识。在美学风格上他们确实也有一些相同之处，比如形式和语言都简单而质朴，而这些正是我所欣赏的。陶渊明就不用说了，假如你把但丁和莎士比亚做一下比较，就会发现但丁的这一特点非常突出。他使用最质朴的语言，却表现出最深挚最复杂的情感和思想——如果可以使用这个词的话。这其实也是化繁为简。但丁和陶渊明都是无与伦比的，也难以超越。这里要说一下真实。诗歌是审美，这不错，审美是一切艺术的本质。但我想在审美之上是否应该有一个更高的准则呢？如果有，那么无疑就是真实了。真实表现为诗歌的伦理，也同时为审美提供了尺度和依据。

十七、我个人认为当代诗人当中，你对语感的挖掘是极为深入的，这使得你的诗中始终充满了一种强烈的笼罩感，很接近海德格尔所说的"无"的那种境界，能谈谈你对此的理解吗？

我注重语感，这一点毫无疑问，可能更多是出于趣味。我乐于读到语感强烈的作品，所以也会把这一喜好带入到自己的作品中去。至于说我的作品接近海德格尔"无"的境界，我不知道，也不敢妄说，但确实我喜欢那种主题的不确定性，也确实有人批评我写得虚无，比如有人在他的博客上费心转了我在一份刊物上发的几首诗，还说了句很精彩的评语：与其读出一个虚无的知识分子，宁愿读一个知识分子的虚无。但我实在看不出二者之间的差别，也许这二者都不应该存在。

十八、所谓清者自清，浊者自浊，随他去吧。海德格尔的"无"并不是虚无的意思。我想说的是，语感是节奏、语调、情感、声音和色彩综合的结果，布罗茨基在谈茨维塔耶娃的诗时，对她诗中独特的声音称赞有加，说的也是语感的事，博尔赫斯在《谈诗论艺》中说，诗歌中最基本的东西就是韵律。现在很多人写诗只注重"表意"而忽略了诗歌中的最基本元素，在我看来是不能算作诗的，你认为呢？

我清楚这一点。海德格尔的"无"与中国道家的"无"有些渊源。而道家思想后来和佛教思想合流形成了中国的禅宗。禅宗是我感兴趣的，当然还有老庄。形和意是一而二，二而一的东西。至于语感和韵律，我是这样看的，现在的诗更多的是用语感来替代韵律。不知道你以为如何？

十九、如果说韵律指的是抑扬格或平仄之类的形式，那当然是如此，但你也知道博尔赫斯的韵律是不止于此的。你觉得一首好诗应该有怎样的品质和境界？

这里说的韵律只是就一般意义而言的。韵律作用于声音，语感也作用于声音。中国的古典诗讲求平仄音律，古方的格律诗也讲抑扬格，新诗还做不到这些，甚至连韵也不押，只是注重分行和节奏。这些必须通过别的方面的强化加以补偿。强调语感，其实就是一种弥补，同时也是为了达到一种说话的效果。这其实也是一种重要的转化。20世纪以前的诗歌注重抒情，歌唱式的语气有助于实现这一目的。而到了注重经验的诗歌那里，平易的说话式的语气可能要更恰当些。西方电影也是这样，爱森斯坦和普多夫金发明了蒙太奇，风行一时，但后来的年轻人采用了长镜头或其他方式来对抗蒙太奇，尽管蒙太奇在电影中没有完全被替代，但不再是占据绝对的位置了。艺术总是要发生一些偏移。就像河床一样，水流多了，泥沙淤积，河流就会改道。无论如何，有了好的语感，所谓韵律的效果也自在其中。说到这点，以前读到过，叶圣陶教人写文章，说好文章要像说话一样。余叔岩是京剧大师，老生唱得好，至今无人能及。他也说过类似的话，他说戏唱到最高的境界就要像说话一样。唱段比起现在更多用眼睛来读的诗来说更加要求音韵，好的唱段，不仅要字正腔圆，更要合辙押韵。但余叔岩尚且这样说。所谓像说话一样，就是接近我们这里所说的语感吧。歌唱最早都是来自说话，说话是歌唱的基础。脱离了这些，艺术就脱离了最本质的东西。说到底，我们谈的可能谈论的是不同的问题，或者是不同层面的问题。既然说到语感，我想借题发挥了一下。

至于说到好诗的品质和境界，我说不太好，但可以举出两个例子来，上面也提到过，一个是外国的但丁，一个是中国古代的陶渊明。这对我说来是好诗的绝对标准。

二十、一首诗是否有一个底线的标准，不能所有分行的东西都可以成为诗吧？

当然。分行的东西不一定是诗，不分行的东西也不一定不是诗。如果硬要我找出一个底线的话，那可能就是情感——而不是诗意，情感是构成诗意的重要因素。诗至少要有情感，而且要真诚。

事实上，我也写过几首不分行的诗，后来发表《诗歌月刊》上，却被当成了随笔。这其实是很有意思的事情。

二十一、孙文波说你的诗里有种挽歌的味道，我也注意到在你的诗集里有大量写给死者的作品，你对这种形式的作品是怎样考虑的？

他看得很准。文波是最早的少数几个能够理解我诗的朋友。但我自己实在不愿意这样。有谁愿意写这类东西呢，哪怕是受到了朋友和读者的褒扬？但对死者的追怀是一种责任，至少对我来说是这样，也是一种情感的宣泄。有些时间，写什么不写什么，或在你的作品中体现出什么，诗人是没有或很少有自主权的。

二十二、我喜欢你这样的说法，"写什么不写什么，或在你的作品中体现出什么，诗人是没有或很少有自主权的。"但在你的作品中，回忆构成了一个主要的视角，挽歌只能算是其中的一种形式吧，这里面都有一个历史的角度，起码是个人的历史吧，比如说像《帕斯捷尔纳克》《嵇康》《谁杀了肯尼迪》《我早年的读书生活》等等，都可以这样来读，我想说的是，你有过形式上的考虑吗？

回忆也算是一种不由自主吧。我写作状态较好的时候是比较放松，想得不是太多，甚至处于一种空明的状态中。形式感很重要，但一般有两种情况，一种是先有内容，根据内容生长出形式。另一种是先有了某种形式，然后生长出内容，就像瓦雷里说过的那样。但其实二者是不可分的，更多的时候是同时出现。我对形式当然很挑别，也有自己的偏好。说起来很麻烦，看我的诗就会清楚，一般说来，我喜欢形式比较完整和匀称，不喜欢太过花哨的东西。

二十三、比起你同时代的诗人，你的发表量一直不是很大，我是说在公开出版的刊物上的，你怎么看待这种形式的发表？

可能是这样。我很少寄诗去发表，可能没有什么名气，向我邀稿的刊物也很少。大都是朋友推荐的，有机会就发一些。

在我刚开始写诗时，在公开刊物上发表作品是唯一的途径，对我来说，也是变成铅字的唯一途径。那时发表作品最让人兴奋的是你期望看到你的诗变成铅字后是什么样子的。在20世纪90年代中期以前，我一共给刊物寄过三五次诗吧，但大都吃了闭门羹。比如，某杂志当时据说发诗不错，编辑也算开通，我就把当时我写的《尤利西斯》一组寄了过去，我写信给那位也算是写诗的编辑说，发不发无所谓，如不能发，请看在同行份上（我当时在出版社）退还给我。那些诗是我工工整整地抄在稿纸上的，费了好大的劲。但泥牛入海无消息。前两年，有位朋友说那位编辑要来，还要邀我的诗，我说去他的，当年给了他我最好的诗他不发，现在想要也没有了。

我并不是说寄了诗去就一定要发，但对作者应该有一定的尊重。现在发表的渠道很多了，但公开刊物仍然很重要，我是说如果办得好的话。

二十四、现在的人几乎都不大读诗，你认为发表和出版对于一个诗人很重要吗，你头脑里有没有一个想象的读者？

说重要也重要，说不重要也不重要，关键是看你想要些什么。写诗当然是一种自娱，但写完了只是完成了一半，还要通过读者来彻底完成。那就不仅仅是自娱了，起码还要娱人。因此写了诗，发表出来还属必要。读诗的人少，但毕竟不是没有。其实像过去那么多也没必要，其中大部分人肯定是混子。少而精要更好些。博尔赫斯最早的诗集印了两百册，他说如果几个人他还能想象出他们的样子，两百人就无法想象了。想象的读者都是些理想化了的读者，是每个写东西的人所企求的，但很少有人有这样的幸运。而且即使有，在每首诗中大约也另不相同，甚至是很模糊的。就我个人来说，很多时候我都是在对自己说话——就像电影《雨人》中达斯汀·霍夫曼扮演的那个角色。不过我倒知道什么是理想的作者。在我看来，理想的作者一方面要尊重读者（你必须认真写好你的每一行诗），另一方面也要尽可能地蔑视读者（不为他们的趣味和批评所左右）。其实好好写就是了，不必在意他们。有意讨好读者也是一种媚俗。

二十五、你怎么看待自己的成名？

我成名了吗？或者这只是你的错觉。

二十六、我们所说的角度不同吧，我知道你对自己要求很高。

其实也算不上很高，我对写作并没有太大的期望，只是希望在写作时能够呈现自己内心的真实，带给自己的一些快慰，别人在阅读时能有一些感动和思考，这样就足够了。

二十七、想到过有一天会不写诗吗？现在很多诗人都放弃了写作，包括一些成名已久的诗人。

没有想过。我还没有成名，还必须写下去。

二十八、有人说你善于"化腐朽为神奇"，你是怎样做到这一点的？

也有人说相反的话。前几天，在我的博客里有一条批评我的留言，说张曙光善于融他人之技为自己之技，又说我的诗半生不熟，充满了陈腐气，主体形象模糊。说得真的是很好，如果光看前半段，像是对我的赞美。写作本来就是融他人之技为自己之技嘛。但他批评得很对，至少还说明我没有"化腐朽为神奇"——仍然是陈腐。只是"主体形象"我至今有点弄不太懂，是不是与朝鲜的"主体思想"有什么关联呢？

二十九、私下交流时，你很强调人格对写作影响，谈一下这两者的关系。

确实是这样。但这个问题谈清楚也很难。不是这样吗？现在人们重思想，重智慧，这些当然重要，除非是傻子才不会这样认为。但人们大都普遍忽略了人格的修养。急功近利的时代啊。

简单地讲，人格修养会提升一个人的境界和格调，也只有这样，他才有可能提升他的诗歌的境界和格调。反过来说，人格的缺陷会限制个人才能的发展。比如说一个人很聪明，但人格有问题，贪些小利，这样他就会把他的聪明才智都用于此，所以就不会有大成就。"卿本佳人，奈何做贼"，但偏偏就有一些佳人要干那些偷鸡摸狗的勾当，因小失大。这样的人我见得多了，原来也为他们惋惜，现在连惋惜都顾不上了。另一方面，人格有缺陷的人如果不幸做了大事，那就是周围人的不幸。希特勒就是很好的例子。他如果平庸些，那么充其量就是个疯子，顶多挥刀在大街上杀个把人，但他恰好有过人的才智，结果把世界弄得一团糟，死了那么多的人。

三十、你现在有了两本诗集，一本是公开出版的《小丑的花格外衣》，另一本是剃须刀丛书中的那本《雪或者其他》，在成名诗人当中算是很少的了，这两本诗集收录都是你八九十年代的作品，前一本给你带来了诗歌上的荣誉，后一本应该算是《小丑的花格外衣》的补遗，可以这样理解吗？你比较满意哪一本？

我说过，我这个成名诗人是冒牌的，从出书少上就可以证明。在网上看到有人说我功成名就，坐在自己大摞的诗集上写诗，这分明是在高抬我。到现在为止，我只出了两本个人诗集，其中有一本还是和朋友们自印的——其中也有你的一本，也更薄，加起来也没有半块砖头厚，坐在上面显然是不很舒服的。被称作"知识分子"就是这样，看上去风光，其实没什么好处。我一再说我的这顶知识分子的帽子是被别人扣上去的——不是知识分子不好，而是我不够水平。当年我被冠以"知识分子"加以攻讦时，我就对朋友开玩笑说，我他妈的才是真正的民间派，因为直到那时，我还没有在所谓的官办刊物《人民文学》和《诗刊》上发表过作品，甚至连一次像样的诗会都没参加过。不像有的诗人，一方面自我标榜，打出民间的旗号来一统江湖，号令天下，一方面坐享官方的所有好处，连大部头文集都出来了。

我的后一本诗集印得还算是精美，但还不到一百册，影响较之前一本可能会更小。这两个集子里面的诗我都有喜欢的，如果从这两本诗集中精选出一本，也许我会更满意些。

三十一、有两本民刊在你的写作过程中有着很重要的意义，就是 20 世纪 90 年代你和萧开愚、孙文波共同主编的《九十年代》，还有就是现在由你主编的《剃须刀》，谈一下这两本杂志的情况吧。

关于《九十年代》，有些情况可能需要澄清一下，不然我心里会感到不安。从 20 世纪 80 年代中期到 20 世纪 90 年代中期，开愚多次来过哈尔滨，每次都住在我家。我们是非常亲密的朋友。他好像在 20 世纪 80 年代中后期就说过，要办一本杂志，名字就叫《九十年代》。这在我听来有些异想天开。因为那时办杂志印刷和费用都很难办。但开愚确实是个很有魄力的人，有一年他再次提起，说可以找到一家小印刷厂，所缺的就是经费。那时我没有什么钱，开愚比我还要穷，我就向一位有些钱的哥们提起，这位哥们仗义得很，满口答应。我就让开愚写信给他，把事情最后敲定。开愚发过信去，哥们不但答应，而且表现得很慷慨，于是开愚在写给我的信中盛赞其人：真乃豪杰。但临到拿钱了，大约当时要的也就是千把元钱，这位豪杰就找我说，曙光，我是个商人，拿钱要考虑回报的。你说这钱能赚回来吗？我说，这是出诗刊，根本赚不回来，你怕赔，现在就可以不拿。结果这件事就告吹了。后来我把开愚介绍给金雪飞，也就是哈金，雪飞知道了他要办刊物，什么话也没话，就寄来了一笔钱，这样才办起了这份刊物。也许是因为这些原因，更多是出于友情，开愚和文波也就把我算在了里面。确切说，我只是其中的作者，在办刊上真的没有出过什么力。

《九十年代》是一份重要的民刊，它的意义和价值在今天越来越清楚地显露出来了。至于《剃须刀》说到这份刊物，我倒可以真的算作一个参与者了，因为办这份刊物是我提议的（这已经不算什么了，因为民刊在当时比比皆是，我只是说出了大家想说的话），名字也是我起的（当时为刊名犯愁，就让大家每个人都想几个。有一天中午吃饭，我突然灵机一动问桑克，叫《剃须刀》怎么样？桑克说好。后来在商量名字时，桑克力主叫这个名字，并说服了大家），不过我确实算不上主编，这是一本纯粹的同人刊物，大家都享有同等的权利，所有事情都是大家在一起商量决定的。

《剃须刀》的缘起是这样的。一次朱永良对我说，是不是找几个人聚一聚，谈谈诗。他这可能是静极思动吧。说到诗人聚会，以前我们也搞过多少次了，但总是坚持不下来。一天见到文乾义，我就提起了永良的话，乾义说，可以啊。我说聚会的地方怎么办？乾义说，这事我负责。于是我们就聚了几次，我担心聚会讨论的问题容易流于空泛，就说，我们不如办个刊物。在这之前，桑克就对我提到过要办一份刊物，但我考虑到种种因素，没有答应。现在有了这些人，办一份同人刊物应该是可行的。结果大家都赞成，就这样办了起来。

说到这份刊物，乾义可以说是功不可没。一般来说，我们这些人敏于思而怯于行。有些想法也还不错，但大都实行不了，或坚持不下去。乾义办事恒心和毅力都很好，总是催着大家按时交稿，又到处联系印刷厂什么的。就这样一办就是三年。这份杂志的同人们也可以说是很好的组合。永良的认真和纯粹为刊物的质量和纯洁性提供了保证，桑克视野开阔，包容性强，也对刊物起到了很好的作用。后来你和吴铭越的加盟，无疑为这个团体注入了活力。

三十二、《剃须刀》到现在已经出了十期了，对你写作的最大帮助是什么？

最大的帮助也许是加大了写作的压力，逼着你写，不能偷懒。当然反过来也是坏事。我不太喜欢有压力的写作。

其实没有这份刊物也会照样写作，心理压力可能会小些。我不知道哪种情况更好，也真的没法说。但有了这份刊物，毕竟有了切实的事情可做，这份刊物本身就是一个成果。

三十三、同意你的说法，《剃须刀》本身就是一个成果。翻译在你的写作中占据了很大的比重，除了《神曲》和《米沃什诗选》，你还翻译了大量的欧美诗人的作品，你怎样看待翻译在你写作中的位置？

是这样吗？我不知道。我以前在哪里谈到过，我搞翻译，从根本上说是一个误会，或者说是情势所迫。当时很难读到翻译的诗歌作品，但很多诗人我都想读到，没有办法，只有翻字典读原文了。为了更好地细读，我就把读到的一些诗"译"了过来。后来也就发表过一些。一直到《神曲》的翻译，基本上都是这样。和称职的翻译家相比（可惜不多），我的只是客串角色。我的翻译就像庄子说的爝火一样，等到太阳一出就算完成使命了。

我在翻译时尽可能尊重原著，也就是说，我是严格严格的直译派。但后来朋友们说我的翻译有我自己的风格，也有人在网上说我的《神曲》太多意译，我不明白，我是说我在翻译时一直是忠实于原著的风格。

　　不管怎么说，翻译对我的写作有很大好处。我读东西一向很粗，就像陶渊明说的那样，不求甚解，但翻译起来，就得每一行、每一个词都落到实处，这使我对把握诗的脉络和肌理起到了很好的作用。

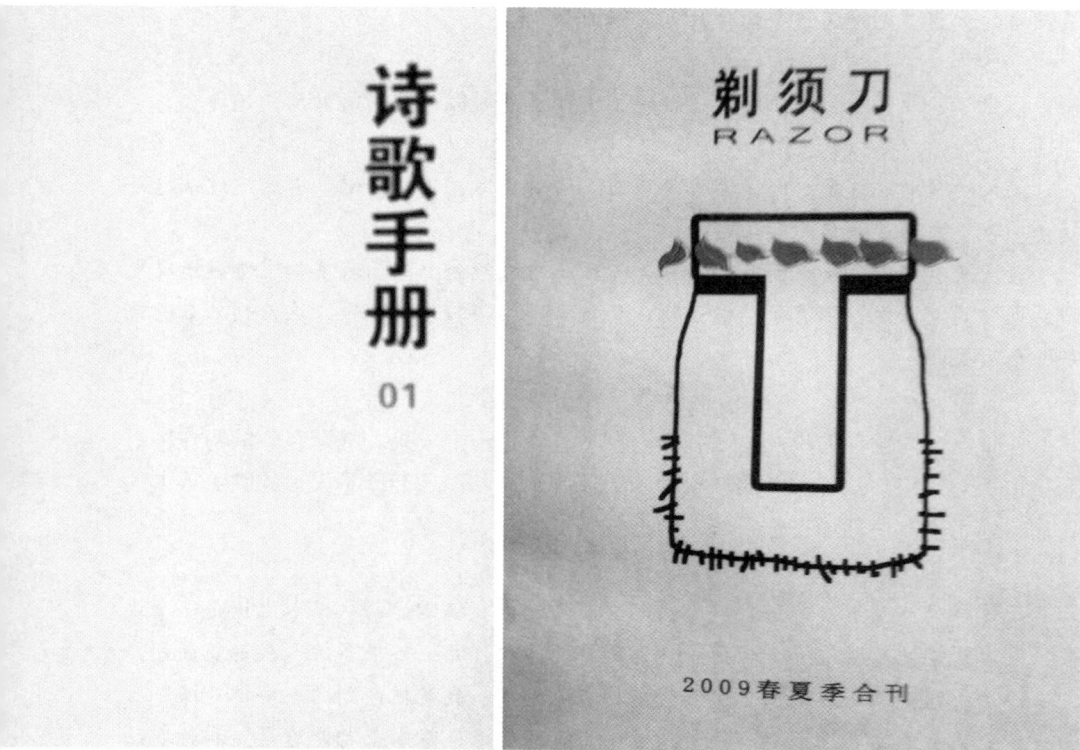

（张曙光和友人主编的名刊）

三十四、很喜欢你译的《神曲》，很现代的感觉，洛威尔、米沃什的东西我也喜欢。以往的阅读经验是诗人的译本容易让人信赖，像冯至译的里尔克、戴望舒的洛尔迦、卞之琳的瓦雷里简直可以说是完美之作，但现在一些诗人的译诗糟糕透顶，抛开对原文的误解不说，译成的汉语也是勉强及格，以至于一些一流的国外诗人在汉语里，连国内的二流诗人都不如，影响很坏，特别是对初学写诗的人。

其实经典的东西都很现代，可以说是常读常新。好些年前，有一个诗人到我这里来，我对他提到，维吉尔的东西很现代。他说你常出根据来，我就把我当时译的一段《埃涅阿斯》的开头给他看：

> 我歌唱战争和一个人：他的命运
> 使得他流亡；他第一个
> 从特洛伊的海岸远行直到
> 意大利和拉维尼恩岸边。
> 越过大地和河流，他被
> 最高的神的力量所重创，由于
> 残忍的朱诺难以平息的愤怒；
> 许多战争中的痛苦要他承受——
> 直到他建造一座城市
> 并把他的神明带到拉丁姆；
> 从此有了拉丁民族，阿尔巴的
> 领主，以及罗马高高的城墙。

我个人非常喜欢戴望舒的翻译，语感纯正而典雅。卞之琳也是大家，但他的语气有时有些造作，他译东西在很大程度上也不是直译，比如他译的莎士比亚的十四行诗。但他译瓦雷里的《海滨墓园》确实非常好，尽管也许对原作的风格做了些许改变。

译诗和创作一样，也需要对语言的敏感，尤其是对你要译成的语言的敏感。所以译诗必须要懂诗，可能一个人不写诗，但一定要懂，不然就无法完成转换。

三十五、我自己也尝试翻译过一些诗和文章，深知译事艰难，有一点我感触挺深，就是很多诗歌很难在汉语里获得同样的表现力，你从事翻译也有二十多年的历史了，是否有同样的体会，你认为这是现代汉语自身薄弱的缘故吗？

我对自己译的东西也不满意，也在很大程度上存在着你上面提到的对原文的误读，但在汉语这块我还是有一点自信的。当然，这也是相对而言。不是相对于别人，是相对于我的外语。译诗本身就是一件令人非常灰心的事情，就本质而言，诗真的是不可译的，你译过来的，只是一个仿制品，只是一个摹本，与原件相去不止里计。当然现代汉语也有很多问题，至少是不够成熟。现代汉语的句式不够丰富，逻辑也不够严密。我倒觉得古汉语句式非常丰富，乃至灵活，也特别接近英语。我们这代人要完成的也许就是使现代汉语达到成熟阶段吧。无论如何，翻译对汉语的成熟起到了至关重大的作用。另一方面，外语诗歌在汉语里得不到同样的表现力，也与诗的本质有关。反过来汉语诗歌在其他语言中也是一样。

三十六、忘记了你在哪谈过，读书、音乐、写作就是你的大部分生活，巴赫应该是你最喜欢的音乐家吧？

哦，巴赫，还有海顿，肖斯塔科维奇。我不太喜欢莫扎特。我承认他是位天才，但我对华丽和过于流畅的东西有一种本能的排斥。我更喜爱炉火纯青的风格。当然，这只是个人趣味。

三十七、谈谈音乐多大程度上影响了你的写作？

很难说。首先我要说我并不懂音乐，就像我不懂昆曲，不懂京剧，不懂美术，甚至也不懂诗歌一样。但我确实喜欢，只是去听，并不深究，也很少分析。确切说我只是一个热心的外行。我喜欢这些就是因为喜欢，没有目的性，如果说有什么影响，大约更多是熏陶吧。但在20世纪90年代初，1990或1991年吧，我醉心于诗歌的结构，想通过音乐的曲式来处理诗歌的结构问题。当时很少有人能够请教，后来通过别人认识了一个研究音乐理论的老先生，我请他简单介绍一下曲式，他说，你在音乐学院学上几年，就会清楚了。这当然是废话，如果学上几年，我也不会去问他了。我想知道的根本不是他想的，只是音乐的结构问题。但话说回来，音乐中那种纯然发自内心的情感、那种节奏和结构的自然转换或许对我的诗歌会起到一些潜移默化的影响。

三十八、从音乐的曲式来思考诗歌的结构，这里面受过象征主义的影响吗？

没有，当时我已经对象征主义失去了兴趣。

三十九、书法也是你主要的生活内容之一，你很少谈起。

其实也谈起过。在谈诗的时候，我有时会举些书法的例子。对书法，我研究得比较多，虽然仍不算深入。我很早就开始练字，但不得要领，字写得不好，但眼光是一流。这就是康有为说的眼下有神，腕中有鬼吧。上中学时有一天心血来潮，就买了毛笔和墨汁，想练练字。我的班主任就送了我一本柳体字帖，我就照着临了一段时间。我写字纯粹是自学，从来没有请教过别人，因此走了很多弯路，也许现在仍在走也未可知。但我的兴趣广泛，口味很杂，凡是好的我都能接纳。最早喜爱二王，也杂乱地临过很多很多帖，几乎见到喜欢的就临，当然都是浅尝辄止。然后是石门铭这类风格的作品，这是受了康有为的影响。我喜欢康的字。现在则对北朝的造像感兴趣。开始写字重法度，但看了造像之类的东西，你会感到抒写个人性情更为重要，书本无法，法是写出来的，但每个人都每个人的法，每个时代有每个时代的法。重要的是不要被别人的法所束缚，除非是你从追求出发为自己加上的。说来惭愧，有很长一段时间我不怎么写字了，直到前几年才重新拣了起来。无论如何，我只是个热心的外行而已。在诗的方面也是如此。

四十、你去年有一门禅宗的课，据说听的人很多，我现在有点后悔没去听，禅宗的思想对你影响很深，大家聊天的时候，你也很喜欢拿禅宗的公案举例子，禅宗对你的意义是什么？

其实很多上这门课的人很多都是凑热闹，而且禅是不能讲的。就我认识的听课人中，我也看不出他们受到真正的影响。但禅宗无疑对我的影响很深。我受益于禅宗很多，最重要的是它使我的思想变得更加开阔了，能够不断地超越事物本身去看待问题。我性格中有固执和激烈的一面，经过禅宗的训练，情况变得好多了。另一方面，禅宗主张精神的自由无碍，反对偶像，直指本心，这在写作上也显然是有帮助的。

四十一、你喜欢哪位国外的哲学家？

古代的当然是希腊的柏拉图。康德和黑格尔相比，我以为康德更重要些，虽然后者是古典哲学集大成者。帕斯卡尔的《思想录》我经常读，斯宾诺莎也是我愿意了解的，尽管不怎么能读得懂。克尔凯郭尔影响了我所喜欢的卡夫卡，但我只读过他的一两本著作。韦依的独立精神我很推崇。当代的也可以举出一些，其中大约要包括柏林的自由主义思想。这里我只想举两个对我来说最重要的，一个是维特根斯坦，他的人格强烈地吸引我。另一个是德里达，我也许并不真正理解他的思想，但一开始他就让我着迷。我一直认为消解哲学与禅宗有着一种奇怪的内在联系。

四十二、去年有几个月，我一直在翻译德里达的东西，感觉德里达的思想还是非常正统，解构的方式与禅宗似乎很相像，但我个人认为两者还是存在着很大的差异。维特根斯坦和德里达这两人倒是都与诗歌有着亲缘关系。

也许吧，在这方面你更有发言权。禅宗主要是讲超越，超越就是抛开既有的一切，在抛开或否定的基础上超越。这或许也是一种消解？大约只是在精神上相似吧。最近在随便翻看一点西方哲学史，发现一个问题，就是古希腊的哲学一直到中世纪，都不脱离人类的直观经验，也是最本质的东西，当然里面有玄想和神秘的成分，但怎么说呢，都能很好地进入人们的经验。那些哲学家们在骨子里都是诗人。大家都会提到，柏拉图要把诗人逐出理想国，可他自己也写诗。我不知道真的有了理想国，他会不会自我放逐？在《神曲》里面，但丁倒是把他们一股脑地放进了林菩狱，让他们在那里自由自在地谈论诗歌和哲学——我想那里肯定比理想国更好，因为乌托邦大都是以牺牲个人的自由为代价，乌托邦反过来就是奥威尔写到的1984年。到了启蒙时代以后，哲学就开始和方法较上劲了，哲学更多的是和科学而不是宗教捆绑在了一起，钻到概念里面出不来。但说到底，诗歌和哲学都是在揭示存在，为事物命名，但方法却迥然相异。禅宗就是禅宗，是独一无二的，你可以说它和现象学有联系，或是跟别的什么有联系，但这充其量是一种感觉，是指它们在某一点上有相近处，但禅宗本身就是不可捉摸的，即所谓的说了就错。

四十三、你几乎很少外出，半生的时间都是在哈尔滨渡过的，在这个时代多少有点隐士的味道了，这个城市多大程度上影响了你的写作？

我二十一岁上大学，就在哈尔滨，以后就一直没有离开过。我今年五十岁，算起来有大半生时间在这里度过。哈尔滨这座城市过去我很喜欢，我觉得风味纯正，带点欧洲风格，这可以使我和中国的传统文化产生某种疏离感。北方的气候对我的写作风格也会产生某些影响，比如，春天很短暂，总是会突然爆发，然后就进入夏季。夏天也不是很繁茂，不是浓得化不开的那种。这里的秋天最美，景物变得很疏朗，像一篇被精心删削的作文，也多少带有一点伤感的情调。冬天只有白色和黑色，更像是极简主义作品，整体色调统一于灰色。但让我失望的是，现在这个城市变得越来越没有格调了，更像是一个暴发户，毫不讲究的暴发户。讲究一点的暴发户在脖子上无非挂的是珍珠钻石之类，而我们的挂的只是一串串锃亮的铜钱（连点绿锈都没有）而已。

说到隐士，我并不是刻意这样做的，可能只是性格使然。凡事一沾上刻意就没有了意思。我只是不太喜欢热闹，对活动也不很热衷。我只是想躲在一边静静地做些自己喜欢的事情。

四十四、你说的我也有同感，我很喜欢这里季节的分明，气候一转变，情绪马上就能捕捉到。最后一个问题，我还是希望你能谈谈对这个世界的期望，或者也可以谈谈将来的打算吧，尽管这个问题有点那么不合时宜。

怕是又让你失望了，我对这个世界越来越不抱期望了。你最好也不要让我抱有期望，因为有了一旦所谓的期望，最后肯定会是失望。有一点是明确的，人类并不是越活越聪明，同样人类也非常健忘。9·11事件发生后，很多人幸灾乐祸，记得当时我就说，恐怖时代开始了。不在于有一些恐怖分子存在，而在于人们的这种极端民族主义情绪。你研究过阿伦特，她本身就是犹太人吧，但她不主张为纳粹罪犯定下杀害犹太人的罪名，而是力主他们是犯下了反人类罪——这个名词大约是从她开始的吧？就是这样。这是从更大的环境来讲，小些的环境，打开电视，就是于丹之流在眉飞色舞地大讲什么孔子和庄子，要不就是什么刘老根大舞台。当初我只是在我的博客上调侃了于丹几句，还没有提及学问（在这方面我认为不值一谈），只是置疑她"美女"的身份，就有她的崇拜者不高兴了。我说的只是自己的看法，我不喜欢于丹，是因为无论在大的方面和小的方面，她讲的东西都起到了误导的作用。我说的还算温和，却仍然受到攻击。我想当年杀谭嗣同，后来杀革命党，百姓也都是观者如山，伸长了颈子在看热闹吧，而且事后会一直兴奋很多天，以此作为茶余饭后的谈资，大约就像现在看世界杯一样。他们当初骂康梁，后来骂革命党，大约和现在当什么人的粉丝骂反对者没什么两样。儒家学说中有好的东西，但我不认为能够解决当下问题。几千年来都没有解决问题，像鲁迅说的那样，弄出了五胡十六国，到了21世纪显然更是无能为力了。而现在对传统文化的理解也有很大的偏差，读《史记》，列传里的第一篇就是《伯夷叔齐列传》，这两个人逃避责任，对历史进程没有产生过任何影响，按说不应该被写入史书，更不应该被放在篇首。司马迁是想借此彰显士人的道义感和气节，但这些恰恰被有意无意地遮掩了。大学应该是思想最为自由的地方，即使在中世纪也是这样，但现在大学里面的形式主义被搞得无以复加。人们的素质在下降，就像海平面在上升一样。纳粹德国倒台后，有的学者指出这不光是纳粹党的事情，也是整个民族在犯罪，德国人也确实在反思这方面的问题，但我确确实实没有看到中国人对自己行为的进行过哪怕是肤浅的反思——当然也包括我。其实也不是人类不聪明，而是太聪明了。现在是一个极其功利的时代，做什么都目的性明确，同时也变得更加冷酷。前一段时间，有人在残杀动物，比如用硫酸泼狗熊，或是用高跟脚踩死小猫，连眼睛都冒了出来，就是为了取乐，或是出出风头——这些人就不用说了。还有借着保护市民安全大批杀狗，多么堂皇的理由，当初那些得了萨斯的人很万幸，没有像这样被处理掉。而当人们谴责这类事情时，就有人在贴帖子反对了，说人都顾不过来呢，干吗要同情猫狗？这种人自己显然需要同情的，要不然就不会这样说了，但我宁可同情猫狗，也不愿去同情这类人。也许这类人根本不值得同情，因为他们本身就没有同情心。人之所以为人，就是要有一点爱，不光爱自己，也要爱他人，不光爱人类，也要爱及所有生命。《圣经》里面说上帝造了人，要人去统领万物，也许是这样，但从来没有哪位上帝说过要人去破坏和残杀万物。无论是犹太教的上帝，还是基督教的上帝，也包括伊斯兰教的真主。在这方面，倒是可以帮助人成为彻底的无神论者，因为假如有上帝，他一定会发一场比诺亚时代更大的洪水。但谁知道呢，也许有一天会是这样的。

我对世界和写作都不抱什么期望。我还不是悲观主义者，虚无有一点，但并不怎么颓废——对文人来说，颓废也是一种好品质，至少强过功利。我只是在做自己喜欢做的，这就是对我最好的报偿，别的很少去想——也想不过来，甚至也不归你想。无论如何，人总得活下去，活着总得有点事做。我认为在我能做的事情当中最值得做的就是写作。另外，说到将来的打算，我只是想写诗，如果能写得更好一点最好，甚至连客串的翻译也要放弃——因为有比我更适合的人选。在写诗上没有什么具体的打算，但在风格和技艺上有了一些接近成熟的想法，要一点点来实现。总之，就像上面说的，我还没有出名，因此还得写下去，等出了名，坐在自己的大摞诗集上再想更多吧。

（张曙光在佛莱伦萨，但丁塑像前）

张曙光诗选

第三届「诗歌与人·诗人奖」获得者

张曙光诗歌专号

诗歌与人®
POETRY AND PEOPLE
总第18期 2008.1
黄礼孩 主编

（张曙光获奖诗选）

张曙光获奖感言

《诗歌与人》诗人奖受奖词

我有幸获得这项殊荣，应该感谢礼孩和《诗歌与人》。《诗歌与人》是一份很有分量的民刊，由这份民刊创立的奖项在我看来更为纯粹、严肃，因此也更加值得重视。尤其是在我之前获奖的两位诗人都是我所敬重的前辈。在我昨天乘着飞机飞越大半个中国的上空时，我还在想，这次我的获奖，如果算不上是一次偶然的幸运，那么只是对我写诗多年的褒奖。从1978年开始写作算起，我已经整整写了三十年。套用里尔克的那句经常被人引用的名言：有何胜利而言，挺住意味着一切。无论这三十年来有多少甘苦得失，我总算是挺了过来，而且还将和大家一道，继续坚持下去。

我的大半生都生活在北方，那里正是白雪皑皑，是一年中最为寒冷的日子，与这里是全然不同的两个季节。北方特有的地域特点、文化氛围以及风物人情都自觉不自觉地渗透在我的诗歌中，不仅表现在内容和题材方面，也同样体现在风格和精神气质中。就创作而言，每个诗人都有自己熟悉和喜爱的题材和内容，都有自己的艺术趣味和美学追求，这无疑体现出现代诗歌的多样化，也为新诗的探索提供了更大的空间。新诗应该有着更大的可能性。但有一点是我们应该共同坚持的，就是一种纯正诗歌。所谓纯正诗歌，就是用一种严肃的态度写作，发出心灵深处的真实的声音。这种严肃态度，用叶芝的话说，就是"充分理解生活，具有从梦中醒过来的人的严肃态度"。诗歌可以尝试使用各种方法，但最终与矫饰无缘，与虚假无缘。诗歌应该是一个人心灵的产物，应该表现我们的生存处境和当下经验，不论这经验是直接还是隐含。

此刻我站在这里，除了感激之外，我还要就这一荣誉发表一点微不足道的看法。首次我珍惜这个荣誉，正如任何一位从事写作的人，无疑都渴望着获取荣誉一样。其次我要说，这荣誉使我感到惶惑。荣誉应该归属于诗歌，而非诗人。对于诗人来说，写作本身就是一种最好的奖赏。如果说荣誉可以归属于诗人，那么也将是所有诗人，所有热爱诗歌并为之努力的诗人，包括我们的前辈和后来者。没有大家的共同努力，诗歌的发展和个人成就的取得是难以想象的。而更为重要的是，对一位好的诗人来说，如果不能拒绝荣誉，那么也应该对荣誉保持必要的警惕，正如对权力和功利保持必要的警惕一样。在三十多年前我开始写诗时，和任何一位初学者一样，更多是出于对诗歌的热爱，写作只是有话要说，是出于表达的需要，很少考虑到功利的因素。这种写作态度和写作中对真实的追求一样，构成了诗歌的内在伦理。但现在这一点是否在为我们逐渐遗忘和忽视？无论我们在诗艺上有多大的进步，如果我们不能保持这种原初的状态，我们的诗歌就会缺少某种内在的机理，就不会有真正的长进。因此在这里，我只是把这一荣誉看成是对我的一种激励，并希望能够借这次机会再次提醒自己，保持足够的警醒，写出真正值得重视的诗歌作品来。

《诗刊》2012 年度诗歌奖获奖感言

感谢诗刊社让我有机会站在这里对着大家讲话。我从 1978 年开始写诗，那时《诗刊》是我们经常阅读刊物。一晃三十五年过去了，我和我的同时代人以及下一代人经历了很多事情，岁月的沧桑不仅体现在我们的生命中，也同样体现在我们的诗中。我还清楚地记得写下第一首诗的情景，无论现在为写作寻找到怎样深刻、优美的表述，但最初的写作动机却很单纯：就是为了表达自己内心的感受。这种看似简单的认识构成了我们写作的全部基础，如果我们始终坚持这一点，就注定不会迷失自己的方向，也会战胜来自各个方面的诱惑。一首诗既是诗人心灵的产物，也是一个时代发出的深沉的回响，因为时代的种种问题，以及我们对时代所做的种种思考，必定通过心灵体现在我们的诗中。前者决定着诗歌的个性化特征，后者决定着诗歌所具有的普遍意义。当然，现实是多层面的，我们的内心感受也是多层面的，我们对形式和技法的追求与创新也正是为了更加充分地表现这些。和许多诗人一样，我们伴随着诗歌成长，如果诗歌不能使我们内心变得强大，那么至少也会使我们的内心变得充实。今天人们常会引用海德格尔的话：匮乏时代，诗人何为？但我更愿意用贝克特的话做出回答：你必须继续讲下去，我不能继续讲下去，我将要继续讲下去。真理有时存在于悖论中，讲下去是写作者的使命和宿命。诗人所有的荣耀——如果还有的话——都归属于诗歌，他拥有的只是诗歌。写作多年，如果说有什么能够让我引以为傲，那就是我坚持了下来，并会继续坚持下去。

《诗建设》主奖获奖感言

获得"诗建设诗歌奖"对我来说是一项殊荣。从事诗歌写作三十余年，这个奖如果不能代表对我成绩的褒扬，那么至少意味着对我付出辛劳的一种肯定。对前者我受之有愧，对后者我则视为一种鼓励和鞭策。《诗建设》是我十分喜爱的刊物，创办三年来，取得的成绩应该是有目共睹的。尤其让我倾心的是，这份刊物一如它的名称所显示的那样，着力于对汉语新诗的求索和建设，并为之付出了辛勤的努力。这对于诗歌创作是弥足珍贵的。新诗自诞生到现在就要一百年了，从新诗的开创者们大胆采用口语也就是当时所谓的白话文，历经曲折，到现在可以说是初具规模，正在开始走向成熟，形成了一个前所未有的格局。当然我们应该看到，新诗创作尽管取得了令人鼓舞的成绩，同样也正在面临着巨大的危机和挑战。这种危机和挑战不仅来自诗歌外部，即日渐衰颓和恶劣的人文环境，同样来自诗歌内部，即我们的写作自身。我个人——我想也应该包括不同年龄的诗人——不但需要寻求自身的突破，也必须探索出一条更加适合自己也同样适合这个时代的路子。对于新诗来说，如果说前面所从事的工作主要是草创，是奠基，那么从现在开始就应该有意识地加强诗歌及诗学上的建设，构筑并完善中国的诗学体系，使汉语诗歌真正获得一种独立的品质。在这方面我们还有很长的路要走。近些年来，人们开始强调个人写作，这是对的。诗人的灵感来自自身的独特的经验和对人生的感悟，发出的声音也应该是个人的声音。正如布罗茨基所说，"如果艺术能教授些什么（首先是教给艺术家），那便是人之存在的个性。……美学的选择总是高度个性化的，美学的感受也总是独特的感受。"从这个意义上讲，写诗似乎可以看成是一项个体劳动。然而这种高度的个性化应该是建立在一个普遍性的基础上。如果没有思想文化的传承，没有对他人（无论古今）写作经验的借鉴，没有对所处时代和生存处境深刻的认知和理解，没有一个依据时代精神和审美趣味而形成的价值尺度，而仅仅凭借个人才能，这种个人化或个性化则无从谈起。从这个意义上讲，诗歌又是一个整体概念，它植根于传统并向未来延伸，是由无数诗人前赴后继共同完成的。诗人的个体只有融入整个诗歌事业，他所从事的探索才有意义。正如伯林在形容浪漫主义时所说的那样，"它是个人的，也是集体的"。正是因为如此，所有诗人的探求和努力——无论成绩大少或成功与否——都是值得赞许的。在诗歌这座宏伟的殿堂前，诗人所做的只是添砖加瓦，他们藉诗歌而不朽。我庆幸能够成为其名的一员并得到大家的认可，但我清楚我自身没有什么值得炫耀。一切荣耀归于诗歌。

张曙光自述

——我的生活和写作

　　我出生在望奎，一个略有些偏僻的县城——我不知道是否真的是这样，至少在我的一行诗中是这样写的。我在北方长大，这里的地域、风物和气候或许对我的性格和写作产生了潜在的影响。我记事很早，三岁以后的事情我大都记得，当然，这些就像一部老电影，发黄，模糊，有的地方变成了孤立的片断。我记得我家附近有一条土路，路边的空地上是一片废圮的木场，里面有着东倒西歪的高高的木架（工人们用来锯开巨大的圆木），四处长满了荒草。在我的记忆中，我和周围的孩子们在里面只玩过几次（我写下这些不知道有什么意义，也许它们构成了我早年生命的依据）。我三岁时得了肺结核，由于县城医疗条件很差，到了哈尔滨做了 X 光，发现肺部已经有了穿孔。在 50 年代初，肺病是不治之症。幸运的是，那时刚刚有了从国外进口的青霉素，这使得我保住了性命。我还依稀记得我的外祖母每天用婴儿车推着我去医院打针的画面。每隔一段时间，还要到哈尔滨的一家医院复查病情。我害怕进入 X 光室，在红色暗淡的光线下，我一个人站在冰冷的机器前，机器发出低微的嗡嗡声，向我的胸部推进，紧紧贴着我，仿佛要把我挤扁。那种感觉真是可怕极了。当然，留在我记忆深处的还是里面的黑暗。X 光室暗红色的灯泡，以及医院走廊的霓虹灯，它们和当时恐怖的感觉奇妙地混杂在了一起。这些都像是一场梦，一场噩梦。在二十多年之后，我大学毕业参加了工作，一次偶然的机会我又来到了那家医院，狭窄的走廊和走廊的灯光一下子又唤回了我当年的感觉。医院总是和死亡联系在一起的。我也体验过死亡的感觉，即使是在童年。一次母亲带我去医院的病理室，我看到大玻璃瓶中用福尔马林保存着的人体器官，我当时吓坏了，伴随着一种要呕吐的感觉。此后多少天，我一直在这种生理和心理的恐惧中，这不仅仅是一种恐惧，还伴随着相当程度的恶心。我稍大一些，一天一位客人来访，和爸爸在屋子里谈话。打开房门，屋外是一片机关的大院，院子里长着草——平时我和别的孩子在那里玩，也在辨认着各种野草，当时还认得几种，现在却全都忘光了——我一面在院子里玩，一面听着里面大人们的谈话。客人谈到了西藏奴隶被剥皮的事，同样使我恐惧了好多天。我无法形容这种恐惧，并不是我自己受到了威胁而感到的恐惧，而或许更多是一种形而上的恐惧。我不知道。我同样不知道别的孩子是否有过类似的经历。后来我把这些细节和体验写进了诗中，但它们仍不足以表达我那时受到的强烈的震撼。我小的时候喜爱房屋的模型，对色彩也极为敏感。记得有一年舅舅送了我一个放电池的彩色小灯，我高兴极了，晚上躲在被子里陶醉在彩色的灯泡里。刚上小学一年级，全家就因为父亲工作的变动搬到了兰西。我在那里完成了小学到高中的学业。兰西是一个不大的县城，贫困而落后，但当时有一座在今天看来也算是很宏伟的建筑——电影院。在文化生活极为贫瘠的当时，电影院无疑是一座教堂。人们在那里看电影，也在那里参加大型会议。这座电影院几年前被拆除了，它却总是幽灵般地出现在我的梦里。"文化大革命"中，我有两年失学。躲在家里，读着秘密交换来的各种小说，能抓到什么就看什么，几乎是饥不择食。有时没有书读，我就乱翻爸爸的一些藏书，如《阅读和欣赏》《中华活页文选》等。后者是文言，但注释详细，我读得半懂不懂。我第一次读诗是在十三四岁左右。好像是初冬的午后，屋子里光线很暗。我在火炉旁翻开一本《唐诗三百首》，里面的文字产生了一种魔力，打动了我。我一度醉心于里面言辞的美丽和韵律，后来我甚至能背诵几百首古诗词。但我当时根本没有想写诗的念头。误入歧途还是后来上了大学的事。我常常逃课，在附近的林子里散步，想象出一些诗句，然后把它们写到本子上，每天能写上一两首。我那时写诗根本没想到发表，只是写给自己看，像日记一样（但现在名人的日记也居然像作品一样发表），这样的好处是比较自由，我可以想写什么写什么。当然这也只是说说，因为任何写作根本不可能没有限制，关键在于来自哪些方面。真正的作家，他的限制只是自己加上去的，为了体现自己的意图或增强写作的难度。我当时受到最多的影响是普希金等人，也包括戴望舒一些三四十年代的诗人。在大学时我认识了哈金，当时他叫金雪飞，哈金这个笔名是他到了美国后写作时才用的。从1980年，我接触到西方现代派的少量作品，促使我考虑自己诗歌写作的方向。几年后，我写出了《1965年》《给女儿》等诗，算是那个时期努力的结果。这个时期，我认识了萧开愚，他在四川中江，一开始是通信，1986年他来哈尔滨，我和朱永良和他见了面。20世纪90年代初，我写出了《尤利西斯》和《边缘的人》等作品，追求沉思的调子和语境的转换。还有一类作品，如《电影院》等，算是两种类型的折中。我一直对新鲜（奇）的事物有浓厚的兴趣，我不拒弃任何新东西，无论是当时的现代派，还是后来的后现代派，都令我着迷。我在自己的写作中力求将写作中的古典主义精神同现代技艺结合在一起。在阅读和兴趣上尽可能做到宽泛。2004年，我和文乾义、桑克、朱永良等人创办了一份民刊《剃须刀》，后来又有一些诗人陆续参与。2013年，我和乾义、冯晏、吉庆等人又办本《诗歌手册》，但只出了一期。

这些年来，我出过几本诗集、译诗集和评论随笔集，也得过一些奖项，总体说来，成绩并不令人满意。不过，写了三十多年诗，我很少考虑我写作的依据是什么。在这个精神和心灵极度贫（疲）乏的时代，一个人能选择他感兴趣的事情本身就是一件幸事。剩下的事情是坚持做下去就是了。

张曙光在佛罗伦萨的米凯朗基罗广场

张曙光文本细读

想象：关于张曙光的《致奥哈拉》

孙文波

据我知道，张曙光对奥哈拉的诗一直十分喜欢（或者，他是当代诗人第一位注意到奥哈拉的人？）。因此，我看到他的《致奥哈拉》一诗一点也不惊奇。这样一首诗似乎就应该是由他来完成。但这里，我想讨论的不是奥哈拉对张曙光的写作产生了什么样的影响，我要讨论的是张曙光本人的这部作品。

对前辈诗人表示敬意，从文学史的角度讲，应该是每一位后辈诗人必须做的事，它不单单是诗歌需要追寻自己的系谱，还在于作为后来者需要建立起对文学的虔诚，一种正当的写作姿态。我相信在写作《致奥哈拉》一诗时，张曙光肯定是抱着这种态度的。不过，另一方面，作为诗歌写作本身，任何一首诗的成就，都还必须有它自己的内在的理由，同时也应该有它与写作者本人诗歌观念发生联系的要素。因此，在《致奥哈拉》这首诗中，我看到张曙光并没有仅仅以一个歌赞者的姿态出现，而是站在自己的立场上，从一个自己为自己设计的角度出发，进行诗歌的建构。如果说，他是将奥哈拉作为一个写作的对象来看待的话，那么张曙光自己便是这首诗的主体，他是通过与想象中的奥哈拉的对话，来谈论自己对一些问题的（主要是生与死）认识。

可以说这样的立场是很好的，因为它为写作者提供了发挥自己想象的空间。

张曙光的这首诗的确是从想象开始的："奥哈拉，你为什么站在那里 / 一动也不动？"面对一位20世纪60年代便死去的诗人，写作者看见的当然只能是幻象，或者只能是自己头脑中虚构出来的形象。但不管是幻象还是虚构出来的形象，写作者在诗篇一开始便提供给我们的图景实际上强调了这样一个事实：这首诗是一首幻想（或关于梦境的）作品。过去，人们一谈到幻想作品，便认为它主要是那些上不沾天下不沾地的神话故事。其实，幻想作品的内涵要复杂得多（譬如塞万提斯的作品所具有的性质）。我之所以将张曙光的这首诗看作幻想作品，主要基于这样的理由：在这首诗中，写作者为自己设计了一种非现实的场景，他通过在这样的场景中的活动（当然是与奥哈拉的灵魂的对话），最终表达了自己对生活中一些实际事物的理解。而具体地说起来，写作者是如何，又是怎样做的呢？我们看到，首先，写作者将自己的对象安置在了一个一动不动的位置上："站在那里"。为什么站在那里，站在那里干什么？写作者自我猜想是在等待，等待"一个人？一个灵感？一首诗？ / 一辆海滨出租车，带着 / 来自天堂的信息。"但我们可以说这一切是不可能的。一个死者怎么可能站立在人世等待呢？而且，他还是在等待着"来自天堂的信息"，什么时候，又是在哪里，我们看见过听见过"来自天堂的信息"？

但这并不重要，重要的是写作者设计出了这样的等待。或许我们可以将之看作是写作者自己站在了那里，是他在等待着。写作者在这里使用的是身份的空间置换的手法，他的目的很明确，要与死者对话（当然也是自己与自己的谈话）。在生活中，我们都经历过这样的时候，当我们因为某些情由，需要与自己热爱的死者对话时，那么对话就一定能够发生。由此，写作者面对死者的谈话是进行了下去的："可夜晚很暗 / 什么也看不见，只有涛声 / 倒也不错"、"海涛有节奏地响着，我曾说过 / 像抽水马桶的声音"，从这样的近乎拉家常的谈话中，我们不单看到了写作者试图与死者建立起一种亲切的朋友似的关系，而且还看到了某种隐喻的存在。熟悉奥哈拉的故事的读者都知道，当年奥哈拉正是在一处海滨度假地死于车祸的。写作者在这里隐含地将涛声写出来，实际上已经将自己置于具有现场意味的语境中，在这样的语境中来谈论问题，无疑带有更真切的色彩。

是的，在接下来的诗句中，我们的确感到了这种真切，不论是谈论"你的心是否平静"，还是谈论"海涛有节奏的奏响着"，我们都能够感受到死者似乎就站在写作者的面前，倾听着写作者的谈话，而人类的交流，不管在多大的意义上是海阔天空的，但他总还是关涉到人类自身生命的种种问题，我们的确很难说任何的"谈话"是和人类的生命无关的话题在支配着交谈。所以，在这里写作者尽管面对着的是一个死去的人，但他最终所谈论的仍然是关于生存的种种问题，也就是说谈论的是关于人的世界的种种问题。"你是在沉思一个真理吗？ / 还是在想一件微不足道的小事？""你冷吗？也许并不很冷"。或许，写作者是想通过这样的，面对着一位自己尊敬的长者，在与他的谈话中，获得某些有意义的教诲。

当然，由于职业的关系，在这种谈论中更多地涉及了诗歌写作这样的问题。但即使是这些明显带有职业色彩的问题，我们也不能仅仅看作简单的技术性问题。实际的情况是，在这些问题中仍然包含了一个人所有的与生死相关的道德条律。而写作者似乎也十分明确的对这些问题更加倾心，因此我们看到了他一再地将谈论引向这一领域的努力:"'毕竟'和'是' / 是否维特根斯坦所说 / 作为一个图像,或只是一种 / 逻辑关系?像牙箍 / 维持着一种固有的秩序"。语言问题是当代文化中的重要问题,对它的理解决定了我们将同物理世界建立一种什么样的关系。在这个问题上,当代最重要的思想家们(像福柯、德里达等)都提供了自己的看法,而诗人以语言为自己的立身之本,自然需要对之关注切切,他的所有的不解与困惑也主要是由此而生的。

因此,在这首诗中,写作者面对着死去的前辈诗人,将语言问题提出来,正是因为它是一个必须解决的迫切问题(写作意义和写作价值的生死问题)。当然,我们看到死者并不能回答这样的问题,他选择的是"沉默"。在一般人看来,死者当然除了"沉默"就只能是沉默,此外他还能怎么样呢(他如果开口说话将造成怎样的情形)?不过,作为一股巨大的力量,沉默所具有的能量在很多情况下是惊人的,面对着死者的"沉默",我们看到写作者一下子便被乌云般的阴影笼罩住了。因为接下来的诗句出现了"地狱"这个词。对"地狱"这个词我从来不敢轻看它的分量。而且我相信任何一个谨慎的诗人也不会轻易使用它。所以,这个词在这时出现,的确表现出了写作者内心感受到的压力,死亡的阴影的确在任何时候都压在我们的头顶。由此,一场想象的谈话到这里出现了它的高潮,呈现出诗意的刺激人的力量。

而按照常规,诗篇也似乎到此便结束了,但使我感到有意思的是。诗篇在这里并没有结束,写作者在写下"地狱"这个词后,变魔术似的,马上又把谈话引向了尘世,谈起了死者生前的情况,一个有"超现实主义"倾向的诗人,写作的习惯是"用一支旧式钢笔 / 在拍纸簿上记下头脑中 / 偶然迸发的句子"。为什么会由对"地狱"的谈论变化为谈论尘世呢?原因当然是因为这一切都只是一场想象的谈话,而将之彻底的引向悲剧的结局,似乎太灰暗了一点。事实上从这里我们可以看到,写作者的心地的憨厚,他想要最终做到的事情是表示敬意。他表示了吗?当然,"祝你晚安,祝你好运 / 或一路平安,当一瞬间你被 / 一辆汽车撞倒,或祝你 / 能够永远地站立在那里"。不过,看起来即使是表示了自己的祝福,写作者心中的不安仍然是存在着的,谁能够死亡了还永远站立在那里呢?这种明显的悖谬似的诗句说明了什么?以至面对这样结尾的诗句,我们不禁要猜测:在这里,写作者是不是向人们暗示,现代物质文明,它的巨大的兽性般的力量,已经吞侵了人类生活中太多美好的东西。在很多时候,如果我们还要保持内心深处的那一点精神的价值观念,就必须祈求曾经为人类文化做出了伟大贡献的前辈们,永远站立在我们的面前(精神世界中)。

　　到了这里，这节文章似乎应该结束了。回过头重新阅读一遍，我发现关于作品的想象问题我几乎没有谈论。同时，张曙光的这首诗如果硬要将之说成一首谈论死亡的作品，也好像有些牵强。或许他更多的是在谈论写作本身的问题？但文章写都写成这样了，我只好任由它去。只是有一点我感到是必须做出补充的，即：这首诗在形式方法上的特征应该值得提出，它采取的是层层推进的语言策略（这就是人们通常所说的"绵延"理论的实施？），使得整首诗在阅读中给人一种在弯曲小路上行进的感觉。有时候看起来已经走到头了，可写作者的笔头的方向一变，新的天地又出现在我们眼前。这当然体现的是写作者的能力。

　　　　　　　　　　（孙文波，当代诗人。张曙光的《致奥哈拉》见本书 35 页）

张曙光和孙文波在一起

开拓者

——读张曙光的《雪》

刘振周

　　开拓者的命运注定悲情，非常肯定的是成了社会形态的反叛者，需要勇气和冒险精神。第一次读《雪》的时候我感到惊奇，感到被一个局部又宽阔的语言质感包围，我最想知道的是这首诗写于某个年份，再结合中国现代诗的发展历程可能会得到某些启示，后来从互联网上陆续得到作者张曙光老师的一些信息：教授，1956 出生，学者，诗人等，最重要的是还有一个"翻译家"的词语，翻译工作意味着这是一种中介，一个窗口，"首先是经过了我的窗前，然后我再向你描述"的关系，正是因为这种视野才使他写出《雪》这样的作品，那么这首诗写于某个年份已经不再重要了。

　　"第一次看到雪我感到惊奇，感到 / 一个完整的冬天哽在喉咙里"是的，自然景观产物"雪"早就成了寄托抒情的物体之一，人类所有的情怀都来自自然的反射，这种甚至在大半个中国除了亚热带地区没有，已经成为冬天的符号之一，这种惊奇并非是我到了三十岁才看到真正的雪的反应，这是沉积，作者情感的沉积。我将雪理解成住在有雪地方的居民的一种情感发泄方式，但是存在一个非常明显的问题：以中国现代诗歌普遍性的抒情方式，这是一种反叛的行为，不可否认这种抒情方式来得直接、真实和强烈，奇怪的是另一种抒情方式，比如："哦，我爱你，我的祖国！"这种纯真的年代已经过去，残酷的是现在我们不可能写古诗词作为我们的文学发展主流，语言是相对的，相对的对象包括我们所有的认知，否则就成了无知。诸多的朦胧后诗歌充满虚伪的抒情，和虚伪的伪思想，"他们试图以这样就能侥幸地表达了想要表达的那些？那些是什么？他们也不知道。"他们将一个谜语写出来，而读者得到一个没有谜底的谜语再纠缠下去。其实中国诗歌最需要的就是打假，绝大部分充满严重的伪情感、伪抒情，太假了。诗歌的第一句作者就以一种抉绝，毫无悔意的延伸"一个完整的冬天哽在喉咙里"是正确的，以汉语的阅读习惯或作者的表达习惯使我"意淫"了一下，就是关于"哽咽"的潜伏，"正在一条路上行走是不可能预见前面的遭遇，尽管涉及了不同表达方法的可能性。"看似先入为主了，就是作者明显的以雪切入主题，当然，我这样理解与题目也是合乎逻辑的。"我想咳嗽，并想尽快地／从那里逃离。"直观得一览无遗，似乎读者与作者一起处于同一个环境，更重要的是中国诗人看到雪就诗句连绵不绝，表情猥琐，面部浮肿，还可以联想到 XXX 的诗词"山舞银蛇，原驰蜡象……"但是，作者这时只想尽快逃离，等于给了其他所谓诗人的伪抒情两巴掌，更奇怪的是中国诗人竟然在寻找现代诗的标准？！毫无疑问，他们想制定一个标准，然后批量生产，多么无知啊。"我并没有想到很多，没有联想起／事物、声音、和一些意义。"从这句开始作者下意识地将事件介入诗歌了，"意义"这个词语在这里有着巨大的提升功效，但现在只处于"潜伏状态"，从前面读下来到了这里就有一些感觉了，似乎后面充满"更不为人知的神秘感"，吸引，让你成为主角，当我读来这里的感觉是亲近的。

　　"一张张陌生的面孔，在空气中浮动／然后在纷飞的雪中花中消逝"让我突然感到一丝不详和恐惧，于是关于诗意这种理解就显得过于轻浮和肤浅了，我知道张曙光老师的本意写这首诗是纪念母亲的，关于死亡我们始终充满敬畏，这是充满恐惧，非常陌生又非常接近的精神经历，诗者因为敬畏每一个词语，在语言中结合了自己的思想使其显得庄重和客观。这里暗喻那些去世的人像雪花一样隐约出现再消失，对亡灵的感触，一个活着的人在想象那些已经离开人世的人，仅剩下面孔。"那时我没有读过《大屠杀》和乔伊斯的《死者》／我不知道死亡和雪／有着共同的寓意。"四年前我读到这首诗，到现在我还没有读过《大屠杀》和《死者》，但是后来我看了电影《辛格勒的名单》，恰恰与诗句"有着共同的寓意"，对称了前面"我并没有想到很多……和一些意义。"给了我某些震撼，当我在看《辛格勒的名单》时，屏幕上耸立茫茫大雪的烟囱向夜空源源不断喷出厚重的黑烟，都是"一张张陌生的"犹太人"面孔"。电影里的雪与死亡之间多么有着意义和寓意啊。当然，这只是诗歌的一个意外，当然，这也是诗歌的一个必然的意外。我也想不到雪与死亡有着共同的寓意，雪还是雪，你别将雪联想到冷酷这样表面的性质，而死亡这个词语会让人产生恐惧。诗歌的意外在于恰恰表达了作者不为本意的思想，这首诗的主要意象为雪，甚至可以说成与雪没有一点关系，只是铺垫的牺牲品，但不能忽视的是"第一次看到的雪"展开了作者的思想之旅，我更喜欢说是思想之旅而不是精神之旅，因为精神相对思想时是显得多么自私和狭隘。

　　"那一年我三岁。母亲抱着我，院子里有一棵树／后来我们不住在那里——／母亲在 1982 年死去。"这是结尾，这首诗短之又短，我恨不得再长一点点，而想起另一种怪诗即"短诗"这个概念，多年前听说一首诗叫《网》就网一个字，可能是全世界的短诗了，这是形式，诗歌并非不可以这样，但是你不要命名为短诗，一旦命名便颠覆了诗歌的意义。在诸多诗歌现象中，张曙光这首作品表现了他对诗歌的真诚和对自己的诚实，恰恰是对有些所谓的诗人的讽刺。

别人容易以为他的诗与死亡、雪、回忆联系在一起，其实这是一个误会，别人在区分中国诗人的特征时常常会从作者写什么题材来区分，或从形式上比如乡土诗、后现代、古典美……来定格一个诗人的全部，可以说基本印象就是这个样子，这样比较粗心的区分是非常不利的。我曾记得某个诗人专门写油岩这个题材，他可以百写不厌，反正每一首诗都有关油岩，然后在这个题材上意淫到极致。这是有区别的，还有很多诗人都写雪、死亡，这不是主题，而是这些题材与作者比较靠近，但是，应该从本质上区别。在当时或现在也好，这首诗有价值在于对语言的贡献是毋庸置疑的，朦胧时期的诗歌就是朦胧的思想启蒙，从朦胧时期开始中国诗歌的思想成分才具体起来，而九十年代也好，直到现在的《诗刊》里的大多作品都是在无病呻吟，还好历届什么诗歌获奖者的质量还好，所以就产生了一个奇怪的现象，可能这些诗人并没有某部分诗人那么活跃，诗评也好，表面的繁荣无法代表中国诗歌的真实状态，我在想张曙光这样的诗人为什么引不起大面积的影响，但是我认为他至少正在影响了中国现代诗的某一部分，这是我敢肯定的。于是我写了这篇诗评，特别在这个时候，需要这样充满质地、澄清的作品。诗评同样需要责任、全面的审美观，以"开拓者"作为题目一点也不为过，我不知道这首诗写于什么时候，结合1980到目前2010的语言发展来看，并非落后与先进的问题，而这是一个永恒的秘密，这首诗是没有时间概念，因为这首诗的内核是由思想支撑、具当代性。而当代性与现代性完全于两个不同的概念，当然，当人们满足于现代生活的时候却发生了后现代的事件，但是你会发现某些"正统"的素质存在这首诗中，包括了思想、语言、汉语，还有民族特色，那些挥之不去的"他首先看到窗外的东西，再向我们描述"的痕迹。可是，所有语言都是这样发展过来的，因为我们与封建社会已经有一段距离了，正是"自我描述"的开始，所以，这是一个开拓者的作品。

（张曙光的《雪》一诗见本书第 7 页）

（张曙光和桑克、王家新在一起）

对 话

信赖意义

——读雷武铃的诗

王志军

一

在每个时代，敏感的心灵差不多都能感受到这样双重的空虚：一个是社会的疏离，体现为群体冷漠、集体强权、观念的混乱喧嚣以及美学上的平庸和低俗；另一个是个体生命的虚无，纠缠于浑浑噩噩的生活和深深厌倦，要么陷入怀疑，觉得诸事毫无意义，要么囿于自身局限，感到挫败、羞愧、痛心、沮丧或绝望。这双重空虚无所不在，让人时时刻刻禁锢其中，即便最积极乐观的人，也无法完全置身于外，甚至在他们隐秘的精神生活，这种空虚可能更为强烈。看看我们每天的生活：拥挤不堪的城市、民风恶化的乡村、污染的环境、嘈杂的资讯、娱乐化主导的大众文化生活，以及普遍的价值断裂和失守，快速发展带来了一系列问题（问题总是被加倍放大，好的部分则被理所当然接受下来），让生活在这个古老、一直为诗意滋养的国家从知识界精英到网络游民都或多或少胸积了一团焦虑愤怒，为"现代性"所加重的个人虚无，在最深层次上猛烈地冲击着人们。我一直在想，这一感受兴许在任何时代差别都不太大，因为空虚是人类社会和个体生命的本质属性，只因我们总是对自己的时代最为切身，所以虚无感也就更为强烈。

然而人毕竟是一种奇迹生灵。

他生活在世上这个简单的事实本身，有声有色的日常生活、丰富的精神生活，是无论怎样也不能抹杀的最神奇的存在。有那么多美好的东西让我们留恋沉浸，艺术、自然、友爱、家乡……生命中的实在与意义牢不可破。我们当然一直都明白这一点，空虚只是生命一个方面，只有承认积极力量，空虚才有存在的根据。它们在跷跷板的两端，让心灵得以平衡，同时赋予人类更强的生命意识，让我们得以在自身原点上靠两边伸出去上下摆动的双臂更深地触碰这广阔世界。

一般来说，空虚这根手臂更接近我们的本能。在它向上摆动时，仍具有迷人的属性，是一种觉醒。如果以其振奋自我，那么它会激发出"怀疑"的求索精神，让人的自我意识和抗争意识大大增强，对个人存在是有力的宣示，这也是存在主义最让人激动之处。文学艺术中常见的怀疑主义和反讽，作为一种认识方法而不是结论时，是具有很强洞察力的，它在揭露虚假的崇高、打破惯性的慵懒盲从时，指引人靠近真相。就像阿米亥说的，反讽是聚焦、散光、再聚焦的一种方法，总是试图看另一面。20世纪以来，大概是怀疑和反讽运用最为普遍的时期了，许多杰出的诗人，就是利用怀疑与反讽建立了自己的风格。而在近二三十年的现代汉语诗歌中，体现为我们古老的诗意和新诗前几十年纤弱的抒情注入了一股强劲的智力因素，它在某种程度上是诗歌现代化的重要驱动力之一。这些年来的写作，最让人振奋的就是诗人们心智终于伴随时代的发展成熟了。

但我们也都看到了，当个人思想不够强大，无法驾驭怀疑的力量，空虚更多时候是一种吞噬自我的消极力量。它向下摆动，让人沉溺于个体的渺小。体现在具体的写作中，就是一种纠缠，纠缠于自我、琐屑之物。有时或许是在抗争，却总让人看起来像是对痛苦的痴迷。这也难怪，沉落是有快感的，这样的快感得来轻易。就像在任何时代一样，空虚在当代文学中主要体现为一种平庸，一种混合了愤怒和自恋的虚假。很多诗人似乎究其一生都未摆脱这样的阴影，愤怒和厌倦蒙蔽了他的眼睛，以至于看不到广阔精彩的世界。这时痴迷于反讽和怀疑，就很难获得积极力量了。置身其中，很难察觉到：一旦将通过怀疑抵达的真相的力量，错认为怀疑自身的力量，就从根本上夸大了虚无的价值——通往真相的道路不只是怀疑。不厘清这一点，会很轻易陷入一种骄傲的自我欣赏，虽然其诗本身也含有彰显自我和抗争的冲动，或以更为不恭的游戏态度坠入唯美，或以更为尖锐的进攻性叫骂裸露，都因其格局无法挣脱虚无强大力量的笼罩。

向上追溯，这种现象来自现代艺术从骨子里对传统意义及其表现手法的不信任。大部分人，并不是总能抓住时代精神中最细微的变化（新的精神中绝大部分仍然是传统）进而做到推陈出新，那么，本来是探求新的意义表现，却变成了对意义的逆反和对怀疑的滥用。

于是，在这些诗中，空虚就像无法推上山顶的巨石，只给我们留下了幻灭。对情况了解稍多一点就会发现，这种为空虚所驱动的诗歌写作（很多人并没有意识到这种空虚，以为在战斗），是一种不断膨胀的流行观念。还有非常多的才华横溢的诗人陷于积极和虚无之间的含混地带，在专业性和美学抱负上都显露了自己，但思想和技艺没有强大到脱颖而出，也在混沌中踟蹰。

那么问题来了，生活已经够无趣的了，我们还要写这样的空虚，不是更无趣吗？

二

　　这就涉及了最关键的问题，诗歌中的肯定性，也就是常常被我们熟视无睹的实在积极一面。我们读了太多否定的诗，自我纠缠的诗，我不得不说，即便像佩索阿那样——在他最好的诗中，空虚作为一种伟大的发现的诗人——仍然让人感到沮丧。正因如此，积极的，在最基本的肯定性之上的诗，才显得特别有力量。对佩索阿这样的诗人，这是一个人生观问题，是哲学认识问题，如同在希尼、扎加耶夫斯基这样的诗人那里，唯有真实与美具有意义，人的崇高感和对意义的信赖正是最能赋予人类尊严的情感。因此，在那些一流大诗人当中，虽然他们也深谙信赖意义都会冒着变得虚弱的危险，却无一不坚定地向肯定性迈进，超越这一基本判断，进入肯定性的领域。这是他们根本的信念。熟悉博尔赫斯的读者一定对他这句话印象深刻：存在主义，是一种不道德的炫耀。没有这种理解，他们是无法达到超出一般的高度的。作为专业诗人，他们有信心解决合理性的问题，以诗在肯定性之上翱翔。我要强调，这并不是一种高蹈，而是对世界的认识和理解，实现对平庸现实的超越。我们生活在同样的世界，面临同样的沮丧和痛苦，因此安慰性的力量才这么可贵，那些真正通过思想和情感抵达内心真实和崇高的艺术家才如此激动人心。特别是考虑到，并不是思想上具有积极力量的诗就能成立，肯定性越是提升就越趋于至善的乏味，这时代的先锋诗学对此诘难极多，这也就要求今天的诗人要达到这种高度，需要在美学和技艺上都要有艰难但决定性的突破。大部分试图摧毁意义的努力，最常用的借口便是时代不同了，今时不同往日——考虑到一个时代艺术向最高领域趋近的过程中，艺术家才是最偶然的因素，我们自然也没有必要对今天的情况过于悲观。

　　在当代从精神层面看丰富多姿、形式探索上也各具特色的创作中，雷武铃的诗体现出一种特别坚实、清晰而又广阔的面貌。他的诗真正从内心出发，立足于对真实的探求，对美好之物的倾慕，对世界广阔的触碰和沉浸，写出了一种真正的肯定性。在他的诗中我们猛然意识到，有些情感也活跃在我们内心深处，却羞于讲出；矗立在我们身边的世界，有时候竟是如此令人激动，着迷，特别是他诗中那些事物，那么普通，定睛一看，却完全不同：

　　《冬天的树》（参见本书96页）这首诗，是一首典型的从日常生活向上提升的诗。来看第一节，意思很清晰，三个很小的层次搭建了它的内部结构。第一个小层次，是"温暖、明亮、深邃的书"，代表着自我。我们不能强求世界和他人迁就我们，但可以停留在个人的世界，一个绝对确信的、唯一靠自己的思想和意志就能保有的地界。我们在其中沉浸，读书、写作、听音乐、看美剧……在当代的城市生活中，个人的安静时刻是大多数人的避难所。好了，第一句交代出这个之后，第二句马上从这个自我的空间走出来，进入第二个层次，我们生活其中的社会，一个人来人往的现实世界。公交车的轰鸣和表情模糊、形色慌忙的人，这就是最真实、混乱的现实，我们不得不委身其间，工作生活，谋求生存，做那些琐屑的、有时是徒劳的、愚蠢的事。下班是一个最典型的时刻，一天的疲惫之后，人们在人流中，累得像丧失了思想和情感的动物，那种被消耗后的空虚是特别令人沮丧的。一共四句，清晰生动地勾勒出了这个现实时刻，把那个自我，放置在更广阔、复杂的社会之中。接着是惊人的一句，"我们抬头，看见前面"，引出了第三个层次。"两道壁立的黑色悬崖之间／幽蓝的天空低处一道暗红色晚霞。／黑色树枝映满天空，那么清晰，一动不动／超然于混乱和寒冷之上。"我们抬头，具有断然突兀又自然的效果，一下子从庸琐的现实生活，指向一个超出日常的，更为神秘、客观的世界。"混乱"和"寒冷"，对应的正是严苛、冷酷的现实，因而这个层次，写出了超越人类社会的混乱的巨大宁静和客观世界笼罩着卑微生命的感觉。它和第一个层次那个内心自我关联在一起，从小宁静向大宁静，从自我到客观世界，一下子就大大提升了。这里面有痛苦，但不纠缠于自我，他的自怜中关涉了对更多人的怜悯，获得了普遍性——诗人写自己多么痛苦一般不会有太多的共鸣，但如果他通过写自己的痛苦写出了大家普遍的痛苦感受，那就会有特别强的共鸣。在这一节之中，诗人用简单的两个转换写出了非常多的变化和意味，也使诗获得向前发展的动力。

　　这仅仅是在第一节。整个诗来看，还有更为复杂的发展和变化。

　　从整个三节来看，第一节讲的是一个现实生活场景，是人类社会的层次。第二节是对树的一个集体素描，是客观世界的美。第三节写的是一个愿望，因而是超越和升华的层次。这样来看，整个三节，从琐屑的现实生活，到超出现实的客观世界之美，再到超出客观世界的梦想和渴望，是一个逐渐爬升的过程。结构上用冬天的树连缀起来，这个树是被我们忽略的现实的某种象征，它的存在，它的美，对忙忙碌碌的人生来说是无暇顾及那部分，但它屹立不动。诗人令这些树显出了自身的存在，就像扎加耶夫斯基那句诗："我身边树木不表达什么／除了一种绿色、淡漠的完美。"事物并没有变，还是我们平时都看到的树，不同的是眼光。这种眼光是诗人感受世界观察世界的方式，是诗歌的形式感。再往细里想，第一节中保定的灰土和大卡车的噪音中的树，和最后宁静的雪中的树，正是现实和理想的对比。我们生活的环境是一样的，都必须承受那些糟糕的事，我们习惯了把自己当作主人，在诗中任性、呼喊、委屈、骄傲，世界对此是无动于衷的。这首诗就是从这样基本的认识出发，建立了一种超出日常的秩序感。它为我们指出来，作为人，我们无法像树一样超然，但至少可以在更高的角度去看待这一切。它把我们带到了这个更高之处，从人类与世界的崭新关系中再看平时的生活——仍是我们所在的这个世界，但再次注目却令人震惊，进而发现不一样的意义。

要知道，之所以空虚更接近我们的本能，除了它的消极，就在于它的低层次。本能在低于心智的层次运作，本能写作追求的是一种极度自我，很多时候和真正的艺术原则是抵触的。而像《冬天的树》这样一首爬升的，在最终在肯定性之上翱翔的诗，虽然一开始的现实与最后的理想之间仍然有差距，但它成功把这种遗憾变成了对美好事物的赞美。它让我们想到，不管我们的生活多么琐屑，我们人类有多少缺陷，但总有更高的东西构成希望和安慰——这些美好不是虚无缥缈，而是真实存在的。诗歌从来不是个人情感的宣泄和呐喊，而是更高层面的唤醒。

大概是 2010 年左右吧，我曾在一次单位内部朗读会上读过这首诗，在那些非常差的朗诵体诗歌中，它并没有引起太多注意。后来我想，出了当代诗歌教育的缺失，它内部复杂的结构等等，并不容易在听觉中得到轻易地辨别。比如，第三节中的"我们"。不是"我"，而是"我们"，它隐蔽着什么情感吗？又比如那些我们每日看到的树，如何精确地描述出来？对事物的精确再现意味着什么？这样做在美学上是如何深思熟虑的？还有，从空虚爬上肯定性，设计这个结构的时候的灵感涌现，每一个字和词的处理，等等，这首诗还有着太多值得认真谈论的东西。它的路径，在某种程度上是一个象征，一个向上攀升的过程——它可以是一个诗人典型的自我实现诗歌现代化的路径。一个诗人最初的觉醒，都对应着同等强烈的虚无。走出这个阶段，混沌的激情的阶段，才能进入澄澈清晰的领域。

三

所以我们知道，肯定性的诗，首先是一种强大的观念。即使像希尼那样，一生写身边的人与事，看似自然而然，实则也包含着极其强大的自觉。反讽高手米沃什有过一段话，写出了这种写作由空虚向肯定性的攀升："一面是光明，信任，信仰，大地之美，另一面，是黑暗，怀疑，失信，大地之残酷，人作恶之能。我书写时，前一方为真，不书写时，后一方为真。由此我必须书写，让自己从崩溃中得救。忧伤，悲痛，自责，懊恨，羞惭，焦虑，绝望——如此，日日夜夜——从所有这些中打磨出的诗，清澈，坚实，洗练，近乎古典。"

再联想到扎加耶夫斯基谈论赫伯特，说他如何通过反讽获得宝贵的幽默，我们明白，写肯定性的诗并不是不触碰虚无，而是从虚无中走出来。要么从痛苦中写出欢欣，要么以痛苦的真实力量抵达真理。真正的艺术，必然包含这样罕见的品质。即使运用反讽，像米沃什或赫伯特那样，也是在积极的层面综合正反两方面的因素，他们的幽默、讽刺总是作为一种降调手段，最后总是指向真实——不是躲避空虚，而是刺穿空虚，克服空虚。

为什么再次纠缠到这个极容易陷入含混的话题呢？前面说过，可能写出积极诗歌的人，面临的空虚感更为强烈，也正因此对积极力量的追求才更为紧迫。真正做到这点很了不起，从个人虚无中写出积极力量，是一种勇敢、高尚的行为，这种行为大大提升了人的尊严——认识甚至亲身感受了虚无力量的强大之后，依然不愿坠入那宿命的深渊，而努力发出光亮彰显存在——这不正是生命的意义吗？

诗歌，包括所有的艺术都一样，没有唯一的道路，最后看的是作品是否成立，是否达到真实。到达肯定性也没有唯一的途径，肯定性的诗也不是唯一的好诗，但我认为，在当代肯定性的好诗具有特别重要的意义。从自我的情绪到注目世界的客观，怎么能走完这一步之遥却咫尺千里的进化之路？是的，艺术就是用来表现自我的，但如何让"自我"变得有效呢？空虚本身作为事实之一，对自我有遮蔽功能，神秘的虚无是对存在的笼罩。反讽非常有力量，有时也非常苍白，因为反讽最核心的东西，还是一种对日常生活的忍受。它在我们无法承受的时候，给出中和和调解。而我们认可反讽的光辉，恰恰是在它超出自我的时候。诗人必须认识这一点，不被虚无陷住，而向认识论迈进，向对现实的理解和真相迈进——世界的丰富决定了我们无法单单通过怀疑来达到最高的真实，最直达的路在真正敢于以面对崇高来对抗虚无的绝对笃信之中。

当最开始读到雷武铃《地方》中那些诗的时候，我是非常震惊的，震惊于这些诗如此强大、坚实，也为它们被写出来感到不可思议。他是怎么实现这种进化、发展出这种风格的呢？一个艺术家的道路，可能只有自己才能说清，但显然雷武铃的风格发展，和他一直以来最强烈的内省、最严苛的自我审查和探究都有很大关系的。他的气质中有种非常纯粹和绝对的东西，有时候甚至有点教条，但最终这种严苛和纯粹推动了他作为一个诗人完成自我教育并实现了现代化。

他早期写作中，有着明显的精致、偏精神化的追求，和青春激情有关，也和那个时候北大的诗风有关。诗写得非常好，但和后来《地方》《致友人》等成熟时期的写作面貌是截然不同的。这之后一段挺长的时期他停止了写诗，后来继续写时，更多触碰生活，有些诗写得很温暖，而大部分诗，流露出了他生活中的孤独和困惑，有种比较流行的轻虚无的调子。虚无是人生命觉醒的第一个层次，意识到存在，并把它写出来是很了不起的，当时他一个人在一个地方，面对精神的不安和现实的局限，产生自我诘问和厌倦，是常见状态。那些诗大部分他都给我看过，数量不是很多，大概两三年后他为此感到困惑。一次在他家的电脑前他和我说，这样的诗能写，就是觉得太无趣了，没什么意思。在今天看起来他当时这个困惑特别有现实意义，就像加塞特说的："不可避免的反讽的冲击……带给现代艺术一种难以忍受的单调乏味。"至善的乏味是因为形式感的匮乏，它需要和它同样强大的形式来匹配，而现代艺术的单调乏味是思想的平庸，形式的新颖是无法带来根本的提升的。他的气质太纯粹，没办法为了写而写，诗歌对他来说从来不是一种"成就"，而是合理的精神生活，一旦面临问题，他的习惯是思考解决它，如果暂时解决不了，那宁可不写。

没法再现这个变化在他内心是怎么发生的。又一次，我们一起走在去他家的路上，他说写了两首不一样的诗。我追问怎么不一样，他说受了俄罗斯诗人的影响。当时欧美的影响是主流，俄罗斯诗歌给人一种古典但落后的印象，而他从帕斯捷尔纳克这样的诗人那里发现了某些特别宝贵的品质，对生活热爱，对形式严肃，不管面临怎样的处境，艺术都不是牢骚和发泄，而是对抗现实、超出日常局促的安慰和宁静。我不记得他说的到底是哪两首诗了，不过后来他在访谈中回忆，《平原印象》《山沟》（参见本书94页、108页）这两首诗，写出来时他的"骨骼就初步长成了"——这是他在写作中最关键的转折。这一步的提升，意味着观念的根本性提升。

说起来简单，但实践起来具有开拓意义。思想观念的东西就是这样，发现了觉得没什么，但发现本身常常近乎奇迹。我在电视上看到过一只鸟，它靠自己学会了把捡来的面包屑撒到浅水中，然后抓住那些来吃面包屑的鱼。太神奇了，但鸟类学家继续说，它们不会通过传授而让后代掌握这样的技能，只能靠自己领悟发现。对我们来说，一代代的经典之作当然构成了一种传授，但到了最后的更高的层次，真正获得思想却有点像鸟儿一样要自己去发现领悟，那些过去的著作有点像激发发现的环境的一部分。只要想想当今这么多写诗的人，只有寥寥数位有这种真正称得上发现的成就，就知道这并不是虚夸了。很多人智力都是第一流的，有着非常好的文学教育，也几十年如一日在坚持写作，却并没有写出令人眼前一亮的作品。奥登说判断小艺术家和大艺术家的区别，就在于他们有无进化，说的也是这个意思。雷武铃这一步的发展所获得的确信，是反复思考和突破的结果。这种诗在实践中所面临的怀疑他不可能没有想到——他是当代对世界诗歌了解最深入的人之一。之所以选择这样的道路，在于他终于确信，美与真不仅存在，并且屹立于空虚之上。

在《平原印象》（见本书94页）这首宣言式的诗的结尾，他说出了这样的认识。思想的内涵，及其探索、发现的过程，与生活认识、写作实践结合起来的时候，才会得到最充分的展示。在他这里最终体现为文学观念和生活认识达到了一种高度的吻合。《地方》的序和后记，是他诗歌最核心的观念，清楚道明了他诗中肯定性的来源，"现实的失望、愤怒与虚无，也是最重要的教育，使人成熟、自主。"对这时代本质及人的处境的根本的、积极的理解，使这种确信最终指向了他自身，即对个人存在的确定："个人才会坚定到与整个否定的世界相对一样镇定、从容、自足，才会有充满信心的肯定性创造，而不是本能迷乱的冲撞。"还有"如果我不是无，那盘旋在我生物生命之上的、在我之后推动我的，必定是有。"

当然，作为读者我们有更多观察的视角。在他的诗中，呈现世界并焕发出世界存在的意义，进而建立肯定性的过程，"看"是非常重要的环节。就像《平原印象》这个结尾，他看见事实，看见整个平原上的变化，这种注视在他的诗中是一个核心的东西。我们要看到他的这种看。

四

《地方》中22首诗，写的都是我们经常目睹的平常事物，却有一种"发现"的感觉。

这就来自于他的"看"，他对世界沉静而热烈的注目。他把自己所见描述给我们，让我们一起看见，当我们看到的时候，发现这和我们自己所看的不同：同样场景，我们没看到那么多，那么细，或者看到了不知怎么说出来——他既忠实于所见，似乎又提升了所见，让我们对自己熟悉的事物有陌生的新鲜体验。

他这种看，是他隐身在观察的目光后面，全神贯注于他对面的世界。这时，沉浸于一个人面对世界的绝对安静，一个脱离了现实的混乱喧嚣的接近冥思的寂静氛围中，他不再拘泥于自我，而是用心感受世界的壮阔、丰富和神秘。痛苦啊、悲伤啊、厌倦啊这些情绪，借助世界的坚实得以缓解。通过注目世界而呈现世界自身的宏大广阔，是他认识自我、超越自我的一条路径。

从这个方面来看，他的"看"，是真正的古代传统。中国山水画就是典型的看山看水排解忧愁获得宁静的艺术，还有数不清的山水诗，山水情怀是中国抒情传统中最有力的类型之一。他的美学根基古典而切身，因为虽然继承了古代悠久的自然精神，却也是他自己迫切需要而发展出来的，这种"看"，是伴随着他真正确认自己的肯定性诗歌之路开始的。在比较早的诗《十月》中："我看见了整个过程。／麦秸运走了，平整的地直到尽头。／ 六月的烈日摁住影子／ 他们在空旷的反光里种下玉米。" 孤独的观察者，留心农作过程和天气的细节："八月的雨水滋长喇叭花、杂草、虫子。／天阴着，大批麻雀在低空乱飞。"这种场景，对应着个人的那种孤独感，但他并不甘心就此沉入孤独，他的观看是内心的需要，是一种积极的渴望，而不是逃避，"对最后的图景，我仍有所期待。"

和到处旅行见证这世界的神奇相比，静静观看是另一种更精神化的方式。因为他大大凸显了自身和世界，以及此时此刻、真实处境的现实感。在这种注视中，他尽量不掺杂自己的感情，而是让世界得以真实的再现：事物本身便是意义所在。在《白云二》（见本书 99 页）中，他这种注目发挥到了极致。

一个河谷被诗人写活了，丰富、真实，生机勃勃。我们在读的时候被他带入，体验了那种置身其中的安静和激动。

前面说过，他的精神有中国古代传承，技术却更多来自西方艺术中的科学精神。这种画面感不是用泼墨、写意的方式，一上来就是高密度的风景描写。前 9 行，云在大山中的出现，从近乎不动，横亘大山前的姿态，到有一阵消逝，又出现在前面的岭头，最后滑行起来。

动起来是个变化，让诗跟着流动起来。到第 10 行"我"出现，只有两行，既是交代了时间（童年），也建立了云和我的联系，构成一个过渡，借助云如我所愿向我飘来的奇迹，把描写转到了云靠近、飘过、消散的过程，这个过程写得太真实了，就像我们真的在现场一样，有种叹为观止的感觉。类似的奇迹，我们常在大自然中经历，比如清早爬山突然看到山谷间云海翻滚，走过一个山口猛地看到雪山和江河大转弯，彼时彼刻最常有的遗憾是无法与好友分享，而现在这种感觉终于以某种方式分享了出来。

在云流动的过程，诗转向了它最后消失处（南面）的山谷，阳光、田野、植物等等写得自然而生动，一草一木的存在，它们本身包含的意义，令每个细节都激动人心。又过了 17 行之后，也就是到第 29 行"我"第二次出现，又是只用了两行，这次是交代了我所在的位置（西边山沿），提供了一个视角。（中间这两处"我"的出现是要特别关注的，因为对整体节奏和发展非常重要。）在这个新的视角下镜头自然转折，后面的 14 行，再回到开头云出现的北面谷地风景，这样就和前面描写的南半边景色一同把山谷补充完整了。

　　然后新的云出现了——世界在自然更迭，运转，提醒我们，几乎写出了停顿感的时间一直在流逝，又有某种永恒的意味。最后的河谷上空的云，一下子写出了世界的存在与美。大自然的美好和慰藉，超出了我们狭隘的心胸。这是一首真正在看，在与世界相对的诗，一首实践他个人诗学非常彻底的诗。不同时代的精神生活，有不一样的内容。看到的东西亘古不变，理解到的却不一样，表达方式也不一样。对雷武铃的诗来说，表现方式的革新正是他诗歌力量的来源。他在细节、语言、逻辑、发展和复杂的整体构思上赋予了它现代性。不抽象地谈论白云，而是具体地写这一场景中的白云。白云是从来不一样的，前一秒和后一秒都不一样。抓住这种变化，把这个空间真正建立起来，看似简单，其实极难。乍一看，这诗中全是描写，缺少热情直白的情感，缺少冲突和戏剧性，缺少趣味，有点单调。但它是在戏剧性和冲突之上运转的，是肯定性之诗。或者说，它有着自己的情感和戏剧性，内在的逻辑推进，细节的实现等等，同样是很高的趣味和戏剧。在 19 世纪美国哈得逊河画派，科尔、丘奇他们的绘画中，山川大河就是最根本的主题，其理念来自于，这种巨大的美国风景，包含着某种超越精神和日常生活的宏大和神圣，它理所当然还包含了激动和崇高的感情，平静喜悦和与自然亲密接触的幸福感。并且，云和山峰的关系、河流与山的关系、光的变化、季节更替等等，它们之间内在的冲突和对应，写出了大自然的戏剧性。这首诗，就是写出了这种更高的戏剧性。

　　这首诗中的时间意识、空间意识都是非常现代的。一个是空间上，镜头聚焦和平移，一个时间上，把瞬间的固定下来、拉长推远，这个建造过程非常精彩。他在几乎所有不动声色的地方都有所设计，这才是最细微，最惊人的地方。比如，前三句依次出现的蓝、白和青，在后面反复出现（4 次蓝色，6 次青绿色，8 次白色），奠定了诗歌的色彩基调，画面感特别强。认真读完开头三句，再读读最后三句。开头第一句写光芒，第二句写白云，第三句写山，是从上往下。结尾倒数第三句写山，倒数第二句写云，最后一句写光，顺序完全反了过来，这就构成了一个天空和大地之间的闭合空间。里面的人有着古代山水画卷中行人和农户的意味，但这里，明显新的语言带来了更强的对自然的感受力和理解力。想一想，在这个空间中，是一个激动地看着这一切的少年，这有什么意味？孕育。

　　世界孕育生命，这是二者的基本关系。再想一想，这就是我们生存的空间，这个少年，将在这样一个世界成长，满足自己的心愿，发展他的心智，经历他的人生，是不是就升华出了更高的思想和情感呢？这时候里面那些事物就更显得充盈而富有生机，山谷的宁静，含着让人激动的生命感受。

这便是这种注视最终体现出来的力量。注视是看，也是诗人的感受力。事物不仅自身具有可供无限挖掘的意义内涵，靠一点一滴的细小存在超过情感的流露和观念的传播，还是照出我们的镜子。对于人的生命，痛感越深，他能爆发出来的力量就越大。这是诗歌的另一个悖论，它有些苦涩：往往是诗人的痛苦导致了最有力的诗歌。当我们被这样的诗所达到的生命高度所震撼的时候，不能忽略，他这种平静、积极的看的后面，有着一整套完整的人生观和世界观。他不仅需要观看，也信任所见，这种观看并不仅仅是对世界的细细端详，还有他一次次到达高处的强烈的精神生活和体验。当他最后写出："那雪白的云朵悠然如万古，浮游于碧蓝光芒的无限"这样的句子，真的带着我们一同提升了对世界的感受。世界客观，富有意义，却不会自动呈现出来。到底诗歌最终呈现出事物的哪些特点，是由诗人的性情和思想决定的。也就是说，诗人借助客观之物所达到的高度，还是取决于他自身的思想高度。

五

这就不免要谈到境界。诗写到最后，还是境界之争。也就是说，不是看一个诗人写了几首佳作，那是入门最基本的门槛，而是看他风格之上的整体气象，他所达到的精神高度。可能不少人会觉得，今天还以"境界"来谈论诗人太古板了吧。的确，这是一个接近文学史的视角，但我们并不是拿它来评定当代诗人的高低和好坏，而是以此对当代写作有一个更具纵深感的把握。对我来说，境界永远是文学最根本的标准之一。一个诗人在写作中体现出来的总体的思想，他对世界的理解和认识，是他能带给我的最重要的东西。

在《白云二》和其他诗中，诗人写出了一种宏大、坚实的认识，大自然的美、世界的神秘壮阔，让我们久久激荡。同时，借助世界的客观实在，写出了生命激情与崇高感受，对存在主义是一个超越。我们面对的复杂人世，包含着整个负面深渊。这道深渊，你沉浸得越深，它也就越深，也就越让人眩晕。它同样是一个巨大的世界——但要注意，这个世界是封闭性的，相对外部世界的广阔，它是巨大的无限的封闭。存在主义，在它部分揭示真理之后，因为这种封闭，经常变成一种武断的强力意志，对世界的强行概括，这和呈现出世界的广阔真实是不一样的。所以这里面牵扯的，最根本还是一个对最高真实的趋近问题，是对这种真实所先天蕴含的意义是否信赖的问题。开头我们就谈到了诗歌中的肯定性，这当然与境界有关，但相对来说还是抽象了。稍微往里面深入就会发现，肯定性的诗面临的不仅是思想和认识上高与低的简单划分，整体的形式风格、美学观念、技艺等方面最接近气质、品味那部分，也都包含于境界之中。

雷武铃的诗从根本上是对"真"的探求。《地方》中他那种不厌其烦的描写，是一个向真实趋近的过程，一个认识世界认识自我的过程，这个看似简单的过程其实特别艰难。

首先，极端的真本身非常朴素，对华丽花哨的修饰是排斥的，所以题材手法中都有种看似单调的东西，深入进去之后又发现，这种单调中，包含着特别多的内涵。语言传达的风景，不仅仅是现场感，还包含着更多意义聚焦：情感、态度，认识，理解。这也就是为什么雷武铃这些描述性的诗特别是风景诗需要特别专注的原因，它太纯粹了，内部极其丰富，但对感受力要求非常高。特别是考虑到，事实与事实之间不仅会互相提升，也会互相遮蔽。要使事物真正现身并发挥效果，就要抓住它的个性。通过具体才能脱离抽象而达到个性，最终到达真的顶点，它的美好啊恢宏啊才真实可信。就像《楚江》的结尾：在北京，一次梦中我实现了埋藏心底的愿望：/ 我是一个看林人，在山脊上走，看两边森林的远景 / 半夜，从山顶圆形的玻璃守望亭里醒来 / 发现自己躺在群星之间。看林人，玻璃亭子，山顶与群星之间，最古老的隐士情怀，把我们从日常生活带到了新的境界。但这里，不是场景和情绪的浪漫化，而是整首诗从第一句开始极其真实的素描，把家乡的这片风景写活了。让每一句中的事实成为最有力的部分——那种坚实才是对真实的趋近。我们得记住，一方面，认识才是最高的现实，另一方面，最高的认识总是看起来接近现实存在本身。

其次，趋近真实的过程总是受到虚假的姿态感的诱惑。崇高的感受让人不适，主要是调子太高。它大多时候比现实生活高出不少，这让它看起来很不真实。真正的向善的崇高感受，只和大部分人某种隐蔽的内心情感相通，这部分通常是羞于流露的。所以，它超越现实，达到真实的境地，特别难。并且，崇高在被经典作品反复实现的过程中，也让人们产生了审美疲劳。我们知道反讽在某些时刻获得力量，正是因为它揭露了崇高的虚假面具。文德勒谈到毕晓普时说的："许多表面化的感受很容易被毕晓普习惯性的反讽抛弃掉……"这种表面化的感受，就是一种俗套，显得柔弱。毕晓普真正用好了反讽，是因为她加于反讽之上的洞察力。积极和消极的差别，是它们看到同样的真相时，后者更为勇敢——朝向真实的洞察力，是超越反讽之上的力量。当然，这当然也是文德勒谈到毕晓普的不足的原因。洞察力并不是总能获得，没有洞察力的时候"她轻描淡写和反讽的美德的缺陷"就暴露出来了。雷武铃的方式是正面建设，更难，路更窄。因为抵达崇高的真实，不仅需要抵御反讽的机智诱惑，也要极为坚强地担负起意义的责任。它不再质疑，而是呈现，使其诗中世界令人信服。崇高本质上是真实，这种真实太难了，而虚假很容易到达，因为它们皆来自对崇高的趋附和拙劣的模仿，是一种夸张的扮演的姿态感。从根本上判断，还是看是否足够真诚，是否超越虚无，是否在美学上强大。从精神上对时代把握非常重要，奥登在《诗人与城市》中说过，现代人大多失去了对自然的信仰。人们在当代节奏飞快的社会生活洪流中，承受相当大的压力，许多人面对山川河流不再惊奇振奋，进而寻求更简单的安慰，一种空虚的、消费型的安慰。与其说是不再关注自然世界，不如说是被强行与自然分隔，长久之后便失去了感受力。这样的背景下，雷武铃的诗，毫不羞怯、毫不妥协，用最直截了当的方式，从内心需要和自我的根本追求上，从他的疑惑乃至脆弱上，写出了一种坚实的崇高感。他对真的探求和信赖，让与世界相对的人体现出尊严和生存意义。除了向至善的上升，"真"本身带有美的属性。美是提升的、更为纯粹的真实。对美的倾慕和信任，最终体现出来的是爱的能力。今天人们爱的能力相比内心的恐惧和虚无，是不足的，因而恶的东西力量相对强大。但恶也是本能的，低端的。从这个角度说，恶也是屈服，而善是提升，因为善立足于建设。今天，先锋艺术更信任不讲理，反对说教倾向。过于直白的说教是乏味的，特别是，还是一种价值观的灌输，所以不管多么正确，也引人反感，这就丧失了进一步趋近更深真相的机会。真正的艺术具有教谕，却与此并不抵触。

再次，现实世界是客观的，但首先也是混乱的。从混乱中呈现出自在的世界，是对事物的发现和解放，是一个崭新的创造。艺术就是要说出对世界的发现，独特的发现就是思想。这种发现，也是一种宝贵的秩序感，让我们从日常生活中建立超出混乱的清晰与肯定，发现隐蔽的美与真实。这让我想起了歌德的"诗与真"。白云啊，远山啊，这样的风景，是客观现实，你看到它，是一个整体、立体的东西，且每时每刻都在变化，这就对呈现它们提出了很高的要求。雷武铃诗中的看，是种从细部开始，按一定顺序呈现河流、田野和山峦的秩序感，从混乱中梳理，从混沌中明晰。塞尚把作画说成"掌握多种关系中的和谐，在一个新颖而有创意的逻辑中去发展它们"，是一个类似的过程，艺术创作，是将客观世界转化为我们的艺术形式——形式是艺术中最高层次的秩序。不清晰、含混和朦胧是当代诗歌中最大的空虚之一，是极度的平庸，这比思想上的空虚更可怕。

雷武铃的诗是在克服以上这重重阻碍的基础上向真实靠近，在世界的开放性中提升人与世界的关系，以真来追求诗意。虽然大家都有对自己技艺的自负，但技艺中和气质、性格相关的东西往往不被大家注意。出于对真的追求，他把自己的严苛和为建立秩序而遵循的逻辑贯彻到极致。他的诗，包括他谈论问题，（文论、随笔、访谈），用的都是澄清的办法，努力通过逻辑一点点说清楚，是一种建设。不武断，不轻易下判断，很少通过观念之间的差异、断裂和反讽来获得思想的裂变——这是极其难得的品质。他让我们领会，艺术本身，包括它的娱乐、功能、技艺，都是真实的衍生品。他对真实的追求，包括向真靠近的手段，对时代的忠实，是带有道德属性的。不计较道德的诗是另一种空虚。但必须强调的是，当我们把这些道德属性加在他的诗歌之上的时候，不要忘了，这些并不是他诗歌的根本追求，而是一种解读。因为道德属性在阅读理解层面的更具意义，而好的诗歌写作在根本上是反道德律的，它追求客观性。

如果世界上所有的诗歌又构成一个世界，那么，按气质说，有些人的诗是村镇，有些人的诗是居民和日常生活，有些人的诗是花草树木，有些人的诗是社会关系，而他的诗仍然是诗歌世界中的大山。它超然于生活又和我们如此亲近，他写的是山水风景、往事和此刻，同时写的又都是自己最强烈的感情，存在意识，生命意识，时间意识。他诗歌中对真的无限追求，节制与严苛，秩序与逻辑，被他以最彻底的方式贯穿到写作中，形成了特别壮观的场景。

六

《远山》是他另一首非常坚实、宏大的诗。从它达到的境界来说，正好是我想要强调的东西：它写出了远山这个客观耸立的存在，说出了对生活的理解，在对山的观察中得出"人生之苦无法根除，岁月教会了我无视它们，并尽力感受世间的美"以及"如友谊，如远离的生活，不觉孤寂也无压迫"这样的句子，那正是给我们以振奋和提升的经验和认识。把更高的东西展示给我们，把我们内心共存的更真实、纯粹的东西指给我们，这便是最有力的诗歌。

它的实现，对我来说意味着艺术那种最让人赞叹的魔法：从无到有的创造。

这非常了不起，但有时候这种从无到有也会给人误解，认为艺术都是天启神授，诞生于推敲与思辨之上的神秘灵感，就像柯尔律治写忽必烈汗那样一气呵成——这就忽略了创造最核心的东西——扎实、严谨而最后被成品埋没的艰苦劳动的过程。

伟大的诗歌，都像宏大建筑一样，不是凭空而来，而以词语作砖石，一步步砌垒起来，最终形成自己的结构特征，比如阿什贝利那首著名的《旅行推销员》的拱桥结构，毕晓普的《在鱼房》金字塔般的层层抬升……从最初的设想，再到建设过程，最后矗立于我们眼前的模样，真的是一个建筑工程。想象一下金字塔、长城这样的建筑，真是不可思议！因为它们超出了人们对于建筑的想象。当诗人想到一首诗，并决定实现它时，这种震撼就已经被创造了出来，这是从无到有的开始。诗人并不都是提前安排好了结构，而有可能是在写作的过程中找到了它。用语言固定想法的过程中看到了当初设想中隐约的世界的边际之外，并经过艰苦的过程将其呈现出来。好的想法并不一定能建造出好的建筑，这需要施工的水平和能力，体现到诗中，细微的平衡感和整体的控制力，语言的分寸感等等，缺少了哪一个细节，甚至一个随意的词，一首诗都有可能从优异沦为平庸。因此我们在观摩惊人之作精巧的建筑术时常有这样一种感叹，它们确实达到这样一种浑然天成的境地，以至于我们让觉得，它们本该如此，多一行少一行都是缺憾。

在雷武铃的诗中，秩序体现在看见与看不见的方方面面。强大的逻辑线条和框架，古典大师那种没有痕迹的浑然背后的科学严谨，在他诗中特别明显。

建筑学是雷武铃诗中最重要的、最核心的东西。前面谈论《冬天的树》和《白云二》的时候我们也都谈到了结构，还有后面要谈到的《白鹭》《低语》（见本书83页、80页）等等，在结构上都是非常有特色的。当然，只分析结构对建筑学的理解还是远远不够的，这只是最醒目、最直观的部分，在《远山》（见本书106页）这首诗中，也应该是最先要注意到的层次。

这首诗一共有60行，三个部分比较明显。前18行是景，中间22行是情，最后20行是情景交融，各占约三分之一。这就好比盖房子先打好了框架，大的方面就比较稳固了。真正吸引人的也是精巧的工作在于那一点点的构建过程，每一部分是如何填充并装饰的，这些需要往细里一点点去分析。先来看第一部分。

开头一句：凉爽的风吹动我们和水面。句子很普通，风是自然界最常见的事物，这里以风开始，看似没什么特别，其实是一个很好的视角切入。风是流动的，吹动我们和水面，是一个镜头的转动，交代出了我的位置和环境。不说我看着风景，而是风景扑面而来，而我（我们）被镶嵌在风景之中。接着镜头继续聚焦，急速细密的波纹，亭子比作船使画面感更真切，最重要的是它让视角实现了不经意的转换：从"被摆放在画境里"的"我"的眼前，开始层层展开更深远的景色。接下来整整15行都是对其进行描写。四、五行是前景，也是"我"到远景的过渡，然后远山，这首诗的核心出场了。为什么说前景直接过渡到远景了呢？除了油茶树和山的颜色反差，也是在间接写山的形状，比较陡的山才会有这样的视觉效果。然后最精彩的，是对三层远山的描写。这和我们平时在山里看到的一样，但我们都知道这个画面挺难描述出来的，单单由深入浅啊，这样的太普通了。这里诗人用了他最擅长也最果断的方式，实体的第一层，青色；黛色波浪线的第二层，虚中有实；而第三层是虚实结合的高耸，高度是通过比天空更淡的颜色描述出来的。这三层远山，自身的存在，就像世界上所有存在一样，越是稳定就越富有涵义。我们可以将其解读为我们面对未来的感受，面对生命的感受，我们扎根在现实中，却感受那远处的山峰般的世界存在之美，那缥缈虚幻之境正是我们这个世界的神秘。三个部分把山写得非常具体生动，因此下面的承接也就非常自然了。从最后远山之上，写天空上的白云，视角继续自然上升。并且，这个云，是直立高耸的整体云块，如岩石山峰，这就像是山的延续。接下来呢？云的顶端一直伸延到离诗人很近的天空，再联系十九行诗人的现身，这就相当于从天顶向诗人回落。

　　这时再看，逻辑关系就非常清楚了。从自己开始，眼前的近景向远处延伸，水面，亭子，红土丘，是一个视角的攀升。再不断上升到三重山，再上升到云，再从云返回头顶的天空，再向自我的回落，这是画了一个圆圈。它不是乱来的，如果乱写，这样的诗没法进行下去，这样的细节充分表明了他是如何一步一步实践他的建筑学。再进一步引申一下：在这个圆圈中，人是一个点。镶嵌在世界之环中的一个点，蕴含的意义是人作为生命需要自然的滋养慰藉，而人的视角赋予世界以意义。

　　如果说前面十八行，写的是他所见的真实世界，是一个再现，那接下来第二部分这二十二行，则是赋予这山以情感。这是一个景生情，情入景的过程。这一部分看似意识流一样随意而至，结构上还有什么规划和秘密吗？来看，是不是这样的结构：此刻，过去，此刻，过去？具体看，就是从我现在激动，在云中看到她的此刻，到两年前的过去，再回到谈起疾病的此刻，进而通过谈论孩子的一生回到自己的少年时的过去。过去，和当下相比，更深远，构成了我们生命经验的深潭。最后当这个时间纵深通过这个现在过去的反复而营造出来后，写了人生之路的上升，就是在刚才那个时间纵深中上升的人生经验之路，这与前面第一部分视角从油茶树向远山的上升是一致的。对山的惊奇写出了爱情的甜美，然后转到了疾病，自然而然，到了玄秘的命运，这样的经历带来的，不是情绪，而是一个认识。这样，从一处山的风景，到人生感怀，再超出简单的抒怀而达到认识的高度，这之间的自然过渡包含着非常清晰的结构。回忆，此刻，都在远山上展开，和这山有关，对景色的清晰洞察暗含着清澈的知识对混沌命运的抵挡和克服，因此这里虽然写的是个人情感，实际上却赋予了山以情感。写这诗的时候，诗人 36 岁，这些感受是最朴实的，是从生活中来的，这些经验，真的就是他自己发自内心需要探索人生的结果。还有这部分的比喻值得注意，电击似的感应啊，泪水般的叹息啊，这些都不是那种绚烂夺目的比喻，而是通过本体和喻体的天然联系，而让比喻不被察觉的比喻。他基本不会轻易使用比喻，因为他知道那是偷懒的表现。这些都是他的建筑中对大小部位的处理，是他的建筑手法。

接着来看第三部分，最后二十行。在一连串的心灵漫游后，诗歌在它的第 41 行又接上了远山。它就在那里，是亘古的存在，和我们遥遥相对。它首先构成了前面情感抒发比较热烈的一个调剂，从出现的时机来说是恰到好处的。但这里的山和第一部分一开始的描述又不一样，加入了更广阔、深远的时间背景，从三维自然空间变成了四维空间，有质的变化，所以这一部分实际上是情景交融的过程。这里面同样微妙，前面几句先把天空下的山的总体样子呈现出来，然后加入时间感，不同季节和天气下的丰富样子快速切换。然后顺着土地伸延，它在远处升起来——这又一次重复了前面两个部分上升的那个势头，这个山势的变化正好自然而然引出了后面那惊人的发现。接下来是活泼的部分，草木缤纷的反光，往更小的地方聚焦，有全景有微距，进一步丰富它。通过山与人的对比，让那些痛苦啊什么的都显得没有那么强大了，这就引出了更强的认识：它们是真实，宏大的。对短暂，激荡而易于疲惫的生命 / 它们恒久，平静，始终如一的饱满精神，是长存的抚慰。 / 人生之苦无法根除，岁月教会了我无视它们 / 并尽力感受世间的美。这就像到达山顶一样来到了高潮。是的，整个后面思想上的东西也是一个上升的过程，这种缓慢的爬升线也是全诗的基本推进线条。最后五行就像完工时打房顶一样，再次坚实起来，并且有意放低了那种高亢的调子。一直没有露面的太阳正好是大地上生命的来源。云的散开，太阳落山的最后时刻，这些简单事实，也有了更多意味。而最后两行，特别是最后一行，诗回落到现实生活，虽然平淡，却是那么揪心的关于生死、孩子的内容，轻轻一收有惊心动魄的感觉。诗结束了。

这样一读，是否能增加对雷武铃诗歌中建筑学的理解呢？这当然还算不上细读，因为忽略了太多细节。比如这首诗题献给塘友，这位诗人家乡的朋友正是诗中潜在的对话者，这次经历也是他们一起到山中的经历。两个人的对话，包括潜在的对话，构成了全诗一条暗线，这是建筑混凝土中的钢筋。再比如这诗的三个部分，和王昌龄说在《诗格》中说的诗有三境，是不是竟然能有所对应（一曰物境：欲为山水诗，则张泉石云峰之境，极丽绝秀者，神之于心，出身于境，视境于心，莹然掌中，然后用思，了然境象，故得形似。二曰情境：娱乐愁怨，皆张于意而处于身，然后驰思，深得其情。三曰意境：亦张之于意而思于心，则得其真矣……）？再看诗中，除了情与景（远山）的互相呼应，还有光（天）、云（雾）、山（植物）的反复和交融，还有山的形象的不断迈进，一开始、中间和最后的山的形象是不一样的，以及一个少年在山的形象演变中的成长，过去与现在、地方与空间、健康与疾病、北方与南方，等等等等，太多妙处构成了它的连接和支持。

　　再往更细里看的话，这诗语言上的成就也是非常大的。他的诗，并不是说前面铺垫的特别坚实，到了最后有一个意思上的飞跃。那么看就简单了。他的诗，首先是由无数非常好的细节构成的整体，比如前面十八行的描述，细处词语的精彩在每一行每一句中都有，密度很高。然后是逻辑上严密的推进，从前到后都是极为清晰的。最后就是节奏上的调剂、变化等等，也是异常丰富的。有点像建筑师设计一个大楼然后慢慢完成的工程，也有点像作曲家作曲那种过程。很多读诗不多的爱好者，对这种方式并不适应，会感到太单调了，冰冷，乏味，等进入文字后面，透过词语洞察了那种真实存在的力量之后，才感到他的情感，不管是悲痛还是对美好的赞颂都如此强大——它唤起我们对生活的渴望。他这种不易觉察的技术，是福楼拜和托尔斯泰那种美学，你读他们的小说，不去察觉的时候，根本没觉得有什么技术。但是同样的类型，就是没人比他们写得更好。安娜·卡列尼娜和包法利夫人的死，在各自书里只占很少段落，但单独拿出来看看，特别惊人。先看安娜，跳车的时候，"就在前后车轮之间的中心对准她的一瞬间，她丢下红色手提包，头缩在肩膀里，两手着地扑到车厢下面，微微动了动，仿佛立刻想站起来，但又扑通一声跪了下去……她想站起来，闪开身子，可是一个冷酷无情的庞然大物撞到她的脑袋上……"细节描写真的写出了一种真实又残忍的感觉，特别是还想站起来那一下。体会到这样的细节，是我读这本小说第四五遍的时候，年轻时只注重情节，对这些就注意不到，对美学的理解，和对生活的理解是相互促进的，都需要经验的积累。再看看包法利夫人死的时候，福楼拜笔下的爱玛"像一个被惊动的尸体，抬起身子，头发散开，眼睛呆滞，口张开着。"中毒后临死的症状也是用了非常写实的手法，但异常精确，异常真实，在"凶野的癫狂的绝望的笑"之后，爱玛"一阵抽搐，倒在床垫上。大家围拢过来，她已经死了。"这么聚焦一看，是不是真的非常厉害！他们的每一个细节都是值得推敲的，都有着非常严谨的逻辑和结构。这基本上就是雷武铃诗歌的美学基础，对他来说，这种精确的写实产生的效果才是诗意。虽然风景描写和叙述事件很不一样——风景远没有情节那样容易抓住人，所以需要更大的耐心和更大的精确。精确在这种描述中是极其关键的，只有精确，里面的用词最恰当最直接地传达它的本意时，才不会显得虚假。比如白云二中"纯净"、"湛蓝"等等，如果控制不住，就没法避免被过度滥用产生的副作用。回避终归是气象狭小之举。他在推进中有着积弱毫而成峰峦的细腻笔力，严谨、明晰，把他的建筑学发挥到了极致。

诗人通过他最好的作品，实现对自身的最深发现。这诗中的远山，矗立在我们精神视域中，成为坚实存在，让我们感到安稳慰藉，感到和世界相对的幸福，连中间和结尾的悲伤也是被接受后的平静。因为这山的塑造如此成功，我们不能忽视它在形式上勇敢地突破。这诗我读了很多遍。我一直无法忘记最初读到它时的震撼——我确信它实现了某种技艺和情感上的卓异，甚至是展示出一种崭新的强大的诗歌理念。然而当时我只是少数有幸读到他的人之一，不知怎么和人分享这种感觉，就像怀揣着一个秘密有些不安。直到几年后，杨震在火车上和我说他最喜欢的也是《远山》，我顿时释然。本来就该这样啊！再后来，在库布其沙漠，叶鹏、赵静、君兰一起在夹着雨滴的风沙中高声读它的时候，我知道，很多人和我对它的感觉是一样的。他替我们说出了那些生命深处的宝贵体验，我们在朦胧之中，通过他才猛然悟察了超出我们片刻存在的更高存在，进而唤醒了对世界的更强烈的感情，并勇于承认、维护这种感情。还有一次一帮朋友去爬山，在一排半山腰的房子前，整个上午都看着远处的山和云朵聊天，惬意而安静。临走高彩云突然蹦上花墙，面对着远山大声读了一遍《远山》，然后蹦下来，和我们一起离开。这就是在我心中雷武铃的诗给读者，特别是年轻一代读者慢慢带来的影响：向纯真的心灵灌输美好和崇高的信念。

七

为什么如此白描，如此坚实、节制，体现了达·芬奇般严谨的科学精神的诗，并不是冷冰冰的，而是充满了激情呢？因为在前面谈论《白云二》时说出来的那个与世界相对的真实自我——在本质上，他是一个热烈并有着巨大内在生命冲动和渴望的诗人，在他诗中，那种安静喜悦背后，有非常强烈的生命意识彰显了出来。这为他的诗注入了明显的抒情气质，他是一个发自内心的，真正的抒情诗人。

在较少被提到的《短诗与抒情》这些早期诗中，他的抒情气质是非常鲜明的，热烈，单纯，空灵。《槐花》可以特别直接地感受到一个封闭自我的渴望，在退避后注视，寻求着安慰。《蝴蝶》中，内心渴望化身为蝴蝶翻飞，是高度纯粹的精神之诗。《仿古夜歌》和《伤别离》都更为抽象，一种比较高的抒发调子，非常纯粹的精神层面的诗，而《"是安静唤醒了我们……"》中，"啊，多亲切，夜色无风地簇拥我们"，则一直在一种轻缓抒情的调子中推进。这些诗是常见的抒情类型，虽然单薄一些，但其实不同程度都有后来诗的影子。

到了《地方》和《致友人》这两本诗集，他成熟之后的坚实诗风很大程度上掩盖了这种抒情性，变成了一种坚实、厚重的风格，美学认识上的成熟驱使他开拓了新艺术形式。在这些诗中，他的热烈的自我是不由自主流露出来的。或者说，这自我太强烈了，怎么也遮不住，只能对它善加利用——诗人只能写符合他自己气质的诗。关于写作理想，他自己说过，"我想去除自我，只通过描写，写出一种广阔、悠远、安宁、沉静、甜美、丰富而又生机勃勃的诗"，《楚江》（见本书103页）中预示的令人赞叹的坚实客观的诗学，在《远山》，进而在《地方》这个集子中完全固定了下来。他以这种强大的客观诗学对抗趣味和情绪，超越了那种对痛苦厌倦等直接的应激反应，在更高层次运转，真的写出了广阔、悠远和生机勃勃。但在我看来，他只是部分实现了这样的诗学，因为他的诗中这个"自我"一直都在，并没有去除。的确，他用了福楼拜和罗伯·格里耶那种方法，隐藏在所描绘的事物后面，连最热烈的情感也以最冷静的方式呈现，但他从没像罗伯·格里耶在《沙滩》或福楼拜在《包法利夫人》中做的那样不带任何感情地离席。即使在《白云二》这样他自认为非常客观的诗中，那个观看者的存在也非常明显，不只是一个视角提供者，还是一个怀着热情在看风景，从中得到享受和安慰的热烈自我，更别说他还在很多诗中，以非常直接的方式实现内心情感的升华。

所以，与其说他在诗中去除了自我，不如说他成功将自我置入了客观世界之中。他那种描写的极致程度恰好平衡了他自我意识的强烈程度，也就是说，如果他没那么极端地去塑造坚实世界，他那么强烈的自我可能会带来伤害，这更显出了他坚实诗风的可贵。一方面感受是会衰变的，物质不会，所谓的精神寄托，就是要让所托牢固坚实，这最终也保证了他的热情、美好体验，以及脆弱和感伤都随着物质的坚实保存传达了出来，另一方面，他诗中的现实和客观世界是向外扩展的，自我是向内收缩的，这种自我的收缩反而保证了广阔世界向上的提升。这就应验了我们通常上的理解，认识世界的过程，就是我们认识自我的过程。从这个方面理解，虽然这些诗特别坚实客观，其实仍然是非常抒情的诗。

只不过他的自我抒情，是透过对世界的描述和再现，以及这种注视暗含的冲突来实现的。在他的很多诗中，那种具体的描写下面都能感受到那个自我的存在对广阔世界触碰时幸福的颤栗。《北戴河海边》最后："应和这大海永生的呼啸，我心里的汹涌的怆然／记忆无尽地恒流，汪洋浩荡／我感到另一重变幻的天空和大海，我的心跳。"还有《街边花园》中，"啊，芬芳的时间，广阔世界深处的我们！"《白云一》中，"白云没有涌至顶空，而是飘散成一朵朵／金色云团。五彩云丝的纤维横越过长空／我们被天和地半球形的时光拥抱着，在旋转"……都是在细致的描写之后自然抒发出来的，那种个体存在对时间的触碰，对自己存在本身的感悟，其苦涩与甜蜜都令人激动。

　　《2009年5月13日上午，平安》（见本书110页）一诗，同样是一种自我的生命意识的流露，"我强烈地意识到：稳固如实体／这上午的宁静与平安包裹着我，属于我"。个体生命的意识是某种天真、单纯，常常伴随着对世界的惊奇，因为世界更为复杂和玄秘。"明亮的五月，树木欣荣，闪耀着／春天的嫩绿向夏天的深暗过渡的鲜亮色彩。／我看着空间的广延，光在空气中的传递／在树木、地面、楼体、天空的渗透。／我看着眼前的平安，这偶然，这珍贵。"这种惊奇，更进一步就是发现，就是领悟，在《香山寺》（参见本书102页）中，从前面对从香山看北京的空间的呈现转化到最后对时间的呈现，写出了时空交汇于此刻的我的那种真正的生命惊奇感，接着"我意识到这黄金般的时间，它要消逝。／而此刻它似乎长在，我一生似乎都在此／既不曾从哪来，也无须到哪去。"这便从对世界的惊奇，写出了对人生甜苦的经验，生命的光彩在此时此刻焕发，存在因为这种自我意识得到了留驻。

　　这惊奇背后的热情有时非常强大，会脱颖而出，直接驾驭诗歌，这时是一种更直接的抒情。比如，《平安夜》这样的诗，真正的爱之歌，生命之歌，把这个自我淋漓尽致表现出来了。这里抒情性虽然更强，但却不是单线条的高音，而是一种复调的声音。事件场景描述的冷静，内心独白的紧张激动，回忆的温情，对事情理解并上升到对爱的认识后的释然，繁复而精致。他写出热烈的情感的形式方法，具有帕斯捷尔纳克和阿赫玛托娃那种技艺的古典气质，但他更为现代，有所发展。从早期的那种单线条高音到这种复调，是他抒情观念的进化，也是他个人心智成熟的过程。不管是自我较为隐蔽的诗还是相对来说直抒胸臆的诗，他的那个真实自我，他的精神生活，是这些诗获得精神强度的力量来源。他的安静、喜悦，他的痛苦和无奈，都被他以自己的方式写出了生命存在的哲理。在《长沙》的结尾，他写出了这样的句子："人逐爱而居、逐爱而走。"抒情超出了情感范畴，进入了经验的领域。

　　作品永远是风格的实体，所有关于诗的观念其实都包含在诗中。他的这种方式，不仅让他更好地表现自我，也让他真正提升了自我，提升到了一个和世界相对不显卑微的程度。他的诗歌道路不断前进其实就是他寻找自己真实声音，确定自我气质的过程，也是自由随意的本性和约束制约的文学形式之间的碰撞和磨合。因为文学形式的规范使得写作确实首先是对自我的一个节制和引导，让自我在形式中，像水在容器中成型。最后由形式自己的创造和发展带动自我提升。

　　理解他的诗，洞察这一点是非常关键的，写作根本上还是自我内心的需要，不管他最终创造出什么样的形式来包容它，如果没有这个真实自我在里面，形式就像没有了阿拉丁的神灯变得平庸无奇。发自自我的才是真实的，才会让别人也感到惊奇。

八

　　既然他的诗是自我的惊奇之诗，是"我"与世界的关系之诗，那么，在前面好好地理解了他诗中的世界之后，理解这个"我"便显得更加关键了，"我"与世界的对立和融合中，包含了几乎所有的冲突和矛盾，也就包含了所有的思想。《冬天的树》《白云二》和《远山》都表明了，他这种抒情的实现，有赖于他的控制力，他在形式方面的革新。在当代诗歌写作中，抒情是个值得探讨的核心议题。最关键的地方就在于，抒情要想获得有效性是非常困难的，形式内容上的革新常常无法解决它所面临的困境。

　　在我们的古诗和各国诗歌中，都有一个深厚的抒情传统，它在漫长的发展过程，有着文学中理所当然的重复。大多数情感表现方式，已经被前人反复写过了，很难再写出新鲜感了，并且，在现代诗歌中，原来那种单纯感情强度也不够了，过于简单的情感抒发会显得柔弱，就像伊姆雷说的，"不要跟诗人一样，总像第一次看到大海"，我们也不能总是见到什么就满脸惊奇，把情感当作儿童玩具来反复逗引，在度过阅读童年期的读者那里，这样的幼稚把戏已经失效了。

　　要解决抒情的有效性，首先要明白是什么赋予抒情意义。在文学之中，情感本身只占一小部分的力量，真正的意义支撑是这个抒情者独一无二的经验和环绕着他的事实。这就是布罗茨基说的那个意思："文学中，体验是某种次要的东西。……因此，形象地说，炮弹能飞多远，这取决于它的材料，而不是体验。有些人的体验可能比茨维塔耶娃还要沉重，但没有人像她那样掌握材料。"

　　不意识到这一点就会面临抒情失效的风险，而解决它是共同的难题。有的诗人通过反动来实现新的抒情，比如萧开愚那样，用非常坚硬的，几乎摈弃全部传统抒情套路的手法，高调回避的同时，强力逆反。有的诗人通过革新来实现新的抒情，比如雷武铃这种方式，是在经典美学的范畴内，通过新的发展继承传统，在情感和内容上偏于保守，但对自己的表现能力自信，这有点像博尔赫斯那种"我写的别人都写过了，但我仍然要用自己的方式去写。"不管是反动还是革新，都有很多共通之处——最根本上它们都是一种新的建设。雷武铃的诗中，常常还借用语言的新鲜属性赋予普遍情感以新意，他知道，语言本身就是现代性，因为语言包含同一时代的思想。现在写古体诗为什么不能有太高成就？因为古体诗的语言不能包含当代的思想。在这首《低语》（见本书80页）中，他用一种比较老的形式，写出了新鲜的内涵。

　　这是一首非常奇异的诗。直抒胸臆、排比推进，这种形式和其他老"套路"一样，有助于诗歌发展和整体感的形成，同时由于这种形式松散开合的特性，也让诗人有着非常大的自由。自由，对诗人当然首先就是考验：如何在漫流的思绪中建立递进关系、多重层次，进而在其"先天整体性"中让诗歌真正树立起来，而不是落入浅易流俗，被套路本身的习惯势力压倒，是很难的技术问题。这正是这首诗的妙处，诗人发挥了形式的优点又突破了它的局限。用诗人自己的话说，这是一首"陈腐诗"，因为他运用了老的套路，不求形式上开拓性的创造。但他用老的形式写出了崭新的内容，诗歌显得如此新奇，以至于人们根本忘了去想盛纳它的形式问题，这是一种突破，大大拓展了这种形式的内涵，也赋予了这种形式以新的意味。某种诗歌类型，总是以这种类型中最好的作品来呈现，因此在某种意义上来说，用老的形式写诗，仍然能实现对形式本身的创造。

　　诗的意思非常清晰，只要从开头一直读下去，就会自然而然进入其中，也能感受到层次的不断加深：从第一节中的空气、石头、阳光这样的自然事物，到中间的情绪、感受、体验，到边际、深渊这样超出物理定义的词所营造的抽象现实感，再到最后带有升华意味的渴望，慢一点读，很容易跟上他的声音和节奏。没有什么不好懂的句子，即使中间几乎无所不含的缤纷展现，也都是明明白白的指涉，没有什么故弄玄虚的设计。

　　唯一需要解决的理解障碍，是文中"你"的设定，这也是这首诗最关键的地方。从第一行开始，直到最后第四十行结束，在这个奇妙的"你"的指引下，具体的词语、事物、感觉被串在了一起，构成了一个丰富的整体，靠虚指写出了实感。这个

"你"，可以是一个言说对象，比如，可以是灵魂，影子，具体的人，抽象的无，还可以是时间，充盈，爱情，生命，存在，等等。通过写"你"，写出了那么多事物，可最终，写出来的却是"我"。这多么令人惊奇。当"你"指代的事物的丰富性指向（对应）一个人，即作者（我）的时候，也就写出了我们生活在这个世界上所用心感受的最根本的东西，存在的美。这就让我想起马丁·布伯我和你的关系的经典论述，我（我们）作为与世界（你）平等相对的精神个体时，具有最大的主动性和自由，真正是存在的彰显，也是"我和它"的关系中，即拘泥于日常琐屑中那个"我"的提升。"我"在诗中获得的自由，让完全发自内心的感受尽情呈现，又完全没有受到传统抒情的困扰。

诗里面，语言质朴多变，在写内心的时候依然体现出了极强的素描感觉和造型能力。读这首诗，就像和他一起进行了一场心灵历险记，一起在广阔而丰富的世界上进行了一次漫游，一起经历了内心最敏感的思绪、生命的光亮在世界各个角落的投射和反光。感兴趣的话，还可以数一数这些事物的数量、类型，看作者是怎样凌空虚蹈一般从具体世界抵达抽象世界，抵达体验的高潮。这既是直觉，也是诗人技艺的本能。诗人一般不愿意用灵感来谈论自己的创作，因为那样就让其艰苦的写作过程、复杂的语言实践显得轻易普通，语言成了依赖于某个神思的工具，只是顺理成章的码字劳动，或者他所构想的诗意仅仅就是天上摘来的那两个妙句。语言才是他的目的，唯语言才能带来诗歌中的一切。

在这里我想说，对于真正的写作来说，传统和革新是它本身自带的属性，复杂微妙。诗人当然会考虑时代中语言的新颖，也会考虑传统中思想的开阔，最后的作品是他综合各个方面精心建设的结果。只有这个"真实自我"是将这些最终统一起来的强大力量，在其引导之下，情感和世界都获得了宝贵的形式，即便是向传统回归，也不是复古，而是革命。

九

从坚实世界的塑造，到真实自我的呈现，秩序感，技艺、热情，等等这些，在雷武铃的诗中体现为一种"理智与情感"的高度综合。奥斯丁在她小说中是这么说的："这是我见到的写得最动人的一封信，说明露西很有理智，很有情感。"理智与情感的综合，成了动人的两个必要条件。对这两个概念引申扩展，所对应的正是文学中互相呼应又对立的两极，智性因素和情感因素。前者主要是技艺、形式、思想，后者主要指美好、热烈、忧伤等等情感体验和抒发。

这二者互相包含。排除这个因素，自古以来它们实际上一直在互相角力。有时不分伯仲，比如杜甫的诗，在我看来情智比较均衡，思想情感深度和形式语言都在非常高的水准。有时也互有胜负，比如在黄庭坚和陈与义那里是智大于情的，包括萧开愚、席亚兵这样的当代诗人，而浪漫主义诗歌，比如拜伦、席勒，以及汉语中的昌耀、艾青等等，偏向于情大于智。当代诗歌在近二三十年成熟之后，大概一方面是对之前孱弱抒情和虚假口号的逆反，一方面是受英美现代派智性因素影响较大，总的来看比较厉害的诗人中智高于情的偏多。不是说他们诗里没有感情或形式匮乏，而是在情和智都很高的基础上，有一个朝向某一方面的偏凸。诗人们气质多样，自然就写出各种风格不同的好诗，他们最后写出来的一般都是那个非常真实的自我的声音，毕竟人生认识和美学观念是直接相关的。

雷武铃的诗是一种高度的智力之诗，也是理智与情感比较平衡的诗。前面说到他那种坚实的诗风和他真实自我的平衡，是一种比较融合交汇的状态，所以他的那种坚实并没有掩饰住情感，而他的情感也体现出了鲜明的智力因素。他很少将智识体现在议论中，像奥登那样谈论见识，而是体现在描述事物时对世界的理解上。他让智力与情感贯穿到每一件事物，每一棵草木，每一个词，共同构成了一种高于日常的精神境界，非常节制，所以智力因素常常不彰显，但如果理解了他的用心，就会觉得其实智力特别重要。他的风格是非常健康的，气质中有特别单纯的一面，这和当代大部分人不好意思直接说善和美是不一样的。从思想观念上判断，雷武铃的诗，真是过于正确了，都是非常正统的认识和理解。这样的诗，特别难让人从这种绝对正确中沉下心来，注意特别传统的思想情感背后的现代化技术。有点像写楷书，最容易上手，要想写好也是最难的。草书很多人都能写得比较唬人，而在真正行家眼里，既获得自由又具内在规范的少之又少。我们还得明确一点：最正确的东西并不是不成立，而是最难以成立。那些高尚的情感从来不是问题，如果诗人真有这样的情怀，那么对真实而言，他毫无疑问有这样的权利——问题在于他的理智是否能控制住这情感。《远山》以及《白云》系列是客观诗歌，这并不妨碍他主观思想的实现——这也并不是什么今天才有的认识，而是让事物自在言说的古老秘密。经得住时间考验的诗必须在这两方面都把握住时代，又具有超越的品质。在《雨》这首诗中，他抓住了雨作为自然现象的神秘，不渲染这种神秘，通过描写和日常性让人感知它。水从天上到大地的循环往复，空间感特别强烈，再加上它的物理属性，敲击啊，冰凉啊，现实感也很强。大家可能都记得海子还有博尔赫斯关于雨的精彩句子，雨是悲欢离合，下雨是属于过去的事，抽象出了经验，让人念念不忘。雷武铃这里是一种不同的方案，他力图建立一个具体的完整的空间，这个空间既是雨循环的空间，也是发生事件的空间，容纳力强，也很坚固，让他那些较为软弱的情感获得了支撑。罗森在谈论海顿的时候是怎么说的？"情感的诗意远比粗鲁的幽默效果多得多，虽然两者都被机智所调节。"软弱的东西一旦发挥力量，就像内功一样厉害，因为它基本上就是爱。

新一代诗人为什么能真正从美学上树立起来呢？是语言硬度和新形式的探索吗？这些只是表面现象，归根结底，还是诗人心智上的成熟。在雷武铃诗中一个明显的体现是他可以驾驭浪漫主义。他骨子里是非常浪漫的诗人，诗里有很明显的浪漫主义倾向，这是盖都盖不住的。他的浪漫根本所在，就是前面说的强烈的生命意识。这里说的浪漫主义不是说像雪莱拜伦他们那样，而是说内在的激情和生命本身的渴望。荷马史诗、莎士比亚、但丁、歌德，根本上都是浪漫主义的，并且细细辨别的话会发现，真实、具体和朴素才是这种浪漫主义成立的原因。从扎加耶夫斯基这样的诗人我们也可以看到，浪漫主义并不仅仅是一个文学史、某种风格流派的定义，而是一个不断发展的概念。不管时代怎么发展，文学怎么变化，人类最根本的、高贵的情感都应该是文学的核心之一。雷武铃知道浪漫情怀的危险，尤其懂得它在当代面临责难——发自内心的抒情如果过于强烈，会部分抵消诗中朴素的力量，但同时，他也深知它们的意义，它们所意味着的尊严和体面，所以他并没有回避它，而是想办法赋予其合理性。

结果呢？他的诗出于内在的强烈情感，在语言形式上都保持朴素坚实的时候，意思上还是体现出了一种很高的调子。他写出了一种刨根问底的真实感，有时令人羞愧的真实，内心最深处的渴望，对崇高之物的倾慕和追求。这么高的调子，是一种在诗歌中具有焚毁力量的强烈情感，说真的，要没有他形式上的坚实和美学上的强力、决绝，这些诗还真容易流于一般。但同时我们该相信，每个时代最高的调子才能保存下来，并随着后代对其不断的理解逐步降低，这是人类精神文化发展的本能，是艺术进化的规律。那些中庸的调子太容易被替换了，没有流传的价值。另一方面来说，这种发自内心的声音，与普通读者更为亲近，它体现为与各时代共鸣的单一性，以及区别不同时代人们不同感受的独特性。不管调子（情感）多高，作者方面的降调（理智）都能有效平衡它，最后这些高音构成了一代代的文学的延续。

顺便提一句，一个从契诃夫、托尔斯泰、《静静的顿河》、福楼拜、古典文学等等之中接受的文学教育，和特别追求时髦，从现当代特别是现代派的作品中受到的文学教育，甚至从一代代批评家那里奠定自己的文学认识基础（我读大学时是德里达、福柯、詹明信等那一代，而今天是阿甘本、布朗肖等等这样的新锐批评家，中间也有一两代，这只是短短二十年间），最后对世界的理解和品味是肯定不一样的。现代派是一种非常有力的革新，但除了少数大师，大部分气量和格局都是变小而不是变大了。巴尔丢斯批评现代艺术追求个性却忽视了普世价值，正是这个意思。最大的问题就是，过于关注方法，过于聚焦自我。从广阔世界向自我内核聚焦中，丧失了那种广阔性和古典明晰，获得的爆发力常常显得单调，就像是很高的破音。

十

最终让艺术家感到欣慰和振奋的是：在肯定和清晰的最高层次上，生命和世界仍然是神秘的。无限趋近，而不是最终抵达才是艺术创作的最大快乐。它没有止境。当然，从某种程度上来说，无限的趋近就是一种抵达，不然我们就变成了虚无主义者，但从另一方面，对诗人来说，那无法抵达正是他的写作的动力。

在不停向最高处靠近的过程中，诗人实现自己的发展。《致友人》是他《地方》之后又一个高峰，在这些诗中，那个看似宁静中充满激情的自我更加彰显。原来的近乎极端的节制被加入了更多真诚的热烈，最终，抒情成了他真实自我与广阔世界的低语——仍然坚持扎实的写法，但当那个"真实自我"从幕后迈到台前，理智与情感更加直接地在诗中实现了融合。这个发展也是自然而然的，一方面是在理论上来说，《远山》《白云》等诗已经将他早期核心的诗学贯彻到极致了，另一方面年龄的增长和技艺的发展，也让某些更直接的情感成为需要和可能。

在《白鹭》（见本书83页）中，穿插在景色描写中热烈而无所顾忌的抒情调子，温厚明亮，特别吸引人。

这首诗的自白语调为其抒情奠定了基调。他把所见讲给我们，同时不时插入感叹，就像"哦，那么多的白鹭！"这样的句子，发自内心的直接语调让饱满的热情在诗中激荡，带动着感情不断提升。白鹭是自然和文化中具有象征的鸟，它非常日常化，就在我们生活环境的田边河流，同时又像精灵一样脱俗，白色的纯洁，动作的轻盈，让它自古以来就意味着某种纯粹的美或高洁的品格。如果继续靠这形象和象征来构建诗意，那么就太土气了。这首诗中，写出的是它作为一种生灵在大自然中的存在，它和周围环境的互动，从其存在来发现诗意。比如，中间部分："现在，它们就在眼前；美丽、自由、超然于 / 沉重的引力。托举它们翅膀的宽广气流 / 也环绕着笨拙、思虑重重的我们。／告诉我们，美确实存在，如烦恼一样是现实。"是完全依赖于白鹭的姿态和特征而来的发现。还有结尾部分，从有限到无限的扩展，实现了真正的诗意伴随白鹭的起飞上升。抒情在雷武铃这里有时体现为另一种决绝，就是大家都回避这样直抒胸臆了，我反而要真实直接地说出自己的感受。我们看到，在诗中这些抒发的效果特别好，说到底，还是支撑足够了。前面说过他的诗中都有隐蔽的结构，虽然这可能不是他的刻意，而是来自美学上的自觉。我们在这里来看看这首诗结构上的特点，看看他怎么实现了这种抒情向认识的转化。

这首诗抒情性更强，所以结构更隐蔽，不认真看是看不出来的，大的方面，这诗一共 11 节，每节四行，是非常规整的形式。在这个基础上，简单分析能看出一个特别令人惊奇的布局：这 11 节是一个 2121212 的结构。

前两节主要是写的海湾，写了阳光、浅滩、滩涂，以及海与天空的辽阔，最后一句白鹭出现，海湾是白鹭的环境。

接下来一节写的是我们的出现，是人来到白鹭的环境中。虽然也写了白鹭，但这个我的出现是个关键因素。

接下来两节专注写白鹭，因为我们的到来起飞，在大海上飞行的姿态如此完美。写白鹭的同时写了海浪的声音和形状。

接下来一节写的是回忆，关于白鹭，少年的回忆，古代的印象。

接下来两节写的是现在，是此刻注视白鹭继续飞行，我们靠近，它起飞。

接下来一节写白鹭飞走，横空飞进了树林。

最后两节写的是海天交界线，它的存在本身是一个无限，就是如果我们的视力极好，能够一直往前看的话，海天交接线也会一直向远处推，这是一个无限深远的东西在我们目力所及处呈现出来，然后，视角再次从脚下向远处延伸，大地步入了天空，有限扩展到无限。诗歌实现了最后的最关键的升华。

这种结构真的是非常稳固，又像链条一样非常有韧性。它里面当然还有更复杂的设计，比如开头两节写的海湾和最后两节的海天交界线都是空间上的概念，一头一尾正好构建了空间框架。又比如，第三节的我们的出场和倒数第三节的白鹭离场是一个对应，因为中间不断循环的一个关系还是我们靠近，白鹭起飞，我们再靠近，白鹭继续起飞，就是不断靠近又不断远离。这正是现实与美在日常中的关系。还有，过去与现在的衔接构建出时间纵深，白鹭从出现、起飞、落下再飞走的整个线性推进，它的形态，动作等等的串连，都是非常明晰的。

总的来看，在他这里抒情的实现，借助的是精密的构思，循序渐进，镜头切换，时空纵深，等等这些，比如通过这几首诗的分析，我们发现营造时间纵深和空间纵深感，并让时间和空间交叉于此刻，是他常用的模式。他的诗意到最后已不只是某种升华和抒怀，而是伴随着观看到的事实的意义的自然涌现。他一如既往的坚实描写将热情牢牢控制于他的结构和语言中，带来了真实感，以及对这种很高情感的降调作用，正因此，他的抒情才能一直保持住平稳的飞行，最后实现了向上的飞跃。抒情从情感上升到经验，最终又上升到了认识，从现实生活，触及到了哲学的层面。在这里，抒情和思想联系在一起。不是情绪，而是带有发现功能的情感活动，才是真正的抒情。特别是最后这个升华，"它们从我脚下开始，在我的目光中 / 一直向前，伸延。变化就在我的目光中发生了：/ 大地步入了天空，有限扩展到无限。"

　　不管认识怎么提高，最后仍然会有更高的神秘赋予我们激动。世界的广阔和神秘，超出了个人的感知。因为它是我们的居所，不管我们的科技怎么进步，它对我们都是无限的。正如我们的心灵和情感、思想的深度也是无限的，这是我们每天视若无睹的奇迹。而在理智与情感的共同塑造中，世界形貌和自我形貌得到共同体现，一种共同的澄澈带来了最明晰和肯定的理解。那高于我们的，接近却无法抵达，趋近的过程便是清澈。对于思想来说，不用担心言说干净而失去意味，因为它没有尽头。好的诗歌，和差的诗歌，都面临神秘，但好的诗歌体现出清晰的神秘，是一种在山顶上的对更高的渴望。而差的诗躺在山脚的灌木丛中，想象山顶的风光。这就让我想到他那首《献诗》，正是在高处直接触及了这样生命的神秘、世界的神秘。在某种程度上说，他的一些诗，是写给世界的情诗。他不愿意和他不喜欢的人打交道，这时候客观世界构成了一个交谈者。

　　在他抒情气质再次提升的阶段，他又写出了一种更为抽象的哲理抒情诗。像《论痛苦》（参见本书93页），一次列车行程与回忆感受的融合，自我的痛苦和人类普遍的痛苦的辉映，真的写出了共同的感受。《论思念》也是一样，它首先可以被理解成某个具体的思念，然后读着读着发现，他写出了我们所有人的思念，从抒情中抽象出了认识。这种经验和观念互相印证但最后导向观念的诗，和描述风景一样是非常难的，因为要让哲理内含到情感的力量和人生经验之中，不然就显得教条。这样一看，还是回到了真实和虚假上。肯定性（真）才是真正的抒情，它包含怀疑主义。真正的成熟理智包括高度的热情，而热情包含高度睿智的冷漠。他做到的是，让我们身边的美和对美的热爱，以及其他我们内心常常羞于流露但无比真实的美好情感终于不再是诗歌中被躲避的力量。不是现今流行的下沉的方式，而是无所畏惧——可能他自己都没意识到，对他来说这是自然而然，只能如此的——这种品质是发自内心的真实。

十一

　　最终，虽然他一直坚持将客观世界呈现出来，但考虑到他体现出来的世界如大山一般寂静耸立富有内涵，其中的精神强度如此纯粹，他的诗仍然是一种超然于我们日常庸俗的，在光照的层面的诗歌，是在其精神高度上向现实如鸟儿盘桓在田野上一样的低回。他以自己的诗歌回答了一个在当代来说特别严肃的问题：一种没有反讽的诗歌是否还有可能。

　　反讽是为了将诗意拉回大家更易接受的层次，是现实中合理的幽默感和中和。他的诗恰恰是不妥协的诗，他深知这种从虚无向肯定性迈进所受的种种质疑，但他信任真实的情感，信任那种崇高的感情依然是人类社会更高层面的精神根基，尤其是信仰这种情感，仍然是可以从正面实现的。在《夏夜》的结尾："我们脚下的大地并非静止，／而是一颗行星绕着太阳日夜飞行。我们生命的爱与望／是一团被黑暗包裹的光，在浩瀚的边际，急速向前。"

　　多么有力！个人的真实往往极其强大，很多人却只写出了老套和虚弱。许多人写的很有意思，有的特别有意思，但读多了，不是语言，而是那种调子让人感到无趣——没有超出个人的小小局限，那个卑微的自我。很多人似乎不敢触碰那些更严肃庄重的情感，对意义完全无力信任。在每个时代，怀疑主义都是主流，这是人类生存哲学养成的狡黠天性，是人类知识和文化的自然属性。特别是当代的严酷，令人类（人们总是倾向于认为自己的时代是最严酷的时代）采取一种对抗和漠视，太多人保存柔软心灵的方式是类似家庭冷战的生硬，以及不是带着自信而是稍微带点自卑的自嘲。佩特雷蒙特谈西蒙娜·薇依时说："只有先培养起勇敢精神，克服身上的一切软弱之处，然后才能使软弱，更确切地说，使这种软弱的轻微痕迹成为感人和美好的东西。"热烈和纯粹虽然有时显的柔弱，但有时极其强大，肯定性是压倒性的力量。当代写作中呈现出的泛空虚主义，是一件令人忧心的事。反讽和纯粹有着共同的真实渴望，都有着积极与空虚的双重属性。但要区别，反讽中有更高的心智，不一定有更高的心灵。更高的心智有力，包含着对纯粹的不信任，试图通过下沉、揭露的真相来丰富诗歌，而更高的心灵信赖纯粹。正如扎加耶夫斯基所说："诗歌和怀疑互相需要，但诗歌超越怀疑，指向我们未知的东西。怀疑是多少有些自恋的，它挑剔地看待一切事物，包括我们自己，以及可能安慰我们的事物，诗歌正好相反，它信任世界，相信美与美的悲剧的可能性。"在雷武铃的诗中，经常出现的那些神圣的光辉时刻，是一种真正的照耀。

在当代诗歌中，很少有人把道德上的严苛贯彻到如此的程度。这种严苛，在他对真实毫不妥协探求的基础上，主要体现在他诗中的秩序感。他说过的一句我印象特别深的话："我最大的道德热情，就是保持逻辑上的清晰。"我理解这句话的时候，明白了它不仅是针对现实生活、精神生活的，还是针对美学的，形式的。他对真实的追求，对自我的严厉内省，对内容形式近乎洁癖的严格自觉，都体现着写作品格。在他写作的成熟期，没有写过一首和自己没有关系的诗。他写的一切都是从情感中真实生发出来的，只有绝对真实，与自己攸关的题材他才会写，也就是说，不是看能写什么，而是看哪些是最切身的，最急迫的，这对他不仅是美学自律，更近乎一种本能。这样严苛朴素节制的美德，来自他气质中令人惊叹的本性，他在美学上的强大认识。

我们都知道，真实既是个人品德，也是文学观念，在文学上实践这些美德，比生活中更难。他最有力的部分，即这种情感的真实性和纯粹性，具有一种单一性，即它和中庸的情感是不是匹配的，是很高的一极。这种单调，既是由他的纯粹造成的，也是由他的"不和解"造成的，他不愿意迁就，害怕迁就让他失去最宝贵的向上的趋近，为此他甚至摒弃了许多最常见的吸引人的技巧，而是选择了最难最扎实的描述，他也很少脱离控制让情感主导诗歌。任何单一的东西，都会显出不适应，甚至在时代洪流中显得脆弱。为什么最有力的东西会显得脆弱呢？因为它太纯粹了，超出了大部分人生活现实和真实。他考验的是我们承受纯粹情感的能力。如果不是如此，他那些过于执着的描写就不容易理解了。

所以，他这种严苛中包含着一种骄傲，他对自我和美好的向往热爱，对意义的绝对信任。他以这些对抗住试图否定我们的一切。我们理解，美好之情，诸如感伤的正义，就像小时候一些天真的是非观，不允许大人伤害益虫、不吃自己养的动物，这些都是非常纯粹的感情。这种感伤的正义在现实中，随着人的所谓成熟，会妥协，会调和，走中庸的路子。但有些人会以某种更为深刻的方式把这种天真保存下来，成为他道德观念的核心部分。单纯的是非观进化为正义观念，对弱小动物的疼爱演变成了真正的爱的能力，以及坚定地站在弱者一边……这些天真的情感成长起来是善的哲学。在雷武铃的气质中，有着强烈的是非感，是，或否。不管这种决绝有多艰难，他宁可和所有人站在不同一边也要靠近真相。他是我认识的人中，气质上最接近维特根斯坦和西蒙娜·韦依的人。他精神上的纯洁，以其思想（不流俗，自我

（雷武铃译介过的美国女诗人毕肖普）

思考，深刻的发现和认识）和人格魅力（对现实严厉、不妥协、格格不入），展示出强大。体现在写作中，是严苛的清晰，朴素，不争论，但坚定，自信，的确到达了一种生命的高度。

　　认为它过于说教的质疑，来自现代艺术思想更新中与传统的断裂带来的对经典模式的质疑。另一个质疑是它并没有看起来那么强大，扎加耶夫斯基缺少的那种最有力的东西，即，对这世界的深渊的触碰，这种过于文明的声音，终究为他的诗带来了一丝柔弱，这一点在雷武铃的诗中的确也有所体现。他达到的高度，从光照的层面来说更为真实。这种光照让身边的事物被我们看到，让我们在空虚的生活中发现那些积极的肯定性的力量，诗歌成了一种引导。这并不是一个巧合：在《冬天的树》三个层次的递进中，在他自我教育和诗歌现代化的发展之路中，在《远山》风景和认识的爬升中，《白鹭》从有限向无限的迈进中，还有他真实自我向人生经验的提升中，都有一根向上爬升的线。他不断重复着这条上升的斜线，因为，这是他诗歌中肯定性的本质表现。面对深渊，虚无，光照三个层次，他的诗或许只在光照的层面最为有力，但丁那种才是真正写出三个层次的大诗人，光照的层面类似于炼狱和天堂的光辉层面，而社会中的恶，平庸，这些地狱（深渊）中的东西直接写也很有力量，却并不是每个诗人都能进入其中。那的确是另一种强大。扎加耶夫斯基更多地触碰阴影，但也到阴影为止，是在阳光中看阴影的，米沃什是从阴影中看阳光。雷武铃的方式是直接写高处的光，不进入到黑暗中去。他信任光足以对抗黑暗，以光照赋予现实世界秩序。就是在日常题材中也是一样的，很少用反讽什么的来体现，像"广场上人挤人的宏大景观"，还是老老实实的描述，不在语言上体现立场，而是让场景自身的滑稽自己体现出来。这在怀疑主义的时代是极其另类的，我不知道在题材和手段上的损失能不能被这种光照弥补，我只知道，在某个程度上写出最深刻的东西，已经足够了。

　　写到这里我知道不得不结束了。这篇文章起于一个非常高的调子，并且，几乎在一个过于传统的辨识氛围，洋溢了过多的热情，谈论了太多的崇高、纯粹、美好，这在当代是不流行，甚至是引人怀疑、否定的。艾略特说新作品的加入，使经典构成发生着不断的细微变化，大多时候这种变化是个持续的过程，是一点一点发生的。而在中国现当代，由于新诗和古体诗的断裂如此猛烈，一种新的文学体裁正重新成长，孕育自己的经典。虽然它们终归会汇入中国传统的河流，但这一代的优秀诗人，具有里程碑意义。当我们自己的优秀诗人成长起来，那些国外的经典诗歌，在伟大之余体现出了一种疏离。因为不管毕晓普、奥登还是阿赫玛托娃、米沃什、卡瓦菲斯，都生长在自己的文化中，它们写出了人类普遍的处境而显出伟大，却没法把我们日常中最细微的经验写出来。现在我们自己的优秀诗人，举我自己喜欢的诗人为例，雷武铃、徐芜城、萧开愚、杨铁军、周伟驰和王强等等通过自己的诗写出来了。我们自己的语言，我们自己的经验。这其中，雷武铃是让我受益最多的诗人。在当今时代，这个信赖意义的诗人用毕晓普式的少即是多，写出了最令人信服、深刻的诗，考虑到他选择的诗歌类型，可能是我们这几十年来最为沉默的高亢之声了。他的品质中真的有维特根斯坦和西蒙娜·韦伊那种严苛和纯粹，那种极其强烈的是非感，以及对逻辑巨大的道德热情，当他将这些实践到诗中的时候，注定了他不可能很快被广泛真实地理解——因为，真实地理解他，意味着认可这种伟大。

（2016 年 8 月 北京）

（王志军，当代诗人。本文谈论的诗歌参见本书雷武铃的诗）

诗 说

不惟陌生的逃遁

刘阶耳

读诗，写诗，然后在课堂上讲诗，或许在我平淡的生活中再琐屑不过；我不甘规训、平庸的内心，却为此多了一个平衡点。

我似一个杂食动物，对各类诗都充满了敬意。当下的文化产品就不用说了；古人的老外的我都设法接近。很久以前，唯唐及唐之前的诗令我感佩，现在尝试着读宋以来的诗；由于不通外文，老外的诗基本上靠译本，所以平素非常关注这方面的信息，尽量搜集。自知我所看到的诗乃经许多合力作用从而为我所寓目，所以，我对诗歌编辑、古籍整理者、译者始终充满了敬意，此外，新媒介传播诗的各种方式，我既不排斥也不耽溺。诗、歌、舞曾经同源；诗也曾经因为入乐（谱曲），流传了许久；传播诗的各种媒介究竟诉诸神经系统哪个被感知的层面，的确匪夷所思。

所以我写诗，是正儿八经的"写"，与"创作"的高雅攀不上边。我总是写在纸上，然后一遍一遍地修改。直到前几年听一位年长的朋友的劝才开始往电脑里输，或许这不失为保存的良策。

但我不习惯直接在电脑上敲字，或在手机上划字。因为汉语输入我只会拼音，故我固执己见，认为汉字是象形文字，用拼音来输入，显然无益于"母语"语感的先行领悟。虽然往电脑输入时，我仍不惮其烦地反复修改。

从十八岁开始有所悟，二十岁痴迷，以至到现在，写了多少篇我也不清楚，散佚的不足惜，还能找到的也无所谓。如果我还曾呕心沥血，那是由于我觉得并非所有的感触都宜于诗的披载，所以当我有所敬畏时我不免丧气。我始终站不到月亮之上，我只能一任属于我的，以及不属于我的欲望潮汐般将我扯来扯去。我在思，其实也是在听，唯有那缭绕的无意识的引力将我托出语言的界面，我有我的话语，寒碜。然而我满不在乎。

语言的在场感是否容忍我的聒噪？我很无奈。

鲁迅说，唐人已把诗做完了。事实上我们均宋诗的后裔。面对厚重的传统，我们其实是倒着爬行。

课堂上讲诗所以不免自鸣得意。我是贴着语言而去的。我像"新批评"主张的那样一字一字地掂量，哪怕一个标点也不放过；只有在那时，我方觉得诗赐予我的绝非妄谈。在语言的边界处，欲辩忘言，每每令我生疑。

我仍失语。

即使在我缄默之际。

诗歌既可以"因事而起"
也可以"因文而起"

王东东

当代诗歌能否成为典范，要看它能否表达居于文明核心的观念，遏制住它的争吵，而不仅仅是为人带来情感慰藉，虽然后者也是诗歌义不容辞的责任。对于一切当代文明的核心那矛盾的果壳，最杰出的哲学家也要借助于诗歌的综合力量才能进入，并且在打碎之后重新整合。诗歌想要达到一种知性或曰智慧的抒情，然而随着经验的增加，这个目标变得越来越难。但也正因为此，对于我来说，诗歌成了一种对人性的希望，同时也是一种抵制荒谬和悖论的力量。我相信，诗歌的困难就是生活的困难，诗歌的幸福就是生活的幸福，真正的诗人应该是真正在生活的人。让我们把声音放得再低一些，让我们把身段放得再低一些。诗歌应该是来自文化深处的福佑。如果一个诗人足够幸运，他也会成为这文化的一部分。每一种文化或文明都有其黑暗的部分，诗人了解这黑暗的部分，但更应该为文化寻找光明，为人性保持希望。我最近的诗往往隐去了生活经验，而托之于一种文化经验。我以为，诗歌既可以"因事而起"，也可以"因文而起"。

词语的擦痕

程一身

　　词语真的能和生命发生联系吗？或许。但它究竟是折一个人的寿还是延一个人的寿呢？我不信任任何一个人就此发表的言论。依我此时的心态，我更倾向于认为它们并无联系。现在我喜欢把词语和虚无联系起来，我感觉它们更亲近。如果说生命从子宫中来，到虚无中去，写作是否从心灵中来，到虚无中去？直接地说，写作这种词语的组合究竟有何意义？它只不过是被偶尔保留下来的生命擦痕，接近于虚无的擦痕。

关于诗的写作

易彬

1. 我只是一个碰巧写过一些诗的人，并不指望这些文字会改变什么。
2. 诗是少数人的事业。
3. 诗的写作是一种本分。诗人最根本的职责，在于把诗写好。
4. 诗有无数种写法。写法本身并无关优劣与否，合适、得体就好。在目前这个嘈杂的时代，我更希望多一些慢的、小的、轻的写作。

回忆与叙事

起伦

　　回过头来冷静地审视自己的诗歌来路，发现不经意便有了变化。年轻时，诗歌创作追求意象的奇崛突兀，语言的跳跃和新颖，喜欢抒情，喜欢一首诗看起来是舞蹈。而现在，更喜欢表达的纯净和顺其自然，喜欢把心事更多隐藏在平淡的词句之后，喜欢回忆和叙事。就像日常与人交往，不再慷慨激昂，唯一的锻炼方式也只是散步。这是不是在不自觉中，符合了一些诗人和诗评家提出的"中年写作"？

诗的古典品质与当代歌谣

于艾君

　　我希望我的作品能在一种开放的语言状态中拥有诗的古典品质，这种"古典品质"大致可以描述为"平和又尖锐、直接而深远"，有时我甚至希望它能成为"当代歌谣"，它因写作者在叙述中与语言的种种奇遇，实现"个人文体"的复杂性和传播的有效性；它因语言的加速度，因对"日常"和人性的发现、概括和提升而获得。

批

评

敞开的难度

——亦来诗歌的近距离观察

李建春

　　身边的朋友中，受90年代诗歌影响而起步的人很多，亦来是其中之一。所谓90年代诗歌，一种集体困境下的精神症候在诗学中的反映，最近的十年中，已成为热门博士论文论题，这里再简单地谈就没意思了。我自己在90年代，基本是按80年代的精神写诗。2002年，我与亦来、王敏共同编辑了民刊《向度》，尽管只出了一期，却将当时最有创造力的写作者无情地扫描了一遍。这大概是我们进入"90年代诗歌"的开始。并发现这是一种出路，合法的出路。因为在当时，"不合法的"写作在一种话语强势下，已逐渐淡出人们的视野。我的情况是，刚刚进入体制内，需要消除那种据说是泥沙俱下、玉石不分的诗情中瓦石的部分——去他的，我现在就是喜欢这些瓦石——总的来说还是资料的缺乏，以及友情的影响，和想做一个纯粹诗人的愿望，决定了我们在近于抱团取暖的几年中，切切实实只做"文本的努力"，其他方面，决不惹事，将在生活中表现出的诗人气质视为禁忌。我把自己逼到宗教中去。亦来才刚毕业，恋爱和工作已够他忙的。大学时代，他受到剑男的有益影响，形成了一种宽厚的语调，和某种浪漫倾向——十年后的今天，我已能清晰地看出他对浪漫的放逐，在多大程度上伤害了他，又在多大程度保护了他。养成一个犬儒是需要一个过程的。一方面希望纯化语言，另一方面又畏惧语言的诱惑。语言诱惑，根本就是激情的诱惑！犬儒也可分为快乐的犬儒和憋屈的犬儒，九十年代属于快乐的犬儒，我赶上了。亦来一开始就是一个憋屈的犬儒，一毕业就分到一个好单位，不敢动了，印象中他似乎婚后一直与老人住在一起，因此他比我有福得多，但在表达上受到很大的压抑。

　　亦来在习作阶段呈现出某种唯美的趋势，在还没有找到要说的话的情况下，从青春的焦虑"赋"出意象，若隐若现的象征，似曾相识的语感，这些"青春写作"至少为他后来准备了一个诗形：匀速、整齐的长句，间接从浪漫主义得来，他的声调平缓，没有特别刺人的东西，但是暗中开始了另一种美，随着阅历的增加，这种美最终会金蝉脱壳。这是幻象与时间之战。亦来的时间，一开始是奇怪地隐藏着，这就是为什么他没有稳定的主题，而只有一个说话人的声音，就是这声音我也觉得是临时的，因为它其实是一种姿态。他意识到自己是"快速说话者"或"快速散步者"，这个看似自然、无害的源于特定年龄阶段的习惯，被反抗者用作普遍消沉中持续的能指，一种身体性标记。所谓日常生活的批判和解构，作为后革命时代继续革命的方式——亦来曾嘀咕"我仍是美的左派"，他用"布尔乔亚"这样的字眼，自况今天可能被称为"小清新"的一代年轻人的生活情调，可见他是在变革的可能性悬置的情境下，生活和写作的。2006 年的"室内诗与室外诗"是标志他成熟的一批，正好在他而立之年，我们可以目睹"小清新"怎样变得老成，成了"中年写作"，像崔健的摇滚念白似的快速语调，朋克语调，不经意中还会保持一段时间，但是慢慢地已不再是优点，时间似乎给了诗人一字一顿的悲剧性力量，不过细品呢又不像悲剧，甚至也不像他自称的那么"颓废而无望"，我觉得他其实已接上了苏轼式的虚无的豪放：

> 军人，英雄；政治家，国家元首；
> 歌唱家，让人民欢呼；
> 运动员，让祖国流泪；
> 到国外去，或者从国内到外星球去……
> 童年呵，一想起你，我问心有愧。
> 俱往矣。而如今
> 做一个被逐出了理想国的人多么好
> 一个颓废而无望的人

这种明确性，虽然还不够响亮，但是已接近豪放派的范畴了。亦来懂得用自己的方式畅快起来，有时以弗罗斯特式的穷形尽相的叙述，把一个话题说得很透彻，甚至过分，往往言在此而意在彼。较典型的例子是《己丑年的失败足球队》（2009年）：

> 老实讲，这是支受人欢迎的球队，
> 但没有一个拥趸。它当然也没有
> 自己的主场，却有更广阔的天地
> 各式各样的邀请赛里，它是常客

作为理想的陪衬，它不断地失利
让另一支球队为城市的节日揭幕。

它有一个忧郁的门将，在后防线，
四个轻佻的胖子占据着绝对主力
三个中场视力不佳，传球也粗心
说到三个前锋，观众更喜欢合称
他们是三脚猫。至于球队的教练
在场下他是一个酒鬼，一个姘夫。

　　这是诗的开头二节，像卡夫卡的小说。像这种写法应该引全文的，因为它只是有机地构成整体效果，无法从中抽取诗眼或佳句。对一个传媒时代的现象，呈现其自身的戏剧性，太简洁、明确、真实，反而又不透明了。像这样艺术地写作，是成熟的残酷之一。魏天无认为亦来的诗具有"纸面的象征世界与现实世界"，如果说唯美的、词的写作是以象征世界"映射"现实世界，那么中年以后"时代传染病"的现实，反过来也映射出某种"失败"的象征。在"反抗话语"已成为时尚的今天，什么样的主题，还需要如此隐晦地表达？在一个曝光的时代，真正的敞开难度在于何处？"童年啊，一想起你，我问心有愧。"他居然试图忠实于自己从小所接受的宣传教育，并为之而痛苦！这就一点也不"合法"了！这个问题太严重而普遍，却很少人愿意诚实面对，承认被灌输的那一切，至少也描绘了一个理想或理想的替代。那么解开真相是否就意味着虚无，什么理想也不要了呢？诗人宣称："做一个被逐出了理想国的人多么好"，却又"问心有愧"，可见他不是泛泛地做出俱往矣的姿态，而是进入严肃、真实的纠结，这个豪放的虚无气质或荒凉风度，是贯通了中国文人的传统和当代史的。

　　　身下的床乃是中世纪的刑具。

　　亦来头脑里的东西，所涉及的题材和问题的向度，常是深重而多元的。布罗茨基曾赞扬曼德尔斯塔姆是"文明之子"，同样，一个汉语诗人，在两千年未有之大变局后，也是不得不在"世界文明"的范畴下写作，文言传统或许真的只能作为"基因"（习近平语），重建在语言深层，一个当代诗人的时间主题，哪里只是"大江东去"那么简单！

> 二十年前，你是右派，却用左手写字，
> 你带着学生背语录，跳忠字舞，
> 在他们的欢乐里，你笑得战战兢兢，
> 慌张地躲避着，他们斗志昂扬的青春期。

　　如此寥寥的几笔，一个基层右派教师的形象跃然纸上。右派是实，左手写字当是虚。其一，表示他可能并不真诚；其二，是不得不左了。右派帽子取戴随意，字是白纸黑字，历史中的真实表现。意识形态鼓励人表里不一，它在意的其实只是表，你的里又从何谈起？阶级斗争中，最积极的往往是有问题的人。等到你敢于真诚了其实已什么都没有了。现代史的时间的荒凉就在于此。注意这种字眼的耦合和张力方式，早已超越了译诗影响。"左手写字"的实际力度是："你经常背着手在校园里散步，／像消音器，把安静如雪球一样滚起来。"这个比喻从一个孩子视角，把身历其境的小小暴政表现得淋漓尽致，而接下来的叙述，联系到传主的"历史右派"身份，就特别有意味：

> 我依然记得某个炎热的下午，
> 你在空旷的体操房里给我们讲
> 刚刚发生的苏联解体和东欧剧变，
> 你说得声色俱厉，仿佛下面坐着许多
> 危险分子。我一边呼吸着隔壁化肥厂的氨气，
> 一边冷汗涔涔，皮肤散发出酸味，
> 好像真的变了质一样。

　　氨气—冷汗—酸味—变质，既是现实的描写又是隐喻，包含了复杂的观点。感性和知性浑然一体，却是"赋而不兴"，把议论的可能性压下去。此诗后段写到与老校长的最后一次见面是在医院，已奢侈到敢于谈论肖邦："你居然和我们谈起以前从来不谈的／话题：比如诗歌，比如音乐。／你说你喜欢肖邦，我便答应／下次带去一盘磁带。"

但肖邦终究没有 / 弹奏起来。

亦来在青年时期常以身体繁殖词语，越到后来越突显出一种智慧，不动声色地表演戏剧，却更多的是喜剧。《敞开的难度》（2014 年）简直有单口相声的效果："有些话"啊——你看他表情的诡秘！他铺开的方式，不是平面的联想和罗列，而是让"可能性"和"教训"，延烧到超现实地域：

有些话可以在深夜说不能在清晨说
有些话可以之前说今后说不能现在说

有些话可以在海底说不能在山顶说
有些话可以在别处说在他乡说不能在这里说

有些话可以奔跑时说不能停下来说
有些话可以晒网说不能打鱼说

有些话可以睡着了说不能醒过来说
有些话可以搁下筷子说不能端起碗就说

有些话可以低头说不能抬头说
有些话可以对大众说不能对小众说

要评价这样风格的话，恐怕已不是一时一地的"小众写作"，而是进入了"大众范畴"，某种"典型"的范畴，动机复杂，但是语言明确。有点像智利诗人帕拉的"反诗"。真正好的诗人，总是有一种世故，一种难以驱遣的悲伤，但是又极冷静，仿佛除了艺术，他不再关心别的东西。

亦来是自白派诗人普拉斯的译者和研究者，至今还只写过她一首诗。在此引用《西尔维亚·普拉斯》的最后四行，以造成与上面的口语感觉相对照和相纠正的印象：

厄勒克特拉诅咒双亲的游魂。
她成了弗洛伊德的病人和波伏娃的注脚，

谁又在意她曾用精致的刺绣
向心中的故园致敬，然后才转身离去？

　　这种铭文似的简洁的注脚，是对一个诗人一生的评论。亦来的诗常有严谨精确、随机发动的智性词汇，这特别反映在他近年为数可观的游乐诗中。公平地说的话，现代诗到完全成熟的境界，也是可以随意地倾注作者的经验、情绪、智慧、谈论，如李白杜甫曾达到的幅度，只是情境已完全不同；而当代生活又这么有趣，混乱不堪不亚于一个诗人敢于仗剑杀人的唐朝，诸君勉旃。

　　　　　　　　　　　　　　甲午年小雪，晴，武昌昙华林

　　　　　　　　　　　　（李建春，诗人，现任教于湖北美术学院）

他者

街道的面孔

汪民安

　　如果像荒木经惟那样，将城市比作一个身体的话，那么，街道就是这个城市的血管。在密密麻麻的城市建筑中，街道总能闯出一条通畅的路径来。街道似乎有某种魔力，它的延伸十分有力、充满耐性、不屈不挠，最后，总是能够巧妙地绕开建筑物的围追堵截，将其终端伸向城市的边缘：只有城市消失于泥土和村庄的时候，街道才藏起它的踪迹。

　　街道，正是城市的寄生物，它寄寓在城市的腹中，但也养育和激活了城市。没有街道，就没有城市。巨大的城市机器，正是因为街道而变成了一个有机体，一个具有活力和生命的有机体。街道粗暴地将一个混乱的城市进行切割，使之成为一个个功能不同的街区，但同时，它又使整个城市衔接起来，城市中的建筑物正是因为街道而有了千丝万缕的联系，街道就像城市的语法，它们决不会撕断自身的链条。建筑物就像这个语法轨道中的单个词语，借助于街道，它们具有句法上的结构关联，正是因为街道，建筑物才可以发现自己在城市中的位置。街道和建筑物相互定位，它们的位置关系，构成了城市的地图指南。城市借助于街道，既展开了它的理性逻辑，也展开了它的神秘想象。同时，城市在街道上既表达它清晰的世俗生活，也表达它暧昧的时尚生活。街道还承受了城市的噪音和形象，承受了商品和消费，承受了历史和未来，承受了匆忙的商人、漫步的诗人、无聊的闲逛者以及无家可归的流浪者，最后，它承受的是时代的气质和生活的风格。街道，是一个没有寂静黑夜的城市剧场，永不落幕。

一、街道上的人群

街道这样一个剧场，总是让目光应接不暇：

街。

街有着无数都市的风魔的眼：舞场的色情的眼，百货公司的饕餮的蝇眼，"啤酒园"乐天的醉眼，美容室的欺诈的俗眼，旅邸的亲昵的荡眼，教堂的伪善的法眼，电影院的奸猾的三角眼，饭店的蒙眬的睡眼……

桃色的眼，湖色的眼，清色的眼，眼的光轮里展开了都市的风土画：直立在暗角里的卖淫女，在街心用鼠眼注视着每一个着窄袍的青年的，性欲错乱狂的，梧桐树似的印度巡捕，逼紧了嗓子模仿着少女的声音唱《十八摸》的，披散着一头白发的老丐；有着铜色的肌肤的人力车夫；刺猬似的缩在街角等行人们嘴上的烟蒂儿，褴褛的烟鬼；猫头鹰似的站在店铺的橱窗前，歪戴着小帽的夜度兜售员，摆着史太林那么沉毅的脸色，用希特勒演说时那么决死的神情向绅士们强求着的罗宋乞丐……①

一个接一个的并列句子，一个接一个的形象拼贴，一句赶似一句的语速，这是叙事的眩晕，它暗示和匹配着街景的眩晕。穆时英的小说就这样将街道上人群的丰富性展现出来。这是街道的一个局部的人群素描。这些人群并不相识，妓女、乞丐、人力车夫彼此不知道对方的历史，但各自以对方作为自身的浓密背景。这些在城市中没什么机会的人，只能在街道上耐心而又无谓地等待机会。陌生的个人等在街道上，也被淹没在街道上，然而，它们的等待还被另一些人——那些闲暇的文人——所等待。文人、乞丐和妓女成为街道上的三个经典形象。穆时英在30年代的上海街头捕捉到的这些人群，在波德莱尔的巴黎，也出现了。本雅明称这些人为游手好闲者，这些游手好闲者也是一些逍遥法外者，他们既抗议劳动分工，也不愿意勤劳苦干，于是，任何一个工场都不是他们的合适场所。街道成了他们的去处，他"走进一个又一个商店，不问货价，也不说话，只是用茫然、野性的凝视看着一切东西。"②市场变成了他们的最后一个场所，而人群则是"这些逍遥法外者的最新避难所，也是那些被遗弃者的最新麻醉药。"③街道就这样包容了逍遥法外者。他们将街道转化为自己的室内。文人迈着龟步，在这里寻章摘句，他们从街头的每一个片断中采集诗的意象；乞丐蜷缩在这里，紧缩着脖子，看起来是胆怯的目光，却富有经验而锐利地盯着过往的行人；而妓女通常借助于符号的招摇，带着客人穿过街道的尽头，消失在城市的黑暗深处，城市，正是借助妓女的脚步而展开它全部的街道秘密，"在嫖娼之举的推动下整个街道网络都打开了。"③文人并不刻板地安排自己的时刻表，他出没于街道全靠兴致，街道是灵感和生活的双重源泉，对他们来说，写作不是在房中，而是在街头，引文不是书籍，而是街景；乞丐则永远在街道上，街道是他的长年居所，是他的密切家宅。乞丐惺忪的双眼看护着街道的一切秘密。他不是来到了街道上，而是生长在街道上，就像路灯柱子安装在街头一样。较之乞丐的懒惰、文人的闲暇而言，妓女则辛劳得多，工作使她改变了街道的时间，她们将街道的夜晚改写为工作的白昼。她们袜子里面的钱，既像乞丐不离手的饭碗，也像文人书籍底部的脚注。街道的这三个相关联的经典形象，一直刻写在大城市街道的历史上，无论是19世纪的巴黎，还是30年代的上海，以及今天的北京和纽约。街道的形象和两边的建筑物在变化，但是街道的这三个经典人物形象却一直长存着，今天，文人还是纷纷地挤在了小酒馆密布的街道；妓女则一直保持着她在楼层下的黑暗阴影形象；而乞丐永远是在人行道上无休止地纠缠。街道塑造的这三个形象，可以同任何一部伟大名著的人物形象相提并论。

这是街道生产出来的稳固常客，他们是街道的栖居者，同街道相依为命。目光搜索，是这三个形象的共同姿态，对他们来说，街道是献给纯粹目光的礼物。同时，他们也是街道的构造本身，是街道不可分离的要素。这些形象，也是街道奉献给过客目光的特殊礼物。这纯粹是街道催生的产品，一开始，他们就对街道进行强盗式的占有，将街道生活悄悄地挪用为自我的生活。将街景变成自己的装饰背景，将人群变成自己的顾客，街道变成了他的私人财富。"他靠在房屋外的墙壁上，就像一般的市民在家中的四壁里一样安然自得。"⑤这种抢占式的街头风格，是德赛都抵抗理论的最早的实践种子：大都市的诞生，一开始就伴随有对大都市的廉价而巧妙的利用。

　　还有另一些对街道的利用方式。劫匪和小偷通常利用街头的广袤性来行动，街道提供了他寻觅猎物的机遇，也为他提供了一幅能够迅速逃离的布景。街道是作案和流窜的绝佳舞台。由于街道是不设防的，敞开的，流动的，并且十分广阔，罪犯既可以巧妙而安静地侧身于人流中，也可以一头扎进人流中。借助于密密麻麻的人流，他形单影只的罪恶身影得到了克服和掩饰。即便出现了追逐，罪犯还是富有经验地将人流作为追逐者的障碍。街头的追逐，绝不会是两个人在旷野的狂奔。人潮，被罪犯视作是天赐的屏障。罪犯对街头的选择，就下手而言，是对单个个体的选择，就逃离而言，是对整个人潮的选择。街道的敞开性和广阔性，即使罪犯的步伐收放自如，也令另一些心事重重的人可以得到片刻的喘息——这是些愁绪难以排解的人，他们孤单的身影在街道上徘徊，不过，这些身影既不对街道充满好奇，也不对街道抱有任何的实用目的。街道，在这里并没有得到反复的打量，相反，他们的眉头紧锁着，眼睛不是在往外观看，倒像是在内部埋藏着困扰。这些身影踯躅于街头，是因为只有街道才能消化这些困扰。喧嚣可以反衬他的孤独。对他而言，街道可以当作一个片断的回避性场所，一个逃离了限制性空间的场所，街道临时性地变成了一块自由飞地。街道，由于暂时将日常的政治逻辑和权力逻辑置于身后，因此，在这些心事重重的人们那里，却奇特地变成一副安慰的药剂：当人们发现家庭难以忍受的时候，他们往往就身不由己地选择了街头。同样，当内心的波澜无法平息，复杂的矛盾难以解答的时候，人们还是可能步履蹒跚地踏上街头。最常见的是，当人们实在不知去哪里的时候，他们就不由自主地迈向了街头。晚年的波德莱尔，由于疾病和债务的追逐，"并不总是很情愿在巴黎的街角上撞见他的诗的问题……他一点一点地抛弃了他的布尔乔亚生活，街头便日益成为他的庇护所了"。⑥有时候，在广阔街头的漫步排遣类似于一个人在卧室内的低声啜泣。后者是让重重心事在一个隐秘的场所不顾一切地轰然洞开，前者则是让重重心事缓缓地消耗和播散在一个空旷地带。在此，街道承受了焦虑，并且试图慢节奏地化解焦虑——来自封闭的空间政治的焦虑。对于那些难以面对现实的人来说，街道，是一个恰当的回避性场所。如果说，密闭的空间总是会被各种压力充斥的话，那么，人们踏上了街道，似乎就甩下了一个令人不堪重负的担子。此刻，街头混浊的自然空气，却奇特地转化成为清新的精神空气。

　　不过，这是少量的街道人群，街道还充斥着大量形形色色的匆匆过客。如果说，街道提供给乞丐、妓女、文人、劫匪和心事重重的人以庇护的话，那么，对于这些大量过客来说，街道提供给它们的仅仅是一个通道。在过客这里，街道的功能发生了变化，它成为庞大城市的必要通途，是两个建筑物的必经桥梁，是城市的理性逻辑。文人在街道上漫步，他等待着灵感的降临，妓女在街道暗处察言观色，她等待着同男人的目光进行微妙的交接。但是，这些形色匆匆的过客们，目不斜视。爱伦·坡这样描述了这些人："绝大多数行人有满足的、公务在身的表情，而且好像只想着走出拥挤的人群。他们皱着眉头，眼睛飞快地转动着；在被其他行人冲撞时，从不表现任何不耐烦，而是整理一下衣服，继续向前。还有另一类为数不多的人，他们的行动烦躁不安，脸色红胀，口中念念有词，并向自己作各种手势，好像就是因为周围的人太拥挤而感到孤独。"[⑦]街道真是将历史的时间沟壑拉平了。坡所描述的那个时代的街道行人同今天并没有太大的差异，坡笔下的这些人是"贵族、商人、律师、经纪人和金融界人士"。如果加上现代科层制度所产生的大量上班人群，这就是今天在街头匆忙过客的主体了。坡是作家，他绘声绘色描述的是街道行人的行色，恩格斯则是带政治抱怨地评论了这些行人的关系："他们彼此从身旁匆匆走过，好像他们之间没有任何共同的地方。好像他们彼此毫不相干，只在一点上建立了默契，就是行人必须在人行道上靠右边行走，以免阻碍迎面走来的人；谁对谁连看一眼也没想到，所有这些人越是聚集在一个小小空间里，每一个人在追逐私人利益时的这种可怕的冷漠，这种不近人情的孤僻就愈使人难堪，愈是可怕。"[⑧]街道仅仅是通向一个建筑物的路途，一个被交通惯例操纵的路途。这依然适合于今天的街上行人的描述，人群不仅彼此没有联系的愿望，而且连街道的细节都没有时间打量了，人们此刻的愿望是快速地将街道抛在脑后，占据他脑子里的是即将抵达的室内的事务。一旦将街道看作是路径，那么，街道是否通畅，人流和车流是否密集，人是否构成另一些人的障碍，成为这些街道行人出门前的一个茫然心事。而行走，无论是方向还是姿态，则全凭着养成了惯例的本能，这是毫无意外性的行走，它如此的刻板，如此的单调，如此的具有目的性，以致可以将这种行走当作工作的一个紧密环节，而不是工作之外的必要前提。而今，在街头等公交车的人，对他人不仅仅是冷漠，而且还夹杂着微妙的敌意。在街道上，最常见的戏剧行为是对于公交车的抢占，当公交车驶入站内时，等待的行人争先恐后，一拥而上，并且奋力地将他人挡在身后，从远处还有人喘着粗气往车站大步地奔来。这是街道上陌生的行人之间发生的唯一关系，只不过这不是恩格斯期望的热烈关系，而是彼此的竞争关系：所有的人都将他人看成是妨碍自己的对手。街头的这一短暂骚动时刻，也是街头最富有活力和动感的时刻，行人感觉到了人群的存在，但和文人不一样的是，他不是将这个人群看作是一个诗意的想象来源，而是将人群看作是焦虑和烦躁的根源。对乞丐和妓女而言，人群既是庇护，也是机会。对匆忙的行人来说，人群是一个巨大的怪兽，人们总是抱怨人群庞大的数量挤满了街头，但从来没有自我谴责地将自己认作是其中的一个多余分子。人们心安理得地习惯于这种街头的交通抢占，但这种抢占不是为了徘徊于街头，而是为了尽快地离开街头。在这里，街道完全是一个毫无景观性的冷漠器具，一个烦人的机器，一个充满噪音的怪物，而街旁的建筑物像一些盲目而呆滞的树桩一样毫无生气。街道，并不值得驻足停顿。就这样，匆忙的过客改变了街道在文人那里的暧昧含义，街道的语义随着步行者的身份变化而发生了变化。

由于这些上班的人群遵循固定的工作时间，他们被一种刻板的时间表所严密地编织。街道就根据这种时刻表展开它的运动节奏。他们几乎是在同一时刻从居所和办公室拥上街头。这样，某个时候的街道的人群总是饱和的，此刻，街道上人头攒动，街道缓慢、拥挤、令人烦躁不安，在另一些时候人群则相对稀少，这个时候，街道清闲下来，变得稍稍安静、稀松和快速，有时不免带一点点寂静的荒凉。街道就这样有规律地布置着自身的节奏和密度。就事件而言，街道是偶然性和机会的伟大场所，但是，就节奏而言，街道又是日复一日地重复的、单调的，乏味的。街道牢牢地把握着自身的节奏概率。这是街道的法则。那些对街道的规律和秘密洞若观火的人，知道如何对这种秘密进行利用和反利用，驾驭和反驾驭——无论是看护街道的巡逻警察和交通警察，还是伺机行动的街头劫匪和街头骗子，都是驾驭这种街道节奏的高手。警察和罪犯的街道争夺，总是围绕着街道的法则而展开的争夺。

人人都可以随时踏上街头，但人人都怀揣着隐秘的目的。街道就是这样一个宽容的器皿，是一个可以不需要门票地将任何人盛装起来的慷慨而巨大的器皿。这是街道的平等精神，而平等正是人群得以在街道上聚集的前提。无论是谁，都可以在街道上自由地迈着自己的步伐。人们常常是根据数量来看待街上的人群，量化的人群表现出来的是体积和密度，而不是等级和财富。在一些特殊的时刻——比如政治游行的时刻——之外，街道上的人群就完全是异质性的：阶级、意识形态、财富、品位、性别、年龄、身体等方面的异质性。人们总是惊叹街道人群的多寡，而不是惊叹街道人群的贫富。没有任何的等级障碍使人们踏上街头的脚步羞羞怯怯。街道不会在心理上给人们添加等级和贵贱的负担：每个人都能找到自己的差异对象，但每个人在这里也能发现自己的同类，发现自己的归属阶层。每个人都会不时地惊讶，但每个人都不会产生无所适从之感。每个人都想惹人注目，但每个人都难以鹤立鸡群。街道一方面在激励个性，另一方面在无情地吞噬个性。同密闭的空间不一样的是，街道是对异质性人群的宽厚接纳，它可以容忍人们对街道的肆意闯入；而密闭的空间对外具有排斥性，对内则有生产性；集体性的空间对内部的人群具有一种挤压性的塑造，这种空间塑造是有规律、有目标和方向的塑造。而街道并没有内外之隔，没有一个要奋力踏越的界线。街道是反空间的，是露天舞台性的，它不是在强制性塑造人群，而是让人群作为自然的主角主动上演，如果说，街道是在改变个人的话，那也是激发性的改变，而不是压制性的改变，这种改变正是解放，这就是部分压抑的人们常常走上街头的原因。囚徒从监狱里出来，会狂热地爱上街道；少年的争执如果发生在街头就会很快演变为斗殴。街道使人兴奋。笑声和欢乐通常在街头的人群中毫无顾忌地爆发，街道具有一种天然的解放力量，并且似乎天生地就安置了一种激发性的电源："生活在芸芸众生之中，生活在反复无常、变动不居、短暂和永恒之中，是一种巨大的快乐……一个喜欢各种生活的人进入人群就像是进入一个巨大的电源。也可以把他比作和人群一样大的一面镜子，比作一台具有意识的万花筒，每一个动作都表现出丰富多彩的生活和生活的所有成分所具有的运动的魅力。"[9]如果说，集体性的空间多多少少都带有监狱的禁闭性的话，那么释放性的街道则是监狱的反面，街道以及他的人群在反复激发个体的能量。所以，贡斯当丹•居伊说，"任何一个在人群中感到厌烦的人，都是一个傻瓜！一个傻瓜！我蔑视他！"[10]这样，街道变成了一个感性的场所。心智上的密谋总是在室内悄悄进行，而身体性的情感表达总是在广袤的街头。这是感性街道的巅峰时刻：当某些人群要强烈表达自己的共同情绪和要求的时候，他们会一起走上街道。声势浩大的街头游行总是一场能量大爆发。游行首先是那些受挫者的集体性的身体释放，是身体彼此激发和碰撞出来的欢乐，其次才是理智的政治示威。只有街道才能承受这种身体的游行，也只有街道才能让这种游行的身体得以被观看，进而得到进一步的强烈刺激。街道为游行者搭起了一个欢乐和破坏的双重舞台。在这个舞台上，感性能量压倒了理智谋划。街道上的政治从来都是身体政治，因而也是浅薄的，表层的，但是是粗俗而性感的。密室政治从来都是深邃的，复杂的，但同时也是单调而乏味的。街道只能表演政治，而不能切实地履行政治。街道从来是属于莽撞而混乱的身体，而不是属于殚精竭虑的心机。

　　感性的街道既可能使单调的人们注满激情,也会使紧张的人们自然地放松下来。人们在街道上是匿名的,既没有背景,也没有历史。在街上,人丧失了他的深度。人的存在性构成是他的面孔和身体。光线只是在他的表面闪耀。人,只是作为视觉对象和景观的人,是纯粹观看和被观看的人,是没有身份的人,是街道上所有人的陌生人。这种丧失和隐瞒了内在性的陌生人,是自由的基本条件。陌生人在街道上处处都能遭遇目光,但没有一种是熟悉的目光,没有洞晓自我秘密的目光,没有严厉的权力目光,没有审查的目光。目光只能洒到表面,这样被观看的陌生人就是隐匿的,安全的,固守自身秘密的,因此,他既没有包袱,也无需戒备,街道上的脚步总是踏着轻松的节拍。街道上的行人需要刻意装束的只是表面形象,表面形象是他的一切,也是他提供给周遭目光的一切。街道激发了人们装扮自己和表演自己的热情,也激发了人们形象练习的热情,街头的人们被一种形象的魔力所宰制。身体和形象更容易在街头起舞。"街道不仅具有表现性,而且是日常生活戏剧的展示窗口。"⑪街道是所有人的共同背景,但却是每个个体的异质性背景:街道使人从一个熟悉的语境中挣脱出来,并且甩掉了庸常的制度和纪律——除了一种基本的交通纪律外,纪律对街道鞭长莫及。这样,街道就成为城市中最混乱但又是最轻松的场所。在科层制主宰的今天,一个反纪律的场所当然是一个乐园,如果这个乐园还充斥着各种各样的俗世物品的话,那么,街道就是今日名副其实的乌托邦了。这是个充斥着拜物教的乌托邦,它日复一日地等待着人们的朝圣。

二、街道上的物品

　　街道既是一个人群的综合,也是一个物质的集合。实际上,街道是"人与物之间的中介:街道是交换、商品买卖的主要场所,价值的变迁也产生于这里"。⑫街道的真正秘密核心是商品。街道被各种各样的人群强制性地使用,进而被生产出各种各样的意义,因此,它的语义变动不居。但是,街道仍然存在着一种固定的核心意义:它是商品的寓所。这也正是街道的魔力所在,它促使人们一遍遍不厌其烦地奔赴街道。实际上,人们常常将街道理解为店铺林立的商业性大街。如果不是将街道当作一个过道,而是将它当作一个目的地的话,那么,人们对街道的奔赴,主要就是对这些商品的奔赴。商品既是街道生机勃勃的跳动心脏,也是人群触拥于街头的内在秘密。

　　商品的寂静聚集却使街道喧哗不已。作为商品的寓所的街道,就是要将商品展现出来，商品，就是要力争拥上街道，并尽可能在街道上醒目地成为一种可见物；而真正的商业性大街，则应该成为囊括一切商品的百科全书。街道和商品的关系，是相互寄生、相互激发和相互生产的关系：缺乏商品的街道是单调的、乏味的，灰暗的，严格说来，这不是我们通常意义上的街道，而只是一个素朴的交通过道；它完全被实用的交通功能所控制，车辆密密麻麻地堆积在此，驾车人内心焦躁，却面无表情。他们无可奈何地但又是在安静地寻找空间和时机。交通过道是城市刻板制度的贴切表征。剔除了商品的街道，在某种意义上，也会剔除人群。即便这种街道被赋予强烈的意识形态色彩，即便它有一种政治和历史的神秘传奇，即便它气势宏伟，高楼林立，这样的大街也只会不时招募一些零星的外来游客。在这样的意识形态的大街上，行走，只是一种对历史的震颤经验，这样的行走步伐紧张而兴奋，它踏越的不仅是街道，还是漫长的历史记忆和喋喋不休的政治说辞——这同充斥着商品的商业性大街的体验完全不同。反过来说，商品如果不寄寓在街道上，它就是孤独的，闭塞的，荒凉的。街道应该成为商品的恰当语境，脱离了街道的商品，就脱离了它的交换句法，而成为一个被甩掉或者被耗尽的矛盾字词。这样的商品当然自会有它的命运，但是它不会有被反复挑剔和阅览的命运，不会有一种集体性的辉煌展示的命运，不会有一种扩大自身符号表现的命运，不会有虽然昙花一现但毕竟历经繁华的命运。商品，只有存在于街道上——无论时间多么短暂——才能获得商品独树一帜的意义：才能经历出售和购买的巅峰瞬间。

商品和街道就这样达成了一种"自然"关系。正是在商品和街道相互激发的关系中，正是在它们融洽的句法关系中，正是在它们彼此作为背景的窃窃私语中，它们各自的独特意义才纷纷涌现。同时，这种关系，以及这种关系的秘密，就成为整个街道的秘密：街道形象的秘密，街道活力的秘密，街道文化的秘密，街道上的人群的秘密，人和街道的秘密关系的秘密。

街道一旦成为商品的积聚之地，那么，它的交通功能和意识形态功能就会大大减弱，政治建筑不会置身于此，一些繁华的街道甚至禁止车辆通行，这样，它就变成一种完全的买卖和景观场所。对于行人而言，扑入眼帘的，首先是街道的景观。街道当然有它的形成历史、设计和建筑，也就是说，街道有它的从历史深处浮现出来的空间轮廓，这个空间轮廓在某些历史关头被一再地改造，扩充，伸展。不论这种改造是悄然的还是激烈的，街道的历史就是其空间和建筑被改造的历史；但是，一部街道的发生史也是一部商品的变迁史，是商品的展示史。街道的历史是被商品逐渐包裹和粉饰的历史。街道的改造，绝对还包含着商品的形象对它的改造。即便街道的空间和建筑长年不变，并始终保持着某种固执的静止状态，商品对街道的改变仍旧让街道不断地推陈出新。人们会毫不费力地记住街道上的一般建筑秩序，但人们很难记住街道上的具体形式细节。商品的频繁变换导致了这些细节的频繁变换，对商品面目的改写也是街道面目的改写。

　　使用性，是商品的内在属性；交换性和出售性，则是商品的必然宿命。但是，商品及其广告，凭借它的符号和形象，还顽固地保持着对街道的装饰功能。现在，商品越来越不满足于安静地待在店铺的一隅，等待着某个顾客兴之所至的偶然光临。相反，它们力图挣扎出来，溢出寂静的角落，奋力在街头获得自身的光亮和可见性。这样，商品的表征符号——巨大广告牌或者商品的记号模型——赫然出现在街头，这是商品的代理和符号再现，是有关商品的二次书写，这是夸张的放大的形象书写，它暂时藏匿了商品的劳动价值，而突出了商品的符号价值。商品的这种再现符号，交织着双重意义：商品的展示意义和街道的装饰意义。就展示而言，这是一般性的商品推销术。展示必须尽力地在每个角落抓住人们的目光，这样，它就会无所不在，这种展示的广泛性，在另一方面，构成了对街道的大面积装饰。就装饰而言，这些商品广告组成了街道的真正表面，它不仅占据了墙壁的表层，甚至夸张地伸展到街道的上方乃至地面。相应地，街道的建筑本身就失去了它的固有色泽。街道，就被这些商品形象和广告严密地包裹起来。广告的色彩，就是街道的色彩；广告的形象，就是街道的形象。"广告无所不在的陈示，垄断了大众的生活……这是我们今天唯一的建筑：巨大的屏幕上闪烁着运动中的原子、粒子和分子。已经没有公众活动的场景或真正的公共活动空间，只有庞大的旋转、交换和短暂联结的场。"⑬广告不是布满了街道，而是占领了街道。

　　但是，实际的商品本身仍旧存在于店铺内部。而店铺总是在寻找店铺，店铺的法则是物以类聚的法则。店铺如果茕茕孑立，它只能等待着纯粹的巧遇，等待一个偶然的顾客：虽然这个唯一的店铺可能吞噬全部的却又是寥寥无几的过客，但没有人专程奔赴一个孤独的无名店铺。这样的店铺只能等待四周的定居者，它绝没有吞吐万物的远大气概。一般来说，店铺的本能是汇集于商业街道，或者说，商业性大街正是因为店铺的本能汇集而自发地形成。在这里，店铺会撞上自己的悖论：它要冒着竞争的风险和其他店铺比邻而居；它既嫉恨另一些店铺的竞争，又依赖它们的招徕效应。这是店铺复杂的双重感受。店铺只能在庞大的店铺群中找到自身的感觉。每一个店铺都想拼命地招摇，但每一个店铺都被其他的店铺无情地湮没。

　　但是，街道上的店铺还是存在着自发的秩序。大型购物中心注定是街道的重心，它庞大的建筑醒目而隆重地矗立在街头，并成为街道上的一个要点，一个景观，一个高潮。街道通常是根据这种购物中心而展开自身的叙事。如果一个街道上存在着多个这样的购物中心的话，那么，这就是一个喧哗的、高潮一再出现的街道。各种各样的小店铺环绕在它们周围，构成它们的依附和补充，并悄悄地将这些保持距离的购物中心连接和填充起来。这使得街道层次分明，衔接紧凑，错落有致，并具有一种轮廓上的丰富性和变化性。充满活力的街道是整齐划一的敌人，同质性的街道是在扼杀街道。同购物中心的稳定性——它几乎成为街道的固定品牌——相比，这些小店铺是临时的，机动的，灵活的，变迁性的和游击式的，它们反复地改头换面，而且，这些店铺是异质性的，它们的商品和功能并不雷同。小店铺的改装在书写街道的兴衰。它们不仅仅依附那些大型购物中心，也和购物中心形成一种相互寄生的关系。它不是购物中心的终结，而是它的一个自然延伸；它不是和购物中心充满敌意地对抗，而是和它保持着通畅的过渡关系；它在地理上外在于购物中心，但在逻辑上却内在于购物中心。小店铺和大型购物中心织成了一个买卖的整体。而街道，并不因为建筑物的地理隔离而形成严格的区分场所，相反，街道是没有界线的，四处都是敞开的门，供人们自如地穿梭，从这个意义上说，街道是一个有机整体，是一个包罗万象的巨型建筑物，是一个没有封闭点和终结点的开放场所。街道，既是多种店铺的综合，也是某种单一的庞大店铺。如果说，一个综合性的购物中心将众多小型店铺囊括其中，并让它们保持着自然过渡的话，那么，在同样的意义上，街道囊括了所有的店铺。街道，成为一个放大的通畅的而又无所不包的购物中心。

街道各种建筑物的可穿透性，保证了街道的流动性，这也保证了街道的活力。实际上，所有的建筑物，所有的店铺都在焦急地等待人们的光临。店铺一定要招徕，要展示，要夺人耳目，这样，街道两边充斥着的不是禁闭性的森严围墙，而是敞开的透明的玻璃橱窗。橱窗将店铺包含的内容展示在外，使店铺和街道在光线中相接，橱窗不是让店铺和街道保持严肃的黑暗界线，而是将这种界线拆毁。橱窗既让店铺保持着可见性，也让店铺保持着同街道的沟通。透过橱窗，商品摆在店铺里，"就像是摆在一个耀眼的舞台之上，摆在一种神圣化的炫耀之中（这就像在广告中那样，并非是单纯展示，而是像拉格诺说的那样，是赋值）。陈列物品模仿的这种象征性赠予，陈列物品和目光之间的这种安静的象征性交换，显然会引诱行人到商店内部去进行真正的经济交换。"⑩橱窗，使商品披上了光晕。它镶嵌在街道两侧，但并不令人感到空洞和刺眼。正是在橱窗的保护下，商品能自在地暴露于街头。橱窗是商业大街最显著的品质，它使街道获得了透明的深度，获得立体效应，街道不再是个封闭的线型的笔直通道，不是一个堤坝筑起的顺势而下的河流，而是一个可以向四周悄悄渗透的立体网络。

这样，街道的行走就变得极其缓慢。由于各种店铺的展示性和透明性，行人会一再地驻足探寻其间，好奇心总是驱使人们对店铺反复深入，而店铺常常会令希望和失望发生瞬间更替。行走变成了对店铺的饶舌般的探秘，于是，直线步行变成了横向游逛。目光扯住了脚步。在街道上——如果人们确实是去购物的话——时间会很快地流逝而去。一般来说，人们在街道上的实际时间，总是会超出预定的时间，人们容易被层出不穷的可能性，被各种显现的物品，被各种诱惑性的店铺抓住。街道需要眼睛保持着运动，而步行和时间因为目光的过度兴奋失去了知觉，它们往往沉默无语，但，街道和行人却永不知疲惫。街道的尽头看起来近在咫尺，走过去却遥遥无期。游逛，就这样改变了街道上的时空：街道的长度获得了意外的增加，而时间却在加快地流逝。街道从不让时间显得无聊而漫长，它压缩了时间感，却拓置了空间感。

除了商业购物的店铺之外，还有其他类型的店铺存在于街头满足人们各种各样的要求。广泛的店铺类型就这样留住了人们的脚步，街道是一个自足的世界。人们可以在此满足他的一切消费愿望：人们可以在此吃喝玩乐。饭店、旅馆、银行、邮局、理发店，酒吧，照相馆，澡堂等等，这些消费场所的功能相互补充，并构成一个完整的生活世界，它不留下任何的消费漏洞和缺憾。它们常常没有规律地挤在街道的两侧，这些功能性的场所，因为在满足人们的不同需求，因而也在反复地改变人们的街头经验。这些不同的场所空间，针对着感官的各个层面，它让人流、让感官、让经验、让心率迅速地转换。空间的功能变换和地理变换，使街道的经验失去了稳定性，也动摇了人的整体性。人，在不同的时刻，受到不同的对象和空间的刺激。街道上的人们，从购物商场中出来，迈进隔壁的饭馆，他的注意力就从视觉转向了味觉。街道轮番地作用于身体。它将身体的整个世界包围着，并探索身体的全部感官奥秘，它可以沟通感官世界，打开这些世界，刺激这些世界，满足这些世界，相应地，它也就会压制思考和哲学，压制晦涩和深邃，压制理性和算术，压制永恒和本质，压制各种各样不变的决心：街道是感官的，又是瞬间多变的。

而这，就同时尚一拍即合。时尚同样是感官的，瞬间多变的，街道的多变禀性就是时尚的多变禀性。街道当之无愧地成为时尚的天然舞台。街道不仅仅是时尚的载体，而且还生产和造就了时尚。时尚的形成，必须得到街道的内在支持——没有街道，就没有时尚。如果说时尚是新奇和活力的标志，那么街道的热情部分地来自这种时尚。时尚的反面是孤芳自赏，它不是某些少数人秘而不宣的内部趣味，相反，时尚的发生，要么是高级阶层的特殊品位的优越流露，要么是某些浪漫群体对平庸价值的文化抵抗，因此，时尚的发生是文化政治的显豁表达，它要展示，要招摇，要公开地炫耀或者示威，时尚的文化政治不是激进的暴力政治，而是表达的目光政治。时尚的政治倾向，必须被阅览，被体验，被看见，而且应该像游行一样被人群看见，被最大范围内的消费者看见。只有被观看，时尚内在的政治性才能发生效应，时尚才能获得它的实践意义。因此，时尚决不会固守在一个隐秘的角落，而应当在活生生的街头大摇大摆。时尚，必须将街道作为表演舞台。时尚像波浪追逐波浪一样地反复更迭，街道目击了时尚的这种瞬间兴衰，而时尚，也在一遍遍地改写街道的色彩。街道和时尚是一曲永不落幕的双簧戏。时尚内在的求新欲望，让街道永远生机勃勃。而街道的生机勃勃，总是能让时尚找到用武之地。街道能够承受一切的时尚好奇。时尚的速度成了街道的速度；时尚的面孔，成了街道的面孔。如果说，年轻人和妇女是时尚的狂热追逐者的话，那么，街道就是他们的天堂。

感官和时尚的街道当然还是个松弛的街道。人们将街道当成一种松弛场所——只要是感官场所，一定就是没有负担的场所。这，正是街道的魅力所在。有些人选择街道，就是为了选择一种轻松的夏日般的欢乐氛围。成年人对街道有一种周期性的想象，如同孩子们对节日有一种周期性的期待一样。即便在街道上一无所获，即便购物只是一个自欺的神话，即便那些商品的价格足以让人汗颜，上街，仍旧是今天的单调世俗生活的拯救形式。上街，永远是打着实用主义的购物旗帜，但是，最终收获的就是在街道上的感官释放。空手而归的人们，脸上并没有挂满失望：因为，街头的无目的的游逛和观看是一种成年人可以掩饰的安全游戏。游逛可以生产快感。上街，就这样变成了一种风格化的生活政治学。这种生活政治，不是别的，就是对抗理性政治的感官政治，对抗实用政治的耗费政治，对抗官僚政治的娱乐政治。如果说今天有什么普遍悲剧的话，就是有些人无法上街的悲剧。一个远离街道的人，是一个远离生活的人；一个体验不到街道魔力的人，是一个感官退化的人；一个没有时间踏上街道的人，是一个科层制度中乏味的机器人。我相信，一个不爱街道的人，断然也是一个不爱大自然的人，因为，大自然的秘密就是街道的秘密：在今天，二者都是一种超现实主义经验，都是日常生活法则的脱轨，都是对权力逻辑的短暂溢出，都是官僚机器的一个反面补偿，都是非政治空气的贪婪呼吸。只不过，街头的补偿和呼吸是激进的，而大自然的补偿和呼吸则是温和的。在温暖和煦的阳光下，一个人无目的地漫步街头，四周的人群和喧哗编织成他的音乐背景，这样嘈杂之中的漫步所携带的悠闲，不就是在茫茫无边草原上单个身影的故意孤独吗？

三、结语

深夜来临，人流四散，店铺各自关起了自己的大门，街道要休息了：白天的喧哗似乎令此刻的街道疲惫不堪。街道逐渐安静下来。但是，安静的街道并没有夜晚，各种叫不出名字的彩灯让街道处在一种黄昏般的闪烁之中。这个时候，在某个街灯难以顾及的充满阴影的角落里，阴谋或者缠绵的爱情在嘀嘀咕咕地发生。如果说，街道的白昼被声音和人流汹涌地点燃，那么，它的夜晚变成了夜游神的诡秘温床。充电般的街道激情随着夜幕的降临而退缩了，它留给夜晚的，就是暧昧，如同闪烁的街灯面带嘲讽地散发出的暧昧。

（汪民安，首都师范大学教授）

①穆时英：《上海的狐步舞》，中国文联出版公司，1998 年，第 159—160 页。

②本雅明：《发达资本主义时代的抒情诗人》，张旭东，魏文生译，三联书店，1992 年，第 72 页。

③同上，第 73 页。

④本雅明：《柏林纪事》，潘小松译，东方出版社，2001 年，第 208 页。

⑤《发达资本主义时代的抒情诗人》，第 55 页。

⑥同上，第 88—89 页。

⑦同上，第 70 页。

⑧同上，第 75 页。

⑨《波德莱尔美学论文选》，郭宏安译，人民文学出版社，1987 年，第 482 页。

⑩同上，第 482 页。

⑪奈杰尔·科茨：《街道的形象》，选自约翰·沙克拉编：《设计——现代主义之后》，卢杰、朱国勤译，上海人民美术出版社，1995 年，第 120 页。

⑫同上，第 120 页。

⑬鲍德里亚语，转自上书第 122 页。

⑭鲍德里亚：《消费社会》，刘成富、全志钢译，南京大学出版社 2000 年，第 188 页。

夏可君近影

世界存在感的见证

——关于王爱君的《天外》

夏可君

　　一个有贡献的当代艺术家，他应该能够解决当代艺术的一些基本问题，即他要自觉面对时代的危机与艺术本身的可能性。一旦选择绘画作为一生的志业，那么，一个可能的中国式绘画应该在色彩与形式上有着自己的贡献，而天津美院画家王爱君面对了这个挑战，以其独特的"浑色"与"化形"方式形成了自己别具一格的新绘画。

　　如何有着一幅浓郁中国味的中国式绘画？这几乎是这个时代唯一的问题：如果绘画还有着可能性，就必须"化解"已有的色与形，既非西方绘画也非中国绘画，而是一种可能的中国式绘画，它就必须体现出世界的存在感：绘画并非仅仅是自身技艺的体现，乃是世界存在感的见证，这是绘画之为艺术的本体论问题。

　　在王爱君名为《天外》系列的画面上：一块巨石，天外飞来，冲天而降，不可名状，带着遥远王国的神秘信息，带着宇宙的玄音，带着自身的重量，似乎刚刚停止了滚动，悬在那里，凭空悬置在那里，似乎要预示什么；而下面则是低矮地平线上的一些山峦，山峦都压得很低，似乎在承受什么，但似乎保持着自身的漠然；而空中巨石与下面地平线之间还有着巨大的空隙，留出巨大的空白，这空白在上天与大地的张力中，发出内在的沉默的声响。

　　天空与大地，中间的空白，这个三重空间，可以名之为"天地间分"，即天空与大地的区分，如同倪瓒伟大的构图"一河两岸"一般（这个共通性深深影响了后来的山水画传统，从沈周到董其昌，从四王到四僧等等），构成了王爱君《天外》系列的基本图式，它们之间似乎有着某种隐秘的继承关系，对传统山水画以意想不到的方式转换出来。

　　画面看似是一幅彩墨风景画，甚至有着油画一般的质感，它很好地结合了西方风景画与中国山水画，这是如何做到的？

　　首先要对已有山石形体进行简化，还原为基本的要素，对于传统山水画，就是

"石"，不同的石头与石块，直接直观石本身的重量与块面，仅仅塑造这个质感，就要传达出石的重量感，石的存在感——石头乃是世界本身的最为直接的见证，如同音乐是意志的直观！这"石"就不再是大地上的具有稳定支撑根基的石头，而是有着自身的独立重量，而天空中的巨石就是石自身绝对重量的化身，因此石头不仅仅是石头，也是活物，是有着生命的，无论是静止还是静卧，无论是地平线的平行还是起伏波动，都有着自身的节奏，当然这个节奏还是色彩的细微色差带来的。在中国文化中，"石"还不仅仅石头，还是空灵的，石头打开了最初的空间，石头并非仅仅显示自身的存在，而是打开空间，石头有着最为结实的空间，一旦它自身空无化，就打开了一个活化的空间，石头并非展开自身的结实，乃是打开一个空间。而石头如何打开空间，那是：冲天而降！王爱君从佛教壁画飞天的生命舞动中顿悟到世界的运动。

巨石在空中来临：打开的是一个并不存在的空间，是一个第四维度的到来，是贾柯梅迪说道塞尚时所言的"对深度的思考"，这个深度并非第三维度，而是最初空间的敞开，绘画一直试图打开这个"深度"的维度，西方窗户式透视法与中国的"三远法"不过是打开这个深度的某种体现，但是在当代还有待重新打开，如同塞尚的圆柱体启发了毕加索的立体派浅浮雕的平面，如何再次以自然的深度打开新的绘画平面？

这是王爱君处于本能的尝试：从垂直维度打开平面，巨石打开天空本身，天空在我们这个时代如何敞开自身？王爱君的回答如此具有艺术的启示性：让那巨石从天而降！

垂直维度的巨石从上面来临，而下面低矮地平线上的山峦，似乎被巨石所压低了，或者这些山峦似乎学会了卑微的姿态，但是低处的谦卑却有着丰富地呼吸起伏感，如果我们知道王爱君来自于内蒙古草原，那一望无际草原空旷的延展，养育了画家最初的生命凝视，但是这辽阔感却被压得很低，从而更好地契合了大地的大地性。余留儿时辽阔的记忆，保持住寂寥与寂静，画面中间的大片空白，就是让这"寥廓"一直廓清自身，这是敞开的来临。

这期间的空白，就更为耐人寻味：因为巨石从天空不同角度的来临，或者垂直，或者倾斜，或者从一隅与一角，巨石蕴藉着能量，但并没有爆发，而大地自身低矮化，匍匐着蔓延，这谦卑保持了生长性，轻微的起伏中有着自身蜿蜒的动态感，二者之间的强烈对比，让天空与大地的这个"之间"场域活化了：即高大巨石与低矮山峦的对比，让这个"之间"的虚度空间或深度性，那个空无的敞开性，具有了一种难以言喻的寓意，即似乎天空与大地被区隔开来，但又聚集着可能撞击的能量，这是一个可能发生的事件：绘画在这个时代，并非是对已有发生事件的回应，而是对可能发生事件的期待，是一个纯然空间的敞开。

回到天空与大地的元素性，还并不仅仅如此，而是塑造事件将要来临的节奏，这个节奏乃是由其间的空白空间所赋予的，画面上垂直空间与地平线视域的天地区分，带来的是时间上的过去与未来的差异——巨石似乎来自于宇宙的某种原初事件，一块碎片切分出来，带着过去事件的标记，但这个被巨石击打的空白还带来了未来事态的预感，似乎还有更大的惊恐有待于来临。

但王爱君的绘画并非激发某种惊恐事件，而是更为柔和，因为他还融入了色彩，让水彩与矿物质颜料混合起来表现山石的质地，这就柔和了巨石带来的可怕后果，当然这可能是中国山水画带来的那种柔和蜿蜒感，那种柔柔的生长性起着平衡的作用，是某种默化的力量，不仅仅是革命，而是让革命与默化内在融合。

这种柔和的生长性，在王爱君的绘画上很早就出现了，早在 21 世纪初，他就开始画《虚石》系列，极强玉质感的石块，却如同处子的肌肤一样，有着细腻的纹理，如同没骨花卉一般的肉感肌理，一直在柔软地生长，这种温润如玉的气质，鲜嫩、水性、透白，带有触感的诱惑，绘画回到了触摸的欲望上。正是找到了把山石质感肌肤化与呼吸感的方式，王爱君才可能转化石头的硬朗质地，使之灵氛化。王爱君深深知道，笔触有着细微变化，宣纸有着历史性，如同玉里面有时间地吸纳肌理，有着自然自身的痕迹。

这个天翻地覆的构图，其实不仅仅是天空在上面，大地在下面，而且似乎还可以颠倒过来，天空与大地可以互换，阴阳可以互转，在大幅作品上，真可谓惊天动地。这种巨幅构图，来自于王爱君对范宽的喜爱，《溪山行旅》上那种突兀高耸的中立式构图，北方山水画的雄浑在冥冥中与草原上经过压缩而更为空旷的风景一道，内在启发了王爱君的创作。这些画似乎并非画出来，而是生长出来。

王爱君也很好地转换了传统山水画的"三远法"：巨石的降临是"高远"更为具有重量感的体现；"平远"则是下方低矮的地平线，但色彩更为丰富；"深远"则是绘画平面本身空白的敞开，是深度的发现，这个敞开一直有着内在的喧嚣，即保持对来临事件的预感。

一旦把色彩融入进来，把水彩的水性融入，就更为启发了色彩的渗染，这也是王爱君在"化形"之后，还找到了"化色"的方式，以中国工笔画三矾九染的原理，却去掉了勾线填色的传统手法，以新的方式化解色彩。中国绘画受到西方印象派以来的色差对比观的影响，但如何把传统水墨的黑白对比与中国固有色的颜色体系，把三种颜色体系加以融合，这是当代绘画艺术的根本任务，只有面对这个挑战的艺术家才可能推进绘画。

但三者颜色体系的融合不可能是外在强加的，我们在很多实验水墨作品上看到了如此的暴力，而在丙烯中加入水性似乎也只有表面肌理效果，要内在的融合，必须如同"化形"一般，还需"化色"。

如何化色，王爱君有着自己的独特心法：首先把固有色与色差的色感，以水彩与固有色颜料融合起来，反复罩染；即首先要浑化色彩，这种浑化，不是以某一种颜色为出发点来调和其他的，而是把几种不同颜色在调色板上融合起来，去掉传统勾线填色的作画方式，混合色彩；但又反复调和，呼吸性地罩染，每一笔之间都有着照应，以纯色上去，但渗透其他颜色，漫漫渗染，相互渗透，形成丰富的色差感。这是水墨渗化方式的转化：不是去"画"，而是"化"。

画面上仅仅呈现某种基本的色调，某种绿色或褐色，某种冷色的基调，但又不仅仅是单色，不是传统的青绿，而是在某种基调中，混合着很多其他颜色，以一种基本色为主，但反复画，也是反复的渗化，灰青，灰蓝，天青，相互罩染，渗染，似乎彼此吸纳，最后显露的并非单一色彩。

王爱君创造出了一种吸纳性、渗染与渗透的色彩观，乍一看似乎是油画，这也是因为色彩的对比与丰富性带来的错觉。

在石块肌体上，有着细腻的色彩过渡，还有着融合，似乎各个石块的色彩是相互吸纳，相互融合的，这再次活用了传统水墨吸纳性的原理，让色彩内在融合，相互补充，似乎色彩也在生长，透明地生长，保留了之前的玉质感，但更为柔和，而且是灿烂地生长。

形体与颜色的生长性，柔和地生长性，这是中国绘画的基本生长点。

塞尚与加斯凯的对话中有一段值得我们来对应王爱君的作品："所有的色彩相互渗透，所有的色彩紧密嵌合。有一种连续性，我并不否认，"塞尚是要让画面浸润在一种微弱而炙热的光亮之中，对于王爱君，则是画面被一种神秘的灵氛所萦绕，是画面中间巨大的空白让画面充满力量，但中国色彩的细腻与呼吸感，其柔软的生长性，让画面充满内在的优雅轻盈，这恰好是塞尚所追求的。对深度与渗透的追求，我们在王爱君的作品上也可得到相应地回味。

　　这个"化解"的方式，也是"转化"的方式，还有着"虚化"之妙，这个虚化的方式，乃是中国艺术内在的"虚像"之道：一方面是"似与不似之间"的似像；另一方面则是"虚虚实实"的虚像；因为虚实关系，可以把色彩与形状的规定性弱化，使之向着生长性萌发，即有着自身向着他者的过渡，保持色彩与形状"之间"的微妙过渡，让这个"之间"的过渡性得以持续生长与生发！这就是"虚薄"的原理：让自身与他者的固定特性被薄化处理，还虚化这个不断变化生长的中间状态，无论是形态还是色彩，尤其是色彩更为具有这种过渡的微妙性。

　　这个转化，化形与化色，也是通体透明的追求，让形体生长，形体融合，柔和生长，形象虚化，达致虚薄透明的美感，这是借用水墨的默化之妙。不同于传统的墨分五色体系，也不是传统的设色固有色并置，也非西方油画的色差，也不同于水彩水粉的即兴，但又看起来似乎有着这四重色感的混合，这是一种新的浑色体系，是中国艺术在色感上的新发现。王爱君创造性转化的各种心法，这些方式对于未来的中国式绘画有着巨大启发作用。

　　在王爱君的作品上，万物似乎都是生长：石，人体，花，根茎，草，都在柔柔地生长，这是万物共生与共感的生命原理。色彩的细微变化上也是如此，每一笔都跟着感觉而笼罩，有着虚薄的透明气息，每一色块彼此都"透秀"，通透而迷人。

　　王爱君的绘画，就感知模式而言，把"化形"与"化色"的呼吸渗透的水墨感运用到颜色体系上，而思维方式上，则更为彻底运用了色彩与形状可以转化的方式，把渗化与渗染，以及自然化的思维，天空与大地的元素性，乾坤世界可以翻转的相生性，使之保持不断生发，而在精神世界上，巨石的天外来临则是世界存在感和艺术深度的见证。

（夏可君，武汉大学哲学博士，现任教于中国人民大学）

后 记

　　自 2009 年入高校工作，编者想着能编辑这样一本新诗读本，试图对当代诗人文本的展示与研究，而研究对象一定是在当代诗歌写作场域并改变了新诗某种方向的人。

　　学院向来是生产或保存新诗最好的地方。《新诗学》的作者，几乎是身居于大学学院的新诗写作者和诗学研究者。编者将挖掘现有的新诗创作和研究资源，并在新诗文本细读方面用气力。

　　跨界应成为写作者原生性的自我要求。这一辑中《他者》栏目，编者特邀汪民安和夏可君的文章。第二辑，将采用张典博士对尼采最新研究文献。

　　诗界似乎受制于微信等新传媒的影响而倾向于轻阅读。编者逆势而行，倾向于诗的深度阅读与交流和反思，乐意编辑让人一卷在握心怀喜悦且愿意收藏的诗学读本。

　　诗歌创作与研究必须超越自设的限宥，尽量让这个读本不成为所谓地方性读物的翻版，这应是真正诗歌所具有的视野和品质，它的超越能力和高贵的精神属性。

　　各种机缘人事助成了这桩好事。在此不得不提及诗人李强，他近年到编者所在的大学供职，直接促成此读本的问世。他应允主编；书稿呈放到他办公桌面。两人相对而坐，在茶香中欣然谈及此连续出版物的编辑方案和原则。那一刻，发现行政楼的空气发生了变化。

　　编辑出版物，如同建造房子。主人的内室当然是必要的。客厅当然要摆放包容众声话语的沙发，窗牖的设制与洞开，让其通向一个个接纳神妙的露台。唉，出于对语言艺术的热爱，一切都可以去侍奉。

　　《新诗学》的问世可谓友谊的产物。中国青年出版社艺术总监高海军，是编者曾经的同事，协助设计了封面；书法家、诗人雪松为《新诗学》内文题字。

　　在此，编者要感谢人文学院的邓正兵教授，直接促成江汉大学新诗研究所的成立，落实了《新诗学》编辑部的办公地址。他建议同步编辑《新诗学》微信公众号，嘱托编者写就类似于创刊词的文字。编者权将这些句子组织成编后记，求教于大家。

柳宗宣

江汉大学 J03 栋新诗研究所